Poms

L'assassin était en rouge et blanc

ISBN : 978-2-35068-320-1

POMS

L'ASSASSIN ÉTAIT EN ROUGE ET BLANC

éditions
CAIRN

Merci à
Isa, pour ses enseignements
Margot, pour ses terreurs enfantines
Mes insomnies
Bayonne, ma ville rêvée

Pour toi, Philou

HASTAPENA *(L'OUVERTURE)*

L'histoire commença un mercredi, jour d'ouverture des fêtes de Bayonne.

Une foule en liesse, attendant le don des clés de la ville, s'était rassemblée sur la place de la Liberté, le regard fixé sur le balcon de la mairie où le *Bertsulari*[1] avait improvisé, comme chaque année, un chant en l'honneur des fêtes. À ses côtés, on pouvait apercevoir officiels et "people" invités pour l'occasion, dominant la foule qui s'étirait des premières arcades du bâtiment de la mairie jusqu'au

1- Avatar du ménestrel basque. Improvisateur de poèmes, déclamés en public sur un thème particulier, parfois lors de concours qui opposent plusieurs participants dans des joutes oratoires. A survécu à l'avènement du slam.

pont Mayou, enjambant la Nive et débordant sur l'autre rive jusqu'à la place du réduit.

La place n'était pas noire, mais blanche et rouge, de monde aux couleurs de la tenue traditionnelle basque : tee-shirt et pantalon blanc, foulard et cinta – cette longue ceinture de toile permettant parfois de masquer un ventre trop bedonnant – rouges. Les foulards n'avaient pas encore été noués autour du cou à cette heure de la soirée. Ils étaient tendus à bout de bras, et voguaient à l'unisson de la musique festive diffusée par les haut-parleurs. "Festayre", c'était un terme gascon, et non basque, qui désignait le participant à ces agapes annuelles, bien que l'origine des fêtes de Bayonne était à rechercher du côté de la cousine, Pampelune. Au-delà d'une simple unité de couleur, toutes les individualités semblaient fusionner, le prolétaire et le bourgeois, le pieux et le mécréant, la droite et la gauche, le Basque et l'étranger. Les frontières ethniques, religieuses et sociales étaient abolies durant ces quelques jours dédiés au dieu de la Fête.

Ainsi, après le chant d'entrée, les invités officiels lancèrent depuis le balcon de la mairie les trois clés symboliques de la ville, qui représentaient les trois quartiers ouverts à la fête : Petit-Bayonne, entre Nive et Adour, Grand-Bayonne, massé tout autour de la cathédrale, et Saint Esprit, ancien quartier juif de l'autre côté de l'Adour. Bayonne était désormais offerte pour quatre jours à ses habitants et aux touristes de passage.

Et tous se pressaient, nombreux, sur la place de la mairie, dans l'espoir d'attraper un de ces précieux sésames qui n'avaient qu'une valeur symbolique – il y avait bien longtemps que les vraies clés en métal avaient été remplacées par des fac-similés en polystyrène, évitant tout risque d'accident causé par un atterrissage trop brutal sur la tête d'un festayre étourdi. Cette remise des clés donna le coup d'envoi officiel des fêtes de Bayonne. Chacun pouvait alors nouer son foulard rouge autour du cou, sous l'œil bienveillant des six statues qui trônaient sur le toit de la mairie.

C'était donc parti pour quatre jours – et cinq nuits – de fête et de convivialité, de chants et de danses, de dégustations et de beuveries, de griserie et d'abus, de rencontres et de découvertes.

Cela faisait quelques années déjà que les fêtes avaient été amputées d'un jour, passant de six à cinq nuits seulement, afin de diminuer les risques et le coût supporté par la mairie. Et elles avaient basculé de début août à fin juillet, dans l'espoir de limiter le nombre de participants. Mais ces changements n'en avaient en rien réduit la notoriété, et cela les avait même fait gagner en intensité : chaque participant avait inconsciemment compensé cette durée limitée par un investissement maximum. Et elles attiraient chaque année plus de monde.

Et tout ce monde pouvait à présent se disséminer dans les rues du périmètre clos du centre-ville. La zone des fêtes était en effet totalement réservée aux piétons durant cette période, et des barricades en interdisaient l'accès à tout véhicule à moteur, hormis les véhicules de secours qui espéraient faire le moins de sorties possibles.

Chaque festayre avait ses propres motivations pour faire la fête, qu'elles soient assumées ou inavouables : sortir de la grisaille du quotidien, rencontrer du monde, retrouver des amis de jeunesse, échapper pendant quelques jours à la crise économique, se libérer des conventions et des rites civilisés, trouver l'âme sœur, se mélanger à des individus de divers horizons. Mais tous étaient déjà motivés par l'idée de vivre à fond ces cinq nuits de fête annuelle.

Les rues étroites de Bayonne se remplirent d'une marée humaine qui se déplaçait suivant le flux ou le reflux des déambulations de cette cohorte enivrée, s'agglutinant à certains endroits stratégiques comme les algues s'accrochent aux rochers qui leur permettent de survivre. Dans le cas des fêtes, ces rochers s'appelaient talanquères – comptoir extérieur d'un bar qui distribuait des bolées généreuses de rosé-limé –, peña – local d'une association qui déversait dans la rue son trop-plein de musique festive – ou banda – formation musicale dont le rythme des cuivres s'accordait parfaitement avec la grosse caisse. Et le reflux laissait glisser l'écume de la vague sur les pavés de la rue : verres en plastique, mégots, confettis, bérets perdus ou traces de déjection buccale.

Les quais de la Nive étaient particulièrement prisés par les noctambules. La trouée naturelle du lit de la rivière apportait la fraîcheur du vent venu de l'océan. Tous les bars et les restaurants qui y avaient élu domicile s'étaient transformés en débits de boissons, réalisant en cinq nuits seulement une part non négligeable du chiffre d'affaire annuel. Une succession de ponts reliait les deux rives, et permettait aux festayres d'aller s'encanailler dans les bars du Petit-Bayonne, réputés plus "chauds" que leurs petits frères de la rive gauche.

Sur l'un de ces ponts se trouvait un homme qui avait peur.

Cet homme se déplaçait lentement sur le trottoir du pont Mayou, au-dessus de la Nive, en se tenant à la rambarde pour éviter de glisser sur les flaques laissées par des verres renversés. Il recherchait sans la trouver un peu de sécurité dans cette ambiance festive. Il vit au loin la façade éclairée de l'hôtel de ville, d'où les clés avaient été jetées peu de temps auparavant. Il avait loupé la cérémonie d'ouverture. Si seulement il avait accompagné ses compagnons ce soir-là !

Il s'arrêta un instant au bord du pont pour reprendre son souffle. Sa tête tournait dans tous les sens, il en avait la nausée. Son épaule droite lui faisait horriblement mal. Il y posa sa main et la massa doucement pour atténuer la sensation de brûlure qu'il ressentait. Rien à faire, il dut se raccrocher à la rambarde pour ne pas perdre l'équilibre.

Il laissa errer son regard dans les remous de la rivière. Bien que l'océan soit distant d'une dizaine de kilomètres, la marée montante faisait aller le courant à contre-sens, dans une direction inattendue. La Nive semblait elle aussi s'être accordée à la folie de la fête. Ses flots noirs lui rappelèrent des souvenirs douloureux. Il ne fallait pas qu'il subisse le même sort ! Il se cramponna un peu plus fort à la rambarde.

– Eh, astaña ! Fais gaffe à pas polluer la Nive !

Un bambocheur le hélait en riant, s'appuyant lui aussi sur la même rambarde tout en urinant allègrement dans la rivière. Son jet étincelait dans la lumière des lampions et se perdait dans l'obscurité des flots.

– Va pas vomir, eh ! s'exclama-t-il en voyant son voisin chanceler.

Il remonta la braguette de son pantalon taché avec un air de satisfaction et repartit se fondre dans la masse rouge et blanche.

L'homme souffla. Il avait envie de lui renvoyer ses insultes, et d'expliquer que son état n'était pas causé par l'excès de boisson, mais aucun son ne parvenait à sortir de sa bouche. Il essaya de se remémorer ce qu'il avait fait en ce début de soirée, mais il n'y parvint pas. Ses souvenirs récents avaient laissé place à un énorme trou noir. Au milieu de ce vide s'entrechoquaient juste quelques images du char et de ses compagnons qui s'éloignaient, et ces visions embrouillées lui donnaient mal à la tête. Que s'était-il passé ? Pourquoi était-il dans cet état ?

Il renonça à chercher des réponses à ces questions pour se consacrer à son unique but : la rue Argenterie. Là-bas, il serait en sécurité. Il pourrait attendre tranquillement de retrouver tous ses esprits, et repartir chez lui sans aucun risque. Mais allait-il arriver jusque-là ?

L'homme se massa les tempes, à moitié avachi sur la balustrade du pont, sous le regard indifférent des gens qui passaient en riant. Il se redressa tant bien que mal, et poursuivit la traversée de la rivière avec prudence.

De l'autre côté, la rue Victor-Hugo était bouchée par une foule de débauchés qui s'agglutinait au bar du même nom. Une compagnie de *txistus*(2) et un accordéon avaient élu domicile sous l'auvent devant le comptoir extérieur, installé par précaution en cas de

---

2- Flûte à trois trous qui se joue d'une main et qui peut monter dans des aigus insupportables pour l'oreille humaine. À pratiquer obligatoirement à l'extérieur.

pluie. Des filles avaient démarré une danse sur un air de fandango. Il se serait volontiers joint à elles s'il avait été dans un état normal. Mais ce qui aurait pu être un moment convivial s'était transformé en chemin semé d'embûches. Comment allait-il passer ? Il respira un bon coup et prit son courage à deux mains. Il s'élança en avant, dévala les quatre marches de l'escalier du trottoir, buta sur le pavé irrégulier du trottoir opposé avant de s'écrouler sur un énorme tonneau qui servait de table de bar. Il s'y cramponna et réussit à ne pas tomber. Il fut accueilli par les applaudissements nourris des clients du bar.

– Bravo ! s'écriaient ceux-ci. Quel numéro d'équilibriste ! Et il est toujours debout !

Un des festayres s'approcha de lui et l'attrapa par les épaules. Ce contact raviva la douleur de la brûlure qu'il ressentait à cet endroit. Il en eut la chair de poule. Et si c'était… ? Mais non, apparemment cet individu n'avait que des intentions amicales. Il dégaina une *xahakua*(3) qu'il portait en bandoulière et lui remplit un verre en plastique d'un liquide doré. L'homme repoussa le verre d'un mouvement brusque. La rudesse de ses gestes dépassait sa pensée, mais il était incapable de se contrôler et encore moins d'expliquer la raison de son refus.

3- Gourde, au sens littéral. Accessoire indispensable des fêtes, elle se porte en bandoulière et doit être pressée pour faire jaillir le jet de la boisson alcoolisée qu'elle contient, tout en visant la bouche qui doit l'accueillir. Excellent test pour savoir si on est toujours lucide en fin de soirée. A tendance à disparaître au profit de vulgaires bouteilles en plastique

– Eh bien, lui rétorqua son hôte, surpris par son attitude. En voilà des manières ! D'habitude, on ne crache pas sur un coup à boire qui est amicalement offert !

– Laisse tomber, lui répondit un collègue qui se trouvait à proximité. Tu vois bien qu'il est cuit...

Le quidam n'insista pas et reporta son attention vers les filles qui continuaient à danser.

L'homme se retrouva à nouveau seul dans la foule. Il attendit quelques minutes, accroché au tonneau, dans le brouhaha de la musique et des cris, puis reprit la route d'un pas mal assuré, en frôlant les murs. Il remonta tant bien que mal la rue Victor-Hugo, en s'accrochant aux grilles de fermeture des vitrines des magasins et en faisant de multiples pauses.

Il finit par regagner la place des Cinq-Cantons, petite esplanade au cœur des immeubles anciens et lieu de convergence de cinq rues piétonnes qui lui donnaient son nom. Une banda y avait élu domicile, et entraînait dans le sillage de sa musique festive une foule de danseurs et de chanteurs. Là encore, il allait être difficile de passer, mais on arrivait au but. De l'autre côté de la place, la rue Argenterie montait en tournant vers la cathédrale qui dominait la ville. L'homme en ressentit un grand soulagement. Ses efforts n'avaient pas été vains, et le mauvais pressentiment qui le poursuivait n'était finalement pas justifié. Il respira un bon coup pour traverser l'attroupement et poursuivre sa progression vers la petite rue.

La fanfare entama alors le *Paquito Chocolatero*[4], et les gens présents sur la place se mirent alors à s'asseoir les uns derrière les autres, formant une grande chaîne humaine qui serpentait sur les pavés et empêchait l'homme de passer. Les bras se levèrent, et fendirent l'air à chaque exclamation poussée au rythme de la musique. D'autres noctambules accoururent des rues avoisinantes, rallongeant la file improvisée de ce serpent gesticulant.

Il y eut soudain une déflagration. L'homme sursauta, et la place fut illuminée par un panache étincelant qui retomba en pluie fine au-dessus des immeubles de la ville.

Le feu d'artifice avait démarré.

Tout le monde se leva pour rejoindre le bord de l'Adour d'où se tiraient les pétards, en laissant tomber la banda qui essayait de continuer à se faire entendre dans le bruit des détonations. Une grande confusion s'ensuivit, car un goulot d'étranglement se produisit à l'entrée des deux petites rues qui permettaient de regagner le fleuve. La masse des festayres qui s'étaient précipités pour profiter du spectacle se bloqua à cet endroit, et il y eut des bousculades et des cris. L'homme essaya de se sortir de ce

4- Air de paso doble du siècle dernier devenu une référence festive dans les fêtes du Sud-Ouest de la France.

guêpier, mais il était entraîné par ce mouvement compact et bruyant. Il tenta de s'écarter vers le haut de la place, en jouant des bras pour s'extirper de la marée humaine. Il trébucha sur les pieds de personnes occupées à faire de même, tomba à genoux et se releva péniblement.

C'est alors qu'il le vit.

Il était devant lui, immense et menaçant. Des petits yeux hostiles le fixaient à travers son visage velu, et sa bouche entrouverte exhibait des dents pointues.

L'homme se figea de terreur. Il hurla :

– Le *Basa Jaun* !

Et il s'écroula, raide mort.

Asteazkenako gaua *(La nuit du mercredi)*

Bzzzz bzzzzh !...

Baptiste Adamsmendy sursauta, puis se retourna sur son flanc gauche. Le lit était si moelleux…

Bzzzz bzzzh !

Décidément ça ne s'arrêtait pas, il fallait trouver la cause de ce bourdonnement. Il étira lentement ses longs bras pour rechercher l'interrupteur de la lampe de la table de nuit et soudain il comprit. C'était son téléphone portable. Il se rappela qu'il avait pris soin de le basculer en vibreur avant de se coucher.

Il trouva enfin l'interrupteur de la lampe et jeta un œil sur le réveil. Une heure vingt-trois… Qui osait le réveiller à une heure pareille ?

Il attrapa son portable et le porta à son oreille.

– Allô ? demanda-t-il d'une voix inquiète.

– Allô ? Commissaire Adamsmendy ?

Cette voix connue qui l'appelait « commissaire » à une heure du matin,... Il devait y avoir un problème.

« C'est Etxe ! poursuivit la voix. »

C'était bien lui, Adamsmendy aurait reconnu sa voix rocailleuse entre mille. Etxe, lieutenant de police placé sous ses ordres, avait pour nom véritable Mattin Goyenetcheberribordagaray. Mais comme c'était trop long à prononcer, il avait pris l'habitude de se faire appeler Etxe, tout simplement. Et ce surnom avait été adopté par tout le personnel du commissariat.

– Je vous avais reconnu, marmonna Adamsmendy.

– Commissaire, excusez-moi de vous déranger à une heure aussi tardive, comme qui dirait l'autre, mais il y a un souci !

Évidemment, qu'il y avait un souci ! Un appel à une heure du matin ! Le commissaire pesta en silence contre son subordonné. Il était gentil, serviable, mais Adamsmendy le trouvait parfois un peu ballot, pour ne pas dire simple d'esprit.

– Qu'est-ce qui se passe ? répondit-il.

– Commissaire, je suis au poste de secours de la place Jacques Portes et j'ai devant moi un cadavre. Et tout semble indiquer qu'il s'agit d'un meurtre...

– Nom de Zeus ! jura Adamsmendy.

Il eut soudain l'impression de se trouver dans un téléfilm policier de série B. Il y a souvent des histoires de téléphones qui sonnent à une heure de matin pour annoncer des meurtres, dans ce type de série.

– Et vous l'avez trouvé là, en pleine fête de Bayonne ?

– Oui, enfin... pas moi, hein ! Des gens l'ont ramené au poste de secours, mais c'était trop tard, il était déjà mort. Alors les secours ont appelé les pompiers, qui ont appelé le commissariat. Et comme j'étais de garde...

– Et ils sont toujours là, ces gens ?

– Eh bien sûr, dia ! J'ai commencé à leur poser des questions, puis je me suis dit que vous souhaiteriez certainement les rencontrer...

– Vous avez bien fait. Dites-leur d'attendre, j'arrive.

Adamsmendy appuya sur la touche off de son portable. Un mort pendant les fêtes ! Peut-être un meurtre, qui plus est ! Voilà qui démarrait bien la saison estivale...

Cela faisait moins d'un an que le commissaire Adamsmendy s'était fait muter sur la Côte basque. Depuis son arrivée dans la région, il avait eu droit à des vols à la tire, des cambriolages, des escroqueries, et mêmes des plastiquages de maisons secondaires. Une région plutôt calme jusqu'alors. Mais là, un mort, c'était du sérieux. Et si la nouvelle se répandait, ça entacherait sans aucun doute la réputation des fêtes de Bayonne. Il valait donc mieux prendre le sujet à bras-le-corps et résoudre cette affaire le plus vite possible.

Adamsmendy se redressa sur son matelas en grinçant des dents. Cela ne s'arrangeait pas, ce problème de dos. Il abordait la cinquantaine avec une vague inquiétude. S'il souffrait déjà, comment allait-il supporter la vieillesse ?

Le bruit de fond de la fête résonnait au loin. Pour l'instant, la mort ne semblait pas avoir eu d'effet sur l'insouciance des bambocheurs.

Il sortit de sa chambre et ouvrit la penderie du couloir. Il jeta un œil inquiet sur la bonne vingtaine d'imperméables qui s'alignaient, parfaitement rangés, le long de la tringle du placard.

Il avait constitué cette collection d'impers tout au long de sa carrière, afin de respecter la tradition qui voulait qu'un bon commissaire soit obligatoirement affublé d'une pipe et d'un pardessus. Et il avait pris l'habitude d'en revêtir un dès qu'il reprenait ses fonctions, comme l'ouvrier entre à l'usine en bleu de travail ou le postier prend son fourgon jaune pour distribuer le courrier. Mais là, il était pris d'un doute : comment conjuguer rigueur vestimentaire et discrétion ?

Il résolut le problème en choisissant un vêtement situé en bout de rangée et qu'il n'avait pas mis depuis le mariage de sa nièce il y avait une vingtaine d'années : un imperméable blanc. En ajoutant un foulard rouge, il pourrait se fondre parfaitement dans les couleurs de la fête.

Il sortit de l'immeuble sans avoir pris un café. Il savait qu'il en trouverait un sur le trajet.

Il habitait dans le quartier des Arènes, quartier du « nouveau Bayonne », bâti en grande partie au XXe siècle et qui avait l'avantage d'être proche du centre historique tout en étant très calme, y compris le week-end et les soirs de fêtes.

Il se rendit donc au poste de secours à pied.

Au fur et à mesure qu'il se rapprochait du centre, le brouhaha se faisait plus intense, et il pouvait commencer à en distinguer le détail de ses composantes : musique de bandas, sonos des orchestres de bal, chants enivrés et joueurs de txistus.

La fête proprement dite démarrait de l'autre côté des allées Paulmy. Des barrières mobiles avaient été déposées par la mairie pour délimiter la zone des fêtes et en empêcher l'accès aux véhicules. Adamsmendy était impressionné par le travail qu'avait dû représenter cette préparation.

Il traversa le vaste parking au pied des remparts, où le moindre bout de pelouse avait été investi par les tentes des festayres, formant un gigantesque camping sauvage à l'entrée de la vieille ville. La nuit était loin d'être terminée, mais certaines tentes étaient déjà occupées. Adamsmendy pouvait voir des pieds nus dépasser des toiles et des cadavres de bouteilles à proximité. Et ce n'était que le premier soir des fêtes, pensa-t-il. Qu'est-ce que ce serait dans cinq jours ! Il croisa plusieurs bandas suivies par des *aficionados*[5] dansants, et des gens de plus en plus nombreux, les uns revenant de la ville, un verre à la main, les autres y partant avec de grands éclats de voix. Ceux qui avaient encore l'œil vif regardaient Adamsmendy d'une drôle de manière. C'était sûrement à cause de l'imperméable, pensa-t-il. Il ne l'avait pas mis depuis longtemps, il devait être froissé et il n'avait pas pris le temps de le repasser.

Il n'était plus allé aux fêtes depuis la fin de son adolescence car il avait quitté Bayonne après le bac pour poursuivre ses études, puis il avait démarré sa carrière dans la police à Paris. Il espérait que cette ville allait lui servir de tremplin pour progresser rapidement dans la hiérarchie avant de revenir au pays. Mais finalement, il s'y était installé et y avait vécu pendant presque trente ans.

Durant cette longue période de sa vie, il n'était revenu que rarement à Bayonne, à cause de la distance et surtout

5- Mot espagnol. Epistémologiquement parlant, fervent supporter de la corrida. À acquis par la suite une définition plus large pour désigner toute personne pratiquant une activité avec passion

de son travail qui lui accaparait la plupart de ses week-ends. Et quand il réussissait à s'accorder quelques jours de repos, il les passait dans l'appartement de sa vieille mère, qui vivait toujours dans un appartement du Petit-Bayonne. Il avait ainsi peu à peu perdu le contact avec sa région d'origine, n'ayant plus de nouvelles de ses amis d'enfance, ni même de son frère qui habitait dans l'arrière-pays.

Cela lui fit donc un drôle d'effet de redécouvrir cette ambiance festive, dont il avait perdu le goût depuis son départ. Il lui semblait être revenu très longtemps en arrière. Mais le contexte avait changé : l'insouciance d'antan avait laissé la place à des tracas professionnels, et cette fois-ci dans des circonstances dramatiques.

Il arriva enfin sur les lieux. La mairie avait installé le temps des fêtes deux postes de secours à des endroits stratégiques, l'un dans l'université dans le quartier du Petit Bayonne où la concentration de bars au mètre carré était la plus élevée, et l'autre dans une école publique du grand Bayonne, au pied du Château Vieux. L'endroit était facilement reconnaissable : deux ambulances stationnaient devant l'entrée, et cette dernière était surmontée d'un énorme ballon blanc décoré d'une croix rouge. Toujours les couleurs de la fête…

Un membre particulièrement musclé du service d'ordre lui bloqua le passage.

– On ne peut entrer que si on est blessé, lui asséna-t-il avec rudesse.

– J'ai été appelé pour une affaire grave lui répondit-il en montrant sa carte de police.

Le garde eut un air surpris, le dévisagea de haut en bas et le laissa finalement passer. Au même moment, un jeune couple arriva devant la porte, l'air un peu affolé. La jeune femme pressait son front ensanglanté avec un mouchoir en pleurant.

– Elle a reçu une bouteille sur la tête ! dit son ami.

Le garde la laissa passer également, mais arrêta le compagnon.

– On ne fait rentrer que les blessés répéta-t-il.

Adamsmendy suivit la jeune femme et se retrouva sous un grand porche qui donnait sur la cour de l'école. Des corps de bâtiments, qui renfermaient les classes d'étude, entouraient cette cour fermée sauf sur le côté droit où se tenait un fronton. Adamsmendy songea en souriant que ce type de mur ne devait pas être fréquent dans les écoles en dehors du Pays-basque.

Les classes étaient occupées par du personnel médical qui dispensait les premiers secours pour des cas de blessures superficielles : plaies, brûlures, hématomes suite à chute. Les blessés les plus graves étaient acheminés vers l'hôpital par les ambulances qu'Adamsmendy avait vu à l'extérieur.

Une infirmière accueillit la jeune femme et l'accompagna vers une des classes. Elle était en de bonnes mains.

Un homme en blouse blanche s'approcha d'Adamsmendy.

– Que puis-je pour vous? demanda-t-il d'un air soupçonneux en l'inspectant de haut en bas, à la recherche d'une blessure visible.

– Je suis le commissaire Adamsmendy, répondit-il. Je suis là pour le mort.

– Ah... Le mort, répondit l'homme à voix basse.

Il lui désigna la classe du fond, qu'Adamsmendy avait déjà repéré en entrant dans la cour: elle était plongée dans une semi-pénombre, et rien ne semblait bouger à l'intérieur. Il s'y dirigea.

Une table sur roulettes occupait le centre de la pièce, sur laquelle était allongé le corps, recouvert d'un drap blanc. À droite, deux fonctionnaires à képi étaient assis sur des chaises branlantes et semblaient s'ennuyer ferme. Deux hommes en tenue de festayre étaient appuyés sur le mur de gauche, à proximité d'Etxe qui s'avança dès qu'il aperçut son supérieur hiérarchique.

– Commissaire Adamsmendy ! l'accueilla-t-il en tendant la main. Comme vous êtes chic avec votre imper blanc ! Vous revenez d'un mariage, ou bien ?

– Taisez-vous ! lui souffla Adamsmendy. Vous croyez que c'est le moment de plaisanter ?

Etxe resta un moment interdit, puis remit dans la poche de son pantalon la main qu'Adamsmendy avait refusée de serrer. Personne d'autre n'osa souffler mot dans la pièce.

Le commissaire s'approcha de la table et contempla d'un œil morne le drap immobile. Il y a un cadavre là-dessous, pensa-t-il, une personne dont l'existence a été brisée alors que la vie bat son plein, dehors, aux fêtes. Il se recueillit quelques instants avant de soulever un pan du drap.

Il eut instinctivement un mouvement de recul. Le visage du mort semblait le dévisager avec une terreur indescriptible : ses yeux étaient grands ouverts, presque révulsés, et sa bouche était déformée sous l'effet de la peur. Ses cheveux étaient dressés sur la tête, et la pâleur avait envahi son visage cadavérique.

Adamsmendy contempla ce visage avec effroi.

– Bon sang ! s'exclama-t-il. Que lui est-il arrivé ?

– Allez savoir, répondit Etxe. Il a dû avoir une frousse terrible avant de mourir…

– Et on sait qui c'est ?

– Non, commissaire. Il n'a aucun papier sur lui. On a fouillé ses poches et on n'a retrouvé que quelques pièces de monnaie, un mouchoir et un ticket de bus. Les personnes qui l'ont ramené ne le connaissent pas non plus, et personne ne sait dire s'il était accompagné ou non. Je viens de faire le relevé de ses empreintes digitales pour essayer de retrouver son identité dans nos fichiers, on ne sait jamais… Espérons aussi que quelqu'un de son entourage se manifestera rapidement, en ne le voyant pas revenir.

Adamsmendy souleva une autre partie du drap pour examiner le corps. L'homme devait avoir eu la cinquantaine, ses tempes commençaient à grisonner et un début de calvitie s'était installé sur son crâne. Sans surprise, il était vêtu de la tenue traditionnelle blanche et rouge. Aucun signe distinctif ne permettait effectivement de l'identifier.

Adamsmendy mit des gants en plastique, puis commença à manipuler le corps avec précaution, à la recherche d'indices. Il remarqua le pouce gauche taché d'encre, suite au prélèvement d'empreinte effectué par le jeune collègue. Mais apparemment aucune trace de violence, ni de sang sur les vêtements. À peine pouvait-on noter une tache violacée sur le tee-shirt au niveau du nombril, vraisemblablement la conséquence d'un verre renversé qui contenait de l'alcool de la même couleur, vin rosé ou sangria.

– Et qu'est-ce qui vous fait dire qu'il a été assassiné? demanda Adamsmendy

– Son expression terrifiée, pardi! répondit Etxe. Vous avez vu son regard?

– Et c'est tout? Vous croyez que cela suffit? Il a très bien pu mourir d'une crise cardiaque, et c'est la douleur qui a causé ce visage grimaçant... Vous tirez des conclusions un peu rapides, jeune homme!

Adamsmendy pesta encore une fois contre son collaborateur.

– En tout cas, continua Etxe, ce qui est sûr, c'est qu'il n'est pas mort en voyant une fleur...

Il se retourna et entonna une chanson basque traditionnelle, la main posée sur le cœur, d'une voix grave et suave:

Lili bat ikusi dut

Baratze batean...

(J'ai vu une fleur dans un jardin...)

Adamsmendy le coupa, furieux.

– Arrêtez-vous! Mais vous êtes devenu fou? Chanter devant un mort! Et en plus pendant le service!

– Excusez-moi, commissaire, répondit Etxe, penaud. Mais pousser la chansonnette, c'est parfois plus fort que moi…

Adamsmendy se demanda quelle sorte de lieutenant on lui avait refourgué. Ce n'était pas la première fois qu'il l'avait entendu chanter, et il lui en avait déjà fait le reproche. Mais ce petit gars n'en faisait qu'à sa tête… Ceci dit, il fallait reconnaître qu'il avait une belle voix. Le commissaire poursuivit :

– Écoutez, pour le moment, rien ne prouve que ce soit un assassinat. Je ne souhaite pas que quiconque répande une rumeur de meurtre avant qu'on n'ait les résultats de l'autopsie.

Il se retourna.

– C'est valable aussi pour vous ! lança-t-il à l'adresse des deux gendarmes et des deux festayres au fond de la salle.

Il jeta un nouveau coup d'œil au cadavre et fit une moue de dégoût devant le visage figé par la terreur. Qu'avait bien pu voir cet homme juste avant de mourir ?

Il se rapprocha des deux témoins, qui n'avaient pas ouvert la bouche jusque-là.

– A nous maintenant dit-il en s'asseyant sur une chaise qui traînait à proximité. Il vit leur visage pâlir, et remarqua que l'un d'eux avait du mal à déglutir.

– On n'a rien fait, nous, commissaire, dit ce dernier. On a juste amené cet homme jusqu'aux secours…

– Vous répondrez aux questions quand je vous les poserai ! coupa Adamsmendy pour asseoir son autorité.

Il conserva le silence quelques instants, autant pour les laisser mijoter que pour les observer. Ils ne devaient pas avoir beaucoup plus de vingt ans, et semblaient se demander ce qu'ils faisaient là au lieu de continuer la fête dehors. Le premier était court sur pattes et plutôt massif, un visage fermé et un regard hostile accentué par d'épais sourcils noirs qui lui barraient le front. Il était vêtu d'un tee-shirt d'un blanc douteux, qui arborait l'inscription « libre ce soir » en caractères gras.

Le second était plus élancé et semblait nettement moins stressé. Il était affublé d'un béret noir à larges bords, et d'une chemisette décorée également d'un tag simplement dessiné au marqueur et qui postulait avec beaucoup de finesse : « Vive la moule ! »

Il y eut quelques minutes de silence – silence très relatif compte tenu des échos de la fête à l'extérieur – pendant lequel chacun se scruta minutieusement. À l'autre bout de la pièce, les deux pandores semblaient s'être assoupis.

– Maintenant je vous écoute, repris Adamsmendy. Que s'est-il passé exactement ?

Le plus grand prit le premier la parole.

– Ben voilà, nous, on était dans une des rues piétonnes pas très loin d'ici, à danser en suivant une banda, quand la *mascleta*[6] de l'ouverture des fêtes a commencé. Ça devait être vers minuit…

– Attendez. Dans quelle rue étiez-vous exactement?

– Ben, on sait pas, on ne connaît pas les noms des rues parce qu'on n'est pas d'ici, répondit le petit.

– Et d'où venez-vous?

– Des Hautes-Pyrénées, répondit le grand en forçant sur l'accent rocailleux. Moi je suis de Tarbes. Vous, ici, vous avez le piment, mais chez nous on a le haricot…

– Le haricot? questionna Adamsmendy qui ne comprenait pas le commentaire du jeune témoin.

– Le haricot tarbais, et oui! reprit le grand. C'est le seul haricot en grain non gazogène! Vous saviez ça, vous?

– Vous croyez que c'est le moment de parler cuisine? répondit sèchement le commissaire. Il se tourna vers le petit: et vous aussi, vous êtes de Tarbes?

– Non, moi je suis de Trébons…

– Trébons?

– C'est à une quinzaine de kilomètres au sud de Tarbes, sur la route de Bagnères. Chez, nous, la spécialité, c'est l'oignon. L'oignon de Trébons est la seule variété

6- Mot espagnol. Explosion de pétards, voire feu d'artifice, qui marque le début ou la fin des fêtes, ou le passage du nouvel an côté espagnol. Très bruyant.

d'oignon non lacrymogène. Essayez d'en peler un, vous n'aurez pas les yeux qui piquent, c'est garanti !

– Non mais ce n'est pas vrai ! hurla Adamsmendy. Qui c'est qui m'a foutu des témoins pareils ! Écoutez, il y a peut-être eu un meurtre. Un *meurtre*, vous comprenez ? Alors on n'est pas là pour parler art culinaire, chiffons, philosophie ou je ne sais quoi d'autre ! Donc je vous engage à reprendre vos esprits et à vous concentrer à nouveau sur le sujet sans faire de digression. Vous disiez donc que vous n'aviez pas connaissance du nom de la rue dans laquelle il y a eu le décès…

Le grand regarda le commissaire en fronçant les sourcils, comme s'il avait besoin de se concentrer pour capter le sens de sa phrase alambiquée.

– Ouaip, on connaît pas le nom des rues mais on pourra vous y amener si vous voulez.

– D'accord, répondit Adamsmendy. On verra ça tout à l'heure. Continuez…

– Donc à cause du feu d'artifice, y'a eu beaucoup de bruit, et les gens ont commencé à se précipiter vers la place de la mairie pour aller voir ça de plus près… Il y a eu carrément un mouvement de foule, ça arrivait de tous les côtés. Des gens se sont bousculés, certains sont tombés, y'a eu même des échanges de coups de poing parce que tout le monde voulait passer pour profiter du spectacle. Et comme les rues sont étroites dans ce quartier…

– Et vous, vous faisiez quoi ?

– Rien, on était perchés sur une poubelle pour éviter d'être écrasés. Le feu d'artifice, nous, on s'en fout, continua le petit. Nous, ce qui nous intéresse, c'est les filles.

– Ça aussi, on verra ça plus tard, répéta Adamsmendy. Et après ?

– Ben, quand y'a eu moins de monde, on a vu qu'il y avait quelqu'un qui restait par terre. On s'est dit « putain, celui-là, il n'a pas l'air bien ! » On croyait qu'il était bourré, on est donc descendu de la poubelle et on s'est rapproché pour l'aider à se relever. Y'avait aussi d'autres personnes autour qui sont venues lui porter secours. On l'a un peu secoué, mais il ne bougeait pas. Et puis on a vu sa tête…

– Là, on a compris que c'était grave, poursuivit le grand. Une fille a crié « Il faut l'amener aux secours ! » Moi j'ai demandé « Où c'est les secours ? » et elle m'a dit qu'il suffisait de remonter la rue en face pour atterrir sur la place où on trouve les ambulances. Alors avec mon cousin, on a pris le gars par les épaules et on est venu ici…

– Votre cousin ? coupa Adamsmendy.

– Ben, lui ! dit le grand en montrant son voisin.

Il y eut un silence. À les regarder de près, c'est vrai qu'ils avaient vaguement un air de famille, ces deux-là.

– Quand on est arrivé, les secours ont pris le gars sur une civière et ils nous ont demandé d'attendre dehors. On a hésité, et puis on s'est dit qu'on pouvait rester cinq minutes pour savoir ce qui lui était arrivé. On n'a pas eu à rester longtemps, un infirmier est sorti et nous a dit de le suivre, en disant que c'était grave. Et depuis, on attend ici…

– Il va y en avoir encore pour longtemps, commissaire ? demanda le petit. Y'a les filles qui nous attendent, dehors !

– Écoutez, les filles, il en restera toujours de libres d'ici la fin des fêtes. Et plus vite vous me donnerez tous les renseignements utiles, plus vite vous sortirez.

– Ben nous, on a fini. On a plus grand-chose à raconter…

– Avez-vous remarqué précisément à quel moment il est tombé ?

– Ben non, comme on vous l'a dit, il y avait beaucoup de monde ! Les gens étaient serrés comme des sardines, c'était difficile de remarquer quelqu'un qui tombe. Et puis en plus il y en avait, de la viande saoule, alors on fait pas forcément attention aux gens qui tombent.

– Y'avait même une banda, je me souviens. Ils jouaient une chouette chanson, et tout le monde suivait le rythme en poussant des cris. Alors avec le feu d'artifice, ça faisait un raffut ! Je sais pas si le gars a crié quand il est mort, mais de toute façon personne ne l'aurait entendu.

– Et vous connaissiez d'autres personnes présentes sur les lieux ?

– Ben non, on n'est pas d'ici, vous savez. On est venu tous les deux pour faire les fêtes et on repart lundi chez nous.

– La banda, vous connaissez son nom ?

– Attends, dit le grand. Y'avait le nom écrit sur le gros instrument, là, où on souffle dedans…

– Un tuba, peut-être ? Ou bien un cor, un trombone ?… hasarda Adamsmendy.

– Je ne sais plus. Tu te souviens du nom, toi ? demanda-t-il à son cousin.

– Non.

– Et vous sauriez identifier d'autres témoins ? poursuivit Adamsmendy. Les gens qui vous ont aidé à ramasser le corps ?

– La fille qui nous a dit où étaient les secours était plutôt canon, je crois que je saurai la reconnaître, dit le petit.

– Et vous vous souvenez d'autres détails qui pourraient apporter quelque renseignement utile ?

– Ben non, pour le moment on voit rien…

– Écoutez, reprit Adamsmendy. Je vais vous laisser mes coordonnées. Vous m'appellerez si vous vous souvenez du nom de la banda, ou si vous croisez quelqu'un qui se trouvait au même endroit et au même moment que vous. Appelez-moi de toute façon pour n'importe quel autre détail qui vous viendrait à l'esprit. Je vous demande également de rester dans les parages jusqu'à ce qu'on vous autorise à partir. Où logez-vous le temps des fêtes ?

– Ben…

Les deux cousins eurent un moment d'hésitation.

– Et bien ? reprit Adamsmendy.

– On sait pas si on doit vous le dire, vu que vous êtes flic, répondit le petit.

– Mais bien sûr que vous allez me le dire ! Je ne vois pas en quoi cela poserait problème !

– Ben si, vu qu'on a planté la tente dans un endroit pas conseillé. Et en plus on a vu des panneaux « camping sauvage interdit » à plusieurs endroits de la ville…

– Et c'est quoi, cet endroit « pas conseillé » ?

– Sur un rond-point…

Adamsmendy médita un instant sur la folie de certains jeunes gens, prêts à braver le danger et les interdits pour pouvoir participer aux fêtes à moindre frais.

– Bon, je suis prêt à fermer les yeux et à demander à mes collègues de faire de même, si vous m'aidez. Vous allez nous amener à l'endroit où cela s'est passé. En attendant, vous allez décliner vos identités à Etxe ici présent, et lui communiquer vos numéros de portable.

Les deux jeunes hommes obtempérèrent.

Adamsmendy appela du personnel infirmier par la porte donnant sur la cour.

– Vous, là ! Vous allez amener le corps au médecin légiste de l'hôpital. Inutile de mettre les gyrophares, hein ! Pas besoin d'inquiéter la population... Je veux une autopsie dans les vingt-quatre heures.

Enfin il s'adressa aux deux cousins tarbais :

– Allons-y.

– Commissaire, remarqua Etxe, si je peux me permettre, il serait préférable que vous enleviez votre pardessus pour vous promener dans les rues. Je pense que nous nous ferons moins remarquer si nous sortons uniquement vêtus de notre chemise blanche.

Adamsmendy regarda son jeune collègue avec étonnement, resta quelques secondes à peser le pour et le contre, puis finalement suivit son conseil, renonçant ainsi à vingt années d'habitude.

Les quatre hommes sortirent de la pièce et traversèrent la cour d'école. Il y avait toujours autant d'agitation dans les classes. En passant sous le porche d'entrée, Adamsmendy remarqua des formes humaines immobiles dans la pénombre. Elles paraissaient démesurément grandes, ce qui lui inspira un instant de panique. Il porta la main à son ceinturon, à l'emplacement où d'habitude il portait son arme de service. En tâtant l'emplacement vide, il se souvint qu'il l'avait laissée malheureusement à la maison ce soir-là.

– Pas de panique, commissaire ! dit Etxe. Ce ne sont que les géants...

– Les géants ? demanda Adamsmendy, à moitié rassuré.

– Ce sont des poupées géantes qui ont été créées par une association dont j'ai oublié le nom, et qu'on utilise pendant les fêtes. L'intérieur est creux, un homme peut s'y glisser pour la transporter.

Adamsmendy s'approcha et distingua une tête énorme rehaussée d'un tricorne, une autre coiffée d'un chapeau de clown, une troisième enveloppée dans un foulard... Leurs corps étaient constitués d'une toile colorée qui reposait sur une armature métallique.

– En journée, elles déambulent dans toute la ville, poursuivit Etxe. Elles accompagnent les orchestres dans la rue, en particulier lors du réveil du roi Léon...

Etxe remarqua l'air interloqué de son chef, et fournit donc de nouvelles explications.

– Le roi Léon, commissaire, c'est une autre poupée qui se trouve sur le balcon de l'hôtel de ville. Il représente le roi des fêtes de Bayonne...

Adamsmendy se gratta la tête.

– Mais où vont-ils chercher tout ça ?

– Pour le roi, c'était facile, répondit Etxe. Il est inspiré d'une vraie personne, un certain Léon, personnage un peu simplet de Bayonne, qui était la risée de la population pendant les fêtes dans les années cinquante.

– Et le soir, on stocke ces poupées ici ?

– Apparemment oui. Par contre, chaque midi, elles se retrouvent sur la place de la mairie pour assister au réveil du roi Léon, dans un grand rassemblement de fêtards. Vous verrez ça demain si vous avez l'occasion de venir en ville. On y chante une chanson très populaire pour les enfants.

Debout, debout, debout, Léon
Il est temps de mettre ta couronne
Pour nous ce sera toujours toi
Le roi des fêtes de Bayonne…

– Bon, ça suffit maintenant, le coupa Adamsmendy. Je doute que j'aie l'occasion d'aller les voir, je n'aurai pas vraiment du temps à consacrer à ces clowneries.

Il pesta encore une fois contre son subordonné. Mais en fait, il mourait d'envie d'en savoir plus sur le sujet. Tout ce folklore n'existait pas au moment où il avait quitté le Pays-Basque, et il avait grandement besoin qu'on lui rafraîchisse les idées.

Ils sortirent de l'école et furent immédiatement submergés par le bruit de la ville. Une banda avait investi la scène installée au pied des remparts du Château-Vieux. Adamsmendy regarda les Tarbais d'un air interrogateur, et ceux-ci firent un signe négatif de la tête. Ce n'était pas cette banda qui était présente sur les lieux au moment du drame.

Ils remontèrent la rue Orbe et s'arrêtèrent à l'intersection avec la rue Victor-Hugo.

– C'était ici, dit le petit.

Ils se trouvaient sur une petite placette entourée de hauts immeubles à colombages, architecture typique du vieux Bayonne. Des magasins – fermés à cette heure de la nuit – en occupaient les rez-de-chaussée au niveau des rues piétonnes, tandis que les étages servaient d'habitation. La plupart des boiseries étaient peintes d'un rouge sombre, mais on pouvait trouver d'autres couleurs issues du pantone basque : vert profond, gris clair, bleu océan. Les cinq rues qui convergeaient sur cette place apportaient leur flot de passants plus ou moins enivrés. Une des rues montait vers les flèches éclairées de la cathédrale. De l'autre côté, l'orchestre de la place de la mairie entamait un rythme de fandango. La recherche d'indices allait être délicate.

– Montrez-moi exactement où vous vous trouviez lors du décès...

– Nous, on était là-dessus, répondit le grand en désignant une poubelle de ville en fonte. On était monté pour éviter de se faire entraîner par la foule.

– Et la victime ?

– Ici, à peu près, poursuivit-il en montrant le centre de l'intersection des deux rues.

– Y'avait tellement de monde, c'est difficile de répondre avec exactitude... continua le petit.

Il avait eu du mal à prononcer correctement le mot « exactitude ».

Adamsmendy scruta minutieusement le sol pour essayer de trouver des éléments qui lui permettraient d'en savoir un peu plus sur les circonstances du drame. Il y trouva des confettis en quantités variables, un serpentin déroulé et un autre encore entier, quelques débris de verre et quelques décimètres carrés d'une substance glaireuse qu'il identifia comme du vomi. Il n'y avait pratiquement plus de gobelets en plastique depuis que les cafés avaient opté pour des verres consignés et réutilisables, décorés avec les motifs de l'affiche des fêtes. Et cela était une bonne chose.

– Où se trouvait la banda ? demanda Adamsmendy.

– Ben, par là. Mais vous savez, une banda, c'est plein de monde et ça se déplace… Impossible de dire où elle était quand l'autre a été assassiné…

– Silence ! coupa le commissaire. Pour le moment on ne sait pas s'il s'agit bien d'un assassinat. Je vous demande d'utiliser le mot « accident à la place ».

Les deux Tarbais opinèrent du chef quand ils furent surpris par le cri venant d'un homme qui surgit de la rue opposée.

– Etxe ! P… d'Etxe ! Et qu'est-ce que tu fous là ?

Adamsmendy se retourna et vit son jeune collègue souriant à l'individu qui l'avait appelé. Ils avaient manifestement l'air de se connaître. Etxe répondit, un peu gêné :

– Tiens, adio Peio ! Tu fais les fêtes toi aussi ?

– Sacré Etxe, va ! Ça se voit pas, que je fais les fêtes ?

Son tee-shirt blanc était maculé de larges taches de diverses origines.

– Et toi, alors, tu fais quoi ? continua-t-il d'une voix enrouée. A voir ta tête, t'as pas l'air très gai, hein ! Ne me dis pas que tu es en service ?

– Euh, non, non... J'allais rentrer chez moi. Ça suffit pour l'ouverture, je me rattraperai les prochains jours.

– Ouh là là, que tu mens mal, Etxe ! Ça se voit comme le nez au milieu de la figure. Je suis sûr qu'il se trame quelque chose de pas catholique ici. Et si tu me racontais ? C'est qui, ces gens qui t'accompagnent ?

Etxe jeta un regard suppliant au commissaire qui commença à froncer les sourcils. Ce dernier s'approcha de l'homme dénommé Peio en lui lançant un regard menaçant.

– Écoutez, gronda-t-il. Vous allez me faire le plaisir de ne pas poser trop de questions et de déguerpir immédiatement. Ces choses ne vous concernent pas.

– Qui êtes-vous d'abord pour me parler sur ce ton ? réplique le festayre.

– Je vous ai déjà dit que ça ne vous regardait pas, répondit Adamsmendy. Allez voir ailleurs si le cœur vous en dit... Ouste !

L'homme se raidit en fermant ses poings, puis se figea, pris d'une illumination soudaine.

– Mais je vous reconnais ! lança-t-il. Vous êtes le commissaire Adamsmendy, fraîchement nommé à

Bayonne ! J'ai vu votre photo dans le journal au moment de votre nomination !

– Foutez-moi le camp d'ici ! insista Adamsmendy.

Le gaillard recula, puis leva la main.

– Bon, bon… Ne vous fâchez pas ! Je m'en vais, mais nos routes vont souvent se croiser, commissaire. Vous allez entendre parler de moi. Les gens ont besoin de connaître la vérité…

Et il s'enfuit en courant.

Etxe était blême. Adamsmendy jura.

– C'était qui, cet hurluberlu ? lui demanda-t-il.

– Peio Guillenteguy, journaliste de profession. C'est un des correspondants locaux du journal *Sud-Ouest.*

– Punaise, manquait plus que ça !

Le journal en question tirait en moyenne trois cent mille exemplaires chaque jour, et il inondait la région aquitaine et même au-delà puisqu'il couvrait également certains départements limitrophes. La discrétion nécessaire à l'enquête était mal engagée.

– Et comment le connaissez-vous ?

– On était à l'école maternelle ensemble… Et puis vous savez comment c'est, commissaire. Des fois, on s'échange des tuyaux sur certaines affaires. C'est du gagnant-gagnant, vous voyez ?

– Mmmmh… Oui, je vois.

La police avait effectivement parfois recours aux investigations des journalistes pour progresser dans les enquêtes, et inversement. Tout cela de manière non officielle, bien entendu. Adamsmendy avait pour sa part tissé des liens avec différents contacts durant sa carrière parisienne. Mais ici au Pays Basque, tout restait à faire. Etxe pourrait certainement lui être d'un précieux secours. Mais le premier contact avait été raté.

– Bon, ça suffit comme ça, laissa tomber Adamsmendy. On arrête pour aujourd'hui. Que chacun rentre chez soi, on y verra plus clair demain.

Les deux Tarbais se retirèrent en reculant et en faisant des courbettes. Dès qu'ils atteignirent la rue adjacente, ils s'esquivèrent sans demander leur reste

Adamsmendy était un peu découragé. Il ne se faisait plus d'illusion sur l'avis qu'allait donner le médecin légiste. Il était sûr qu'il s'agissait d'un meurtre. Il sentit le poids des futurs ennuis peser sur ses épaules.

Les deux policiers regagnèrent lentement le poste de secours. Ils croisèrent une ambulance qui sortait de l'école, tous feux éteints comme prévu, et qui regagna les allées Paulmy pour rejoindre l'hôpital.

– Qu'est-ce qu'on fait, commissaire ? demande Etxe à son supérieur.

– Vous repartez au commissariat pour finir votre quart, répondit Adamsmendy d'un ton las. Demain, quand Petitbon arrivera, vous lui demanderez de se mettre sur le fichier des empreintes digitales. On se reverra dans la journée pour le rapport du médecin légiste.

– D'accord, commissaire. Ne soyez pas abattu, on a tous des moments de découragement quand les circonstances sont difficiles. Et comme le chante souvent mon beau-frère...

Oi gu hemen
Bidean galduak
Heriotz miñez
(Nous ici, perdus sur le chemin, souffrant de la mort...)

Adamsmendy n'eut pas la force de protester contre ce chant impromptu, qu'il laissa finir avant de grommeler :

– Bonne nuit, Etxe.

Il fit un vague signe de la main à son jeune collègue et se dirigea à pied vers son domicile.

Les fêtes démarraient mal. Chaque année amenait pourtant son lot de blessés consécutifs à l'ivresse, de dégradations de lieux publics, de vols et parfois même de viols. Mais un assassinat, c'était certainement une première. Les jours qui allaient suivre s'annonçaient délicats. Il lui faudrait mobiliser ses meilleurs éléments pour remonter des pistes, car il se demandait si Etxe était vraiment capable de l'aider. Et tout cela dans l'environnement difficile des fêtes de Bayonne, pas vraiment propice à une conduite sereine de l'enquête. En attendant, il n'avait rien d'autre à faire que repartir chez lui et tenter de trouver le sommeil. Demain allait être un autre jour, qui – espérait-il – allait amener son lot d'informations.

En tournant la clé de la porte d'entrée de son appartement, il jura.

– Merde ! J'ai oublié mon imperméable blanc au poste de secours.

Osteguna (*Jeudi*)

Adamsmendy avait l'habitude d'aller au commissariat à pied. Son appartement n'était pas distant de plus d'un kilomètre à vol d'oiseau. Cela faisait faire un peu d'exercice le matin, et lui apportait de l'entrain pour attaquer la journée et de la sérénité pour la terminer. En cas de besoin, il savait qu'il pouvait utiliser les voitures de fonction pour se déplacer.

On avait pris soin d'implanter le commissariat à l'extérieur du périmètre des fêtes, au-delà des allées Paulmy. Ce qui en faisait un lieu relativement épargné des sarcasmes et des provocations nocturnes des festayres, voire des risques de dérapage au cours de ces chaudes soirées.

À l'entrée, il tomba sur Maubert, un des plus anciens membres de son équipe. Sa qualité de vétéran lui assurait un certain statut, qu'il n'hésitait pas à mettre en avant dans certaines occasions. Adamsmendy en ressentait parfois de l'embarras, ne sachant pas s'il devait systématiquement mettre à contribution sa longue expérience, ou confier la responsabilité de certaines affaires à des collègues plus jeunes pour les laisser prendre la relève. Ceci dit, il fallait reconnaître qu'il faisait bien son boulot.

– Adio, Adamsmendy, dit celui-ci. Alors, les fêtes ont mal démarré, ou bien ?

– Plutôt, oui ! Etxe t'a raconté ?

– Oui, il vient de quitter la permanence pour rentrer chez lui. Il avait l'air tout excité... Je crois que c'est son premier mort.

– Marie Petitbon travaille sur les empreintes ?

– Elle s'y est mise dès son arrivée. Je crois qu'elle tient quelque chose...

– J'y vais.

Adamsmendy traversa plusieurs bureaux, salua quelques collègues puis regagna le service informatique. Une femme, blonde aux cheveux courts, pianotait sur un clavier d'ordinateur. Marie Petitbon était la spécialiste scientifique du service. Elle gérait également les relations avec les nombreux laboratoires externes travaillant pour la police, car les moyens matériels du commissariat restaient limités. Adamsmendy vit s'afficher sur l'écran une image géante d'empreinte digitale.

– Bonjour Marie, dit-il en s'approchant. Alors, vous avez trouvé une correspondance avec le relevé d'empreintes d'hier soir ?

– Oui, commissaire, on a de la chance ! Ce type était fiché sur notre liste… Je n'ai eu aucune difficulté à retrouver son identité.

– Et qui c'est ?

– Koldo Zubiko, né le 15 mars 1969 à Bidarray, Pyrénées-Atlantiques. Ancien activiste indépendantiste basque, il faisait partie de la mouvance d'Iparretarak dans les années 80. Il a été inculpé pour une série d'attentats à cette époque, mais on n'a jamais pu prouver quoi que ce soit à son encontre, et donc il n'a jamais été condamné. Il a été placé sous surveillance pendant une bonne dizaine d'années, puis on a arrêté de le suivre, faute d'acte condamnable. On n'a plus entendu parler de lui… jusqu'à aujourd'hui.

– Bon, voilà au moins une piste. Et il faisait quoi, dans la vie ?

– Apparemment, il était agriculteur. Il vivrait toujours chez ses parents, avec ses frères, dans la ferme familiale à Bidarray. Élevage de brebis et de *pottoks*, vente de fromage au marché, bref une vie typique de quelqu'un de l'intérieur, comme on dit ici. Tout ceci est à confirmer bien sûr, on n'a plus de données récentes sur ce type.

– Une photo, peut-être ?

– Ah, oui ! En voilà deux, prises pendant sa garde à vue…

Une tête vue de face et de profil s'afficha à l'écran. Long visage allongé, nez fin et légèrement busqué, sourcils épais et air fermé, lèvres réduites à un trait de lame de rasoir : c'était bien lui, pas de doute possible. Adamsmendy le reconnut immédiatement, même si sur la photo il avait trente ans de moins, et si l'expression de terreur qui inondait la face du mort était remplacée par un air de mutisme propre aux personnes soumises à l'autorité de la police.

– La famille a été prévenue ?

– Etxe s'en est occupé ce matin, avant de partir. Il valait mieux que ce soit lui, apparemment ça parle mieux basque que français dans cette famille.

– Et alors ?

– Et alors, rien. Il a eu le père au téléphone, qui apparemment a eu l'air abattu mais pas vraiment surpris. Etxe m'a dit qu'il a baragouiné quelque chose au sujet d'une malédiction sur la famille ou un truc comme ça, et a demandé à ce qu'on rapatrie le corps pour que les obsèques aient lieu le plus vite possible. Un peu rustre à première vue.

– Si l'hypothèse du meurtre est confirmée, il va falloir lui rendre une petite visite…

– Etxe m'en a parlé, il souhaiterait vous accompagner. Il dit que parler basque permettra de mieux se faire accepter pour un interrogatoire éventuel. Et en plus il dit qu'il sait s'y prendre avec ce genre de personnage…

– J'y penserai, grommela Adamsmendy.

Elle avait raison, bien sûr. Adamsmendy s'était habitué à être accompagné d'Etxe qui avait l'immense privilège de pratiquer la langue basque. Indispensable pour fréquenter les milieux nationalistes ou tout simplement pour comprendre les apartés échangés par deux suspects souhaitant communiquer en toute discrétion, sans être importunés par le fonctionnaire de police qui leur fait face.

Adamsmendy avait bien essayé d'apprendre le basque mais il avait renoncé. À l'époque où il avait quitté le pays pour regagner la capitale, il n'y avait pas autant de facilités pour en faire l'apprentissage : peu d'*ikastolas*(7), pas d'enseignant réellement formé et une littérature inexistante. Pire, parler basque était plutôt mal vu. Cela était considéré comme arriéré et réactionnaire, et forcément associé avec le milieu nationaliste.

À son retour sur Bayonne, après la trentaine d'années passées en région parisienne, Adamsmendy avait constaté que la situation avait changé : le basque connaissait un certain regain de vigueur, en particulier chez les jeunes. La télévision régionale s'y était mise, et il était facile de capter les chaînes basques diffusées de l'autre côté de la frontière.

7- École dans laquelle les enfants sont imprégnés de langue basque dès la maternelle.

Adamsmendy avait commencé à prendre des cours mais il n'avait plus la facilité d'assimilation de sa jeunesse, et il butait autant sur la mémorisation des mots – dont la plupart n'avaient absolument rien à voir avec une origine latine – que sur les structures grammaticales – phrases inversées par rapport au français, et multitude de cas dont il mélangeait les terminaisons. Il adhérait totalement à la légende qui racontait que le diable s'était jeté du haut d'un pont, désespéré de ne pas avoir réussi apprendre la langue basque…

– J'ai poursuivi les investigations en allant voir sur Internet, si des fois il y avait des renseignements à glaner, poursuivit la fonctionnaire. Et bien vous savez quoi ? Je n'ai rien trouvé du tout ! Apparemment la victime n'a pas de profil sur aucun des réseaux sociaux. Il faut croire qu'on ne captait pas le web, dans sa vallée…

– Et alors ? sourit Adamsmendy. Croyez-vous qu'on ait besoin d'Internet quand on est agriculteur à Bidarray ?

– Vous avez peut-être raison… Je vous ai préparé un petit dossier papier de ce que j'ai pu recueillir sur l'homme et sur ses proches… Il n'y a pas grand-chose de plus, mais vous pourrez peut-être trouver des choses intéressantes qui ne m'ont pas forcément sauté aux yeux.

– Merci, Marie, répondit le commissaire. Je vous tiendrai au courant de la suite de l'enquête… si enquête il y a.

Il se dirigea dans son bureau avec le dossier sous le bras, en faisant un détour par la machine à café. Il y retrouva Maubert qui décidément n'avait pas grand-chose à faire ce matin-là. Il lui paya un café, et en prit également un.

– Alors, demanda celui-ci. Marie a identifié la victime, non ?

– Oui, répondit le commissaire. Un certain Zubiko, lié au milieu indépendantiste. Dis donc, tu avais pas mal enquêté dans ce milieu, toi, non ?

– Ouaip, et c'est plutôt calme en ce moment. Du moins ça fait pas mal d'années qu'on n'a pas eu de mort côté France, *Iparralde* comme ils disent dans le coin. Quelques trafics avec l'Espagne, quelques maisons plastiquées, et quelques manifestations en faveur des prisonniers « politiques » qu'il faut encadrer. Bref, rien de très grave.

– Je suppose que tu as gardé des contacts avec le milieu. Je pourrais faire appel à tes services si besoin ?

– No problemo. Ravi de pouvoir t'être utile.

Adamsmendy partit dans son bureau pour finir son café tout en feuilletant le dossier. Effectivement, il n'y avait pas grand-chose à en tirer. Koldo Zubiko était le deuxième fils d'une famille de quatre enfants. Les parents étaient agriculteurs dans une vieille ferme de la vallée du Bastan, vallée perdue entre Bidarray et la frontière espagnole. Le dossier ne faisait mention d'aucune compagne, ni d'enfants déclarés. Après avoir habité quelques années dans le Petit-Bayonne – les années où il avait fréquenté le milieu indépendantiste – il était reparti vivre dans la ferme familiale, où il s'occupait de son vieux père avec ses trois frères. La mère était décédée depuis plus de deux ans.

Plusieurs articles étaient consacrés à sa période militante et engagée – et enragée. Il avait été inculpé dans différentes affaires dont la gravité allait croissant.

Dans ses jeunes années, Koldo Zubiko s'était distingué comme l'inventeur de la « bombe à étrons », qui avait eu un certain succès auprès des militants nationalistes. Il avait récupéré le compresseur d'une machine agricole qu'il avait relié à de vieux pots à lait, préalablement remplis de purin récupéré dans la fosse de la grange de ses parents. Les pots à lait mis sous pression servaient ainsi de canons d'éjection de boules de purin compressées, qui pouvaient exploser après une course d'une cinquantaine de mètres. Avec deux de ses camarades, il utilisa cette arme naturelle et biodégradable avec succès contre les murs de la préfecture et de la caserne de parachutistes.

Hélas, ils n'avaient pas prévu que le tracteur qui servait à transporter ce matériel de guerre n'avait aucune chance d'échapper à la vitesse surpuissante des motos des CRS. Ils furent facilement rattrapés au bout de la deuxième attaque et conduits *manu militari* au poste de police. Ce fut sa première garde à vue, à l'âge de dix-huit ans.

Il n'eut droit qu'à une condamnation symbolique – il était tout juste majeur – qui consista en des travaux d'intérêts généraux pour la ville de Bayonne : nettoyage des locaux publics et entretien des jardins.

Son deuxième acte de résistance fut plus sérieux.

Comme la plupart de ses camarades, il ne supportait pas que les panneaux routiers de direction ne soient écrits qu'en français, alors que le bilinguisme basque/français aurait dû être la norme. De plus, il trouvait ridicules les pancartes qui avaient été rajoutées sous les panneaux officiels d'entrée de ville, qui indiquaient le nom de la localité en basque : leur couleur rouge et verte, ainsi que le type d'écriture utilisé ne servaient qu'à donner une image folklorique rassurante aux touristes. Cela justifiait le surnom dédaigneux de « panneaux piperade » dont il les avait affublés.

Il réussit donc à convaincre le milieu de se lancer dans une opération « tags ». La nuit, ils barbouillaient tous les panneaux routiers écrits en français de peinture blanche de manière à les rendre illisibles. Cette opération remporta un certain succès, car bientôt les automobilistes furent perdus et contraints de demander leur chemin aux passants. La préfecture s'en émut, et mit en place des équipes de surveillance à des endroits stratégiques pour tenter de prendre les barbouilleurs en flagrant délit. Mais comment assurer la surveillance des milliers de panneaux répartis sur tout le territoire basque ?

Ce fut totalement par hasard que les policiers mirent un soir la main sur Koldo Zubiko, errant sur les routes des bois de St Pée, un bidon de peinture blanche à la main. Pendant sa garde à vue, il expliqua qu'il partait chez sa grand-mère repeindre la façade de sa maison, ce que les policiers mirent fortement en doute. Mais en l'absence de preuve, Koldo fut finalement relâché et ne fut pas plus inquiété.

Après plusieurs mois de barbouillage, les nationalistes arrivèrent finalement au résultat escompté, et remportèrent cette guerre d'usure : tous les panneaux souillés furent remplacés par des panneaux bilingues.

Ce fut finalement pour un troisième motif qu'il faillit finir pour de bon en prison. Un soir de beuverie, son appartement du Petit-Bayonne avait été investi par deux de ses camarades qui recherchaient en urgence un hébergement pour la nuit. Peu regardant sur la cause de leur tracas, il avait accepté de les loger dans le grenier qui surplombait sa cuisine et dans lequel il avait l'habitude de sécher ses draps. Sur le coup de trois heures du matin, il fut réveillé par des sirènes et les hurlements proférés par un porte-voix, invitant à une reddition sans concession et sans combat. L'immeuble avait été encerclé par trois garnisons de CRS et le quartier avait été bouclé. Les deux indépendantistes avaient tenté de fuir par les toits mais ils avaient été rattrapés par un hélicoptère qui sillonnait la ville ce soir-là.

Koldo apprit par la suite que ses deux amis avaient réussi à faire exploser une partie des locaux de la préfecture, ce qui avait malheureusement coûté la vie à un CRS de garde. Il fut ainsi embarqué avec ses camarades et inculpé de complicité de meurtre. Après plusieurs jours de garde à vue, il fut finalement relâché car l'enquête confirma qu'il ne faisait pas partie du commando meurtrier et qu'il n'était pas au courant de leurs agissements.

Ce fut sa dernière action au sein du groupuscule activiste. Après ce coup d'éclat, et pour des raisons inconnues, il quitta son appartement de Bayonne et regagna la ferme familiale.

Adamsmendy nota les noms des deux indépendantistes : Iban Etxezahar, qui fut au final condamné à trente ans de prison, et remis en liberté sous caution au bout de dix-huit ans suite à une remise de peine pour comportement exemplaire ; et Manex Etxeberry, condamné à vingt ans de prison et qui purgea sa peine jusqu'au bout. Les deux hommes étaient donc à nouveau libres.

Le commissaire prit son téléphone et donna les noms à Maubert, en lui demandant de retrouver leur trace le plus vite possible.

– C'est comme si c'était fait ! répondit celui-ci.

Il tenait là une piste sérieuse. Qui sait si le passé ne refaisait pas brusquement surface ? Koldo Zubiko avait peut-être laissé quelques ardoises dans le milieu, qu'il avait fini par payer au cours de ces fêtes.

Il fut interrompu dans ses réflexions par trois coups sur la porte de son bureau. Celle-ci s'ouvrit avant qu'il n'ait eu le temps de répondre. Etxe surgit dans l'ouverture.

– Commissaire, je venais juste vous dire un petit bonjour, en passant...

– Vous êtes déjà là ? répondit Adamsmendy. Vous étiez de garde cette nuit, il me semble...

– Ben oui, commissaire. Mais vous savez, cette histoire m'intéresse. Alors je n'ai pas beaucoup dormi, à force d'y penser. Et puis il est déjà onze heures et demie...

Adamsmendy consulta sa montre.

– Vous avez raison, dit-il. Je ne me suis pas rendu compte que la matinée est passée si vite. J'avais le nez dans les dossiers...

– Alors je me suis dit qu'on pourrait aller déjeuner en ville. Comme ça vous pourrez assister au réveil du roi Léon, et voir les géants en action...

Adamsmendy réfléchit aux tâches à accomplir au cours de la journée : comme il devait passer à l'hôpital l'après-midi pour rencontrer le médecin légiste, il se dit qu'il pouvait faire un crochet par les fêtes avant d'y aller.

– OK, répondit-il. Je vous suis.

Il se leva et commença à enfiler son par-dessus.

– Commissaire, poursuivit Etxe. Sauf votre respect, il vaudrait mieux que vous y alliez en chemise. En plus elle est blanche, ce sera parfait.

Il sortit deux bouts de tissus rouges de sa poche.

– J'ai amené des foulards. On passera vraiment inaperçu !

Adamsmendy grommela quelques mots de mécontentement dans sa barbe naissante, mais il accepta. Etxe lui noua le foulard autour du cou, en faisant un nœud particulier qui ne faisait dépasser qu'un seul bout, à la manière élégante d'une cravate. Il avait été si rapide dans ses gestes qu'Adamsmendy n'avait pas eu le temps de voir comment il l'avait exécuté.

Le foulard comportait un écusson qui montrait un homme habillé de rouge et blanc, courant vers l'horizon en exhibant un drapeau basque. Le mot « Denak elgarrekin » était inscrit en lettres blanches, avec la police de caractère typique du Pays Basque.

– C'est le foulard de ma chorale, dit Etxe avant que le commissaire ait eu le temps de poser la question. Ça veut dire « tous ensemble ». Beau programme, non ?

– Ah bon ? Vous faites partie d'une chorale ?

Adamsmendy aurait dû se douter que son jeune collègue n'avait pas acquis son répertoire de chansons basques par l'opération du Saint Esprit.

Ils sortirent du bureau et traversèrent les couloirs du commissariat. Ils eurent à affronter les compliments ironiques des quelques collègues qu'ils croisèrent. Adamsmendy choisit de les ignorer, et passa la tête haute, superbe, sans se retourner.

Ils descendirent les allées Paulmy et rattrapèrent la place des Basques, sur laquelle arrivait le réseau de bus qui abreuvait les fêtes des festayres de la région. Mais, en cette fin de matinée, la place était relativement calme et la fréquentation clairsemée.

– Ils sont tous partis sur la place de la mairie pour voir le réveil du Roi Léon précisa Etxe.

Ils coupèrent par la rue Orbe et, effectivement, Adamsmendy put s'en rendre compte en arrivant à l'angle de la rue Port-Neuf qui offrait une vue directe sur la foule.

Tout le monde s'était donné rendez-vous sur la place, et la foule débordait allègrement dans les rues avoisinantes. Au fur et à mesure qu'ils approchaient, Adamsmendy remarqua que le public était beaucoup plus familial que la nuit précédente : on pouvait voir des centaines d'enfants, tout excités, dans les bras de leurs grands-parents ou juchés sur les épaules de leur père. Il y avait aussi plus de diversité dans les tenues vestimentaires. Les parents pouvaient se permettre de revêtir leurs gamins de manière plus fantaisiste : bérets rouges ou noirs pour les garçons, petite jupe rouge, corset noir et foulard blanc pour les filles. Confettis et serpentins coulaient à flot, et Adamsmendy ne put éviter d'en recevoir sur le crâne, ce qui l'embêta au plus haut point. Il avait horreur de devoir balayer ces petits bouts de papier colorés le soir dans sa salle de bain, au moment de prendre la douche. Certains enfants possédaient une petite trompette jouet achetée au marchand du coin de la rue, dont le son strident et nasillard venait se mêler aux accords des bandas qui avaient survécu à la nuit de fête. Il en résultait une joyeuse cacophonie.

Toute cette jeune assemblée était massée au pied de la mairie et avait les yeux braqués sur la porte-fenêtre du balcon dont les rideaux étaient toujours tirés. Une dizaine de personnes se trouvaient sur cette galerie, observant la foule d'en haut, tandis que l'un d'entre eux la faisait patienter en jappant au micro des commentaires inintéressants.

Etxe fit un signe à Adamsmendy en direction des poupées géantes qui se dirigeaient sous le balcon en se dandinant lentement à travers la foule. Elles étaient toutes là, et Adamsmendy reconnut les personnages qu'il avait entraperçus la veille, dans la pénombre du poste de secours : le brigadier avec son large tricorne, la favorite avec sa robe bleue qui ne pouvait pas totalement emprisonner une poitrine abondante, mais aussi le chocolatier, le médecin, la marchande de légumes... Adamsmendy reconnut certains personnages traditionnels de son enfance, quand il venait faire le marché avec sa mère le samedi matin.

Il remarqua également d'autres poupées plus petites et d'allure nettement moins débonnaire : petits diables grimaçants qui s'amusaient à faire peur aux enfants, nains au visage déformé qui distribuaient des coups de masse d'arme – dont le boulet était fort heureusement une balle de tissu rempli de coton, évitant ainsi tout risque de blessure.

– Ce sont des personnages de la mythologie basque ! hurla Etxe à l'oreille d'Adamsmendy pour se faire entendre.

Tout à coup, les haut-parleurs diffusèrent la chanson que le commissaire avait pu entendre la veille de la bouche de son assistant.

Debout, debout, debout, Léon...

Tous les enfants reprirent en chœur la chanson dans un chahut indescriptible. Ils avaient dénoué leur foulard et les faisaient tournoyer au-dessus de leur tête, ce qui devait donner une image spectaculaire pour les privilégiés qui pouvaient observer la scène depuis le balcon. Adamsmendy vit alors son collègue faire de même en chantant à tue-tête. Il se surprit lui-même à piétiner au rythme de la musique.

– Et maintenant, les enfants, on va répéter les douze coups de midi pour réveiller le roi Léon ! dit l'homme du balcon dans son micro, à la fin de la chanson.

Un carillon résonna dans les haut-parleurs, puis une cloche entonna le rythme d'une pendule en suivant les douze coups fatidiques. La foule égrena chaque coup avec application.

– Un... deux... trois... quatre...

Adamsmendy hurla également les douze chiffres, emporté par l'enthousiasme de la foule. Au douzième coup, le rideau du balcon s'écarta lentement, laissant apparaître la grosse poupée d'un personnage rebondi et souriant, coiffé d'une perruque frisée jaune et d'une couronne. C'était le Roi Léon, bien entendu. Une clameur s'éleva à sa vue, et la musique retentit à nouveau. Adamsmendy avait levé les bras et applaudissait frénétiquement, à s'en abîmer les mains. Il hurlait de joie en fixant la marionnette qui saluait ses sujets lentement avec sa main gauche, manipulée par un homme caché à l'arrière.

Il s'arrêta brusquement quand il vit Etxe qui le regardait du coin de l'œil avec un drôle d'air. Il baissa la tête et fixa le sol avec insistance.

– Bon, ce n'est pas tout, mais c'est l'heure d'aller déjeuner, non ? grommela-t-il.

Etxe acquiesça en souriant.

– On y va, commissaire.

Ils regagnèrent la rue Port-Neuf et s'arrêtèrent rapidement à la terrasse d'un café. La foule, l'esprit apaisé, commençait à se disperser dans les rues adjacentes de la place de la mairie. Les tables des restaurants se remplirent aussi sec, par l'effet des vases communicants.

Un serveur habillé d'un tablier blanc s'approcha des policiers et reconnut soudain le plus jeune des deux.

– Tiens, dit-il. Voilà Etxe. C'est un plaisir de t'avoir à ma table.

Il se tourna vers le commissaire.

– Je suppose que vous êtes le commissaire Adamsmendy. Enchanté, dit-il en tendant la main. Etxe m'a souvent parlé de vous.

– En bien, j'espère, répondit le commissaire en souriant.

– Je peux peut-être vous proposer un apéritif? Nous avons une excellente sangria maison…

Etxe jeta un œil interrogateur à Adamsmendy. Il n'osait pas passer outre tout seul le règlement qui interdisait l'alcool en service, et attendit un assentiment tacite de son supérieur hiérarchique. Ce dernier leva les yeux au ciel, et fit un signe positif de la tête.

– Et bien ce sera parfait, accepta Etxe avec soulagement. Et que proposes-tu comme menu?

– Ce midi, nous avons un assortiment de *pintxos*[8], tout frais de ce matin. Cela débute par une chiffonnade de jambon de Bayonne…

Adamsmendy fronça les sourcils. Ce premier plat lui remémora le douloureux souvenir du départ de sa femme, qui l'avait quitté quand il vivait encore à Paris, un an auparavant. Cela avait été une séparation tumultueuse, dont la cause était certainement à chercher du côté de l'usure du quotidien. Et puis avec le recul, Adamsmendy se disait qu'il avait certainement trop consacré de temps à son travail et pas assez à l'entretien de son couple. Toujours était-il qu'il avait fini par apprendre de façon fortuite, lors de l'interrogatoire d'un voleur à la tire qu'il avait appréhendé en flagrant délit dans le quartier, qu'elle le trompait avec le charcutier qui habitait en bas de chez lui. Cette nouvelle l'avait terrassé. Il les imaginait tous les deux, flirtant au milieu de l'étal de saucisses et de pâtés, en se moquant de l'infortuné cocu qui n'avait rien vu venir.

Quand il annonça à sa femme qu'il voulait divorcer, il avait déjà pris deux décisions :

Primo, quitter Paris pour ne plus prendre le risque de croiser les amants adultères, qu'il aurait été capable d'étriper de ses mains.

8- Équivalent basque des tapas espagnol, mais en mieux. À acquis ses lettres de noblesse en Guipuzkoa où ce petit sandwich atteint des sommets de perfections gustatives et visuelles.

Deuxio, ne plus jamais manger de charcuterie de sa vie.

Il avait donc demandé sa mutation pour Bayonne, sa ville d'origine, et il avait fini par l'obtenir. Il avait conscience que le deuxième serment allait être difficile à honorer en regagnant la capitale du jambon, mais il avait tenu bon jusqu'à présent.

– Non merci, répondit-il. Je ne mange pas de porc...

– Ah bon ? lui répondit le serveur. Vous êtes végétarien ?

Adamsmendy avait l'habitude de ce genre de remarque, et il répondait invariablement en exhibant son ventre rebondi sur un ton humoristique :

– Vous avez vu mon embonpoint ? Est-ce qu'il a une taille à ne manger que des légumes ?

– Je vois, répondit le serveur. Alors à la place, je vous propose des *piquillos*(9) farcis à la morue, et des *chipirons*(10) grillés.

– Ce sera parfait, saliva Adamsmendy.

Une fois le serveur parti, Adamsmendy s'étonna encore de son acolyte.

9- Mot espagnol. Plat typique basque composé de petits piments d'Espelette farcis de morue, de purée de tomates, de riz ou de viande de porc, au choix. Peut-être très relevé.

10- Mot d'origine espagnole. Calamar, encornet, ou encore petite seiche : excellent quand il est cuisiné en sauce, et divin quand il est simplement grillé à la plancha avec une persillade.

– Vous connaissez tout le monde ici, vous !

– Vous savez, commissaire, quand on est né quelque part et qu'on n'a jamais quitté la région… Bon et puis il faut dire que le métier de policier, ça aide à rencontrer des gens, même si ce n'est pas toujours dans des circonstances amusantes…

– Et puis-je vous demander au cours de quelle affaire vous avez rencontré ce restaurateur ?

– Uniquement dans le cadre extraprofessionnel. Il se trouve que je suis très gourmand et que j'affectionne particulièrement ce restaurant. Je suis un client fidèle, j'ai fini par sympathiser avec le personnel…

Ils se turent quand le serveur amena les sangrias. Adamsmendy trempa les lèvres dans l'épais breuvage. C'était frais et fruité, tout simplement rafraîchissant sous le soleil de midi d'une chaude journée d'été.

– Vous me racontez ce que vous avez trouvé ce matin sur cette affaire ? demande Etxe.

Tout en sirotant sa sangria, le commissaire lui raconta en détail les éléments du dossier qui lui avait été fourni. Etxe réagit aux noms des deux indépendantistes.

– Cet Iban Etxezahar, celui-là, je le connais. J'avais été affecté à sa surveillance à sa sortie de prison. Il avait passé sa captivité dans un établissement pénitentiaire à Montpellier. À sa sortie, il y avait eu une grande discussion pour savoir s'il allait être autorisé à revenir au pays, et puis finalement cela avait été accepté, sous réserve qu'il ne rentre pas en contact avec des personnes liées au milieu nationaliste. Ma mission a donc consisté à le surveiller pendant quelques mois, et je n'avais rien trouvé à redire sur son comportement. Il menait une vie rangée, et s'était fait de nouveaux amis dans le milieu de la pelote basque et de la tauromachie. Plus de contact apparent avec les indépendantistes...

– Et quel métier faisait-il ?

– Il était serveur dans un café. À l'époque, c'est-à-dire il y a plus d'un an, il travaillait au bar des Pyrénées, sur la place Paul-Bert. Je ne sais pas s'il s'y trouve encore.

– On le saura bientôt, j'ai demandé à Maubert de retrouver les adresses et activités de ces deux larrons.

– Ah oui, Maubert...

Etxe soupira. Adamsmendy savait qu'il y avait toujours une légère concurrence entre les deux membres de son équipe, chacun prêt à valoriser ses compétences au détriment de l'autre. Maubert, en particulier, semblait avoir mal vécu l'arrivée récente d'Etxe dans le service, et continuait à le considérer comme un petit nouveau sans expérience. Ce qui, de l'avis d'Adamsmendy, n'était pas forcément faux.

Ils discutèrent de choses et d'autres tout en savourant leur repas. Adamsmendy fut agréablement surpris par l'érudition de son jeune collègue sur tous les sujets qui concernaient de près ou de loin le Pays-basque. Quant à lui, il avait des années d'exil à rattraper...

Ce fut Adamsmendy qui paya, puis ils reprirent leur chemin à pied vers l'hôpital. Il leur fallait traverser une bonne partie de la ville pour rejoindre le quartier Saint-Léon (encore lui !), mais dans la fraîcheur des rues étroites protégées du soleil par les hauts immeubles anciens, et en l'absence de la foule du soir, cette promenade leur parut plutôt agréable.

Ils longèrent les quais de la Nive, où les terrasses des cafés étaient déjà pleines. La plupart des clients en étaient encore à l'heure de l'apéritif, bien que l'après-midi eût déjà fortement démarré. Les gens dégustaient leur verre au comptoir de la talanquère ou dans la rue, et certains profitaient du calme relatif pour entonner des chansons, à l'abri des sonos qui resteraient muettes jusqu'au soir et des bandas dont les musiciens avaient posé les instruments pour se restaurer.

Etxe s'arrêta à plusieurs reprises pour reprendre le refrain de chansons connues, et Adamsmendy était obligé de le tirer par la manche pour le faire avancer.

Ils finirent par quitter l'enceinte des fêtes au niveau du local de l'Aviron Bayonnais. Etxe insista pour entrer à la brasserie du club de rugby, à l'étage, où il retrouva quelques connaissances qu'il avait l'habitude de côtoyer le samedi soir, au stade Jean-Dauger, pour assister aux matches de son équipe favorite. Ils firent ensemble le point sur la saison qui venait de se terminer, en exposant à tour de rôle leurs convictions sur les qualités de tel ou tel joueur avec de grands éclats de voix. Comme souvent, Bayonne avait terminé en milieu de tableau, à quelques points d'écart de l'éternel rival et voisin Biarritz. Adamsmendy s'étonnait de l'importance que prenait ce sujet dans leur bouche, et de l'esprit de clocher des supporters, prêts à défendre n'importe quelle équipe pourvu qu'elle batte l'ennemi héréditaire Biarritz. La fusion de ces deux clubs, distants de quelques kilomètres seulement, paradant tous les deux dans l'élite du top 14 et affichant des budgets impressionnants, n'était vraisemblablement pas pour demain.

La discussion finit par dégénérer sur le chant de la « Peña Baiona », hymne du club de la ville, que tous les fans se mirent à chanter à l'unisson.

Allez allez, les bleus et blancs
De l'Aviron Bayonnais
C'est la peña, c'est la peña baiona
On est tous là
Allez les gars, encore une fois...

L'un d'entre eux s'affubla du déguisement de « Pottoka », le petit cheval emblème du club de rugby. Adamsmendy réussit à attraper Etxe avant qu'il ne se joigne à la farandole qui venait de se former au tempo du chant à la suite du pottok, et il l'entraîna au-dehors.

À contre-cœur, Etxe suivit son chef et ils gravirent la côte du rond-point de Lauga avant de regagner l'hôpital.

Ils prirent le soin de retirer leur foulard rouge et de le ranger dans la poche avant d'entrer.

Ils rencontrèrent le docteur Leconteau, médecin légiste de son état. C'était un grand gaillard taciturne, à l'allure un peu sinistre dans sa grande blouse blanche. Adamsmendy l'avait rencontré à deux reprises depuis qu'il avait migré à Bayonne, pour des identifications de corps défigurés par des accidents de voiture. Il n'aimait guère ce médecin qui lui inspirait à la fois crainte et répulsion, et qu'il ne rencontrait que dans des circonstances dramatiques. Et ce sentiment était renforcé par l'ambiance particulière de la salle d'autopsie de l'hôpital dans laquelle il les conduisit.

Elle se situait en sous-sol et par conséquent ne possédait aucune fenêtre. C'était une pièce entièrement blanche et mate, à moitié vide, éclairée par la lumière crue de deux projecteurs amovibles. Il régnait dans la pièce une odeur particulière, mélange de formol et d'eau oxygénée, qui assaillit les deux policiers en entrant dans la pièce. Adamsmendy eut un haut-le-cœur en voyant le corps, qui reposait sur un brancard à roulette au centre de la pièce.

Un drap le recouvrait jusqu'à la moitié de la poitrine, et laissait voir le visage grimaçant, figé pour l'éternité par la soudaineté du décès. Quelqu'un avait pris l'initiative de lui baisser les paupières, ce qui adoucissait l'expression de terreur qui s'en dégageait. La peau avait pris une teinte blafarde qui paraissait encore plus livide dans la lumière crue de la salle.

– Nous vous écoutons, Docteur, commença Adamsmendy, en essayant de repousser un hoquet de dégoût.

– Je pense qu'il s'agit d'un meurtre, répondit froidement Leconteau.

Adamsmendy jubila car c'était ce qu'il avait toujours pensé depuis le début de l'enquête. Il restait à trouver les raisons de ce drame… ainsi que le ou les auteurs.

– Ce n'était pas évident à trouver, continua Leconteau. En effet, il n'y a aucune trace de violence sur le corps, ce qui est surprenant au vu de l'expression d'horreur du visage. On aurait pu croire que la victime a été soumise à une attaque soudaine, mais l'examen approfondi ne montre aucun signe de coup. C'est très étrange…

Le docteur Leconteau souleva un pan de drap qui recouvrait le corps pour mettre à nu le ventre.

– En poursuivant l'examen je suis tombé sur ceci…

Il désignait de son doigt la partie centrale de l'abdomen, sur laquelle on pouvait à peine distinguer trois petites traces de piqûres qui formaient un triangle quasiment isocèle.

– On lui a injecté un poison ? hasarda Adamsmendy.

– Certainement, répondit Leconteau. J'ai fait un prélèvement sanguin et je l'ai fait analyser en urgence. Voici les résultats que je viens de recevoir.

Il tendit une double feuille à Adamsmendy. Celui-ci la parcourut rapidement, puis la rendit au médecin en faisant un geste qui exprimait son incompréhension.

– En résumé, quelles sont les conclusions ?

– La victime était largement alcoolisée et droguée. On a trouvé plus de deux grammes d'alcool par litre de sang, ce qui en soi n'est guère étonnant pendant les fêtes. Mais ce niveau est quand même particulièrement élevé. Et des traces de cannabis qui ont dû le mettre dans un état comateux. Il avait sacrément dû charger la barque, avant de mourir…

– Et c'est ça qui a causé sa mort ? Dans ce cas, pourquoi parler de meurtre ?

– Commissaire, je vous ai montré les trois traces de piqûres, c'est pour cela que j'ai lancé les analyses sanguines.

Le médecin mit son doigt sur une formulation chimique des résultats.

– On a retrouvé des traces de digitoxine. Il s'agit d'une substance naturelle qui agit sur le cœur, et parfois aussi sur le système nerveux. Elle est utilisée en médecine dans certains cas pour accélérer le rythme cardiaque. Dans le cas présent, il est fort probable que cette substance, mélangée à l'alcool et la drogue, ait entraîné un arrêt cardiaque et la mort de notre individu.

– Et vous pensez que ce produit a été injecté au moyen d'une seringue ?

– Vu l'état d'ébriété de la victime, il a en fait suffi de piquer celle-ci avec l'aide d'une quelconque aiguille, préalablement recouverte du poison, pour que l'effet soit immédiat.

Adamsmendy se remémora la scène racontée par les deux cousins. Il y avait eu un mouvement de foule suite au démarrage du feu d'artifice, quelqu'un avait dû profiter de cette pagaille pour se rapprocher de Zubiko et lui injecter le poison.

– Et c'est la douleur causée par l'arrêt cardiaque qui explique la terreur sur son visage ?

– Je ne sais pas, commissaire. C'est en effet assez bizarre. On peut imaginer que l'arrêt cardiaque a créé une forte douleur à la poitrine, mais dans ce cas on aurait dû voir un masque différent : sourcils froncés et yeux fermés, bouche grimaçante étirée vers le bas, mains enserrant le cœur. Mais ce n'est pas le cas sur le visage que nous avons sous les yeux : il exprime davantage la surprise et la terreur. Comme si la victime a vu quelque chose qui lui a fait peur juste *avant* de mourir…

Donc la victime a vu son meurtrier avant de mourir, se dit Adamsmendy. Et ce meurtrier lui inspirait une terreur indescriptible, qui avait figé son visage au moment de sa mort.

– Cette digixine.. euh, digitorine…, là… Enfin, le poison, quoi ! se mélangea Adamsmendy. Où peut-on s'en procurer ?

– C'est cela qui est bizarre, commissaire. Le produit n'est évidemment pas en vente libre, on peut toutefois s'en procurer en pharmacie sur ordonnance. Mais le médicament associé comporte alors toujours d'autres molécules pour limiter son effet. Or on n'a pas retrouvé de traces de ces molécules dans les analyses sanguines.

– Et donc ?

– Donc l'assassin s'est procuré de la digitoxine par un autre moyen que la voie légale.

Il sortit une autre feuille de son dossier qu'il posa sur la table. On y voyait une plante, longue tige ornée de feuilles gaufrées et d'une grappe de fleurs violacées, en forme de tube, dans la partie supérieure.

– Je connais cette fleur, intervint Etxe, qui s'était tenu coi jusqu'à cet instant. C'est une digitale pourpre. On en trouve souvent, en montagne…

– Exact, répondit le médecin. La digitale est une plante extrêmement toxique, qui secrète dans ses feuilles et ses fleurs de la digitaline, qui n'est rien d'autre que la digitoxine que nous avons retrouvé dans le corps de la victime.

– Vous voulez dire que l'assassin a utilisé cette plante en guise de poison ?

– C’est en effet la conclusion à laquelle je suis arrivé. Il suffit de faire une décoction suffisamment titrée de cette plante pour obtenir un bon poison. On a d’ailleurs des exemples célèbres d’empoisonnement à base de digitale : la marquise de Brinvilliers, pour ne citer qu’elle, qui a vécu au dix-septième siècle, se débarrassait de ses multiples amants à l’aide d’une « bague de la mort » qu’elle avait préalablement imprégnée de digitaline…

Adamsmendy se dit que l’histoire se répétait inlassablement. De quelle imagination certains individus mal intentionnés étaient-ils capables pour assouvir leurs funestes desseins ?

Le commissaire se répéta intérieurement cette dernière phrase. C’était de la belle ouvrage, aussi il la glissa dans un coin de sa mémoire pour pouvoir la ressortir, à l’occasion.

– Et cette digitale, on peut en trouver où ?

– Comme l’a dit votre collègue, que vous n’avez peut-être pas écouté : en montagne. Plus précisément en moyenne montagne, dans des zones non calcaires. Elle s’y reproduit très facilement et on en trouve souvent le long des chemins de randonnée. Elle est très répandue au Pays-basque.

– Voilà qui n’arrange pas la situation, reprit Adamsmendy. En conclusion, on peut dire que la victime a été empoisonnée avec une substance accessible par n’importe qui !

– En gros, c'est ça, commissaire, répondit le médecin.

– Ça ne nous arrange pas, ça. Comment voulez-vous qu'on avance si on n'a pas plus d'indices qui pourraient nous mettre sur la voie ?

– Justement, commissaire. Il y a un autre indice. Je voulais également vous montrer ceci.

Leconteau s'approcha du corps et le fit précautionneusement basculer sur le côté, de manière à faire apparaître son épaule gauche, qu'il montra du doigt. On y voyait une marque violacée, dans laquelle deux lettres avaient été gravées en noir. La peau semblait brûlée à cet endroit, on distinguait des traces de boursouflures et des cloques encore vives sur le rebord des caractères.

Les deux lettres étaient des majuscules, larges d'environ quatre à cinq centimètres, et leur typologie ressemblait à celle qu'on retrouvait sur les stèles discoïdales basques.

B J

– B J ! s'exclama Adamsmendy. Et qu'est-ce que ça veut dire ?

– Commissaire, si on le savait, l'enquête serait terminée. À vous de trouver la signification de ces deux lettres.

Adamsmendy se rapprocha du corps pour examiner les marques.

– On dirait un tatouage mal réalisé, dit-il. Et cela a dû être fait récemment, tout semble encore à vif…

– Tout à fait, commissaire. Vous avez raison. Ces marques ont dû être faites au moment du meurtre, ou très peu de temps avant. Et à vif, sans prendre de précaution ! Ce gars a dû sacrément souffrir. On dirait qu'il a été marqué au fer rouge…

Etxe se rapprocha à ce moment-là et fit une nouvelle intervention.

– Si je peux me permettre, je pense qu'il s'agit en effet d'un marquage au fer rouge.

Adamsmendy le regarda d'un air incrédule, surpris encore une fois par le fait que son jeune collègue puisse apporter un avis personnel.

– J'ai passé mon enfance à la campagne, poursuivit Etxe. Et à la ferme, mon grand-père possédait encore un fer qui servait à marquer les bêtes. Il le tenait lui-même de son grand-père. À l'époque, on marquait surtout les vaches, mais parfois aussi les brebis, après les avoir tondues, bien sûr. Eh bien, les marques ressemblent tout à fait à ce qu'on a sous les yeux. Mais maintenant, on est moins barbare. Ce type de marquage a été remplacé depuis belle lurette par des taches de peinture déposées à la bombe, c'est plus simple et indolore pour l'animal.

– Vous voulez dire que vous pensez sérieusement que cet homme a été marqué avec un fer à vache ? reprit Adamsmendy. Mais c'est horrible !

– Oui, commissaire. Vu la taille et la forme des lettres, c'est vraiment l'hypothèse la plus vraisemblable.

Adamsmendy fixa à nouveau l'épaule de la victime, l'œil incrédule.

– Et donc je suppose que ces lettres sont les initiales du propriétaire ?

– Peut-être, ou peut-être pas. Je pencherai plutôt pour les initiales du nom de la ferme. Au Pays-basque, à cette époque, on se connaissait plus par le nom de la maison que par le nom des occupants, qu'ils soient propriétaires ou non.

– Voilà qui va compliquer l'enquête. Si maintenant on doit rechercher sur les cartes d'état-major toutes les fermes qui sont dénommées B. J…

– Et d'ailleurs rien ne prouve que l'assassin habite bien la ferme concernée. Il a très bien pu acheter ce fer à un antiquaire… ou le voler à une ferme voisine.

– Vous avez raison, répondit Adamsmendy, un peu découragé. Ceci dit, je ne puis m'empêcher de penser que ces deux lettres ont une signification. L'assassin n'a pas pu se donner la peine de faire cette marque par hasard.

Qu'avait donc voulu indiquer l'assassin par ces deux lettres B et J ? Basque Jeune ? Beau Jambon ? Bolchevik Jésus ?

Adamsmendy songea à ces esclaves qu'on marquait au fer rouge du nom de leur propriétaire au dix-septième siècle. Il y avait peut-être une similitude de fait qui pouvait être exploitée pour l'enquête. L'assassin avait sûrement voulu montrer que la victime lui appartenait. Mais cela restait une hypothèse bien sûr, et il se garda d'en parler à ses collègues.

– Autre chose ? demanda-t-il en se retournant vers le médecin.

– Non, commissaire. C'est tout ce que j'ai pu noter sur le corps. Ou éventuellement, on pourrait rajouter que la victime n'avait pas une hygiène irréprochable : le dessous des ongles des orteils était en partie noir et j'ai retrouvé des traces de cire d'oreille à l'extrémité de l'index de la main gauche. Mais je suppose que ces détails ne vont pas apporter quoi que ce soit à l'enquête…

– Effectivement, et d'ailleurs vous auriez très bien pu vous abstenir de les révéler, répondit Adamsmendy avec un air de dégoût.

Il avait conservé une fragilité de son enfance qu'il avait du mal à expliquer. Certaines phrases ou certaines situations lui retournaient facilement l'estomac, et suffisaient à lui donner la nausée pour la journée. C'était un réel handicap pour sa profession, car il était souvent confronté à des scènes éprouvantes, voire dégoûtantes. Pour atténuer ce problème, il faisait suivre dans ses poches un tube de pastilles de citrate de bétaïne, qu'il avalait à la volée dès qu'il sentait son estomac se nouer.

Il fit donc semblant de s'intéresser à un brancard qui se trouvait au fond de la pièce pour s'éloigner de ses collègues et prendre discrètement sa dose de remontant. Puis il ajouta :

– Je suppose que vous allez rendre le corps à la famille, à présent ?

– Oui. On a téléphoné au père, et j'ai cru comprendre qu'il souhaitait avoir son fils le plus vite possible près de lui, dans la ferme natale. Mais je n'ai pas tout compris, il parlait dans un mélange de basque et de français qui était difficile à suivre. On va donc affréter une voiture de pompes funèbres en fin d'après-midi, direction Bidarray. Je suppose que vous allez y faire un tour…

– Bien sûr, répondit le commissaire. Mais pas ce soir, nous devons respecter une période de deuil pour la famille. Et puis j'ai de la paperasserie à finir au bureau.

Il se retourna vers Etxe.

– Vous viendrez avec moi. Je pense que vous allez m'être utile pour communiquer.

– À votre service, commissaire, répondit celui-ci.

– Bon, eh bien, je crois que nous pouvons prendre congé.

Il serra la main du médecin avec une courbette de respect.

– Merci pour toutes ces informations que je vais essayer d'exploiter au mieux. Je vous tiens au courant de la suite…

– Tout le plaisir est pour moi, commissaire, répondit le docteur avec un sourire froid.

Les deux policiers reprirent l'ascenseur et sortirent de l'hôpital. Adamsmendy eut un soupir de soulagement en regagnant l'air libre. Il fouilla dans ses poches et en retira un paquet de cigarettes, qu'il observa longuement avant d'en sortir une et de l'allumer.

– Je ne savais pas que vous fumiez, commissaire, dit Etxe, un peu étonné.

– Ça m'arrive des fois, quand j'en ai besoin... répondit Adamsmendy en rejetant un nuage de fumée.

Il repensa au visage grimaçant du cadavre.

– À savoir ce qu'il a bien pu voir avant de mourir, poursuivit-il intérieurement. Est-ce qu'on le saura un jour ?

– Ne vous inquiétez pas, je suis sûr que vous allez avoir une de ces intuitions dont vous avez le secret...

Etxe mit la main sur son cœur et entonna d'une voix martiale :

Lagun etor gurekin
Denek elgarrekin,
Badugu zer egin

(Camarade, viens avec nous, tous ensemble, nous avons de quoi faire...)

Il y eut un instant de silence après le premier couplet, qu'Adamsmendy s'empressa de combler.

– Bon, je retourne au commissariat. Je vous propose que vous repassiez par les fêtes pour vérifier que tout se passe bien, et faire respecter l'ordre si nécessaire. On se retrouve ce soir, pour le rapport, vers dix-huit heures.

– À vos ordres, commissaire ! hurla Etxe.

Et il repartit en direction du centre-ville.

Adamsmendy regagna le commissariat d'un pas lent, en remontant le quartier Saint-Léon et en évitant de traverser le périmètre barricadé du centre-ville, qui semblait relativement calme dans ce milieu d'après-midi.

En arrivant, il trouva sur son bureau une note que lui avait posée Maubert, donnant quelques informations sur les deux indépendantistes.

Iban Etxezahar était toujours serveur au café des Pyrénées, et sa situation n'avait pas l'air d'avoir beaucoup changé depuis qu'Etxe l'avait discrètement surveillé. Il avait apparemment une compagne, mère de deux jeunes enfants, et vivait dans un appartement du Petit-Bayonne. Pas de coup d'éclat ni d'action indépendantiste revendiquée depuis longtemps. L'homme était apparemment rentré dans le rang et s'était fait discrètement oublier.

Le deuxième, Manex Etxeberry, semblait avoir eu un parcours un peu plus chaotique depuis sa sortie de prison. Il vivait de petits boulots, avait déménagé plusieurs fois tout en restant dans la région, et continuait de fréquenter des associations plus ou moins en rapport avec la question basque, ce qui lui valait d'être toujours sous observation de la part de la police. Le rapport mentionnait qu'il travaillait pour plusieurs associations : il donnait des cours de langue basque dans une école maternelle, il animait des fêtes locales avec son groupe de danse, ou encore il participait au recensement de stèles discoïdales pour le compte de l'Institut Culturel Basque. D'après Maubert, il était facile de le rencontrer pendant les fêtes, car il faisait également partie d'un groupe de chant, « *Euskal Kantuz*[11] », qui se réunissait chaque soir la place Jacques-Portes pour faire chanter tous les festayres volontaires.

– Bon, se dit Adamsmendy. Au moins, ça va être facile de les rencontrer ces deux-là.

Il avait la conviction que le meurtre était lié au milieu indépendantiste, et il avait donc besoin d'Etxe et de sa connaissance de la langue basque pour l'aborder. Il attendrait donc son retour pour aller à la rencontre des deux principaux protagonistes.

11- Copie factice du nom d'un groupe de chant célèbre, qui trouve un malin plaisir à remettre au goût du jour des chansons du folklore patrimonial basque et de les faire chanter par un large public lors des fêtes de Bayonne. Et ça marche !

Il se mit alors à commencer à trier des papiers et à jeter un œil aux différentes affaires passées au cours des derniers jours : depuis le début des fêtes, on avait recensé cinq vols à la tire, deux tentatives d'escroquerie et quatre agressions sexuelles. La routine, quoi…

Il lut d'un œil distrait les différents témoignages relevés dans les dossiers, tout en laissant ses pensées divaguer sur le meurtre et les énigmatiques lettres découvertes sur le corps. Que pouvaient-elles bien désigner ? Qu'avait pu voir la victime avant de mourir ? Il imagina un homme énorme, velu, qui se rapprochait lentement du fils Zubiko et qui le terrorisait. Il imagina le fer rougi par les braises, appliqué sur la peau blanche et dégageant des fumées malodorantes dans un grésillement pernicieux. Il imagina le cri du martyr, meurtri par la douleur de la brûlure et l'horreur de la situation. Il imagina…

Il fut réveillé par la sonnerie de son téléphone portable. Bon sang, il s'était endormi ! Il jeta un œil sur l'écran tout en appuyant sur la touche « ON » du combiné : dix-neuf heures cinq. Il avait dormi un long moment et ne s'en sentait pas particulièrement fier.

– Allô ? répondit-il d'une voix qu'il essaya de rendre la plus ferme possible.

– Oui, bonjour ! C'est les Tarbais ! répondit une voix à l'autre bout du fil.

Il avait du mal à comprendre, la voix était recouverte par la musique d'une fanfare qui jouait à tue-tête l'hymne de Lapitxuri.

– C'est qui ? fit répéter Adamsmendy.

– Les Tarbais ! cria la voix. On a retrouvé la banda !

– Ah, la banda ! J'ai compris ! Et où êtes-vous ?

– Au café du centre, près des halles. On est venu pour l'apéro et on a reconnu la banda d'hier soir !

– Ne bougez pas, j'arrive ! hurla Adamsmendy. Ne la quittez pas des yeux ! Si elle change de bar, vous la suivez et vous m'informez ! C'est compris ?

Il y eut un instant d'hésitation, on n'entendait plus que la grosse caisse qui frappait le rythme avant de démarrer une nouvelle chanson. Puis la musique repartit de plus belle.

– D'accord, commissaire ! On vous attend !

Le vacarme de la musique céda la place à la douce tonalité de la sonnerie de fin d'appel, et l'oreille d'Adamsmendy en fut reconnaissante.

Il se leva de sa chaise avec difficulté car il s'était tordu la colonne vertébrale en s'endormant dans une position inconfortable. Il buta sur Etxe en ouvrant la porte pour sortir du bureau.

– Ah, vous êtes encore là, vous !

– Commissaire, je suis revenu de la tournée. Rien à signaler, tout est calme à cette heure-ci de la journée.

– Eh bien vous allez m'accompagner. Nous allons à la rencontre de la banda qui était présente au moment du meurtre.

– Ah ? Vous avez reçu des nouvelles ?

Adamsmendy lui parla du coup de fil des Tarbais, et tout deux sortirent du commissariat pour regagner l'enceinte des fêtes.

La fête avait repris de la vigueur après le calme relatif de l'après-midi, et les festayres avaient regagné les bars à l'heure de l'apéritif, amenant avec eux les bandas, les joueurs de gaitas et les chanteurs de salle de bain. Encore une fois, les deux policiers traversèrent à pied une partie de la ville pour regagner le bar indiqué par les Tarbais, prenant soin d'éviter les quartiers les plus bondés pour ne pas être obligés de faire respecter une loi qui n'existait plus.

Ils longèrent la Nive pour rejoindre la place des Halles, bâtiment relativement moderne qui avait remplacé un horrible parking de béton à plusieurs niveaux. Cette nouvelle bâtisse s'intégrait relativement bien dans l'architecture des maisons à colombage qui entouraient la place.

Au milieu de la zone goudronnée, on avait installé une scène pour le bal qui devait débuter sur les coups de vingt-deux heures. La foule était rassemblée par paquets, en face de chaque bistrot présent sur les lieux. Le Café du Centre se trouvait bizarrement à droite de la place. Il avait la particularité d'occuper le rez-de-chaussée de deux immeubles bien distincts : le premier, de facture très classique et très sobre, alignait sa haute façade de pierres claires tandis que le deuxième, dans le plus pur style labourdin, comportait des colombages peints en rouge sombre qui serpentaient entre les murs blancs. Les clients débordaient largement jusqu'aux barrières de la petite rue, attirés peut-être par la clique qui faisait l'animation locale.

Celle-ci avait entamé une chanson de style espagnol, et Adamsmendy fut surpris de voir les festayres s'asseoir à même le sol, à la queue leu leu, en balançant leur corps d'avant en arrière, mains levées, et en ahanant des « hey » au rythme de la musique. On aurait dit des rameurs participant à une régate géante sur un bateau qui n'en finissait pas de grandir. Car de nouvelles personnes se joignaient à eux, agrandissant la chaîne qui serpentait et encombrait une partie de la place.

Il tourna la tête vers Etxe d'un œil interrogateur.

– C'est le Paquito Chocolatero, répondit celui-ci avec un haussement d'épaules.

– Le Paquito quoi ?

– ...Chocolatero, poursuivit Etxe. C'est une très vieille chanson espagnole qui a été composée en l'honneur d'un fils de chocolatiers. Elle est devenue un peu l'hymne des fêtes de Bayonne...

Adamsmendy regardait de manière incrédule la chaîne qui s'agrandissait à vue d'œil. Pour autant qu'il s'en souvienne, les fêtes n'étaient pas aussi folles vingt ans auparavant.

– Vous savez que le record du monde a été battu en 2009 ? signala Etxe. Le Paquito faisait plus de deux mille cinq cents mètres de long !

Adamsmendy le regarda avec des yeux ronds. Comment pouvait-on établir des records aussi stupides ?

– J'en faisais partie... conclut Etxe avec une certaine fierté, confirmant involontairement l'opinion qu'avait de lui son supérieur hiérarchique.

Etxe prit alors Adamsmendy par le bras.

– Venez, commissaire, on va essayer !

Adamsmendy essaya de protester avec véhémence, mais Etxe le tenait fermement, et il fut également entraîné par d'autres personnes qui l'obligèrent à s'asseoir dans le cortège mouvant. Il prit malgré lui place dans la queue et se retrouva balancé au rythme de l'hymne, un coup buste en avant, un coup bras levés jetés en arrière, à crier des « hey » secs à chaque coup de grosse caisse.

– Mais qu'est-ce qu'il m'arrive ? pensa-t-il, effaré par son comportement.

Ses mains rencontrèrent soudain un corps au-dessus de lui. Il eut un mouvement de recul, et l'homme qui habitait ce corps faillit chuter par terre, du haut de ses mains tendues.

– Eh, faut me tenir ! cria l'homme en s'adressant à Adamsmendy.

Adamsmendy vit avec effarement que plusieurs festayres intrépides s'étaient jetés à plat ventre sur le cortège assis, et se laissaient entraîner par les mains levées qui les faisaient circuler le long de la chaîne humaine. Il fut donc obligé de participer au mouvement collectif pour éviter toute chute accidentelle. Il fut bien embêté quand ses mains rencontrèrent la douceur d'un corps féminin : où fallait-il les poser pour éviter tout geste déplacé ? Il entendit le rire d'Etxe derrière lui, qui apparemment ne se posait pas ce genre de question.

Ils restèrent là un bon moment, entraînés par la musique de la banda et par la foule hystérique, qui en profitait pour faire évaporer tout l'alcool consommé en transpirant au rythme de cet aviron improvisé.

Mais tout bonne chose a une fin, et la banda finit par mettre un accord final au Paquito qui avait mobilisé la foule. Celle-ci la remercia par un déluge d'applaudissements. Adamsmendy commença à se relever en pestant contre son mal de dos, et fut soudain aidé par deux mains secourables qui le soulevèrent par les épaules. Adamsmendy leva les yeux et reconnut un des Tarbais.

– Bravo, commissaire ! dit celui-ci. Au moins, vous, vous participez à fond à votre enquête !

Son haleine empestait un parfum anisé, qu'Adamsmendy identifia comme du Pastis. La couleur du liquide qui débordait du verre attaché à sa ceinture lui confirma son intuition.

– Euh, non, pas du tout, il s'agit d'une erreur... tenta de justifier Adamsmendy. En fait je me suis fait entraîner...

– Tut tut tut, poursuivit le deuxième Tarbais qui venait de rejoindre son cousin. Y'a pas de honte, hein ! Nous aussi on y était...

Adamsmendy émit un grognement et n'insista pas. Etxe apparut à cet instant.

– C'était bien, hein, commissaire ? demanda-t-il.

– Votre gueule, Etxe répondit celui-ci.

Il se tourna vers la banda.

– C'était bien celle-ci ? demanda-t-il aux deux cousins, un peu sceptique devant leur état d'ébriété avancé. Vous êtes sûrs ?

– Certains, commissaire ! répondirent-ils en chœur.

Le grand prit la parole.

– J'ai reconnu le nom qui est sur le gros instrument, là. Et puis je me souviens de la petite qui joue de la flûte, là devant. Elle est mignonne, hein ?

Effectivement le nom de la banda figurait sur le tissu qui recouvrait la sortie du tuba pour en étouffer les sons, et également sur la grosse caisse : « Lous sardinayres ».

Le groupe se composait d'une vingtaine de personnes de tout âge et de tout sexe, habillées du blanc de rigueur rehaussé d'une petite fantaisie qui leur permettaient de se repérer facilement (en plus des instruments de musique) : leurs foulards étaient bleus et marqués du nom de leur formation en caractères blancs. Ils faisaient à présent la pause après ce grand moment de délire, et se rafraîchissaient au comptoir installé à l'extérieur du bar. Tous les instruments à vent étaient présents, de la flûte au tuba en passant par la trompette et le trombone, la clarinette et le saxophone, ainsi que les inévitables percussions, indispensables pour apporter le rythme nécessaire à la danse. Adamsmendy reconnut également un cor que tenait un vieil homme aux moustaches blanches et coiffé d'un béret. Le commissaire connaissait bien cet instrument pour en avoir joué dans l'harmonie militaire de la caserne où il avait fait son service. Souvenir d'ancien combattant…

Il s'approcha de cet homme qui lui semblait diriger le groupe.

– Le chef de la banda, c'est vous ? demanda-t-il dès qu'il fut à sa portée.

– Oui. Qu'est-ce que vous voulez ?

– Je suis le commissaire Adamsmendy, poursuivit-il en exhibant sa carte de police. J'aurais quelques questions à vous poser.

Le moustachu fronça les sourcils et but un coup.

– J'ai rien fait, moi. Et la banda non plus.

– Certainement. Mais je souhaiterais recueillir votre témoignage suite à un incident qui s'est passé hier soir.

– Qu'est-ce qui s'est passé hier soir ?

– Je vous expliquerai. Vous étiez bien présent à l'ouverture des fêtes ?

– Ben oui, on était là. Et alors ?

– À quel endroit étiez-vous quand le feu d'artifice de la Mascleta a démarré ?

Le moustachu se gratta la tête en levant les yeux au ciel, en faisant visiblement un effort pour se rafraîchir la mémoire. Plusieurs membres de la banda, étonnés de ne pas redémarrer une nouvelle chanson, s'approchèrent des deux hommes.

– Y'a un problème, Georges ? demanda l'un d'eux.

– Non, ça va. Il se trouve que ce monsieur est de la police et qu'il a besoin d'informations sur un truc qui s'est passé hier soir…

– Et qu'est-ce qui s'est passé hier soir ? reprit un des musiciens.

Adamsmendy se sentit obligé de fournir quelques explications.

– Il y a eu une agression au début de la Mascleta. Nous avons deux témoins qui nous ont dit que votre banda était présente sur les lieux, mais je voudrais confirmer qu'il s'agit bien du même endroit. L'un d'entre vous se souvient-il de la rue où vous vous teniez quand a démarré le feu d'artifice ?

– Moi, je me souviens ! dit un des saxophonistes. On n'était pas loin de la mairie, sur une petite place où débouchent quatre ou cinq rues... Je me souviens qu'on est parti voir le feu d'artifice quand il a démarré...

– C'est bien ça, confirma Adamsmendy. Vous étiez sur la place des Cinq-Cantons, comme nous l'ont confirmé nos témoins. Eh bien ? Avez-vous remarqué quelque chose de suspect à ce moment-là ?

Les musiciens se regardèrent, en essayant de se remémorer cet instant précis. Mais personne ne semblait se presser pour témoigner.

– Avez-vous remarqué un homme qui s'est effondré sur le sol ? Était-il accompagné ?

Là encore les visages des musiciens restèrent encore bouche bée.

– Écoutez, dit le chef moustachu à l'attention d'Adamsmendy. Des gens qui s'écroulent par terre, on en voit tous les soirs. Y'a tellement de viande saoule pendant les fêtes... Alors, s'il fallait porter secours chaque fois qu'on voit un type par terre, on ne pourrait plus jouer. On n'est pas la Croix-Rouge, ni le SAMU. Désolé...

Adamsmendy attendit quelques instants, en scrutant les visages des musiciens, dans l'espoir qu'une étincelle de souvenir illumine l'un d'eux. Mais les regards restèrent désespérément vides.

– Bon, poursuivit Adamsmendy. Je ne vais pas vous importuner plus longtemps.

Il donna sa carte au chef de la banda.

– Si l'un d'entre vous se souvient de quoi que ce soit, même d'un quelconque détail, qu'il m'appelle à ce numéro de téléphone. C'est vraiment très important.

– OK, commissaire. Vous pouvez compter sur nous.

Adamsmendy posa quelques questions complémentaires avant de quitter définitivement les lieux. Il apprit que cette banda venait de Dax, et qu'elle participait aux fêtes de Bayonne depuis plus de dix ans, sans qu'il y ait eu d'incident notable à déplorer. Tous les membres habitaient les Landes, et il était peu probable qu'un d'entre eux soit impliqué dans une affaire concernant le Pays Basque. Ici, ils venaient uniquement à l'occasion des fêtes, ou pour faire du surf à Biarritz ou passer du Ricard à la frontière, et c'était tout. Aucun contact avec la population locale, qui pour un bon Landais n'en valait pas la peine, d'ailleurs.

Adamsmendy demanda à Etxe de relever les noms, adresse et numéros de téléphone du chef et de quelques membres, qui obéirent avec mauvaise humeur. Il n'en attendait pas grand-chose, et avait peu d'espoir de recueillir une piste intéressante de leur côté.

Il remercia collectivement les musiciens, qui entamèrent un *Cap de l'Imortela* [12]en guise d'adieu. Il salua également les Tarbais.

– Bonnes fêtes. Faites attention à vous. Et n'hésitez pas à rappeler si vous vous souvenez d'autre chose…

Les cousins levèrent leur verre à la santé des deux policiers. Ceux-ci quittèrent le bar, et se séparèrent sur ces entrefaites.

– Bon, dit Adamsmendy. Ça suffit pour aujourd'hui. Demain, on se retrouve au commissariat vers huit heures trente, et on ira faire un saut à Bidarray voir la famille. Il faudra aussi qu'on retrouve les deux anciens acolytes du défunt, on ne sait jamais…

– Je peux vous laisser et continuer la fête, alors, commissaire ?

Adamsmendy jeta un œil désolé à son jeune assistant.

– Si vous y tenez… du moment que vous êtes en forme demain. Et si vous n'avez pas peur de vous recevoir la foudre sur la tête !

En effet, de gros nuages noirs avaient fait leur apparition dans le ciel bayonnais, et des éclairs commençaient à poindre vers le sud, vers les

12- Chanson occitane du groupe Nadau. Y'a pas que les chansons basques dans la vie !

montagnes et les terres espagnoles. Un vent chaud, le fameux vent du sud *Haize Egoa*, les ramenait sur la côte. La journée avait été particulièrement chaude, de cette chaleur moite qui faisait prélude à l'orage. On aurait dit que la nuit était tombée plus vite que d'habitude, le soleil couchant avait du mal à percer sur la vallée de l'Adour. Il ne faisait aucun doute qu'il allait être rapidement noyé par le flot nuageux. Il lui faudrait bien une bonne nuit pour s'assécher et se lever à nouveau le lendemain.

– Bon, je vous souhaite bien du courage pour vous amuser sous la pluie.

– C'est comme ça… répondit Etxe avec un sourire. Rien ne peut nous arrêter, nous, les Basques.

Adamsmendy lui serra la main et repartit en direction des arènes. Malgré le ciel menaçant, le centre-ville continuait à se remplir, il allait lui falloir du temps pour regagner son domicile.

En quittant la place, il eut la vague impression de croiser une tête connue. Il se retourna pour essayer de la retrouver. Mais il eut beau la chercher dans la foule, cette vision fugitive ne réapparut pas.

Sûrement une hallucination due à la fatigue.

La pluie commença à tomber alors qu'il traversait la place des Basques pour quitter l'enceinte des fêtes et regagner le quartier des arènes. Quelques grosses gouttes éparses commencèrent à tomber de ci, de là, en faisant un « toc » sec sur le capot des voitures. Le sol se mit à fumer légèrement sous l'effet de la chaleur de la journée. Adamsmendy força le pas mais l'averse arriva brusquement, pluie drue et épaisse qui tomba avec une force incroyable. Des ruisseaux commencèrent à se former le long des caniveaux, et les trottoirs devinrent rapidement glissants. Adamsmendy entendit les cris de la foule au loin, surprise par la soudaineté du déluge. Il se mit à courir, mais il sentait bien que la partie était perdue contre les éléments déchaînés. Il traversa les allées Paulmy avec prudence, car les voitures se faisaient de plus en plus nombreuses, remplies de festayres qui fuyaient la pluie. L'abus d'alcool conjugué à une route glissante allait sans aucun doute amener son lot d'accidents. La gendarmerie allait avoir du boulot cette nuit.

Lorsqu'il arriva enfin à la porte de son immeuble, il était trempé jusqu'aux os. Il maudit ce pays qui ne savait pas rester sec très longtemps, jamais plus d'une semaine complète. Celle des fêtes de surcroît.

OSTIRALA *(VENDREDI)*

À huit heures trente pétantes, Adamsmendy posait son incontournable pardessus sur le portemanteau de son bureau. Pas d'Etxe en vue, la journée commençait bien…

Il sortit de la pièce en grommelant et repartit dans le hall d'entrée du commissariat pour voir Ginette, l'hôtesse d'accueil. Il la trouva en train de remettre une couche supplémentaire de vernis rouge sur les ongles de ses doigts fins. Elle semblait particulièrement absorbée par cette tâche délicate et ne remarqua même pas le commissaire qui se tenait face à son bureau. Ce dernier n'osa pas l'interrompre. Il attendit patiemment qu'elle ait fini pour lui soumettre sa requête. Il avait entendu dire qu'elle entretenait des relations privilégiées avec le commissaire divisionnaire, et de ce fait, il ne souhaitait pas se la mettre à dos. Au bout de quelques secondes qui lui parurent interminables, elle leva les yeux.

– Ah, Baptiste, c'est vous ? fit-elle en feignant d'être surprise. Je ne vous avais pas entendu arriver. Que puis-je faire pour votre service ?

– Je dois aller à Bidarray dans la matinée. Pouvez-vous me réserver une voiture de service ? Je serai accompagné d'Etxe… s'il n'a pas trop fait la fête hier soir et daigne rejoindre le commissariat…

– D'accord, Baptiste.

Et elle s'attaqua aux ongles de l'autre main. Adamsmendy repartit, en espérant que le véhicule soit prêt avant que son jeune collègue n'arrive. Il n'avait pas beaucoup conduit dans sa vie, ayant passé la majeure partie de sa carrière à Paris, où il se déplaçait surtout en transport en commun. Mais les rares fois où l'occasion se présentait, il aimait conduire. Tenir le volant d'une bonne voiture lui procurait une jouissive impression de puissance.

De retour dans son bureau, il jeta un œil sur les dossiers qui étaient déposés sur le bureau. Quelqu'un frappa à la porte au moment où il ouvrait l'un d'eux. Maubert passa alors une tête inquiète par la porte entrouverte.

– Adamsmendy, tu as lu le journal ?

Son air sérieux laissait craindre le pire.

– À voir ta tête, il a dû se passer quelque chose de grave, répéta Adamsmendy.

Maubert entra et déposa le journal *Sud-Ouest* sur le bureau. La page de couverture faisait apparaître une photo d'Adamsmendy, debout, perdu dans ses pensées au milieu de la foule en fête, avec ce titre en grosses lettres :

« *UN MEURTRE AUX FÊTES DE BAYONNE ?* »

Adamsmendy jura et attrapa le quotidien.

La photo était sous-titrée : « Le célèbre commissaire Adamsmendy en train d'enquêter sur les lieux du crime. Lire la suite en pages locales ».

Adamsmendy jeta le journal à terre.

– Nom de Zeus ! C'est un coup du copain d'Etxe. Mais quand diable a-t-il pu me prendre en photo ?

Le souvenir de la vision fugitive de la veille, quand il avait quitté les Tarbais, lui revint à l'esprit.

– C'est lui ! C'est lui que j'ai vu hier soir… Il a dû me pister pour essayer d'en savoir plus sur cette affaire.

– Qui ça, lui ? hasarda Maubert.

– Ce Guillenteguy, là ! Un journaliste que connaît Etxe et qu'on a rencontré par hasard le soir du meurtre. Il nous a suivis pour prendre cette photo…

Adamsmendy eut soudain un sentiment d'inquiétude et se baissa pour reprendre le journal. Il tourna les pages jusqu'à tomber sur l'article qui le concernait. Ses craintes étaient fondées : il tomba sur une autre photo en noir et blanc, où on voyait le commissaire dans la queue du Paquito Chocolatero, bras levés et bouche bée, accompagné de son fidèle Etxe. La légende était sans équivoque :

« Le commissaire profite de l'enquête pour goûter aux plaisirs des fêtes. »

– Enfer et damnation ! susurra Adamsmendy dans un souffle. Il va me le payer, celui-là.

Il parcourut rapidement l'article, pour constater que le journaliste ne savait pas grand-chose sur les circonstances du meurtre. Pire, il se perdait en conjectures sur ce qui avait pu se passer. Il indiquait qu'une autopsie de la victime avait été réalisée à l'hôpital. Il avait réussi à prendre une photo de l'ambulance qui avait ramené le corps à sa famille. Mais il n'avait pas pu rencontrer le docteur Leconteau, ce dernier n'avait pas souhaité être interviewé. Adamsmendy l'en remercia intérieurement. Le journaliste arrivait à délayer suffisamment son histoire pour faire un article d'une demi-page sans qu'il y eût d'information intéressante aux yeux du commissaire. Mais cela pouvait suffire à alarmer la population et jeter un discrédit sur les fêtes.

– Si les journaux se mêlent de nos affaires, nous sommes fichus ! Ça ne va pas nous aider à retrouver les coupables.

– Ou peut-être que si ? Peut-être que des gens vont venir témoigner en découvrant cet article ? On ne sait jamais…

– J'en doute. Tout ce que ça va amener, c'est d'autres journalistes qui vont nous suivre partout pour essayer d'en savoir plus. J'ai horreur de ces situations…

Pour vérifier ces dires, il se dirigea vers la fenêtre et jeta un œil à l'extérieur, sur la rue qui longeait le commissariat.

– Qu'est-ce que je disais…

Un groupe de journalistes se tenait en contrebas, appareil photo en bandoulière et micro à la main, en faisant les plantons devant la porte d'entrée. Il n'y avait pas encore la télé, mais Adamsmendy était sûr qu'elle n'allait pas tarder à arriver.

– Heureusement que j'ai réservé la voiture. Elle va me permettre de m'échapper du commissariat sans avoir à les rencontrer, ceux-là…

Il se tourna vers Maubert en lui tendant un papier.

– Tu peux me rendre un service ?

– Dis toujours…

– Voici la liste des membres d'une banda de Dax. Tu peux appeler les collègues des Landes et leur demander de vérifier s'il y a des noms connus de leur service ? Peut-être que la banda a fait parler d'elle dernièrement ? Je n'y crois pas trop, mais je préfère ne pas laisser de piste ouverte.

– Si tu le souhaites... Ça tombe bien, j'en connais un, de policier, qui habite Dax. Un copain d'enfance... Je vais l'appeler de suite.

Maubert avait à peine quitté le bureau que le téléphone sonna. Adamsmendy eut un moment d'hésitation en voyant le nom s'afficher sur l'écran du téléphone. C'était le chef. Ce n'était pas son habitude d'appeler de si bonne heure... Sûr que l'orage allait continuer.

– Monsieur le commissaire divisionnaire, je vous écoute, dit-il d'une voix légèrement chevrotante en décrochant le combiné.

– Adamsmendy, lui répondit une voix grave et ferme. Qu'est-ce que c'est que cette histoire ?

– Quelle histoire, Monsieur le commissaire divisionnaire ?

– Ne vous fichez pas de moi ! Celle du journal, tiens ! Je vous demande de me rejoindre immédiatement dans mon bureau.

Il raccrocha.

Adamsmendy avala la boule qui s'était formée dans sa gorge, puis sortit du bureau d'un pas mal assuré. Il monta à l'étage où se trouvaient les officines du gratin hiérarchique. Dans les escaliers, il croisa Ginette qui, en le voyant, agita sa main frénétiquement.

– Il a pas l'air commode, le patron, ce matin !

Il remonta le couloir et se trouva devant la porte fatidique. Il se passa rapidement un coup de peigne avant de frapper trois coups.

– Entrez ! répondit une voix hélas trop connue.

Adamsmendy obtempéra et entra. Le commissaire divisionnaire était assis à son bureau, griffonnant des notes sur des fiches multicolores, et ne semblait prêter aucune attention à son visiteur. La table était recouverte de dossiers, et la couverture de l'un d'eux était maculée de plusieurs taches de café. Une tasse vide était d'ailleurs posée à proximité, côtoyant dangereusement le rebord du bureau. Un cendrier rempli de mégots écrasés trônait au centre de la table, et une odeur de tabac froid s'était glissée dans les moindres recoins de la pièce. Il semblait pourtant à Adamsmendy qu'il était interdit de fumer dans les locaux du commissariat, mais il s'abstint de faire tout commentaire. Il demeura donc debout, devant le bureau de son chef, attendant que celui-ci lui adressât la parole. Au bout de quelques minutes, il se racla la gorge pour signaler sa présence.

– Ah, vous êtes là, vous ! remarqua le divisionnaire en posant son stylo. Asseyez-vous…

Adamsmendy obéit sans un mot.

– Je vous écoute, poursuivit le chef.

Il avait pris une autre fiche et s'apprêtait à noter ce qu'Adamsmendy allait lui raconter.

– Eh bien, commença ce dernier. Je ne vous en ai pas encore fait part, mais je suis sur une affaire de meurtre, qui s'est produit le soir de l'ouverture des fêtes…

– Ce n'est pas de ça que je veux vous parler ! coupa le divisionnaire. Je le sais bien, que vous enquêtez sur ce meurtre !

Il attrapa le journal et l'étala sous les yeux d'Adamsmendy, page ouverte sur la photo du Paquito Chocolatero.

– C'est pour cette photo que je souhaite avoir quelques explications.

Adamsmendy blêmit et maudit en silence son jeune collègue Etxe qui l'avait entraîné dans cette sinistre mascarade.

– Vous êtes fier de vos clowneries ? Et encore, je mets le « l pour rester poli ! » Cette photo bafoue la réputation de la police bayonnaise, et jette le discrédit sur le sérieux de cette administration que j'ai la charge de diriger ! Je ne vous félicite pas.

– Écoutez, Monsieur le commissaire divisionnaire, j'en suis désolé mais j'ai été entraîné bien malgré moi dans ce cortège ridicule…

– Je ne veux pas le savoir ! Si vous aviez été à la hauteur, vous auriez su résister, ou faire en sorte de ne pas vous exposer devant les appareils photos des journalistes !

Vous êtes la honte de notre institution, je vous le dis franchement. Encore une bourde comme celle-là et c'est la mise à pied immédiate !

Le chef griffonna des notes sur son papier tout en grommelant. Adamsmendy ne chercha plus à se justifier. Il se retenait de tout balancer et d'impliquer Etxe, mais il avait encore son honneur et tenait à assumer ses responsabilités. Tiens, à propos d'Etxe, il n'avait toujours pas fait son apparition, celui-là. Adamsmendy l'attendait de pied ferme.

– Le maire m'a téléphoné ce matin. Lui aussi avait l'air furieux.

Décidément, cette histoire sentait de plus en plus mauvais.

– Il vous convoque à la mairie à onze heures trente.

– J'y serai, répondit Adamsmendy, en essayant de relever le torse.

– Et je souhaite avoir un rapport journalier sur l'avancement de l'enquête.

– Comptez sur moi, Monsieur le divisionnaire.

– Je vous donne une semaine, vous m'entendez ? Une semaine pour résoudre cette affaire.

Adamsmendy fronça les sourcils. Une semaine, c'était très court. Et pour le moment il n'avait aucune piste, et n'avait pas vraiment rencontré de témoin fiable. En plus, il allait perdre sa matinée à attendre le rendez-vous de la mairie au lieu de rencontrer la famille de la victime et recueillir de précieux renseignements... Et Etxe qui n'était toujours pas là.

– Vous pouvez prendre congé.

Une façon élégante de lui dire de foutre le camp.

– Merci, Monsieur le commissaire divisionnaire. Je vous tiens au courant

Adamsmendy fit des courbettes tout en reculant. Le chef continuait à griffonner sur ses bouts de papier. Mais que pouvait-il bien écrire de cette conversation qui avait été aussi expéditive ? Il prit la porte et déguerpit sans demander son reste.

Il se hâta de rejoindre son bureau sans chercher à entamer la conversation avec quiconque. Il s'affala dans son fauteuil et inspira profondément. Il avait les membres qui tremblaient. En plus de vingt ans de carrière, il n'avait jamais reçu de telles réprimandes. Et ce n'était pas fini...

Il étira ses jambes et fit des moulinets avec ses bras. Il avait besoin de bouger. Il fallait qu'il se décharge de son agressivité sur quelqu'un. Il fallait que quelqu'un arrive, vite, n'importe qui, pour qu'il puisse déverser toute son énergie négative sur la première personne qui se présenterait.

Etxe entra à ce moment-là sans frapper, en arborant un air jovial.

– Ah vous voilà, vous ! hurla Adamsmendy.

Etxe recula d'un pas, surpris par le ton inhabituel de la voix de son chef.

– Qu'est ce qui se passe, commissaire ?

– Vous avez lu le journal ?

Adamsmendy exhiba à son tour la page du *Sud-Ouest* sous le nez de son collaborateur.

– On peut dire qu'il a fait du beau travail, votre collègue journaliste ! Et vous aussi, par la même occasion, en m'entraînant dans votre stupide farandole ! Vous êtes la honte de notre institution, je vous le dis franchement. Encore une bourde comme celle-là et c'est la mise à pied immédiate !

Il n'avait rien trouvé de mieux que de répéter mot à mot les reproches du divisionnaire. Etxe regarda son chef avec des yeux ronds.

– Mais, commissaire... On n'a rien fait de mal ! C'est normal de s'amuser un peu pendant les fêtes, même si on est en service...

– Eh bien non ! Un membre de la police se doit d'être exemplaire ! Comme il se doit de se vouer corps et âme à une enquête tant que celle-ci n'est pas terminée !

Etxe écoutait le commissaire sans tenter de s'opposer à son mécontentement.

– J'ai rencontré le commissaire divisionnaire ce matin. Il nous donne une semaine pour trouver l'assassin. Il faut mettre les bouchées doubles, et travailler jour et nuit !

Adamsmendy s'arrêta soudainement et regarda son collègue avec un air soupçonneux.

– D'ailleurs, à ce sujet, pourquoi arrivez-vous si tard ce matin ? Vous vous êtes couché tard, cette nuit ?

– Ben oui, commissaire. J'ai continué l'enquête de ma propre initiative...

– Ah oui ? Et comment ?

– J'ai filé les deux Tarbais, pour voir s'ils ne cachaient pas quelque chose dans cette affaire.

– Et alors ?

– Alors, rien. Par contre, qu'est-ce qu'ils picolent ! J'ai eu du mal à tenir le rythme ! Mais j'ai tenu bon, croyez-moi. L'honneur de la police est sauf ! C'est moi qui ai fini par les raccompagner avant qu'ils ne s'écroulent. Ils ne savaient même plus où ils habitaient ! On a dû faire tous les ronds-points de la périphérie pour retrouver leur tente...

Adamsmendy n'en crut pas ses oreilles. Il sentit que la pression augmentait dans son esprit en surchauffe. Il finit par exploser.

– Et vous êtes fier de me raconter des choses pareilles ! Alors que l'enquête n'a pas avancé d'un pouce ! Mais vous devriez avoir honte de votre comportement ! Espèce de... espèce de...

Il chercha une injure suprême à lui vociférer.

– Espèce de BASQUE ! hurla-t-il.

On frappa à la porte avant qu'Etxe n'ait eu le temps de réagir. C'était Maubert.

– Ben dis donc, y'a de l'ambiance là-dedans... dit-il en passant sa tête par l'embrasure de la porte, fidèle à son habitude.

– Adamsmendy qui traite Etxe de Basque... poursuivit-il en souriant. C'est un peu l'hôpital qui se fout de la charité...

Il finit par entrer et expliqua le motif de sa visite.

– Bon, trêve de plaisanterie, j'ai appelé mon collègue de Dax. Il m'a dit qu'il connaissait cette banda, et il est d'ailleurs ami avec plusieurs membres du groupe.

Etxe profita du répit apporté par l'intervention de Maubert pour s'éclipser discrètement.

– D'après lui, continua ce dernier, il n'y a strictement rien à reprocher à cette formation, qui existe depuis des années. Mais bon, il va faire une vérification de routine, et il m'appelle d'ici demain s'il découvre quelque chose de particulier. Mais il y a peu d'espoir...

– Je te remercie, Maubert, répondit Adamsmendy d'une voix grave. Au moins, on peut compter sur une personne fiable et compétente...

– Tout le plaisir est pour moi ! fit Maubert.

Et il s'esquiva avec un sourire ampoulé.

Adamsmendy se retrouva seul. Il avait deux heures à attendre avant le rendez-vous à la mairie. Il regarda à nouveau par la fenêtre. Ces charognards de journalistes étaient toujours présents, il ne pouvait pas partir à pied pour aller boire un café en ville sans risquer de se faire aborder par l'un d'eux. Il alluma donc l'ordinateur,et se connecta sur google. Il lança une recherche sur le village de Bidarray, et les fermes du coin. Peut-être en découvrirait il une dont les initiales étaient BJ. Ce n'était pas facile, car il n'y avait pas de moteur de recherche adapté à ce type d'investigation, et rien ne prouvait que le site - d'origine américaine - ait orthographié correctement la toponymie basque. Au bout d'une heure, sa vue commençait à se brouiller et un engourdissement croissant envahit peu à peu son cerveau embrumé par les pixels de l'écran. Il finit par jeter l'éponge, attrapa le journal et se lança dans la résolution des sudokus donnés en dernière page. Au moins, cette maudite gazette allait servir à quelque chose.

Vers onze heures, Adamsmendy appela Etxe au téléphone.

– On se retrouve dans le garage au sous-sol, devant la voiture. J'ai d'abord un rendez-vous à la mairie, et ensuite on filera à Bidarray, voir la famille du mort.

– À vos ordres, commissaire répondit Etxe, penaud.

Adamsmendy fit un crochet par l'accueil pour récupérer les clés. Il y retrouva Ginette, qui s'était attaquée à améliorer le mascara de ses longs cils. Elle sourit en le voyant, puis prit un air compatissant tout en lui désignant l'escalier qui menait au bureau du divisionnaire. Adamsendy leva les yeux au ciel en soupirant. Aucune parole ne fut échangée mais tout était dit.

Au sous-sol, le silence se poursuivit mais cette fois-ci, il était chargé d'amertume entre les deux hommes. Ce fut Adamsmendy qui prit le volant, Etxe se contentant du siège passager sans chercher à proposer ses services.

La voiture monta rapidement la rampe de sortie, et déboucha à la lumière dans la petite rue derrière le commissariat. Certains journalistes accoururent, alertés par le bruit du moteur. Adamsmendy fit une embardée pour les éviter, bien que ses mains le démangeaient et l'imploraient de faire le contraire. La voiture fonça dans la ruelle sous la lueur des flashes, et devint rapidement hors de portée des photographes.

Adamsmendy souffla, et ralentit en s'engageant sur les allées Paulmy.

Un barrage les attendait à l'entrée de la rue Jean Bonnat et le gardien les accosta.

– Messieurs, leur déclara-t-il d'un ton martial tandis que la vitre se baissait, l'accès au centre-ville de Bayonne est interdite aux véhicules à moteur pendant les fêtes.

Adamsmendy brandit sa carte de police. Le garde les regarda d'un œil suspicieux mais il finit par dégager la barrière.

La voiture pénétra dans le territoire interdit. Adamsmendy roulait au pas car il y avait déjà beaucoup de monde en cette fin de matinée. La rue était encombrée de festayres qui étaient surpris de voir un véhicule dans le périmètre qui leur était habituellement réservé. Certains râlaient à l'idée de devoir dégager la rue et regagner le trottoir, et se faisaient un malin plaisir de marcher au milieu de la rue. D'autres tambourinaient sur le capot de la voiture pour marquer leur mécontentement. Beaucoup regardaient la plaque d'immatriculation pour voir s'ils avaient affaire à un touriste perdu, et se détournaient en constatant que le numéro 64 y était affiché. Adamsmendy gardait un air fermé et imperturbable et s'abstint de réagir à ces provocations. Lui et Etxe étaient de toute façon minoritaires devant l'adversité, ce n'était pas le moment de bomber le torse et de faire le malin.

La voiture longea les manèges de la fête foraine, fermés à cette heure de la matinée, et se gara dans le petit parking habituellement réservé aux taxis, à l'arrière du bâtiment de l'hôtel de ville.

– Attendez-moi là, ordonna Adamsmendy à Etxe en descendant du véhicule.

Il claqua la porte et s'éloigna sans se retourner.

L'hôtel de ville était un imposant immeuble du dix-neuvième, vaste bâtiment de style classique et de forme cubique surmontant un patio à colonnes sur trois de ses côtés. Il abritait à la fois le bureau du maire, les services administratifs municipaux, un théâtre et deux cafés qui donnaient sur la place de la Liberté, lieu symbolique de rassemblement pendant les fêtes : c'était sur cette place que la foule s'était massée le jour de l'ouverture, pour le don des clés de la ville jetées depuis le balcon, et toujours sur cette place que les plus jeunes venaient assister au réveil du Roi Léon chaque midi.

Adamsmendy pénétra dans l'hôtel de ville par la petite porte sur le côté du bâtiment, habituellement réservée aux fonctionnaires municipaux. Il n'avait aucune envie de se faire remarquer.

Il gagna le bureau d'accueil pour informer de son arrivée.

– Monsieur le maire vous attend à son bureau précisa la secrétaire qui l'accueillit, après avoir vérifié sa disponibilité par un coup de téléphone.

Adamsmendy se dirigea vers l'imposant escalier qui menait au bureau du maire à l'étage. Décidément, les chefs avaient toujours leur bureau en haut d'un escalier, comme s'ils avaient besoin d'afficher leur domination sur le commun des mortels, se dit Adamsmendy en gravissant les marches. Et cela faisait deux fois dans la journée que cette ascension était aussi pénible.

Il se passa un nouveau coup de peigne et ajusta sa veste devant la porte, puis frappa trois petits coups secs.

– Entrez ! répondit une voix peu amène.

Adamsmendy entra et observa. Il fut d'abord surpris par la sobriété de la pièce, de dimension relativement modeste et peu meublée. Les murs étaient entièrement lambrissés d'un bois clair, et quelques niches avaient été disposées dans les angles pour casser la monotonie du motif. Un bureau assez sommaire, de la même veine que les murs, se tenait sur la gauche, et n'était recouvert que d'une feuille de papier blanc et de quelques stylos-plumes. On était loin du fouillis de dossiers qui envahissaient le bureau du commissaire divisionnaire. À l'arrière, une bibliothèque intégrée au mur laissait apparaître à travers ses portes vitrées quelques ouvrages anciens.

Le maire se tenait de dos, debout devant les larges fenêtres du mur opposé, contemplant les flots de l'Adour qui s'écoulait tranquillement de l'autre côté du quai Lespès.

Adamsmendy se risqua à attaquer le premier.

– Bonjour, Monsieur le député-maire ! lança-t-il d'un ton qui se voulait jovial.

L'élu sursauta, puis se retourna lentement en lançant un regard venimeux à son interlocuteur. Et c'est alors qu'Adamsmendy comprit la bourde qu'il venait de commettre.

Les élections législatives avaient eu lieu deux mois auparavant. Et le maire de Bayonne venait de perdre le fauteuil de député qu'il avait occupé au cours de dix années précédentes.

– Euh... Bonjour, Monsieur le maire rectifia Adamsmendy d'une voix nettement moins assurée.

Le maire ne fit aucun commentaire, et s'assit à son bureau en gardant les sourcils froncés. Il fit signe à Adamsmendy de faire de même sur l'unique fauteuil qui se trouvait face à lui.

– Je vous écoute, dit-il simplement.

– Eh bien, Monsieur le dép..., euh, Monsieur le maire, il s'agit d'une épouvantable méprise. J'ai été entraîné bien malgré moi dans cette farandole, et cette photo est l'œuvre d'un journaliste méprisable qui complote contre moi sous prétexte que je refuse de lui fournir des informations...

– Je ne vous parle pas de ça ! coupa le maire.

Adamsmendy s'arrêta de parler et fit une moue interloquée.

– Mais... alors, pourquoi m'avez-vous convoqué ? demanda le commissaire sans cacher sa surprise.

– Pour le meurtre, sacrebleu ! répondit le maire. Je me fiche bien du reste... Vous faites ce que vous voulez de vos soirées, ça ne regarde que vous.

Il lui fit un sourire entendu.

– Quoique, entre nous, c'est fort sympathique de montrer que vous appréciez les fêtes, et que vous vous y amusez. Le peuple a parfois besoin de voir que les élites goûtent aux mêmes plaisirs qu'elles, cela donne une dimension universelle aux fêtes, vous comprenez ?

Adamsmendy resta bouche bée.

– En tout cas, poursuivit le maire, même si la photo dans laquelle vous apparaissez dans le Paquito Chocolatero est totalement fortuite, je vous remercie tout de même d'avoir permis sa publication.

Adamsmendy en perdait son latin. Le commissaire divisionnaire et le maire semblaient avoir des opinions radicalement différentes sur ces exploits de la veille. Qui fallait-il suivre ? Le magistrat poursuivit :

– Ce qui m'inquiète beaucoup plus, c'est cette affaire de meurtre qui fait la une du journal. Un meurtre aux fêtes de Bayonne ! Voilà qui risque fort de ternir la réputation irréprochable des fêtes… et qui va réjouir la concurrence !

– Quelle concurrence, Monsieur le dép… Monsieur le maire ?

Le maire fit une pause en fixant Adamsmendy de l'air du veau qui regarde une soucoupe volante atterrir dans son pré.

– Mais… Biarritz, bien entendu ! Vous sortez d'où, vous ? Un touriste de moins aux fêtes de Bayonne, c'est un touriste de plus à Biarritz ! Avec toutes les retombées économiques qui vont avec ! L'hôtellerie, la restauration, le verre de rosé à l'apéritif, et même le churro au sucre, tant que vous y êtes. Avec cette histoire, le touriste va avoir peur. Et un touriste qui a peur, ça fuit vers des cieux qui rassurent. Et c'est Biarritz qui accueille cet exode massif, bien sûr.

Adamsmendy ne savait pas s'il devait intervenir pour approuver la tirade du maire.

– Ah, Biarritz ! Voilà une ville qui rassure la bourgeoisie ! La plage, le surf, le casino, le golf, les hôtels huppés et les boutiques de luxe. Jamais un problème dans cette ville. Quand il y a un meurtre dans le coin, c'est à Bayonne, jamais à Biarritz ! Quand il y a une manifestation de soutien aux indépendantistes, c'est à Bayonne, jamais à Biarritz ! Comme je l'ai dit jadis, à Biarritz les cocktails petits fours, et à Bayonne les cocktails Molotov !

Il se rapprocha d'Adamsmendy et le fixa dans les yeux.

– Même le président de la République s'est fait agresser à Bayonne au cours de sa dernière visite ! Ce n'est pas à Biarritz que ce serait arrivé !

Il se rassit dans son fauteuil en prenant un air épuisé.

– Voilà pourquoi je ne veux pas de nouvelle affaire qui entache la réputation de notre belle ville. Je veux montrer à la France que Bayonne est une ville respectable, qui sait gérer le flux d'un million de touristes pendant les cinq jours des fêtes sans incident notable. Et que Bayonne reste la ville de référence pour la plus belle fête de France !

Il se leva, bomba le torse et entonna une vieille chanson :

C'est à Ba-ba, c'est à yo-yo, C'est à Ba-ba, c'est à Bayonne !
Qu'on se bi-bi, qu'on se do-do, qu'on se bi-bi, qu'on se bidonne !

Il se rassit d'un air satisfait.

Adamsmendy n'osait pas bouger de son fauteuil. Il se demandait s'il devait dire quelque chose. Il choisit de rester coi dans un excès de prudence. Il fixait le maire dont les yeux contemplaient le lambris du plafond d'un air satisfait.

Au bout de quelques minutes, le regard du maire s'anima à nouveau et il reprit la parole :

– Alors, où en êtes-vous dans cette affaire de meurtre, commissaire ?

– Eh bien, répondit Adamsmendy, content de pouvoir intervenir. Nous n'en sommes qu'au début de l'enquête. Nous avons deux témoins qui ne nous ont pas apporté grand-chose. Mais l'arme du crime a été identifiée…

– Et quelle est-elle ?

Adamsmendy hésita à répondre.

– Il s'agit de la digitale pourpre, une fleur de montagne…

Le maire ouvrit des yeux ronds.

– Vous vous fichez de moi ?

– Mais pas du tout, Monsieur le dép… Monsieur le maire ! C'est une plante toxique, qui a empoisonné la victime. On en a retrouvé des traces dans l'analyse sanguine, lors de l'autopsie…

– Mmmmh… fit le maire d'un air sceptique. Et avez-vous des suspects ?

– Je privilégie la piste indépendantiste. La victime a eu des liens avec ce milieu par le passé. Je dois interroger deux suspects dès que possible.

Le maire s'étendit sur son fauteuil en allongeant les bras, puis se releva.

– Écoutez, Monsieur le commissaire. Je veux que cette affaire soit réglée le plus vite possible. Mettez tous les moyens qu'il faut pour que vous trouviez l'assassin dans les meilleurs délais. Je veux que cette histoire ne s'étale pas plus longtemps dans la presse, qui se délectera d'avoir un os à ronger pour augmenter ses ventes.

Il se rapprocha d'Adamsmendy et le regarda droit dans les yeux.

– Je veux que les touristes repartent chez eux rassurés et avec la certitude de revenir l'année prochaine.

Il se rapprocha encore un peu plus, jusqu'à ce que les deux nez s'effleurent presque.

– Je veux que vous trouviez l'assassin avant la fin des fêtes.

Adamsmendy en eut le souffle coupé et recula.

– Mais, Monsieur le maire, la fin des fêtes, c'est dimanche soir !

– Oui.

– Mais on est vendredi ! Ce qui me laisse deux jours et demi pour résoudre l'enquête ! C'est impossible !

– Impossible ? C'est un mot français, pas basque. Je connais la réputation qui vous suit depuis Paris, votre perspicacité et votre sens du devoir. Je suis persuadé que vous allez y arriver. De toute façon, vous n'avez pas le choix.

– Vous rendez-vous compte de la difficulté de cette enquête ? Comme vous l'avez dit vous-même, il y a plus d'un million de personnes qui participent aux fêtes de Bayonne chaque année. Cela fait un million de suspects ! Un million de personnes à interroger, à la recherche d'un quelconque témoignage… Nos bureaux sont trop petits et nos effectifs trop peu nombreux !

– Commissaire, je compte sur votre flair pour sélectionner les personnes qui ont un rapport avec cette affaire. D'ailleurs vous m'avez dit vous-même que vous aviez commencé par deux personnes. C'est un bon début. Il reste à trouver les autres témoins parmi les neuf-cent-quatre-vingts-dix-neuf-mille-neuf-cent-quatre-vingt-dix-huit festayres restants.

Adamsmendy s'affala sur son fauteuil. Jamais on ne lui avait demandé une tâche aussi difficile. Comment allait-il s'y prendre ? Il n'en avait aucune idée.

– Et puis, poursuivit le maire d'un air malicieux. Je vais vous livrer une analyse qui va permettre de vous mettre sur la voie : l'assassin était en rouge et blanc…

Un son de carillon fit soudain diversion. Adamsmendy le reconnut immédiatement : c'était la musique qui précédait les douze coups de midi, annonciateurs du réveil du Roi Léon. Le maire se figea à l'écoute de ce signal.

– Vous entendez ? s'adressa-t-il au commissaire avec un air paniqué. Il va être midi !

Il ouvrit la porte et sortit précipitamment de son bureau.

Adamsmendy le regarda s'enfuir sans comprendre. Il se demanda ce qui se passait encore dans ce monde de fous. Il sortit de la pièce et le chercha des yeux. Il le vit courir vers le fond du couloir, se dirigeant vers une porte entrouverte qui laissait passer un rayon de lumière.

À son passage, un employé de la mairie le salua.

– Vous êtes en retard, Monsieur le maire lui dit-il simplement.

Le maire ne répondit pas et se jeta dans l'autre pièce. Adamsmendy regagna le bout du couloir et ouvrit la porte.

Elle donnait sur un vaste salon de style empire. Adamsmendy reconnut la salle d'apparat de la mairie, antichambre pour accéder au théâtre par une large double porte entourée de grands miroirs.

Une réception était organisée dans ces lieux, et au milieu de la pièce trônait une vaste table couverte de saladiers de sangria et de petits fours. De nombreuses personnes s'y affairaient, échangeant entre deux éclats de rire des conversations mondaines un verre à la main, et regagnant de temps en temps la porte-fenêtre qui donnait sur le fameux balcon de la mairie.

Sur le balcon, Adamsmendy reconnut immédiatement le dos de la poupée géante du Roi Léon, cachée derrière un rideau opaque. De l'autre côté du balcon, plusieurs personnes habillées en rouge et blanc haranguaient la foule des festayres massée sur la place de la liberté. Parmi eux, Adamsmendy reconnut le même animateur que celui qu'il avait vu la veille à la même heure, quand lui-même était parmi cette foule en compagnie d'Etxe.

Il s'attendait à voir également le maire sur le balcon mais il fut surpris de constater que celui-ci était resté en retrait, caché derrière le Roi Léon. Il tenait de sa main droite la baguette qui permettait de faire bouger son bras.

Le carillon cessa alors sa musique pour laisser la place aux coups de cloche qui annonçaient midi. L'animateur égrena alors lentement dans son micro les douze chiffres tant attendus. Adamsmendy entendit alors la clameur de la foule envahir l'espace et compter à l'unisson, au rythme de la pendule :

« Un… Deux… Trois… »

À chaque coup, le maire levait les bras au ciel en fermant les yeux. Il semblait être possédé par la puissance de la voix du peuple, en dessous de lui.

« Neuf… Dix… Onze… Douze ! »

Au douzième coup, l'animateur écarta lentement le rideau, laissant apparaître la marionnette du Roi Léon à son public de fidèles. La foule hurla de joie en voyant le pantin, et salua son arrivée par des acclamations et des sons de trompettes qui emplirent l'espace. Toujours caché derrière le pantin, le maire agitait frénétiquement la baguette pour donner l'illusion que le Roi de Bayonne saluait ses sujets en contrebas. Il transpirait abondamment, et son visage semblait respirer le bonheur.

– On salue comme il se doit le Roi Léon ! hurla l'animateur. Et comme chaque midi, on chante la même chanson !

Une personne mit en route la sono présente dans la pièce, et la même rengaine que la veille s'éleva des haut-parleurs :

Debout, debout, debout, Léon…

La foule reprit en chœur l'hymne, stimulé par le rythme imposé par la main de la marionnette que manipulait le maire avec dextérité, toujours caché derrière le rideau. Celui-ci trépignait de joie en sautillant sur place. Sa baguette lui donnait l'allure d'un chef d'orchestre qui dirigeait un opéra, dont les acteurs n'étaient autres que les cinq mille personnes présentes sur la place.

La chanson s'écoula à un rythme trépidant, toujours scandée par la foule, sous la houlette cachée du maire de la ville. Quand la musique s'arrêta, un tonnerre d'applaudissement s'éleva de la place, et l'animateur conclut la fin de la cérémonie :

« Le Roi Léon vous salue et vous souhaite une bonne journée de fêtes. Bon appétit à tous !

À ces mots, le maire laissa tomber la baguette et s'affala sur une chaise à proximité, l'air épuisé. L'animateur et ses compagnons quittèrent le balcon pour regagner le salon et se joindre aux autres convives. Personne ne semblait prêter attention à lui. Adamsmendy se risqua à s'approcher et lui demanda d'une voix douce :

– Ça va, Monsieur le Maire ?

Celui-ci releva la tête avec un sourire béat.

– Ah, commissaire, comme cela fait du bien ! J'ai fait le plein de bonheur pour la journée…

Adamsmendy le regarda d'un air interloqué.

– Ah oui, poursuivit le maire. C'est si bon de se sentir aimé ! Vous voyez, commissaire, le rêve de tout homme politique, c'est d'être populaire. D'être apprécié à sa juste valeur par ses administrés. Tous ces Bayonnais, en bas, ce sont un peu mes enfants. Je me sens comme un patriarche, qui doit les servir et les guider dans ce monde si difficile.

Il se tourna vers le pantin.

– Parfois, j'ai l'impression que lui et moi ne faisons qu'un.

Adamsmendy se dit intérieurement qu'il ne trouvait aucune ressemblance physique entre les deux personnages, mais il s'abstint de tout commentaire pour éviter de le froisser. Il attendit patiemment que le maire sorte progressivement de son état de transe et revienne à la dure réalité de la vie. Il en profita pour aller se servir une sangria, qu'il dégusta en compagnie d'une ravissante blonde avec qui il échangea quelques banalités.

Cet instant de répit ne dura pas. Le maire vint le rejoindre rapidement, les sourcils froncés.

– Bon, maintenant, au travail, commissaire ! Je vous rappelle que vous avez un objectif à tenir pour la fin de la semaine.

Adamsmendy n'insista pas. Il fit le baise main à sa voisine, adressa ses plus respectueuses salutations au maire et quitta la salle.

Il regagna la voiture de fonction et trouva Etxe, les yeux fermés, les pieds sur le volant et la radio allumée. Des chants basques s'échappaient des haut-parleurs de la voiture, et faisaient écho à la musique de la fête foraine qui commençait à s'animer dans le prolongement de la rue.

Le commissaire donna un coup de pied sur le pare-chocs de la voiture, ce qui fit sursauter son jeune collègue.

– Ah, c'est vous commissaire ! Vous m'avez fait peur…

– On peut dire que vous surveillez bien le matériel de la police, vous ! Bon, enfin… Puisque vous êtes sur le siège du conducteur, vous n'avez qu'à prendre le volant. Nous partons pour Bidarray…

– Maintenant ? Mais il est midi passé et on n'a pas déjeuné…

– On déjeunera une fois qu'on sera arrivé… et avant d'aller voir la famille du défunt. Au moins, on sera au calme. Ça m'aidera à réfléchir.

Il ouvrit la portière et s'assit côté passager. Etxe démarra et fit demi-tour pour sortir de la ville. Ils remontèrent à nouveau les allées Paulmy et prirent la direction de Saint-Jean-Pied-de-Port.

La densité de voitures stationnées au bord de la rue diminuait au fur et à mesure qu'ils s'éloignaient du centre-ville. Etxe était obligé de rouler au pas car elles débordaient parfois largement sur la chaussée. Que de procès-verbaux cela pourrait donner ! Mais, comme chaque année, la mairie prenait la décision d'être clémente, et consigne avait été donnée de ne verbaliser que les stationnements jugés dangereux. En longeant la rangée de véhicules,

Adamsmendy tentait d'en voir les occupants, même s'il avait conscience que cela pouvait être indiscret. Il voyait la plupart du temps des bambocheurs endormis, essayant de récupérer les heures de sommeil perdues la veille pendant la fête. Il y en avait dans la même position qu'Etxe quelques minutes auparavant, d'autres avaient ouvert la fenêtre pour laisser dépasser des pieds d'une propreté douteuse, d'autres enfin s'étaient entassés sur les banquettes arrières, formant des tas informes. Les plus organisés avaient planté une tente sur la pelouse à proximité de leur véhicule, à l'instar des deux jeunes Tarbais, bien que le camping sauvage fût interdit. Enfin, les plus résistants étaient toujours debout, un verre à la main, à proximité du coffre ouvert qui renfermait un nombre impressionnant de bouteilles pleines et un nombre encore plus impressionnant de bouteilles vides. Ils levaient leur verre au passage de la voiture de police en chantant des chansons paillardes. Adamsmendy se masquait discrètement le visage de sa main droite.

La banlieue remplaça petit à petit la zone pavillonnaire qui laissa la place aux grandes surfaces. Puis la quatre-voies démarra en direction du sud, et Etxe put alors commencer à tester la puissance de la voiture.

– Commissaire, qu'est-ce qu'il voulait, le maire? demanda-t-il en baissant la fenêtre de sa portière pour sentir le vent fouetter son visage.

– Il voulait qu'on trouve l'assassin avant la fin des fêtes…

– Ah ? Et vous pensez qu'on en est capable ?

– Pas du tout, hélas.

Etxe approuva en silence l'opinion de son chef en hochant la tête. Il entama alors une chanson pour se donner du courage.

Lagun etor gurekin
Denak elgarrekin
Badugu zer egin.
Gu ez gara losatzen,
Etsaia nun hasten
Hon da gudukatzen !

(Camarade, viens avec nous, tous ensemble, nous avons de quoi faire. Nous, nous n'avons pas peur, là où commence l'ennemi, c'est là où on livre combat !)

Adamsmendy se sentait bouillonner intérieurement, remonté par l'objectif que lui avait fixé le maire et la chanson d'Etxe. Il descendit également la vitre pour laisser le courant d'air refroidir son cerveau en ébullition et regarda le paysage sans dire un mot. La quatre-voies avait fini par céder sa place à une route départementale plus sinueuse, et le paysage était devenu campagnard. Les champs avaient remplacé les immeubles, et quelques fermes parsemaient le vert des prairies de taches blanches. Au loin, les montagnes barraient l'horizon d'un bleu profond, les plus lointaines avaient encore leur sommet saupoudré de neige. Quelques nuages jouaient à cache-cache avec le soleil, faisant glisser des taches d'ombre sur les premières collines. Adamsmendy se calma peu à peu et ressentit une grande sérénité à la vue de ce tableau apaisant.

La route – touristique, donc fortement empruntée en période estivale – évitait soigneusement de traverser les villages afin de les laisser en paix. Des déviations avaient ainsi été aménagées à proximité d'Ustaritz, Cambo ou encore Itxassou. Longeant la vallée de la Nive, la route serpentait à présent entre les premiers mamelons arrondis des montagnes. Dans les virages, Etxe s'amusait à faire crisser les pneus sur la chaussée.

– Doucement! lui conseilla Adamsmendy. N'oubliez pas que nous sommes censés respecter la loi que nous devons faire appliquer.

La vallée se resserra après Louhossoa, et les montagnes devinrent plus proches et plus escarpées. Le flot de la Nive bouillonnait en contrebas de la route. Sur la rare ligne droite de ce bout de parcours, Adamsmendy aperçut sur les hauteurs les premières maisons du village de Bidarray. Il fit signe à Etxe de ralentir, et bientôt ils bifurquèrent à droite sur une petite route au niveau du panneau qui leur indiquait la direction du village. Cette route enjamba la Nive, à côté d'un vieux pont moyenâgeux devenu interdit à la circulation, et déboucha sur un croisement.

– Et maintenant, où va-t-on, commissaire ? demanda Etxe.

– Je ne sais pas. Sur l'adresse qu'on m'a donnée, il n'est indiqué que « Famille Zubiko – Ferme Jaurreguy – Bidarray ».

– Effectivement, avec ça, on est bien renseigné…

La voiture resta à l'arrêt quelques instants au niveau du croisement, moteur allumé, avant qu'un automobiliste bloqué à l'arrière ne donne un bref coup de klaxon.

– Allons au centre du village, décida Adamsmendy. D'abord pour déjeuner, et ensuite pour demander la route.

Ils prirent donc la direction indiquée, et Etxe fut obligé de rétrograder en première pour monter le raidillon qui accédait au village. La route serpenta à travers les maisons, et finit par aboutir sur un vaste plateau sur lequel se nichaient les habitations. Une petite église romane, toute de pierres rouges, dominait la vallée sur la gauche tandis que quelques dizaines de mètres plus loin le fronton du village faisait face aux montagnes. C'était d'une beauté à couper le souffle.

Etxe gara la voiture sur la place du fronton, en face d'une longue maison basse qui se révéla être – divine surprise – un restaurant. Quelques enfants jouaient à la pelote sur la place, sans prêter attention à ces visiteurs. Ils descendirent de la voiture et respirèrent à pleins poumons l'air embaumé de la campagne. On était loin des nuits enfiévrées des fêtes de Bayonne, et Adamsmendy sentit à nouveau ses muscles se détendre après la pression de la matinée.

Ils rentrèrent dans le restaurant sans même prêter attention à la carte disponible à l'extérieur. Un serveur les accueillit et les mena à la salle principale. Il n'y avait que peu de monde en ce vendredi, les touristes avaient dû aller aux fêtes ou profiter du beau temps pour aller à la plage. Ils s'assirent à une table près de la large baie vitrée qui offrait une vue imprenable sur les montagnes. Les prés en contrebas étaient couverts de brebis.

Le serveur leur amena les cartes avec un sourire avenant et un accent caractéristique.

– Messieurs, puis-je vous proposer un apéritif? Il sera accompagné d'une mise en bouche constituée d'une chiffonnade de jambon de porc noir des Aldudes accompagnée de son toast grillé.

Adamsmendy fronça les sourcils.

– Non merci. Je ne mange pas de porc.

– Ah bon? lui répondit le serveur d'un air étonné. Vous êtes végétarien?

Adamsmendy lui asséna sa blague du tac-au-tac:

– Vous avez vu mon embonpoint? Est-ce qu'il a une taille à ne manger que des légumes?

Etxe le regarda d'un air hésitant en balançant ses

épaules de haut en bas. Adamsmendy saisit l'allusion et poursuivit d'une voix ferme.

– Pas d'apéritif non plus, poursuivit-il. On en a déjà bu hier, il ne faudrait pas que ça devienne une habitude.

Il vit une lueur de regret dans les yeux de son jeune collègue qui n'insista pas. Ils passèrent donc rapidement au choix des menus.

– Pour moi, dit Adamsmendy, ce sera des *chipirons* farcis à la labourdine et un axoa de veau. Et pour finir un *ardi gasna* (13) avec sa confiture de cerise. Ils sont frais, au moins, vos chipirons ?

– Monsieur, nous ne serions pas dignes de nous appeler restaurant si nous ne servions pas des produits frais. Si vous voulez du surgelé, allez chez Mac Do.

Adamsmendy referma la carte en la faisant claquer, satisfait.

– Et pour moi une omelette à la morue, une dorade à la Biscayenne et une épaule de mouton grillée. Comme dessert, j'hésite entre la *mamia*(14) et le gâteau basque. J'ai une faim de loup...

Adamsmendy le dévisagea avec des yeux ronds.

– Ben dites donc ! Ça passe où, tout ce que vous avalez ? Vous semblez maigre comme un clou.

13- Fromage de brebis. Fait partie du patrimoine mondial de l'UNESCO depuis sa classification AOC à la fin du siècle dernier

14- Caillé de brebis dont l'acidité n'a pas dépassé le niveau qui le rend immangeable. S'accorde merveilleusement avec miel ou confitures faites maison.

– Ben, je fais un peu de sport, vous savez…

Adamsmendy ne répondit pas. Avec l'âge, il avait eu tendance à s'empâter, et ce n'est pas ses quelques heures de marche par semaine qui lui avaient fait retrouver sa silhouette de jeune homme.

Lorsque le serveur apporta les premiers plats, qui semblaient bien appétissants, Adamsmendy se risqua à aborder le sujet qui le préoccupait.

– Nous cherchons le chemin pour aller à la ferme Jaurreguy… La famille Zubiko, vous connaissez, par hasard ?

Le serveur se gratta la tête.

– Moi, non, je ne suis pas du village. Mais peut-être la cuisinière… Je vais lui demander et je reviens

Il s'éloigna en direction des cuisines. Les deux policiers eurent le temps de déguster leur entrée avant qu'il ne revienne. Les chipirons étaient tout simplement divins, Adamsmendy avait retrouvé la saveur de son plat préféré que, adolescent, sa mère lui préparait avec amour le dimanche au retour de la messe. Le serveur revint les débarrasser.

– Oui, confirma-t-il. La cuisinière connaît cette maison. Elle va passer vous voir en fin de repas, quand elle aura moins de travail…

– Merci beaucoup pour votre sollicitude, répondit Adamsmendy.

Ils prirent donc le temps de savourer leur repas, en attendant de pouvoir avoir un premier avis concret sur la famille du défunt.

Pour tromper leur attente, Etxe se mit à parler des randonnées pédestres qu'il avait faites dans les montagnes alentour. Il avait l'air de les connaître toutes, comme toutes les montagnes du Pays-Basque nord et sud, d'ailleurs. Adamsmendy fut encore une fois surpris de l'étendue du savoir d'Etxe sur sa région, en dépit de son jeune âge. Comment diable trouvait-il le temps de faire toutes ces balades ?

– Vous voyez ces falaises, là-bas au fond ? Ce sont les crêtes d'Iparla. Elles sont faciles d'accès, à partir du moment où on est capable de faire sept cents mètres de dénivelé… Y'a le GR10, le sentier mythique qui traverse les Pyrénées de part en part, qui mène au sommet et qui redescend sur Baïgorry, de l'autre côté…

C'est ça, cause toujours, pensait Adamsmendy. Il devait sûrement raconter n'importe quoi pour occuper le temps, de toute façon le commissaire était incapable de le contredire.

La salle se vida peu à peu, pendant que les deux hommes mangeaient lentement pour être les derniers à partir. Heureusement, la suite se révéla aussi savoureuse que l'entrée, cuisinée de façon rustique mais authentique, et cela ne leur posa aucun problème de faire durer le plaisir jusqu'à ne laisser aucune miette dans l'assiette.

La cuisinière les rejoignit pour le café. C'était une femme entre deux âges, avec un charme certain, de longs cheveux noirs coiffés en chignon, vêtue de grand tablier de toile épaisse décorée de fines bandes rouges et vertes assorties aux nappes et aux serviettes des tables du restaurant. Ils avaient dû avoir un prix de gros auprès d'un fabricant de linge basque, pensa Adamsmendy. Elle s'assit à leur table sans un mot, et fit signe au serveur d'apporter un café supplémentaire.

– Madame, nous vous félicitons, l'aborda le commissaire en s'inclinant. Le repas était tout simplement excellent.

– Merci, répondit-elle. J'ai l'habitude de ce genre de compliment. Bon, qu'est-ce que vous voulez savoir sur la ferme Jaurreguy ?

– Eh bien, nous cherchons tout simplement le chemin pour y accéder. On nous a dit que c'était à Bidarray, mais sans plus de précisions. Et si nous devons faire toutes les fermes du coin…

– Vous avez raison de demander, vous pourriez passer la journée sans la trouver. La commune de Bidarray est très étendue, vous savez. Et la ferme Jaurreguy n'est pas du tout au centre du village. Il faut que vous fassiez demi-tour jusqu'au croisement du pont de la Nive. Là-bas, au lieu de prendre le pont, vous continuerez tout droit et prendrez la direction du Bastan…

– Ah, le Bastan, je connais ! coupa Etxe. C'est la rivière qui descend des hauteurs de Gorramendi, coté Espagne. Si je me souviens bien, c'est sur cette rivière qu'il y a un pont d'où se serait jeté le Diable, désespéré de ne pas arriver à apprendre le basque. D'après la légende, bien sûr…

La cuisinière le regarda avec un air surpris.

– C'est bien ça. Vous êtes d'ici, vous ?

– Non, je suis *labourdin*(15). Mais je fais souvent de la randonnée dans le coin…

– Je comprends mieux. Eh bien, il faut continuer deux ou trois kilomètres après ce pont, prendre une route à droite, et remonter sur plusieurs kilomètres dans la montagne. Et vous êtes arrivés. De toute façon, la route s'arrête à la ferme. Après, ce ne sont que des chemins de terre.

– Il n'y a pas d'autres fermes à proximité ?

– Je pense que le premier voisin est à au moins deux kilomètres. Vous ne pouvez pas vous tromper.

Elle but une gorgée du café que le serveur venait de lui amener. Elle posa la tasse sèchement dans sa soucoupe et posa la question qui la turlupinait.

15- Habitant du Labourd, seule province basque de France en contact avec l'océan. Inspire parfois mépris et dénigrement des « vrais » basques de l'intérieur.

– Je suppose que vous êtes au courant du décès d'un des fils de la ferme. Vous y allez pour rendre visite à la famille ? Je ne pense pas que vous en fassiez partie…

– Eh bien, à dire vrai, nous sommes des policiers… répondit Adamsmendy en lui montrant sa carte.

– Des policiers ! dit-elle avec stupeur. Alors, c'est vrai ce qu'on raconte… Que le fils a été assassiné !

– Nous en avons la certitude, hélas. Vous le connaissiez ?

– Un peu. Vous savez, tout le monde se connaît plus ou moins, au village. Mais les Zubiko, il faut dire qu'ils sont un peu à part. Depuis la mort de la mère, ils se sont petit à petit mis en retrait, et on ne les voit pratiquement plus aujourd'hui. C'est vrai que la situation de la ferme ne facilite pas la communication.

– Mais ils allaient aux fêtes de Bayonne ! au moins l'un d'entre eux…

– Oui, mais ici, au village, tout le monde va aux fêtes de Bayonne ! La saison commence avec les fêtes locales, à Bidarray, puis on enchaîne avec celles d'Itxassou, et on finit le mois de juillet avec Bayonne. C'est dans la tradition. Les fils Zubiko, ils ont beau être un peu sauvages, ils dansent les *mutxikos*[16] comme des dieux ! Et des voix pour chanter ! Vous auriez entendu l'aîné, quand il était vivant…

16- Saut basque. Se danse en cercle sur les places de villages, et mélange les pas et les classes sociales

Adamsmendy interrompit la narratrice.

– Parce que le fils aîné est mort *aussi* ?

– Hélas, oui ! J'allais vous en parler. Il est mort le mois dernier, si je me souviens bien. Mort accidentelle, apparemment. On l'a repêché dans la Nive, coincé au niveau d'une arche du pont Mayou, à Bayonne...

– Il est mort également à Bayonne ?

– Oui, c'est ce qui est troublant. Pauvre famille, deux enfants morts en un mois. Le père ne va pas s'en remettre, j'en suis sûre. C'est à croire qu'on leur a jeté un sort...

Adamsmendy se leva et tourna autour de la table, les mains derrière le dos.

– Deux frères morts coup sur coup ! Ce n'est certainement pas un hasard.

Etxe et la cuisinière le regardaient tourner sans dire un mot.

– Je suis sûr que le premier a également été assassiné, poursuivit-il. Je ne crois pas aux coïncidences. On a dû conclure un peu vite sur la cause de son décès, il faut que je retrouve ce dossier et qu'on se replonge dans l'enquête.

Il se rassit en face de la femme.

– Et ils sont combien d'enfants, dans cette famille ?

– Il y avait quatre fils. Mais maintenant il ne reste que les deux derniers.

– Et ils vivaient tous à la ferme ?

– Tous ! La mort de la mère a été un choc terrible pour eux, ça leur a coupé les ailes et ils n'ont plus bougé de là.

La cuisinière se tut, les yeux dans le vague. Elle semblait se remémorer des souvenirs lointains, qui lui firent dessiner une moue de nostalgie sur les lèvres. Adamsmendy observa ses yeux dont l'iris s'éclaircissait lentement, passant progressivement d'un marron clair à un vert profond. Ces couleurs lui évoquaient les vagues de l'océan Atlantique, juste avant qu'elles ne se brisent sur le sable de la côte. Ce regard avait un charme qui ne le laissait pas insensible.

– Racontez-moi ce qui s'est passé… dit-il d'une voix douce, pour ne pas casser la magie de cette vision.

La cuisinière ferma les yeux, puis les rouvrit en hochant la tête. Ils avaient brusquement repris leur couleur d'origine.

– C'était il y a deux ans, raconta-t-elle… Ils étaient plus ouverts à l'époque, ils participaient à la vie du village, et je suis sûre qu'ils auraient fini par se marier un à un. Et puis la mère est tombée malade, une grave maladie, comme on dit. Elle a été hospitalisée à Bayonne. Le père était là-bas tous les jours. Ça n'a pas duré bien longtemps, la pauvre, elle est morte deux mois après son entrée à l'hôpital. Et depuis le jour de son décès, le père et les fils sont entrés dans une forme de mutisme et ils se sont cloîtrés dans leur ferme familiale. Comme d'autres font une retraite dans un monastère, quoi…

– Et quel âge a-t-il, le père ?

– Je ne sais pas, moi. Dans les soixante-dix ans, je dirais. Peut-être plus. On ne le voit plus beaucoup, je crois qu'il a du mal à se déplacer.

– Et ils vivent de quoi ?

– Mais… de la ferme, tiens ! Ils ont un cheptel de brebis de plusieurs centaines de têtes. Avec les pâturages des montagnes aux alentours, elles sont bien nourries, ces bêtes. Je crois qu'ils ont aussi des *pottoks*(17), qu'ils vendent chaque année à Espelette, et quelques vaches. Ils font également un peu de maïs et d'orge sur les terrains en bord de rivière. Sans compter un grand jardin avec tous les animaux de basse-cour, bien sûr. Ils pourraient vivre en autarcie complète, s'ils voulaient. D'ailleurs c'est un peu ce qu'ils font. Ils viennent parfois à l'épicerie acheter du pain de campagne, un cubi de rouge parce qu'ils n'ont pas de vigne, quelques réserves de sucre ou d'huile, et on ne les voit plus de quinze jours. Quel gâchis… De si beaux gars !

Adamsmendy sourit en observant à nouveaux les yeux tristes de la cuisinière. Il se demanda si cette femme n'avait pas connu les fils Zubiko mieux qu'elle ne voulait bien le dire.

– Vous saviez que le défunt, Koldo, avait été condamné pour des actes terroristes ?

– Oui, bien sûr. Tout le village se souvient. Mais vous savez, il y a vingt-cinq ans, tous les jeunes basques étaient

17- Maquette réduite d'un cheval de trait. Hante les pâturages des montagnes basques en entretenant des relations de bon voisinage avec les brebis.

plus ou moins nationalistes. Il était de bon ton d'avoir un comportement révolutionnaire, et de montrer ses dents face à un état centralisateur, qui niait la culture et la langue basque. C'était presque un effet de mode... Ça a bien changé depuis, hélas. Maintenant le pays entier est devenu comme une chiffe molle. Plus personne pour protester, on gobe tout !

– Et le frère aîné, celui qui est mort le mois dernier ?

– Jon ? Et alors ?

– Il faisait partie de la mouvance basque, lui aussi ?

La cuisinière se gratta la tête.

– Pas que je sache. Ou alors ça ne s'est jamais su, parce qu'il ne s'est jamais fait piquer ! Mais honnêtement je ne pense pas qu'il était dans le coup.

Adamsmendy se renfrogna. Si la piste nationaliste était plausible, elle n'avait apparemment pas de lien avec la mort de l'autre frère. Enfin, c'était une affirmation à vérifier.

Il essaya de prendre son air le plus grave pour l'ultime question qu'il réservait toujours pour la fin d'un interrogatoire – même si celui-ci n'était pas formel.

– Madame, avez-vous une quelconque idée, même si vous ne pouvez l'affirmer avec certitude, de qui aurait pu vouloir du mal à Koldo Zubiko ?

La cuisinière regarda le commissaire droit dans les yeux. Il en fut troublé et eut du mal à soutenir son regard. Il la regarda en tremblotant légèrement, essayant de lire dans ses pensées. Mais il n'arriva pas à percer sa pupille sombre et finit par détourner la tête. La cuisinière eut un léger sourire de triomphe.

– Non, Monsieur le commissaire. Je n'en ai pas la moindre idée. C'était une famille sans histoires, qui ne faisait pas parler d'elle... du moins jusqu'à aujourd'hui.

– Je vous remercie beaucoup, Madame, pour vos informations et votre franchise.

En disant cela, Adamsmendy était persuadé du contraire, et il ne pouvait pas se débarrasser du sentiment que cette femme cachait quelque chose.

Il lui tendit sa carte.

– Je suis preneur de toute information qui pourrait faire avancer cette enquête, dit-il. Vous pouvez m'appeler jour et nuit à ce numéro. Par contre, je n'ai pas eu l'honneur de votre présentation...

La cuisinière se leva.

– Oihana Aritza, pour vous servir, répondit-elle en faisant une courbette saugrenue.

– Eh bien Madame Aritza, j'ai été enchanté de faire votre connaissance.

– Si je ne me trompe pas, les obsèques auront lieu demain matin, à l'église du village. Si vous voulez voir toute la famille, ce sera peut-être l'occasion.

– Voilà une information intéressante. Je vous en remercie.

Les deux policiers se levèrent en même temps pour prendre congé. Adamsmendy se dirigea vers le comptoir pour régler la note. En présentant sa carte bleue au serveur, il se retourna pour jeter un coup d'œil à la cuisinière. Mais elle avait disparu. Il en ressentit une vague déception.

Il paya la note et ils sortirent.

Le ciel s'était couvert, et les enfants avaient fini la partie de pelote. Le fronton était à présent désert. Un léger vent faisait rouler les ronds de gomme qui servaient à protéger leurs mains et qu'ils avaient abandonnés sur le goudron du terrain de jeu.

Ils allaient monter dans la voiture quand ils entendirent une voix les interpeller. La cuisinière se tenait debout, le chignon défait, devant une porte de service qui jouxtait l'entrée du restaurant. Ses longs cheveux noirs ondulaient légèrement sous la brise.

Elle se rapprocha lentement d'Adamsmendy.

– Commissaire, j'ai quand même quelque chose à vous dire, même si cela peut vous paraître saugrenu.

Adamsmendy fut surpris de ce revirement inattendu.

– Je vous écoute, Madame.

– Si vous posez la même question au vieux – je veux dire, au père Zubiko – je suis sûre qu'il va vous répondre qu'une malédiction s'est abattue sur la famille. Il ne répétait que ça, pendant les obsèques de son fils aîné.

C'était comme une idée fixe...

Elle continua de se rapprocher du commissaire et le fixa du regard tout en chuchotant :

– Vous savez, dans le Pays-Basque profond, les anciennes croyances ont la vie dure. Les histoires de sorciers et de *laminak*(18) sont toujours dans les esprits, et ressortent parfois des profondeurs dans lesquelles la vie moderne les a enfouies...

Elle se rapprocha encore un peu plus, jusqu'à frôler les lèvres du commissaire.

– Faites attention à tout, commissaire. *À tout*! murmura-t-elle dans un souffle.

Et elle s'enfuit dans les cuisines.

Le commissaire Adamsmendy resta interloqué, bouche bée. Le presque-contact physique de cette femme l'avait troublé. Il se tourna vers son fidèle Etxe.

– Qu'est-ce qu'elle a voulu dire ?

– Je ne sais pas bien, commissaire. Mais elle m'a foutu la trouille.

Il se tourna vers la montagne.

– L'explication est peut-être là-bas, à la ferme Jaurreguy.

Leurs regards se dirigèrent dans la direction que leur avait montrée cette drôle de personne. Adamsmendy

18- Petit lutin nocturne et féminin qui hante les lieux mystiques de l'arrière-pays : grottes, forêts, ruisseaux. A inspiré de nombreuses histoires transmises de génération en génération.

ressentait une vague inquiétude à l'idée d'aller dans cette ferme, lieu de convergence de tant de malheurs. Etxe ne semblait pas rassuré non plus.

Les deux policiers montèrent dans la voiture à contrecœur et quittèrent lentement le village. La voiture descendit péniblement la côte qui menait au pont de la Nive. Au croisement, Etxe fila tout droit comme l'avait indiqué la cuisinière. La route quitta rapidement la Nive et traversa un nouveau pont surmonté d'une arche de béton qui traversait une petite rivière.

– Le Bastan précisa Etxe.

Adamsmendy jeta un œil par-dessus le parapet lorsque la voiture passa sur le pont. Petite rivière paisible, sans flot tumultueux ou écume sanguine... Elle n'avait pas l'aspect des légendes qu'on lui prêtait.

– En fait cette rivière est le fruit de l'union de deux torrents qui viennent d'Espagne et qui se rejoignent en amont, poursuivit Etxe. Arizakun et Urrizate, si je me souviens bien. Il paraît qu'on a trouvé de l'or dans le torrent d'Arizakun au siècle dernier. Il y avait même un petit village qui s'est construit dans cette vallée perdue, côté Espagne. Aujourd'hui toutes les maisons sont fermées et le village est totalement à l'abandon. Il y a un fronton qui tient toujours debout sur la place envahie par les herbes folles, mais cela fait bien longtemps qu'il n'a plus servi.

Adamsmendy ne dit rien et se contenta de regarder par la fenêtre. Quelques fermes se succédaient au bord de la route, toujours entretenues avec soin avec leur façade bien blanche et leurs volets rouge sombre. Les prés en contrebas des montagnes étaient couverts de moutons à tête noire, qui se suivaient à la queue-leu-leu, formant de longs cortèges. Après le deuxième pont, la vallée se resserra et la forêt surgit brusquement, une forêt de chênes et de châtaigniers centenaires, dont les branches venaient frôler le véhicule. Il fit d'un seul coup plus sombre, l'humidité de la forêt se fit sentir et la température baissa de plusieurs degrés. Adamsmendy ferma la vitre. La route se resserra, le goudron était creusé de nids de poules qui faisaient tressauter la voiture. La commune avait cessé depuis longtemps son devoir d'entretien dans cette zone inaccessible. Etxe fut obligé de lever le pied pour éviter de déraper et risquer de finir dans le fossé. Le chemin fit quelques lacets, puis redescendit vers le Bastan de façon abrupte et inattendue. Plusieurs kilomètres furent ainsi parcourus à vitesse d'escargot, tant il était difficile de rouler dans ces conditions. Aucun véhicule ne croisa leur chemin.

Un nouveau pont traversa le Bastan. Ils gravirent à nouveau la pente sur la rive opposée et finirent par dépasser l'orée de la forêt. Le soleil inonda à nouveau l'espace, laissant apparaître un immense paysage de montagnes d'une beauté austère. En contrebas, le confluent des deux torrents faisait une cicatrice dans les arbres, et au milieu s'élevait la masse sombre d'une montagne abrupte.

Cette pyramide noire contrastait avec les hauteurs qui l'entouraient, recouvertes du vert tendre des fougères et du rouge des rochers qui affleuraient sous la végétation. Et dans cette immensité subsistaient des habitations, petits rectangles blancs disséminés sur les flancs des deux vallées. Adamsmendy se demandait comment des gens pouvaient continuer à habiter dans des endroits aussi reculés. La réponse se trouvait peut-être dans les enclos renfermant des troupeaux de brebis, qui formaient des taches arrondies d'un vert plus profond. La tradition de l'élevage et du pastoralisme se maintenait dans ces lieux depuis des millénaires et permettaient encore de donner un peu de présence humaine à ces paysages immenses.

« Pour combien de temps encore ? » se demandait Adamsmendy.

La route fit encore un ou deux lacets en gravissant la pente, puis déboucha sur une petite esplanade naturelle sur laquelle une vieille bâtisse dressait ses murs à l'ombre d'un immense chêne. Etxe s'arrêta à mi-pente, tout en laissant tourner le moteur.

– C'est là, dit-il d'un hochement de menton.

La ferme était posée au centre de ce replat, et une haie de grandes dalles rouges entourait la propriété, dalles naturelles posées verticalement les unes à côté des autres sans un quelconque mortier pour en assurer la jointure. À l'entrée, un vieux portail de bois était ouvert, et d'après l'état de ses planches, il n'avait pas été fermé depuis des décennies.

La ferme elle-même semblait aussi vieille que les éléments qui l'entouraient, et son manque d'entretien contrastait avec l'éclat des maisons plus bas dans la vallée : du gris apparaissait sur les murs qui avaient jadis été blanchis à la chaux, un volet manquait à l'une des fenêtres, et un autre penchait sur le côté d'une façon inhabituelle. La toiture laissait apparaître un bout de tôle ondulée qui dépassait à l'arrière.

Une cabane de pierres sèches – rouges, comme l'enclos – avait été construite à l'entrée, tandis qu'à l'arrière de la maison, un grand hangar abritait un tracteur et de grosses balles de foin. D'immenses chênes parsemaient la cour à l'entrée, fournissant une ombre appréciable en cette saison. Des meules de fougères entouraient ce bout de terrain, juste avant la reprise de la pente après ce bref intermède horizontal.

Malgré la vétusté des lieux, une sensation de sérénité se dégageait de cet endroit, comme si cette propriété avait toujours été là, au milieu de ces montagnes, depuis que l'homme avait colonisé ce bout de terre. Etxe devait ressentir la même impression, car il se frotta les yeux et se tourna vers Adamsmendy, manifestement ému.

– C'est beau, hein, commissaire ? Tout est là, on est revenu aux origines du monde. Il n'y a besoin de rien d'autre pour être heureux, non ?

Il prit une grande inspiration et entonna d'une voix solennelle :

Ikusten duzu goizean,
Argia hasten denean,
Menditto baten gainean.
Etxe ttipitto aintzi xuri bat,
Lau haitz ondoren erdian,
Xaku xuri bat atean
Iturriño bat aldean
Han bizi naiz ni bakean !

(Vous voyez le matin, au point du jour, sur une colline, une petite maison à la façade blanche, entre quatre chênes, une petite source à côté, un petit chien blanc à la porte, c'est là que moi je vis en paix.)

Adamsmendy ne comprenait pas le basque mais il eut le sentiment que la chanson s'accordait parfaitement à la situation. Etxe embraya la marche avant et la voiture pénétra dans la cour. Elle fut saluée par les aboiements d'un vieux chien qui s'approcha du véhicule d'une manière pataude.

– Je me disais aussi, dit Etxe. Il manquait le chien de la chanson…

Etxe coupa le contact et ils sortirent. Le chien s'approcha en aboyant et en remuant la queue, à la recherche d'une caresse qu'Etxe n'hésita pas à lui prodiguer. L'air embaumait la paille sèche et le purin de brebis. Hormis les derniers aboiements du chien, on n'entendait que le léger souffle du vent dans les feuilles du chêne. Il ne semblait pas y avoir âme qui vive.

Adamsmendy s'approcha de la maison et en contempla le seuil. La large porte d'entrée avait une forme semi-arrondie, et était constituée de deux battants, dont celui de gauche était entrouvert sur un dallage en pierre. Le bois avait un relief veiné et patiné par l'usure du temps. Au-dessus de la porte, un linteau de granit était gravé d'une inscription en lettres basques :

Jaurreguy – 1787

La maison avait connu la révolution, pensa intérieurement Adamsmendy, en doutant que cette période troublée de l'Histoire ait eu de quelconques répercussions sur ce bout de terre.

Soudain, venu d'on ne sait où, un énorme cochon accourut vers les deux hommes en poussant des grognements. Adamsmendy hurla.

– Aaah ! Un infâme porc ! Etxe, faites le partir ! Je déteste ce type de bestiaux !

Etxe attrapa un bâton qui était posé près de la porte et menaça la bête. Celle-ci arrêta sa course et eut un moment d'hésitation qu'elle manifesta en agitant son énorme corps. Puis elle leva son groin rose et renifla de manière peu courtoise, comme si elle essayait de mesurer l'hostilité des visiteurs à travers leur odeur. Ce qui devait lui être plus utile que la vue, car ses larges oreilles poilues retombaient sur sa tête et lui masquaient les deux yeux. De longues secondes passèrent, les deux hommes immobiles face à l'animal qui levait son groin comme un signe de défi.

La mélodie d'un oiseau détendit soudain l'atmosphère, et le cochon finit par partir au fond de la cour en se dandinant, à la recherche de nourriture à glaner. Etxe baissa son bâton, et Adamsmendy expira en lançant un « On a eu chaud ! »

Il s'épongea le front avec un mouchoir usagé qu'il avait sorti de sa poche. Ces quelques secondes de terreur l'avaient fait transpirer à grosses gouttes.

Il put s'approcher de la porte d'entrée, immense portail de bois séparé en deux battants clos. Adamsmendy se risqua à frapper et attendit vainement une réponse. Il entrouvrit un peu plus la porte, à la recherche d'une quelconque âme humaine.

– Il y a quelqu'un ? lança-t-il d'une voix mal assurée.

Il fit quelques pas à l'intérieur, et s'arrêta pour laisser sa vue s'habituer à la pénombre de la pièce, qui faisait contraste avec la vive clarté de l'extérieur.

Il se trouvait dans une grande salle, qui devait faire office de salle d'accueil, salon et salle à manger. Les volets avaient été entrecroisés, et quelques rayons de soleil peinaient à traverser les vitres sales. De la braise rougeoyait dans l'âtre d'une vaste cheminée au fond de la pièce. Une grande table en bois massif trônait au centre, et Adamsmendy vit alors le cercueil qui avait été disposé à sa gauche.

Une large toile vert sombre recouvrait la caisse de bois, masquant en partie les tréteaux qui la maintenaient en hauteur. On avait posé une grande croix de bois sur le couvercle qui était encore entrouvert et laissait apparaître le visage du défunt. Adamsmendy s'approcha et constata que les services funéraires avaient bien fait leur travail : ils avaient remodelé le visage pour lui donner une expression plus apaisée, et une couche de fond de teint avait effacé sa couleur morbide.

Adamsmendy contemplait le mort en laissant divaguer ses pensées. Il sursauta quand quelqu'un lui posa la main sur l'épaule. C'était Etxe.

– Il y a quelqu'un, là-bas, lui chuchota-t-il à l'oreille.

Il montrait une forme sombre, assise près de la cheminée, qu'Adamsmendy n'avait pas vu en entrant. Ils s'approchèrent doucement, et virent un vieil homme recroquevillé sur une canne, le menton posé sur le pommeau.

Il était vêtu d'une veste de toile noire qui recouvrait en partie son pantalon élimé, maintenu autour de sa taille par une grosse corde faisant office de ceinture. Même à l'intérieur, il portait un béret qui semblait vissé sur sa tête. Il était assis sur un banc sculpté de motifs basques et prenait appui sur un accoudoir qui séparait le meuble en deux. Adamsmendy sentit un choc dans sa poitrine quand il s'aperçut que le vieillard les fixait d'un regard sombre, sans dire un mot. Il devait les observer depuis qu'ils étaient entrés dans la maison. Une fois l'effet de surprise dissipé, Adamsmendy prit son courage à deux mains et s'approcha de lui, en se courbant légèrement pour le saluer.

– Monsieur, dit-il. Veuillez excuser notre intrusion inopportune. Nous n'avions pas vu que vous étiez dans cette pièce.

Il attendit une réponse qui n'arriva pas. Le vieil homme regardait toujours fixement les deux intrus. Adamsmendy se rapprocha en espérant que cela l'aiderait à se faire comprendre.

Le vieillard n'avait pas bougé d'un millimètre, le menton posé sur les deux mains en appui sur le pommeau de son *makhila*(19) qu'il maintenait fermement. Le seul mouvement perceptible était celui de ses yeux, d'un bleu profond et d'une vivacité étonnante. Ils suivaient à la trace tous leurs mouvements. Le reste de son long visage semblait figé dans du formol. Il était buriné par le temps, et le halo des braises faisait ressortir le relief de ses rides. L'ombre de son long nez masquait la moitié de son visage, tandis que sa bouche n'était qu'une fente horizontale.

19- Bâton de marche qui est à la fois un compagnon de route, une arme défensive, un renifleur de champignon et un hommage rendu à la personne qui le reçoit. Exclusivement en bois de néflier gravé sur pied. Le pommeau est gravé du nom de son propriétaire et de sa devise.

Il avait une vague ressemblance avec le mort, songea Adamsmendy, si tant est que ce fût bien son père. Il prit cette hypothèse pour faire une nouvelle tentative.

– Nous sommes de la police, poursuivit-il d'une voix grave. Commissaire Adamsmendy, pour vous servir. Et voici mon second, Mattin Goyenetcheberrybordagaray. Nous venons vous présenter nos condoléances pour le décès de votre fils.

Adamsmendy avait supposé que le vieux monsieur était le père de famille et le chef de la maison, *Etxeko Jauna* comme on dit ici. Mais cela ne fit pas évoluer son mutisme. Adamsmendy allait tenter une nouvelle approche agrémentée d'un contact physique quand il entendit Etxe prendre la parole derrière lui.

– *Egun on jauna. Poliziak gara eta zuen semeak ikusi nahiko genituzke*

À ces paroles, Adamsmendy vit l'œil gauche du vieil homme tressauter, puis peu à peu ses muscles se détendirent et sa bouche s'ouvrit, laissant s'échapper des mots d'une voix éraillée :

– *Ados. Biei ongi etorri. Otoi, jar zaitezte.*

Adamsmendy se retourna vers son collègue.

– Bravo, chuchota-t-il. Je n'aurais pas pensé parler en basque. Qu'est-ce qu'il a dit ?

– Il nous souhaite la bienvenue et nous demande de nous asseoir.

Ce qu'ils firent, après avoir amené de lourdes chaises en bois clair près de la cheminée. Le vieux les regarda faire sans bouger un sourcil.

– Commissaire, vous allez poser les questions et je vous servirai d'interprète. Adamsmendy posa donc une première question :

– Monsieur, nous sommes sincèrement désolés du décès de votre fils. Nous allons tout mettre en œuvre pour retrouver l'auteur de ce crime et permettre à la justice de faire son travail. Etche se tourna vers le vieil homme et commença à traduire.

L'homme resta coi. Pas très bavard, songea Adamsmendy. Autant aller directement au fait.

– Pour le moment, nous n'avons pas encore de piste sérieuse qui nous aide à retrouver l'assassin de votre fils. Je me permets donc de vous demander si vous aviez une quelconque idée, un quelconque soupçon envers quelqu'un, qui nous mettrait sur la bonne voie et nous ferait gagner du temps dans cette enquête difficile...

Le vieil homme trembla légèrement. Il fixa Adamsmendy longuement, avant de prononcer en basque.

– Bien sûr que je sais qui c'est.

A la traduction de ces mots par Etche, le commissaire resta bouche bée. Le père semblait connaître l'assassin! Voilà qui allait grandement simplifier l'enquête. Il se tourna vers Etxe et lui fit un clin d'œil.

– Nous vous écoutons…

Le vieux hésita. Il continuait à trembler légèrement, et la paupière de son œil droit tressauta de façon presque imperceptible. Au bout de longues secondes, sa bouche s'ouvrit à nouveau et une voix ténue se fit entendre, si faible qu'elle ressemblait à un râle.

– C'est le *Basa Jaun* murmura-t-il.

Etxe avait hésité avant de traduire, ce qu'il ne fit d'ailleurs pas.

Adamsmendy avait le sourire figé et se demandait s'il avait bien entendu.

– Le Basa quoi ? demanda-t-il à Etxe.

– Le Basa Jaun… répéta son jeune collègue.

– Et quésaco, le Basa Jaun ? Vous ne savez plus traduire ?

Etxe prit un air embêté, et dodelina de la tête avant de répondre.

– C'est un peu compliqué, commissaire.. . *Basa Jaun*, ça veut dire « seigneur sauvage », ou encore « homme des bois »…

– Et c'est qui, cet homme des bois ?

– En fait, c'est un personnage de la mythologie basque. Une espèce de grand homme velu qui vit dans les montagnes. D'après ce dont je me souviens, il serait doté d'une force considérable et pourrait combattre aussi bien l'ours que le loup. C'est aussi le protecteur des bergers, il veille parfois sur leur troupeau pour les protéger des bêtes sauvages...

Adamsmendy ouvrit de grands yeux et se mit à râler.

– Vous voulez dire que le père croit que son fils a été assassiné par un personnage mythologique? Par quelqu'un de *fictif*? C'est insensé! Vous êtes sûr d'avoir bien compris? Redemandez-lui, il faut qu'il s'explique!

Etxe lui reposa la question de la voix la plus calme possible. Le vieux fit un hochement de tête, puis reprit la parole.

– C'est le Basa Jaun, je vous dis. Je sais que c'est lui.

Adamsmendy bouillait intérieurement. Il s'était fait une fausse joie en pensant que les révélations du vieux allaient permettre de boucler l'enquête. Non seulement ce n'était pas le cas, mais en plus cela partait vers du grand délire.

– Comment pouvez-vous en être aussi sûr? lança-t-il sur un ton agressif qu'il regretta aussitôt. L'ancêtre prit son temps pour répondre.

– C'était gravé sur son épaule...

Etxe et le commissaire se regardèrent en échangeant des pensées identiques.

– BJ! C'était donc ça! Les initiales du Basa Jaun! Voilà qui répondait à une question, mais en posait des dizaines d'autres.

– Les deux lettres de son épaule sont peut-être les initiales du Basa Jaun. Mais cela peut vouloir aussi dire autre chose ! Ce sont peut-être les initiales d'une ferme, ou d'une personne…

– C'est le Basa Jaun, je vous dis, s'obstina le vieil homme.

– Mais qu'est-ce qui vous fait dire ça ?

– Parce que notre maison est maudite.

Adamsmendy commençait à s'impatienter. Ces histoires de croyances et de sorcellerie, c'était bon au Moyen Âge, pas à notre époque.

– Écoutez, reprit-il en essayant de rester le plus calme possible. Le Basa Jaun, c'est une légende. Un personnage qui n'a jamais existé. Ça a dû être une histoire qu'on racontait dans le temps aux enfants, pour leur faire peur et leur interdire de sortir le soir. Ce n'est pas possible que ce soit lui qui ait assassiné votre fils !

Le vieux le regarda avec des yeux de colère. Sa bouche faisait une grimace de mépris.

– On voit bien que vous êtes de la ville. Vous ne connaissez rien à la vie d'ici.

Il montra du doigt la télévision qui était posée sur un meuble au fond de la pièce.

– C'est ça qui vous rend comme ça !

Adamsmendy eut un mouvement de protestation car il ne regardait que très rarement la télévision, mais ce n'était pas le moment d'en discuter. L'homme était buté, il était inutile de le contredire. Autant aller dans son sens, le laisser raconter son histoire jusqu'au bout pour essayer d'en retirer quelques informations.

– Bon, supposons que vous dites vrai. Pourquoi le Basa Jaun en aurait-il voulu à votre fils ?

– Parce qu'il a jeté un sort sur notre maison, je vous ai déjà dit. On va tous y passer…

Adamsmendy songea à ce qu'avait révélé la cuisinière du restaurant de Bidarray.

– Parce que vous voulez dire que votre fils aîné… aussi ?

Le vieux baissa la tête et se mit à trembloter. Une larme coula dans le sillon d'une ride de sa joue, et vint s'écraser sur son menton.

– D'abord mon Jon… Et maintenant mon Koldo… On va tous y passer, je vous dis !

Adamsmendy attendit quelques instants, laissant le vieil homme purger sa douleur. Le silence était à peine troublé par le vol d'une mouche et les grésillements de la braise. Au bout d'un délai qu'il jugea raisonnable, il reprit ses questions.

– Comment savez-vous que votre fils aîné a été assassiné ? L'enquête a conclu à un accident.

Il avançait des hypothèses non vérifiées, bien sûr, mais il ne pouvait que se baser sur les dires de la cuisinière.

– Les journaux racontent n'importe quoi, répondit le vieux en se mouchant. Personne n'a vu la marque sur l'épaule…

– Vous voulez dire qu'il y avait aussi un « BJ » sur l'épaule de votre fils aîné ?

– Oui.

Adamsmendy regarda Etxe. Deux meurtres au sein d'une même famille en moins d'un mois. Cela sentait la vengeance et le règlement de comptes. Il allait falloir mettre en place une garde rapprochée dans cette maison dans les prochains jours…

– Et pourquoi le Basa Jaun vous en voudrait-il ?

– Parce qu'on l'a offensé.

– Et comment ?

Le vieux hésita à répondre. Il semblait chercher ses mots, ou peut-être des idées avant de se prononcer.

– Parce qu'on a pénétré dans sa tanière. Le Basa Jaun ne veut jamais qu'on le dérange.

– Et c'est où, sa tanière ?

Le vieux eut un geste évasif en direction des montagnes.

– C'est une grotte, là-haut. Le jeune y était allé récupérer une brebis égarée.

– Le jeune, c'est qui ?

– Gotzon, mon quatrième fils.

Comme avec la cuisinière, Adamsmendy avait encore une fois l'impression que le vieil homme ne lui disait pas toute la vérité. Les hésitations qu'il avait eues pour répondre faisaient douter de la véracité de ses affirmations. Mais le vieux demeurait impassible.

– On peut le voir, votre fils ?

– Non. Il est parti avec son frère en montagne.

Adamsmendy fronça les sourcils. C'était bien le moment d'aller randonner, dans une période de deuil ! Le vieux se rendit compte des interrogations du commissaire et justifia cette absence par une longue phrase, la plus longue qu'il eut au cours de cet entretien.

– Un voisin nous a dit qu'on a une brebis malade, et il y a les vautours qui rôdent… Ils sont montés voir le troupeau.

Dommage, pensa Adamsmendy. J'aurais bien aimé les interroger, ces deux-là.

– C'est toujours le troupeau qui commande, dans une ferme, poursuivit l'ancêtre.

– Et ils vont revenir à quelle heure ?

– Je ne sais pas. Ils sont peut-être déjà en train de redescendre.

Adamsmendy se demanda si cela valait la peine d'attendre. L'après-midi était déjà bien avancée, et il fallait rentrer à Bayonne pour tenter de recueillir d'autres éléments. Le vieux se leva péniblement en se massant le bas du dos d'une main et en se tenant au bâton de l'autre.

Il traversa lentement la pièce, et ouvrit la porte d'entrée, laissant entrer un flot de lumière dans la pénombre. Le chien attendait au dehors en remuant la queue. Les deux policiers le rejoignirent.

Le vieux braqua son makhila dans la direction du flanc d'une montagne arrondie.

– Ils sont là-haut, sur l'Artzamendi. Il faut suivre le chemin qui part derrière la maison.

Une manière élégante de nous mettre dehors, songea Adamsmendy. Inutile de rester plus longtemps, ils n'allaient pas en savoir plus pour aujourd'hui.

– Vous verrez la grotte du Basa Jaun à droite, en montant.

Ah, voilà qui pouvait être intéressant. Adamsmendy avait bien envie de jeter un œil à cette fameuse grotte. Le vieux les fit sortir en tenant le battant de porte ouvert, puis referma lentement la porte tout en restant à l'intérieur.

– Attention à ne pas y entrer ! Si vous tenez à votre vie… dit-il à travers l'ouverture qui s'amenuisait.

La porte se referma d'un claquement sec, les laissant seuls à l'extérieur.

Le vent était plus vif, et avec lui quelques nuages firent leur apparition, en provenance du sud. Le relief était bouché sur l'Espagne, il devait y avoir de l'orage par là-bas. Monter dans ces conditions était peut-être risqué. Adamsmendy se demandait ce qu'il fallait faire. Cela faisait longtemps qu'il n'avait pas fait de marche en montagne, il hésitait à se lancer après toutes ces années de vie sédentaire. Il chercha conseil auprès de son collègue.

– Qu'est-ce que vous en pensez, vous ? Ça vaut le coup de monter là-haut ?

– Je ne sais pas, commissaire. Peut-être qu'on va trouver quelque chose, ou quelqu'un, ou peut-être pas.

Ils traversèrent la petite esplanade, longèrent le bord de la maison et n'eurent aucune difficulté à trouver le chemin qui partait presque à l'horizontale, à flanc de montagne, dans les fougères. Le chien les y rejoignit en haletant. Adamsmendy jugea la hauteur de la montagne, regarda le bout de ses chaussures cirées, puis se retourna vers Etxe.

– On y va, décida-t-il. On fera demi-tour si la pluie arrive… ou si c'est trop dur.

Etxe acquiesça et ils se mirent donc en route. Etxe passa devant pour donner le tempo de la marche. Son expérience de randonneur allait être précieuse pour avancer d'un pas régulier et économiser son souffle. Le chien les suivit. Le chemin démarra en douceur, puis se mit à grimper sérieusement derrière une barre rocheuse. Ils cheminèrent à travers les fougères qui laissaient peu à peu la place à des herbes hautes et à quelques genêts. C'était difficile de marcher sur les rochers avec des chaussures de ville, mais le sol était sec et il n'y avait aucun risque de dérapage.

Adamsmendy suivit son jeune collègue en essayant de tenir la cadence, mais quand la pente s'accentua, il commença à marquer le pas. Etxe, impassible, poursuivait sa marche cadencée, sans se soucier de savoir si le commissaire arrivait à le suivre. Si bien que petit à petit, la distance entre les deux hommes augmenta. Adamsmendy avait beau essayer d'accélérer le rythme, il n'arrivait pas à le rattraper. Il commençait à regretter d'avoir proposé de monter voir cette fichue grotte.

Ce maudit chemin serpentait à flanc de montagne, formant des lacets dans les passages les plus pentus qu'Adamsmendy avaient du mal à gravir. Il voyait la silhouette d'Etxe s'amenuiser petit à petit devant lui. Le chien se tenait entre eux, passant de l'un à l'autre, à la recherche d'une caresse d'encouragement. Sa langue pendait de la même façon que celle d'Adamsmendy. Et dire qu'ils n'avaient même pas pris d'eau !

Au bout d'une demi-heure, Adamsmendy sentait son cœur battre si fort qu'il avait l'impression que sa poitrine allait exploser. Il n'arrivait pas à remplir suffisamment ses poumons pour oxygéner les muscles de ses jambes. Des grosses gouttes de sueur se formaient au sommet de son crâne, coulaient le long de son nez pour tomber sur le col entrouvert de sa chemise. Il aurait enlevé cette dernière si la décence ne l'obligeait pas à rester habillé. Le soleil continuait à taper fort entre les nuages, et le vent du sud asséchait sa gorge endolorie par le manque d'eau.

La pente se redressa encore, et il ralentit à nouveau son allure. Etxe était à présent à plus d'une centaine de mètres devant lui.

Il allait l'appeler pour lui demander de ralentir quand il vit une ombre gigantesque se déplacer en silence sur le sol autour de lui. Il eut instinctivement un mouvement de recul en se demandant d'où cette ombre pouvait provenir. Il la vit s'avancer lentement sur les rochers puis elle fit brusquement demi-tour pour foncer à nouveau sur lui. Il eut un mouvement de panique. Il leva la tête et la tourna dans tous les sens, les yeux grands ouverts, à la manière d'un radar qui scanne le ciel pour détecter des avions ennemis. Et soudain, il vit un oiseau immense qui planait en scrutant le sol, juste au-dessus de lui. Il avait les yeux fixés sur le commissaire, et son bec crochu luisait au soleil.

Adamsmendy hurla.

– Etxe ! Au secours ! Y'a un aigle au-dessus de moi !

Etxe se retourna en entendant le cri de son supérieur, leva les bras, puis les laissa retomber en éclatant de rire. Ce rire permit à Adamsmendy de reprendre ses esprits et de retrouver son calme. Il ressentit un vague sentiment de honte d'avoir cédé si facilement à la panique.

– Je peux savoir ce qui vous fait rire ? demanda-t-il, vexé, à Etxe.

– Ce n'est pas un aigle, commissaire. C'est un vautour fauve !

– Et alors ?

– Alors, il ne risque pas de vous attaquer ! Il ne mange que des cadavres d'animaux...

Adamsmendy releva les yeux au ciel et suivit le vol de cet énorme oiseau. Il faisait de grands cercles, à la recherche de courants d'air ascendants, longeant les parois des montagnes pour monter toujours plus haut. D'autres vautours arrivant de l'ouest le rejoignirent bientôt.

Adamsmendy n'en fut pas rassuré. Qui sait s'ils ne s'étaient pas rendu compte de sa faiblesse passagère, et qu'ils attendaient avec impatience son trépas pour faire un grand festin ?

Il reprit la marche et rejoignit rapidement Etxe qui l'attendait sur le bord du chemin en souriant.

– Vous êtes sûr qu'ils ne sont pas dangereux ?

– Tout à fait, commissaire. Ils n'oseront jamais s'approcher d'une grosse bête comme vous ! D'ailleurs, regardez, ils s'en vont déjà...

Effectivement, le groupe de rapaces s'était regroupé et dérivait peu à peu vers la masse imposante de la montagne d'Iparla, plus à l'est. Adamsmendy se sentit soulagé de les voir s'éloigner.

– Regardez par ici, commissaire, continua Etxe en montrant les flancs de la montagne qu'ils arpentaient. Je crois que c'est là-bas qu'on va.

Il désignait une petite tâche sombre dans le rouge foncé des falaises qui dévalaient du sommet de l'Artzamendi. Le sentier la longeait au-dessous et continuait sa route vers le sommet.

– C'est la grotte du Basa Jaun, poursuivit-il. Vous pensez que vous allez y arriver, à monter jusque là-bas ?

Adamsmendy se redressa et bomba le torse.

– Mais bien sûr ! Vous me prenez pour une chiffe molle ou bien ?

Etxe fit un petit sourire et reprit la marche, en prenant soin de prendre un rythme plus lent. Adamsmendy grommela quelque chose et le suivit.

– Qu'est-ce que vous en pensez, vous, de cette histoire de Basa Jaun ? lui demanda-t-il au bout d'un moment.

Etxe ne répondit pas. Il poursuivait le chemin la tête basse, en prenant soin d'éviter les obstacles, sans se retourner.

– Quel intérêt peut-on avoir à utiliser cette légende pour déguiser un meurtre ? continua Adamsmendy. Quel message l'assassin veut-il faire passer ?

De longues secondes de silence suivirent. Devant l'absence de réponse d'Etxe, Adamsmendy commença à s'énerver.

– Eh bien, Etxe ! Je vous parle ! J'aimerais avoir votre sentiment sur cette affaire !

– Commissaire, répondit celui-ci tout en continuant de marcher. Il y a parfois des mythes qui n'en sont pas tout à fait. Et qui resurgissent quand l'occasion se présente à eux.

– Qu'est-ce que vous voulez dire ?

– Moi, je crois que le Basa Jaun existe. Mon grand-père, qui habitait la campagne, l'a vu à plusieurs reprises. Il m'avait raconté comment il avait sauvé son troupeau de l'orage, un soir sur les hauteurs d'Iraty. Il avait réussi à faire s'éloigner la foudre rien qu'en levant les mains. Et sauver le troupeau qui avait regagné l'enclos de la bergerie sans encombre.

Adamsmendy en eut le souffle coupé. Croire encore en ces sornettes, au vingt et unième siècle ! Cela ne fit que confirmer l'opinion qu'il avait de son jeune collègue.

– Il m'a enseigné que cet être étrange arrivait à maîtriser les quatre éléments, poursuivit Etxe. Le feu, l'air, l'eau et la terre. Il avait la faculté d'apparaître n'importe où, à des endroits où on ne l'attendait pas, et disparaissait comme par enchantement.

– Et bien sûr, plaisanta Adamsmendy, il s'est permis de faire un saut depuis sa montagne perdue jusqu'aux fêtes de Bayonne, pour assouvir sa vengeance en plein milieu de la foule...

– Vous oubliez quelque chose, commissaire. C'est l'expression de terreur du visage de la victime. Qu'a-t-il vu, si ce n'est pas le Basa Jaun ?

Adamsmendy ne trouva rien à répondre. Koldo Zubiko avait bien dû voir quelque chose de terrifiant avant de mourir, mais de là à penser que c'était ce satané personnage...

– Et il ressemble à quoi, votre Basa Jaun ?

– Tous ceux qui l'ont vu le décrivent comme un grand homme couvert de poils, ou vêtu d'une peau de bête. Certains disent qu'il a une jambe humaine à droite et un sabot à gauche. Il a les cheveux longs jusqu'à la taille et une barbe hirsute. Bref, un visage à faire peur, avec des traits grossiers et primitifs... Mais mon grand-père n'a jamais pu l'approcher de près, il s'est toujours enfui à son approche.

– Et vous disiez qu'il a sauvé son troupeau ?

– Oui, si on le respecte, le Basa Jaun est l'ami des bergers. C'est un peu le protecteur de la montagne.

– Eh bien, on va voir s'il va nous protéger, vu l'orage qui approche...

En effet, le ciel devenait de plus en plus sombre, les nuages s'accumulaient au-dessus d'eux, poussés par un vent qui commençait à souffler en rafales. Vers le sud, au fond, montagnes et nuages se confondaient dans une même masse violette. Quelques éclairs déchirèrent le ciel, suivi par le grondement sourd du tonnerre. Etxe força l'allure, et Adamsmendy n'eut pas d'autre choix que de le suivre.

Ils étaient à présent proches du but. Adamsmendy levait les yeux de temps en temps pour observer le lieu qui était censé servir de refuge à un être légendaire. C'était une simple cavité sous le rocher, haute de deux trois mètres et apparemment pas bien profonde. Il se l'imagina comme un œil entrouvert : des cils formés d'une suite de petits arbustes et une plaque rocheuse nue au-dessus dessinant la paupière. Oui, cela ressemblait bien à un œil, posé là, au milieu de la montagne, pour surveiller le passage sur le sentier qui cheminait en contrebas. Quelqu'un avait même aménagé un chemin pour y accéder : Adamsmendy distingua une rampe en bois et quelques marches taillées dans le rocher.

Ils finirent par rejoindre ce chemin mais s'arrêtèrent à son bord, hésitant à monter. Il y avait quelque chose d'inquiétant dans cette cavité. Des ombres fantomatiques semblaient danser sur les parois. Le chien monta quelques marches, puis s'arrêta, une patte recroquevillée, et se mit à grogner. Il y eut alors un coup de tonnerre qui les fit sursauter. Son écho roula dans la vallée juste au-dessous d'eux. Une rafale de vent les obligea à se courber pour ne pas être emportés. Le chien poussa un gémissement et vint se réfugier à leurs pieds. Adamsmendy jura et s'adressa à Etxe.

– Bon, qu'est-ce qu'on attend pour aller voir ? Que la foudre nous tombe sur la tête ?

Etxe ne répondit pas, et tendit le bras vers un tas de cailloux, à droite de la grotte. Adamsmendy vit un groupe de grandes fleurs violettes qui avaient poussé à cet endroit. Leurs corolles se balançaient lentement au gré du vent. Il n'eut aucun mal à reconnaître les plantes dont le docteur Leconteau leur avait parlé la veille.

– Des digitales pourpres ! lança-t-il.

Etxe acquiesça en silence.

Un nouvel éclair déchira le ciel, et le bruit assourdissant les obligea à se recroqueviller. Le ciel était devenu si noir qu'on aurait dit que la nuit était brusquement tombée. Quelques gouttes de pluie se mirent à tomber lourdement. Adamsmendy releva la tête pour chercher un refuge. La grotte affichait sa gueule sombre et les invitait à monter.

– Vous y allez si vous voulez, commissaire, dit Etxe dans un murmure. Moi, je vous attends ici.

Adamsmendy jura à nouveau, et gravit les quelques marches qui rejoignaient le seuil de la grotte.

Il arriva devant l'échancrure rocheuse, large mais peu profonde, comme il l'avait pressenti en s'en approchant. Le sol était boueux, de cette terre rouge caractéristique de la région. Une source devait suinter à l'intérieur. En levant les yeux, Adamsmendy remarqua des inscriptions sur la roche, et il lui semblait aussi voir des pièces de monnaie coincées dans les fissures. Son imagination lui jouait-elle des tours ? Il s'approcha pour être sûr. D'un pas lent, il franchit le seuil de l'entrée. Un claquement sec le fit sursauter. Il s'accroupit immédiatement, se protégeant le visage de ses bras. Ce n'était qu'un nouveau coup de tonnerre, qui fut rapidement suivi du bruit de la pluie. De grosses gouttes d'eau éclatèrent sur le sol avec violence.

– Ça va, commissaire ?

Adamsmendy entendait vaguement la voix d'Etxe, qui lui arrivait affaiblie à travers le vacarme. Il était à présent dans la grotte. Dehors, la pluie s'intensifia. Malgré l'obscurité, il lui semblait qu'une faible lueur émanait des parois. Il s'approcha et observa les inscriptions qu'il avait vues de l'extérieur. Elles semblaient avoir été gravées à la hâte, avec seulement un bout de caillou, et la plupart ne comportaient qu'un nom et une date. Adamsmendy fut surpris d'en voir quelques-unes qui dataient du dix-neuvième siècle, voire même du dix-huitième. Cette grotte avait dû faire l'objet d'un fervent pèlerinage.

Il avança encore un peu et remarqua que la lueur s'était amplifiée. Elle semblait provenir d'un point un peu plus haut sur la gauche. Il gravit à nouveau quelques marches taillées dans le roc et s'aperçut qu'elle émanait d'une bougie allumée. Sa flamme vacillait dans le souffle atténué du vent.

Adamsmendy hésita à aller plus loin. Un silence impressionnant avait envahi la petite salle, comme si les parois de la grotte étouffaient le bruit de l'averse qui tombait au dehors.

Il sentit une boule se former dans la gorge.

Si cette bougie scintille, c'est que quelqu'un l'a allumée.

Sans bouger, il scruta chaque recoin de la grotte, en faisant pivoter sa tête le plus lentement possible pour ne pas attirer l'attention. Chaque coin d'obscurité lui paraissait suspect. Et si le Basa Jaun était tapi, là, prêt à fondre sur lui s'il avançait encore ? Il pensa avec effroi qu'il était encore une fois sorti sans son arme de service. Etxe en avait-il une ? Il n'osa pas l'appeler, de peur de rompre ce silence assourdissant. Il était si profond qu'il sentait les battements de son cœur cogner sur ses propres tempes. Il se rendit compte qu'il était trempé, et réalisa que ce n'était pas par la pluie, mais par sa propre sueur. Il resta longtemps à l'affût, tous les sens en éveil, prêt à détaler en cas de danger. Mais rien ne vint. À moitié rassuré, il finit par s'avancer à pas de loup.

La bougie était posée sur un rocher plat, au milieu d'une dizaine d'autres, éteintes. La cire s'était étalée sur la roche et formait une croûte blanche. Elle éclairait faiblement une grosse stalactite claire, dont la forme arrondie évoquait une silhouette humaine.

Adamsmendy s'en approcha en silence. La roche laiteuse luisait à la lueur de la bougie. Le tressautement de la flamme donnait l'impression qu'elle bougeait. Un suintement liquide glissait le long de la paroi, et finissait par former sur sa pointe inférieure une goutte d'eau qui venait s'écraser sur le sol à une cadence régulière. Chaque clapotis battait lentement la cadence d'une horloge naturelle.

Le commissaire eut soudain un nouveau choc. Il y avait quelqu'un, là, par terre. Un homme était couché dans la pénombre, au pied de la stalactite. Adamsmendy se figea, le cœur battant. Rien ne semblait bouger. Était-ce un nouveau cadavre ? Il frissonna en pensant que les deux frères avaient pris le même chemin, quelques heures auparavant. Il fallait qu'il en ait le cœur net. Il s'approcha encore, et s'accroupit pour tâter la forme allongée.

Il poussa un soupir de soulagement. Ce n'était pas un mort de plus. Ce n'étaient que des vêtements vides, qui avaient été déposés à même le sol. Adamsendy en découvrit d'autres autour de la pierre, bouts de tissus anciens et rongés par le temps. Il y avait même quelques bouquets de fleurs séchées.

Il se redressa lentement. Qu'était cette grotte ? Un sanctuaire ? Le calme du lieu lui donnait l'impression de se trouver dans la crypte d'un temple païen. Il ferma les yeux. De longues minutes s'écoulèrent lentement, laissant Adamsmendy seul face à la pierre, immobile, les bras ballants le long du corps. Il sentit peu à peu son esprit s'embrumer. Que lui arrivait-il ? Il n'essaya pas de résister à la torpeur qui l'envahissait. Il sombrait dans un recueillement silencieux et mystique. Il se sentait bien, à l'abri de la pluie et du vent. La bougie dégageait une douce chaleur qui l'enveloppait. Pour rien au monde il n'aurait souhaité être ailleurs. Il était protégé par une matrice rassurante et protectrice, et il éprouvait une sensation de liberté. Il se sentit partir lentement. Il eut soudain l'impression de se voir d'en haut, comme si son âme s'était détachée de son corps. Oui, c'était bien ça. Il flottait bien dans la douceur de la grotte…

– Commissaire !

Adamsmendy vacilla et se retint de tomber par terre.

– Commissaire ! Vous êtes toujours là ?

C'était la voix d'Etxe qui l'appelait du dehors. Il prit sa tête entre ses mains. S'était-il endormi ? Il la secoua pour vérifier qu'il était toujours vivant. Tout a l'air en place là-dedans, se dit-il en se massant le crâne. Il se retourna péniblement et descendit les quelques marches.

– Commissaire, venez voir ! continuait à appeler Etxe, qui devait trouver le temps long.

Adamsmendy rejoignit le porche d'entrée de la grotte, et vit de nouveau en contrebas les silhouettes d'Etxe et du chien qui s'était blotti contre lui. La pluie tombait à présent à grosses gouttes, et ils étaient trempés. L'orage semblait s'enfuir vers l'est, et avec lui son chapelet d'éclairs et de coups de tonnerre. Le ciel était sombre et bas, et le vent avait molli. Depuis combien de temps était-il resté dans cette grotte ?

Il descendit le chemin pour rejoindre ses compagnons. Etxe lui désigna les hauteurs en tendant le bras.

– Regardez, là-bas !

Adamsmendy distingua tout d'abord la tache grise d'un immense troupeau de brebis qui redescendait de la montagne, loin au-dessus de la grotte. Les bêtes se déplaçaient à vive allure en silence, cherchant peut-être un abri pour se protéger de la pluie. Mais il y avait quelque chose qui n'allait pas. Adamsmendy chercha l'origine du malaise qu'il éprouvait. Et il comprit. Il n'y avait aucun bruit. On n'entendait que le souffle continu de la pluie : pas de bêlements, pas de cliquetis des cloches ni d'aboiement de chien.

Adamsmendy secoua la tête pour vérifier qu'il était bien en possession de tous ses moyens. Non, il n'y avait aucun doute là-dessus. Il voyait bien les brebis se suivre à la queue-leu-leu sur le chemin, formant une chaîne qui oscillait en suivant les courbes de niveau de la pente. Il fallait relativiser. Il espérait entendre Etxe démarrer un chant :

Adiak lerro lerro, mendi maldan doatzi
Haize firfira batek, deituz gorago beti

(Les brebis vont en file indienne sur le flanc de la montagne, un vent léger les appelle toujours plus haut)

Mais il ne le fit pas. Ce dernier avait toujours le bras levé, et semblait tétanisé en montrant un point fixe. C'est alors qu'Adamsmendy vit ce qu'Etxe voulait désigner.

Une longue silhouette sombre accompagnait le troupeau à l'arrière. Adamsmendy avait du mal à en distinguer les détails dans l'obscurité et le rideau de la pluie. Mais il avait l'impression qu'il était beaucoup plus grand qu'un homme, bien que ce fût difficile d'en juger à cause de la distance. Il tenait un bâton et descendait lentement, sans un bruit.

Adamsmendy sentit un frisson lui parcourir la colonne vertébrale. Il lui semblait que cet homme était habillé de peaux de bêtes – *ou recouvert de poils?* Sa tête était protégée par un grand béret noir. Nul chien ne l'accompagnait. Les brebis marchaient à l'avant sans se disperser, en se rapprochant de la grotte, et semblaient toutes obéir comme par magie à cette étrange créature.

Adamsmendy sursauta en sentant quelque chose qui se frottait à ses pieds. C'était le chien de la ferme, qui se blottissait contre lui en gémissant. Etxe le regardait avec des yeux exorbités.

– C'est le... c'est le... c'est le Basa Jaun... bredouilla-t-il.

Un nouveau coup de tonnerre déchira l'atmosphère, et les deux hommes hurlèrent en même temps.

– C'est le Basa Jaun !

Ce fut Adamsmendy qui démarra le premier. Il prit les jambes à son cou, passa devant son collègue et dévala la pente à pleine course. Etxe lui emboîta immédiatement le pas, suivi du chien qui ne demanda pas son reste.

Ils dégringolèrent le chemin du retour à grandes enjambées, sans se soucier du risque de chute sur la pente rendue glissante par la pluie. Ils sautèrent par-dessus les petits torrents créés par l'orage, firent dévaler des colonies de cailloux rouges au-dessous d'eux, dérapèrent dans la boue accumulée dans les lacets, mais ne tombèrent pas. Ils couraient sans s'arrêter, emportés par la pente et la terreur, sans écouter les points de côtés, les douleurs dans les genoux ou les crampes qui commençaient à se faire sentir. Ils couraient sans se retourner.

Au-dessus d'eux, la pluie tombait à grosses gouttes, et s'infiltrait dans chaque interstice de leurs vêtements. Adamsmendy avait beau être équipé d'un imperméable, il n'en était pas moins trempé. L'eau glissait le long de son corps, apportant une fraîcheur bienvenue pour refroidir ses muscles en ébullition.

Ils arrivèrent bientôt en vue de la ferme et redoublèrent leurs efforts. Celle-ci était fermée, et nulle lumière n'était visible par les fenêtres. La voiture stationnait toujours à l'endroit où ils l'avaient laissée.

Ils se précipitèrent à l'intérieur de cet ultime refuge face à un environnement hostile. Etxe tourna aussitôt la clé de contact, et il ressentit un soulagement quand le moteur s'ébranla au démarrage. Il fit bondir la voiture dans un crissement de pneus. Le véhicule s'enfuit vers la civilisation, emportant les deux policiers médusés et haletants. Le chien tenta de les poursuivre sur la route, puis abandonna rapidement devant la vitesse de la machine.

La voiture roula à une allure folle sur la petite route de montagne, menée de main de maître par un Etxe survolté. Elle dérapait sur la chaussée détrempée, et ses pneus mordaient dangereusement le fossé, risquant à chaque instant de la faire basculer dans le vide.

Etxe négociait chaque lacet au frein à main. La voiture tournait sur deux roues, puis retombait sur ses pattes avant de s'engouffrer sur la portion de ligne droite qui précédait le lacet suivant. Il gagnait ainsi de précieuses secondes pour regagner le village. Il ne pouvait pas s'empêcher de jeter un coup d'œil au rétroviseur pour voir s'ils n'étaient pas suivis. Il lorgnait de temps en temps vers son passager. Le commissaire Adamsmendy avait pris une teinte livide et s'accrochait désespérément à la poignée de la portière.

Ils finirent par arriver en vue de Bidarray, retraversèrent la Nive et basculèrent sur la nationale qui les conduisait à Bayonne. Ils eurent instantanément un sentiment de soulagement. Le ciel fut subitement plus clair, l'orage avait poursuivi sa route vers l'est, à l'opposé. Etxe ralentit pour atteindre une vitesse raisonnable.

L'horizon s'éclaircissait au fur et à mesure qu'ils regagnaient la côte, et la pluie cessa définitivement au niveau de Cambo pour laisser la place à un rayon de soleil qui réchauffa l'atmosphère. La buée se mit peu à peu à recouvrir l'intérieur du pare-brise, car l'humidité des vêtements commençait à s'évaporer sous la chaleur. Etxe mit en route la ventilation. La lumière rendait la chaussée éblouissante. Il réduisit à nouveau sa vitesse.

Pas une parole n'avait été échangée depuis leur folle redescente. Ce fut Etxe qui rompit le silence.

– Commissaire, vous croyez que c'était le Basa Jaun ?

Adamsmendy hésita avant de répondre. Il se sentait émerger d'un drôle de rêve, et il avait du mal à sortir de l'hébétude dans laquelle les derniers évènements l'avaient plongé. Il n'arrivait pas à détacher son esprit de la grotte.

– Je ne sais pas, Etxe, répondit-il d'une voix rauque. C'était difficile d'y voir clair, dans cette obscurité.

– C'était peut-être un des fils Zubiko qui redescendait le troupeau.

– Peut-être, Etxe, peut-être...

Adamsmendy répondait avec une certaine distance. Après tout, il s'en fichait pas mal, de cette histoire. Il avait l'impression de sortir d'une énorme cuite ou encore mieux, d'un mauvais *trip* après avoir fumé un joint. Cela lui fit remonter quelques souvenirs de jeunesse.

– C'est dommage, on aurait peut-être pu leur parler, poursuivit Etxe.

– C'est pas grave, on verra demain à l'enterrement…

Etxe le regarda du coin de l'œil, un peu surpris par la subite désinvolture de son chef. Il attendit encore quelques minutes avant de poursuivre, pour voir si celui-ci allait reprendre l'initiative. Mais il n'en fit rien. Il se demanda si son état était bien normal. Il trouvait bizarre le sourire niais qui inondait son visage, ainsi que ses yeux perdus dans le vague. Il n'allait pas faire un malaise, au moins ?

– Ça va, commissaire ? risqua-t-il, tout en observant sa réaction.

Le commissaire ne bougeait pas. Seule sa poitrine se balançait lentement au rythme de ses profondes inspirations. Ses yeux fixaient un point lointain, par-delà l'horizon. Sa bouche s'ouvrit lentement et laissa s'envoler quelques paroles.

– Ça va, Etxe, ça va…

Ses yeux commençaient à décliner.

– Si vous saviez comme je suis bien…

Ses paupières se fermèrent complètement.

Etxe fut envahi subitement par la panique. Et si le commissaire faisait un infarctus ? Il l'appela pour le réveiller. Voyant qu'il ne réagissait pas, il hurla, freina brusquement, et fit une embardée pour se garer sur le bas-côté de la route. La voiture tressauta en sortant du macadam et s'arrêta dans le fossé. Un véhicule les doubla en klaxonnant. Son conducteur furieux exhiba son majeur dressé. Etxe se jeta sur le commissaire. Il le gifla sur les joues en hurlant son nom. Le commissaire réagit immédiatement.

– Eh bien, Etxe ! Qu'est-ce qui se passe ?

Etxe recula en soufflant, soulagé de le voir revenir à la vie.

– Commissaire, vous allez bien ?

– Bien sûr, que je vais bien ! On ne peut plus faire un petit somme tranquillement, non ?

– Ah commissaire, comme je suis content ! J'ai cru que vous faisiez un malaise…

– Mais non ! Ça ne vous arrive jamais, à vous, de faire la sieste ? Allez, assez plaisanté, on repart à Bayonne !

Etxe prit place sur le siège conducteur, démarra et reprit la route. Malgré les réprimandes de son chef, il était content de lui. Il avait le sentiment de l'avoir tiré d'un mauvais pas. Ce n'était pas dans ses habitudes, de se laisser aller comme ça.

Adamsmendy essaya de se concentrer sur la route. Que lui avait-il pris de s'endormir ? Il s'en voulait d'avoir montré un moment de faiblesse devant Etxe. Décidément, rien ne se passait comme il le souhaitait depuis cette visite à Bidarray.

Ils n'ouvrirent plus la bouche jusqu'aux premiers magasins de la zone commerciale périphérique de la ville. Etxe se risqua à reprendre la parole.

– Et maintenant, commissaire, qu'est-ce qu'on fait ?

– Vous me déposez chez moi et vous rentrez à la maison, répondit Adamsmendy. On a tous les deux besoin d'une bonne douche, et de changer nos vêtements trempés.

Etxe acquiesça en silence. Ses chaussures faisaient un bruit de succion à chaque fois qu'il appuyait sur la pédale de frein. Et il commençait sérieusement à ressentir la fraîcheur de sa chemise humide.

– Ensuite, on se retrouve à dix-huit heures au commissariat. On va aller saluer Iban Etxezahar, un des anciens collègues de lutte de la victime. Si mes informations sont bonnes, il est serveur au café des Pyrénées, à Bayonne. Il doit être sur le pont, pendant les fêtes.

Etxe ne dit mot et poursuivit avec tout le sérieux possible son rôle de chauffeur. Bayonne était plutôt calme à cette heure de la journée, il n'y avait pas trop de circulation et il n'eut aucune difficulté pour circuler. Il déposa rapidement le commissaire devant la porte de son immeuble et déguerpit sans demander son reste.

Adamsmendy monta à son appartement et profita longuement d'une douche chaude. La chaleur détendit peu à peu ses muscles qui s'étaient contractés après le brutal réveil imposé par Etxe. Il prit un rapide café et rejoignit le commissariat sans attendre le rendez-vous de dix-huit heures.

Dès qu'il entra dans son bureau, il s'empara du téléphone pour appeler Maubert.

– J'ai encore besoin de tes services, dit-il. Il faudrait envoyer un gars pour surveiller les allées et venues dans une ferme, perdue dans la montagne à Bidarray. Et éventuellement apporter une garde discrète si besoin.

– À ton service, Adamsmendy, répondit Maubert. Je suppose que cette ferme abrite la famille Zubiko, ou bien ?

– On ne peut rien te cacher. Si mes informations sont bonnes, on en est à deux morts dans cette maison, et rien ne me prouve que ça va s'arrêter là. Il faudrait donc un agent qui apporte une surveillance vingt-quatre heures sur vingt-quatre, le temps que je démêle les fils de cette affaire. En toute discrétion pour ne pas éveiller les soupçons, bien entendu.

– OK, j'ai compris. Je passe te voir pour localiser les lieux, et j'envoie quelqu'un.

Adamsmendy raccrocha et alluma son ordinateur. Il rechercha sur Internet les informations disponibles sur le décès du frère de la victime, Jon Zubiko. Il tomba sur un article du journal *Sud-Ouest*, daté du 21 juin, et signé Peio Guillenteguy, le journaliste que connaissait Etxe. Toujours dans les mauvaises nouvelles, celui-là.

L'article était intitulé : « Une macabre découverte sous le pont Mayou ».

Une photo montrait un fourgon de pompiers sur le pont, gyrophare allumé, et une demi-douzaine de personnes occupées à manipuler des élingues au bout d'une grue, vraisemblablement pour remonter le corps qui n'était pas encore visible. L'article racontait dans les détails comment un passant avait aperçu très tôt le matin une forme humaine dans la Nive, retenue par une pile du pont. Il avait immédiatement donné l'alerte à la caserne de pompiers. Ceux-ci étaient intervenus rapidement, et avaient repêché le malheureux sans espoir de le sauver. Le mort avait été identifié rapidement car ses papiers avaient été retrouvés dans la poche de son veston, et étaient encore lisibles malgré le séjour dans l'eau. Une autopsie devait être pratiquée pour connaître la cause du drame.

Adamsmendy tomba ensuite sur un autre article, daté du 24 juin, qui imputait la cause du décès à un accident. D'après l'autopsie, la victime avait apparemment abusé d'alcool la nuit précédente. Plusieurs témoins étaient venus en effet confirmer que l'homme avait hanté les cafés du Petit-Bayonne jusqu'à une heure indue. Ivre mort, il avait dû basculer dans la Nive en amont, vraisemblablement au niveau du pont Pannecau, en essayant de vomir par-dessus la balustrade. Il était tout simplement mort par noyade.

Adamsmendy coupa l'ordinateur. Les articles ne faisaient pas mention d'un tatouage similaire à celui relevé sur l'épaule de son frère un mois plus tard, mais cet indice n'avait peut-être pas été jugé important à ce moment-là, ou bien le journal n'en avait pas été informé.

Cela faisait donc une deuxième victime en état d'ivresse, ce qui était troublant. Adamsmendy ne croyait pas du tout à la cause accidentelle. Il était si facile de pousser un homme ivre-mort par-dessus une balustrade…

On frappa à la porte et la tête de Maubert apparut dans l'ouverture.

– Me voilà, dit-il. Tu me donnes les coordonnées de la ferme ?

– Ce n'est pas facile à expliquer, répondit Adamsmendy. Viens par ici, on va voir où ça se trouve sur la carte.

Il ralluma l'ordinateur et n'eut aucune difficulté à repérer le petit point rouge et blanc, perdu dans l'immensité de la montagne. Maubert nota les coordonnées GPS et appela un agent pour les lui communiquer. Il raccrocha d'un air satisfait.

– C'est parti, dit-il. J'ai deux gars qui vont se relayer pour surveiller la ferme. S'ils réussissent à trouver une bonne planque d'où on peut voir sans être vus…

– Ça ne devrait pas être trop difficile, répondit Adamsmendy. La ferme est située sur un plateau bien dégagé. Il faut laisser la voiture dans la forêt avant d'arriver, et monter dans la montagne au-dessus pour avoir une vue plongeante sur l'habitation… et ses habitants.

– J'ai demandé à ce qu'ils m'envoient un rapport journalier sur les allées et venues. Ils me préviendront également s'ils remarquent quelque chose de louche.

– Oui, comme par exemple si une étrange bête sauvage rode autour de la ferme…

Maubert fronça les sourcils.

– De quelle bête sauvage veux-tu parler ?

– Non, de rien. Je plaisantais…

Adamsmendy n'avait pas envie de se couvrir de ridicule en évoquant le nom du Basa Jaun.

– Tiens, autre chose : tu pourrais récupérer le rapport d'autopsie du frère Jon ? Il s'est noyé dans la Nive il y a un mois, et quelque chose me dit que sa mort est tout sauf accidentelle…

– Je vais consulter les archives et je te ramène ça.

Maubert sortit du bureau et croisa Etxe qui fit son apparition à ce moment-là, habillé d'une nouvelle chemise blanche immaculée et de son habituel foulard rouge au logo de sa chorale. Les deux hommes s'échangèrent un bref salut peu cordial. Adamsmendy regarda sa montre.

– Vous voilà, vous, lui dit-il. Pour une fois, vous êtes à l'heure.

Malgré la fraîcheur de sa remarque, le commissaire ressentit étonnamment une bouffée de chaleur en le voyant. Finalement, il était plutôt sympathique, cet Etxe, malgré tous ses défauts. Et il l'avait certainement tiré d'un mauvais pas au retour de Bidarray. Mais ce n'était pas le moment de lui montrer une quelconque marque d'affection. On n'était pas en service pour faire du sentiment. Il garda donc son air renfrogné et sortit du bureau après avoir revêtu son pardessus blanc. Etxe ne fit aucun commentaire et le suivit sans dire un mot.

Ils regagnèrent encore une fois l'enceinte des fêtes qui commençait à se repeupler à l'approche de l'heure de l'apéritif. Ils traversèrent la place de la mairie, puis le pont Mayou qui permettait de rejoindre le Petit-Bayonne. Ce nom désignait un quartier populaire que limitaient l'Adour au nord, la Nive au sud, et une colline à l'est que Vauban avait fortifiée. Les principaux bâtiments, appelés « Château-Neuf » - par opposition au « Château-Vieux » du centre-ville qui datait de la fin du Moyen Âge - étaient désormais occupés par l'Université.

Adamsmendy s'arrêta quelques minutes sur le trottoir du pont et scruta les flots noirs de la Nive par-dessus le parapet. C'était là qu'on avait repêché le corps sans vie de Jon Zubiko, pensa-t-il en regardant l'écume qui ondulait au niveau du partage des eaux des deux côtés de la pile du pont. C'était un si bel endroit pour une mort tragique.

Les ponts se succédaient sur ce bout de rivière avant qu'elle ne se jette dans le fleuve Adour : pont Mayou, pont Marengo, pont Pannecau, pont du Génie... Cette enfilade de ponts rendait le point de vue pittoresque. Les mouettes les survolaient en rasant parfois la surface de l'eau, rappelant la proximité de l'océan. Bayonne était somme toute une ville maritime à l'intérieur des terres, dotée d'un port d'eau douce dans l'embouchure de l'Adour, que les marées montantes rendaient salin.

De chaque côté de la Nive, les hautes maisons bayonnaises alignaient leurs façades à colombage le long des quais, et faisaient miroiter leurs couleurs blanches et rouges dans l'obscurité de la rivière. Leurs façades étroites et hautes, construites à une époque où les impôts fonciers étaient calculés suivant la surface d'emprise au sol, possédaient des lignes de fuite qui n'étaient pas toujours tirées au cordeau. Le rez-de-chaussée était en général occupé par des commerces ou des restaurants, alignés sous une suite d'arcades, et transformés le temps des fêtes en autant de bars improvisés. Les étroits passages qui séparaient les immeubles des bords de la Nive avaient été baptisés « quais », car la Nive avait été jadis une rivière navigable pour le transport des marchandises au siècle où les voitures automobiles n'avaient pas encore fait leur apparition : quai des Corsaires, quai Galuperie, quai de l'amiral Jaureguiberry… Les fêtes avaient rendu cet espace aux piétons, qui se massaient en troupe devant les talanquères des bars, à la recherche de la boisson idéale pour étancher leur soif de vie. Les lampadaires étaient décorés de ribambelles de fanions rouges et verts.

Oui, c'était vraiment une belle perspective que la vue du pont Mayou.

– Venez, commissaire, dit Etxe en le tirant par la manche. Allons aux "Pyrénées" avant qu'il n'y ait trop de monde.

Ils remontèrent les quais rive droite, en évitant soigneusement les groupes bruyants qui risquaient de les séparer. L'entrée de la rue Pannecau leur provoqua un choc : elle était rouge et blanche de monde, et un bruit inimaginable résonnait contre les façades des immeubles de l'étroite rue. Il semblait impossible de pouvoir s'y mouvoir tant la foule semblait compacte. Etxe se rapprocha d'Adamsmendy et hurla à son oreille :

– On n'a pas le choix, commissaire. Il faut remonter cette rue. Le café des Pyrénées se trouve à l'autre bout !

Ils s'élancèrent donc pour se frayer un passage. Il fallut jouer des épaules pour se faufiler entre les gens, bousculer des corps inconnus au risque de renverser des verres, et garder les mains près de soi. Adamsmendy cessa très rapidement de dire « pardon » à chaque bousculade pour ne pas user inutilement la salive. D'ailleurs personne ne lui répondait.

Les bars avaient sorti les sonos et déversaient un flot continu de musique alternative et festive avec un volume poussé à fond. Les musiques se mélangeaient sans respecter les frontières en créant un brouhaha indescriptible. Une banda exclusivement formée de percussions arrivait à surnager dans cet univers sonore en tapant encore plus fort sur les grosses caisses, les tambours et les *ttuns-ttuns*(20). Adamsmendy se boucha les oreilles en passant à proximité. En plus d'être bousculé, il n'avait pas envie de devenir sourd. Etxe, lui, n'avait pas l'air d'être incommodé outre mesure. Il évitait avec adresse les festayres éméchés qui tanguaient sur les trottoirs, partageait un coup à boire à la volée avec des touristes étonnés, chantait à tue-tête au centre d'une chorale improvisée, toujours avec bonne humeur. Adamsmendy s'accrochait parfois à sa chemise pour ne pas le perdre dans la foule.

Ça parlait souvent basque, mais il reconnut également de l'anglais, de l'espagnol et même du français ! Il vit aussi que des *ikurriñas*(21) avaient été hissés aux fenêtres et retombaient sur les façades des immeubles. D'autres

---

20- Variété de tambourin à corde qui fournit le rythme au txistu sur un son de bourdon. Pratique instrumentale assez primitive.

21- Nom du drapeau basque. À ne pas confondre avec le drapeau anglais avec lequel il partage le motif mais pas la couleur ni la saveur.

drapeaux représentaient des personnages sur fond rouge, vert et blanc avec le slogan « Presoak Etxerat » qu'Adamsmendy traduisit comme une demande de rapprochement des prisonniers « politiques basques ». Des tags avec ce type de slogan recouvraient d'ailleurs les planches qui protégeaient les devantures des magasins de la rue. Pas de doute, ils étaient bien dans le Petit-Bayonne, et donc dans la bonne direction pour retrouver l'ancien compagnon de Koldo Zubiko.

Comme Etxe l'avait annoncé, le café des Pyrénées se trouvait au bout de la rue, à l'entrée de la place Paul-Bert qui accueillait l'église Saint-André. Il était situé au rez-de-chaussée d'un immeuble d'aspect miteux, dont le crépi grisâtre et les volets bleus auraient mérité un bon coup de pinceau. Le café en lui-même semblait en meilleur état, un effort de rénovation avait manifestement été fait peu de temps avant les fêtes. La foule débordait par les portes grandes ouvertes jusque dans la rue.

Adamsmendy vit alors des barrières métalliques qui dépassaient au-dessus des têtes à côté du café et qui empêchaient tout accès à la place. Il tourna la tête et lança à Etxe un regard interrogateur.

– C'est à cause des courses de vaches, répondit celui-ci. A chaque fin d'après-midi la place Paul Bert est barricadée et se transforme en arène géante. Tout le monde peut participer et jouer à l'apprenti toréador...

Adamsmendy se fraya un chemin parmi les gens massés devant les barrières pour confirmer les dires d'Etxe. Et effectivement, il vit soudain une vache noire débouler à quelques mètres de lui, faisant courir des gens devant elle. Il eut instinctivement un mouvement de recul, mais il était protégé par les barrières qui faisaient le tour de la place. À l'autre bout, au pied de la butte du Château-Neuf, une estrade avait été érigée sur laquelle un chroniqueur commentait la scène au micro, avec un certain humour. Les pelouses de la colline étaient recouvertes d'une foule qui profitait du joyeux spectacle.

La vache se baladait sur la place, et des festayres avinés s'amusaient à l'exciter en passant devant elle ou en lui donnant une claque sur le postérieur. Elle fonçait alors dans le tas, et la foule se dispersait en courant et en riant, tout en regagnant les abris aménagés au bord de l'arène. Les plus courageux essayaient de s'en approcher au plus près et de l'éviter au dernier moment par une pirouette digne d'un matador, tandis que les plus téméraires tentaient de l'attraper par les cornes pour la faire chuter au sol. Bien entendu, c'étaient le plus souvent les gens – et non l'animal - qui chutaient en premier, et ils étaient obligés de se dégager rapidement sur le côté pour éviter de se faire piétiner par les sabots de la vache ou les tennis du public apeuré. Par mesure de sécurité, des boules de protection avaient été préalablement fixées sur le bout des cornes pour éviter tout accident.

– À la fin de la séance, ils lâchent toutes les vaches sur la place! dit Etxe qui s'était rapproché pour voir le spectacle. Ça donne encore un peu plus de piment.

La porte principale du café des Pyrénées donnait directement dans l'arène, et assurait le ravitaillement en boisson des toréadors en herbe. Adamsmendy repéra plusieurs serveurs qui étaient occupés à distribuer les verres pleins à des mains qui se tendaient au-dessus de la talanquère, et se demanda lequel d'entre eux avait fait de la prison dans sa jeunesse. Ce n'était pas si facile de le savoir à première vue. À chaque passage de la vache à proximité, les clients se hissaient sur la talanquère, et certains d'entre eux, particulièrement peureux, se jetaient à l'intérieur du bar, ce qui ne facilitait pas le service. Mais les serveurs devaient être habitués...

Adamsmendy s'éloigna des barrières et fit un signe à Etxe en direction du bar. Ils y entrèrent en jouant des coudes pour passer par une des portes de la rue Pannecau. Il y avait du mouvement à l'intérieur, les serveurs s'affairaient pour apporter des verres que remplissaient deux barmen qui semblaient attachés aux énormes fûts de bière au fond de la pièce. Ils revenaient avec de la monnaie, qu'ils encaissaient le plus rapidement possible pour repartir les bras chargés de boissons. Adamsmendy se dit que tous les cafés de Bayonne devaient faire leur chiffre d'affaire de l'année au cours de la seule semaine des fêtes. Quelques habitués avaient réussi à se faufiler à l'intérieur et buvaient tranquillement leur bière à une table en jouant au *mus*[22], à l'abri des vaches et des mouvements de foule. La partie semblait animée, quelques éclats de voix fusaient entre les joueurs. Adamsmendy se rapprocha d'eux.

– *Agur*[23], dit-il en tentant d'amadouer le public avec les rares mots de basque qu'il connaissait. Je voudrais parler à Iban Etxezahar. Vous ne savez pas s'il est là, par hasard ?

Tous les joueurs abattirent leurs cartes en même temps. Leurs regards se tournèrent alors vers le commissaire. Le silence s'abattit dans la salle, à peine troublé par les échos de la course de vaches au dehors. Plus personne ne bougeait un cil. Même les serveurs avaient arrêté leur course, troublés par ce calme inhabituel, et tout le monde fixait Adamsmendy, qui était resté debout et qui commençait à sentir ses jambes flageoler. L'un des joueurs déplaça lentement une main à sa ceinture sans détourner son regard. Il ouvrit la bouche et des paroles s'en échappèrent d'un ton accusateur :

– Et vous lui voulez quoi, à Iban ?

Adamsmendy déglutit. Etxe intervint.

– Erietxean dagoen bere amatxiren berriak eman nahi dizkio. Familiaren medikua da.

22- Version basque du poker menteur. Jeu incompréhensible pour les non-initiés.

23- Manière la plus simple de dire bonjour.

(Il veut lui donner des nouvelles de sa grand-mère, qui est à l'hôpital. C'est le médecin de famille.)

Les regards se détendirent, quelques paroles furent échangées en basque en souriant, et l'agitation qui avait animé le café jusque-là reprit son cours. Un des joueurs s'adressa à Etxe en désignant un homme occupé à manipuler les poignées de la machine à pression pour en remplir des verres.

– C'est le gros, là-bas, au fond !

Et il retourna à ses cartes et à ses compagnons.

Adamsmendy se rapprocha d'Etxe et lui chuchota :

– Bon Dieu, qu'est-ce que vous leur avez dit ?

– Je vous expliquerai…

Ils se rapprochèrent du fameux Iban Etxezahar. C'était effectivement un homme corpulent, la cinquantaine bien sonnée, un début de calvitie sur son crâne rond. Il portait une large chemise à carreaux qui commençait à laisser apparaître des auréoles sous les bras. Il remplissait des verres en plastique à la chaîne, et les déposait sur des plateaux posés sur le comptoir devant lui. Les autres serveurs bourdonnaient autour de lui comme des abeilles butinant le pistil des fleurs.

– J'ai tout entendu, dit Etxezahar en entendant les deux hommes approcher, tout en continuant de remplir les verres sans lever la tête. Le problème, c'est que ma grand-mère est morte depuis au moins quinze ans.

Adamsmendy se demanda pourquoi diable il parlait de sa grand-mère. Etxezahar les regarda enfin et s'épongea le front.

– Vous êtes des flics, n'est-ce pas ?

Il avait parlé à voix basse pour ne pas attirer encore une fois l'attention de l'assemblée.

– Eh bien, commença Adamsmendy. Pour ne rien vous cacher, oui.

– Ça se voit comme le nez au milieu de la figure. Il n'y a qu'un flic ou un fou pour porter un pardessus en plein mois de juillet. Bon, asseyez-vous. Je vous sers une bière ?

Etxe attrapa deux chaises et les rapprocha du serveur pour lui signifier leur accord. Etxezahar attrapa trois verres en plastique décorés avec le logo des fêtes et les remplit. Il leva le sien.

– *Zuen osagarriari !* Et que vivent les Fêtes de Bayonne !

Il but son verre d'un trait et le reposa sur le comptoir. Les deux policiers adoptèrent une descente moins radicale.

– Bon, qu'est-ce que vous voulez ? demanda le serveur en s'essuyant la bouche d'un revers de la main.

– Nous souhaiterions que vous nous parliez de Koldo Zubiko… répondit Adamsmendy.

– Je m'en doutais. J'ai lu dans le journal qu'il a été assassiné pendant les fêtes, c'est bien ça ?

– Effectivement, on a retrouvé son corps la nuit de l'ouverture.

– Et vous êtes allés chercher des histoires vieilles de vingt ans pour tenter de trouver des suspects, c'est bien ça aussi ?

Adamsmendy fixa ses chaussures sans répondre.

– Écoutez, vous savez comme moi que j'ai fait des conneries dans ma jeunesse. J'ai payé pour ça, j'ai fait mes années de prison et maintenant je considère que je n'ai plus rien à devoir à la société. On est quittes. C'est de l'histoire ancienne, il y a longtemps que j'ai tourné la page.

– Certainement, reprit Adamsmendy. Mais vous pouvez peut-être nous donner des informations sur la victime, qui pourraient nous mettre sur la voie…

– Pas du tout. Zubiko, je ne l'ai revu qu'en de rares occasions depuis que je suis sorti de prison et que j'ai pu retourner au pays. On avait mené des vies parallèles, mais on n'avait plus grand-chose en commun. Il était devenu taciturne, et il ne venait que rarement sur Bayonne. Il était retourné à la ferme, à ce qu'on m'a dit.

– Oui, il vivait avec son père et ses trois frères à Bidarray.

– C'est ça. Je le croisais parfois aux fêtes, et c'est à peu près tout. Ah oui, il est venu une fois boire un coup aux Pyrénées, et comme j'étais de service, on a pu blaguer un peu sur nos vies…

– Et alors ?

– Et alors ? Rien. Des banalités. On a parlé de la ferme, de la difficulté à joindre les deux bouts car les subventions agricoles allaient en s'amenuisant, et malgré tout de la vie saine et naturelle qu'il avait à la campagne, et qu'il appréciait. À aucun moment on n'a cherché à se rappeler nos souvenirs d'anciens combattants. C'est de l'histoire ancienne, je vous dis.

– Quand l'avez-vous rencontré ?

– Je ne sais pas. Il y a deux ans, ou trois? Je n'ai pas une très bonne mémoire.

– Et il ne vous a pas paru particulièrement inquiet ?

– Inquiet ? Non. Je dirais plutôt abattu. L'enthousiasme qu'il avait dans sa jeunesse s'était envolé. Il avait vieilli, tiens !...

– Et vous l'avez revu récemment ?

– J'ai dû le croiser l'année dernière pendant les fêtes. Mais pas cette année...

Adamsmendy but une autre gorgée de bière. Encore une piste qui n'allait pas amener grand-chose. Il y eut une pause dans la conversation. Dehors, on entendait les cris des gens qui poussaient des « olé », et les clients du bar s'accrochaient de plus en plus fréquemment à la talanquère. Ils avaient dû lâcher d'autres vaches.

– Et vous savez s'il fréquentait votre autre collègue, Manex Etcheberry ?

– Ah, vous êtes sur sa piste, à lui aussi? Pas que je sache... Manex, je le vois souvent, il vient toujours boire un coup quand il va à la librairie Elkar, à côté. Mais il ne m'a jamais parlé de Zubiko.

– Savez-vous s'il continuait à fréquenter le milieu indépendantiste ?

Etchezahar reprit son verre et se servit une autre bière.

– Vous commencez à me chauffer les oreilles. Je vous ai déjà dit que j'ai coupé les ponts. Comment voulez-vous que je sache si Zubiko était un activiste ? Allez les voir à eux, moi je ne sais pas vous en parler.

Adamsmendy baissa la tête. Il avait tenté de piéger l'homme, mais c'était raté. Il se rangea donc derrière des questions plus traditionnelles.

– Et vous-même, que faisiez-vous la nuit de mercredi à jeudi ?

Etxezahar jeta un sourire de mépris au commissaire.

– J'étais ici, à servir au bar ! Où vouliez-vous que je sois ? Avec le samedi soir, c'est le jour de l'ouverture qu'il y a la plus grande affluence. Tout le monde était occupé.

Il marqua une pause, puis solda l'insinuation avec un argument irréfutable

– Je dois avoir au moins mille témoins, si vous le souhaitez...

– C'est bon, je vous crois, répondit Adamsmendy d'une voix lasse. On ne va pas vérifier...

Il fit une autre tentative sur un terrain glissant.

– Zubiko vous a-t-il déjà parlé du Basa Jaun ?

Etxezahar ouvrit des grands yeux et éclata de rire.

– Le Basa Jaun ? Qu'est-ce qu'il vient faire dans cette histoire ?

– Je ne sais pas, répondit Adamsmendy. C'est son père qui l'a évoqué…

– Ah, le vieux ! Ça ne m'étonne pas. Quand on était jeunes, il nous parlait déjà de la dame blanche, des *laminak* et toutes ces sortes de fariboles. Il vous a dit que c'était le Basa Jaun qui a assassiné son fils ?

– C'est ce qu'il pense, en effet.

– Ah ah ah ! Et vous y croyez, vous, au Basa Jaun ? Vous l'avez déjà rencontré ? Autant croire à l'*Olentzero*(24) !

Adamsmendy s'abstint de raconter la frayeur qu'il avait éprouvée dans les montagnes de Bidarray.

– Apparemment, il y a aussi d'autres personnes qui ont peur de ces histoires. Nous avons rencontré la cuisinière d'un restaurant de Bidarray…

– Vous avez vu Oihana Aritza ?

– Vous la connaissez ?

– Ben oui, que je la connais. Quand elle vient faire un tour à Bayonne, elle ne manque jamais de boire un café aux Pyrénées… C'est amusant que vous l'ayez vue. Si je me souviens bien, elle était sortie avec un des Zubiko…

– Sortie… Vous voulez dire qu'elle « fréquentait » un des fils de la ferme ? Et lequel ?

24- Personnage traditionnel se présentant sous les traits d'un charbonnier venant hanter les foyers fumants des cheminées aux alentours de Noël. A failli disparaître avec l'arrivée mercantile du Père Noël.

– Je crois que c'était Iker, le troisième. Mais c'était il y a longtemps, je ne sais plus si c'est toujours d'actualité...

– Vous êtes sûr de ce que vous avancez ? C'est imp...

Adamsmendy fut interrompu par un bruit sourd en provenance de l'entrée. Tous se retournèrent vivement pour en connaître l'origine.

Un panneau de la talanquère était tombé à l'extérieur. Et une des vaches de l'arène se tenait à l'entrée du bar, naseaux fumants. Sa patte avant gauche grattait le sol avec une grande nervosité.

– Co-co-co-missaire ! gémit Etxe. C'est une vache !

– Je le vois bien, espèce de couillon ! répondit Adamsmendy.

Les joueurs de mus se levèrent précipitamment pour se mettre à l'abri derrière le bar. Ce mouvement de panique affola la vache qui fonça à l'intérieur.

Ce fut la pagaille générale. Tout le monde – joueurs, serveurs, policiers – prit les jambes à son cou pour échapper à la fureur de la bête. Cette dernière fonça dans le tas, et accrocha au passage une des tables qu'elle fit voler contre le mur. Des verres remplis de bière éclatèrent en mille morceaux, rendant le sol glissant. La vache dérapa avant d'atteindre le fond du bar et tomba sur ses pattes arrière. Elle meugla de fureur.

Elle se releva lentement, faisant mousser une écume blanche par ses naseaux. À nouveau sur ses quatre pattes, elle fixa autour d'elle les cibles potentielles de ses yeux noirs. Adamsmendy sentit ses jambes flageoler quand elle le regarda. Il vit ses cornes pointues scintiller sous la lumière qui traversait les vitres du bar.

– Commissaire ! hurla Etxe. Elle n'a plus les boules ! Et du coup, c'est moi qui les ai !

Adamsmendy comprit la fine allusion de son collègue. Les protections habituellement fixées sur l'extrémité des cornes n'étaient plus présentes. Ce qui rendait l'animal potentiellement dangereux.

Il se retourna pour essayer de trouver une issue de secours. Il vit les joueurs de mus qui tentaient d'ouvrir la porte de service donnant sur la rue Pannecau, par laquelle il était entré un quart d'heure auparavant.

– *Ostia*(25) ! hurla l'un d'entre eux. *Itxita dago !*

Adamsmendy n'eut pas besoin de la traduction d'Etxe pour comprendre que la porte était fermée à clé.

– Qui a les clés ? mugit un deuxième.

La vache répondit en fonçant dans le tas. Tout le monde s'échappa de sa trajectoire en criant. Une chaise s'accrocha à ses cornes, et elle la projeta contre la fenêtre d'un coup de tête. Une vitre vola en éclats.

La foule de la place s'était massée contre la talanquère du bar. Les festayres déchaînés appelaient la vache pour tenter de la faire sortir. Mais celle-ci ne voulait rien entendre.

25- Littéralement : hostie. Mais est également un juron pour la communauté non fervente du peuple basque

Etxezahar tenta une diversion avant que la vache ne reprenne son galop. Il lança un coup de sifflet qui interpella la bête. Celle-ci se figea et l'observa d'un œil étonné. Etxezahar s'empara alors d'un fût de bière qui traînait sur le côté. Il le souleva lentement à bout de bras, en poussant des grognements sous l'effort. Il réussit à prendre appui sur son ventre rebondi, puis il fit rouler le tonneau le long de son corps pour le monter encore plus haut. La vache continuait à le regarder, ne sachant pas comment réagir. Dehors, la foule l'encouragea en applaudissant et en poussant des *Aupa !* de soutien. On assistait en direct à une épreuve improvisée de force basque. À ceci près que le bidon de lait ou le billot de bois avait été remplacé par un baril de bière, fêtes de Bayonne oblige.

Quand le fût arriva à hauteur de sa tête, il poussa un cri de victoire. Il le souleva le plus haut possible et le précipita dans les pattes de la bête. Mais la barrique n'atteignit pas son objectif. Elle éclata en heurtant le sol. Des litres de bière inondèrent l'animal qui recula en meuglant de panique.

– Merde ! hurla Etxezahar. C'est loupé !

Passé l'effet de surprise, la vache se redressa, puis baissa sa tête en direction de l'homme qui avait tenté de la blesser. Etxezahar n'attendit pas qu'elle charge. Il fit un bond à l'arrière du bar, avec une agilité surprenante compte tenu de la masse qu'il avait à déplacer. Il attrapa une chaise au vol et la précipita vers la porte-fenêtre. Les quelques vitres encore intactes volèrent en éclats, laissant apparaître une ouverture suffisante pour se glisser à l'extérieur. Ce qu'il fit sans traîner.

– Suivons-le ! souffla Adamsmendy à son jeune collègue.

Hélas, tout le monde eut cette même idée au même moment. Chacun se précipita vers l'issue de secours, et un bouchon humain se forma devant le goulot trop étroit. Des insultes fusèrent, et même quelques coups de poing furent échangés. La vache en profita pour intervenir. Elle dispersa l'attroupement d'un coup de cornes.

Les joueurs de mus profitèrent de la diversion pour regagner l'entrée du bar laissée vacante. Ils purent sortir par la talanquère tombée à terre et furent accueillis par les cris de joie des festayres. Eux, au moins, étaient sauvés.

Adamsmendy voulut les rejoindre mais la vache lui barra le passage. Elle poussa un meuglement sourd qui ressemblait à un râle. Il fit brusquement demi-tour pour rejoindre la fenêtre brisée et constata avec stupeur qu'il n'y avait plus personne dans la pièce. Seul demeurait Etxe, recroquevillé au pied du comptoir du bar.

– Nom de Zeus, jura le commissaire. Mais où sont-ils passés ?

– Ils se sont enfermés dans les toilettes ! répondit Etxe d'une voix chevrotante.

Adamsmendy eut un moment de panique. Il se retrouvait seul face à l'animal. Il vit la vache qui le fixait de ses yeux noirs, comme une cible à atteindre. Un silence se fit dans la pièce. Adamsmendy recula lentement, pour trouver un abri, en contrôlant chacun de ses mouvements pour ne pas l'affoler. Son dos buta contre le comptoir du bar.

Il était bloqué.

Il déglutit, tétanisé par la vision des cornes étincelantes qui contrastaient avec le noir mat du pelage de la bête. Il prit soudain conscience qu'il avait toujours son foulard autour du cou et la cinta au-dessus de son pantalon. Maudites soient ces fêtes et ses traditions vestimentaires ! Le rouge n'était-elle pas la couleur utilisée pour exciter les taureaux dans l'arène ?

La vache baissa la tête sans cesser de le fixer. Elle expira de l'air qui fit mousser les flaques de bière. La tension était encore montée d'un cran dans le public. Chacun retint son souffle devant la charge imminente.

Adamsmendy sentit que sa dernière heure était venue quand il vit la patte gauche de l'animal gratter le sol.

La vache fonça sur le commissaire, tête baissée et cornes en avant. Adamsmendy était tétanisé. Il attendit le choc sans pouvoir réagir. Il hurla.

Soudain, il sentit des mains qui le poussèrent sur le côté. La foule hurla un « Olé » au-dehors. La vache loupa sa cible et buta contre le comptoir. Ses cornes se plantèrent dans le bois tendre de la façade du bar. Elle se figea dans le choc. Ses pattes arrière la lâchèrent brusquement, et elle tomba en position assise au sol. Elle était prisonnière de ses cornes chevillées dans le bois, et elle meugla en constatant son impuissance à se dégager du comptoir. Après quelques furieuses tentatives de reculade, elle se résigna et se laissa tomber avec un mugissement de dépit, vaincue.

La foule en liesse pénétra dans le bar. Des mains soulevèrent Adamsmendy, qui n'en revenait pas d'être toujours vivant. Il fut acclamé comme un héros, et il se sentit soulevé par le cortège. Quelqu'un démarra une chanson de victoire, qui fut immédiatement reprise par l'assemblée.

Zato gurekin, adixkidea
Kantu arin bat espainetan…

(Viens avec nous, camarade, une chanson vive à la bouche…)

Adamsmendy se demanda ce qui lui arrivait. Il était un peu sonné, et n'avait toujours pas compris comment il avait pu en réchapper. Il tenta de se dégager de l'emprise de la plèbe pour partir vers le fond de la pièce. C'est alors qu'il vit Etxe qui se relevait lentement en se tenant la jambe.

– Etxe ! hurla-t-il. C'est vous ?

Etxe lui fit un signe de la main avec un sourire. Adamsmendy le rejoignit en s'échappant et en proférant des injures à ses supporters qui tentaient de le retenir.

– Etxe ! C'est vous qui m'avez poussé ?

– Toujours à votre service, commissaire !

Adamsmendy le serra dans ses bras.

– Vous m'avez sauvé la vie !

Des larmes jaillirent instantanément de ses yeux, et il se mit à sangloter en étouffant son collègue. La foule applaudit à nouveau devant l'émotion de la scène. Etxe se dégagea lentement de l'emprise du commissaire, en prenant soin de rester à distance de la vache qui ne bougeait plus. Adamsmendy aperçut alors son pantalon déchiré et le filet de sang qui coulait par l'ouverture béante.

– Etxe ! s'écria-t-il. Vous êtes blessé !

– Ce n'est rien, commissaire. Ça a l'air superficiel. La corne m'a frôlé au passage...

La sirène de l'ambulance se fit entendre à ce moment-là. Son écho retentissait sur la place Saint-André. Quelqu'un avait dû donner l'alerte. Les secours arrivaient après la bataille, comme dans les westerns, quand la cavalerie dispersait les indiens après l'attaque de la caravane. Plusieurs festayres vinrent alors porter assistance au blessé. Ils le soulevèrent et l'accompagnèrent à la porte d'entrée du bar pour rejoindre les pompiers. D'autres s'occupèrent de la vache. Ils firent glisser une corde autour de son cou, et scièrent le bout des cornes pour la dégager. L'animal se laissa faire sans broncher, renonçant à tout désir de vengeance. Ils la ramenèrent sans difficulté dans son enclos, au bout de l'arène. Les deux bouts de cornes furent laissés sur place, plantés dans le bois du comptoir. C'était un trophée qu'il fallait conserver, digne d'une tête de cerf accrochée au mur de la salle à manger d'un chasseur taxidermiste.

Plus tard, beaucoup plus tard, ses deux bouts de cornes devinrent l'objet d'un culte dédié à la tauromachie. Le café put ainsi accroître sa clientèle et son chiffre d'affaire.

Quant à Adamsmendy, il fut à nouveau assailli par la horde. Quelques journalistes avaient accouru sur les lieux pour tenter de recueillir ses premières déclarations après cette dangereuse rencontre. Le commissaire reconnut parmi ceux-ci Guillenteguy qui n'arrêtait pas de le prendre en photo. Les journalistes se disputaient pour être au premier rang et rugissaient des questions sans attendre de réponse. Adamsmendy se sentait sonné, abruti par les cris des journalistes et les éclairs des flashs. Il en restait pantois, ne sachant que répondre. La foule se densifia rapidement dans le local exigu, et une bousculade démarra contre le bar. Le commissaire profita de cette confusion pour s'échapper par la porte-fenêtre brisée. Personne ne sembla remarquer son évasion dans ce joyeux bazar.

Il se mêla à la population festive de la rue Pannecau, qui pour une fois lui servit de refuge. Il s'arrêta quelques instants devant le restaurant Euskalduna, de l'autre côté du trottoir, pour souffler un peu.

Il venait d'échapper à la mort.

Sans l'intervention courageuse d'Etxe, il aurait eu la poitrine transpercée par les cornes de cette vache en furie. Il se demanda si c'était vraiment un accident. Et si cette vache n'était pas arrivée fortuitement dans ce café ? Et comment les deux protections avaient-elles pu disparaître ? Il voulait bien croire qu'une d'entre elles aurait pu se détacher par un funeste coup du sort, mais deux, c'était trop. Le hasard n'existait que très rarement dans les romans policiers.

On avait donc tenté de l'assassiner…?

D'aussi loin qu'Adamsmendy se souvienne, il ne lui semblait pas avoir rencontré une arme du crime aussi peu commune. Il avait affronté le couteau d'une petite frappe qui faisait les poches de passants esseulés un soir dans le métro, l'arme automatique d'un braqueur de banque, le bord tranchant d'un tesson de bouteille éclatée contre le comptoir d'un bar réquisitionné par un poivrot éméché, et même le pare-chocs d'une voiture qui avait fini sa course dans la vitrine d'une pharmacie. Mais les cornes d'une vache, jamais.

Qui serait à l'origine de ce coup tordu ? Il pensa à Etxezahar qui avait déguerpi sans demander son reste. Sa fuite semblait suspecte. Bien entendu, il n'avait pas pu préparer ce coup avant de les rencontrer, mais il était possible qu'il ait reçu l'aide d'un comparse qui aurait pu le prévenir de leur venue. Il comptait bien le retrouver pour le cuisiner un peu plus en profondeur, celui-là. Et que penser de la cuisinière, cette Oihana Aritza qui avait apparemment fréquenté la famille Zubiko de beaucoup plus près qu'elle avait bien voulu le raconter ? Pourquoi lui avait-elle caché cette liaison ?

Toutes ces pensées tournaient dans sa tête, et il en éprouva un léger vertige. Il s'accrocha à la barrière qui bordait le trottoir pour éviter de tomber. Plusieurs festayres lui tapèrent sur l'épaule en l'encourageant, le croyant dans un état avancé d'ébriété. Il eut à nouveau la sensation désagréable d'être observé. Il se redressa et scruta la foule autour de lui. Mais aucune tête connue ne vint confirmer son impression. Il valait mieux qu'il parte pour se mettre en lieu sûr, et il se mit à sourire quand une idée de refuge lui traversa l'esprit. Il n'avait pas à aller bien loin pour être tranquille.

Il alla voir *Ama*[26].

26- Maman. Mot important dans la langue basque, qui évoque à la fois la génitrice et la mère patrie (en particulier dans la célèbre chanson O ama Euskal Herri, d'Etxahun Iruri, qui raconte la solitude d'un basque échoué dans une contrée hostile et lointaine : Paris).

Elle habitait au dernier étage d'un vieil immeuble de la rue Pontrique, une petite rue étroite qui coupait la rue Pannecau à angle droit. Elle devait son nom à la succession de petites passerelles de bois qui enjambaient des canaux présents dans le quartier au Moyen Âge, à une époque où Bayonne était un port. Le Petit-Bayonne, situé en zone marécageuse, possédait des accès navigables directs avec la Nive, ce qui permettait de livrer des marchandises en plein cœur de la ville au moyen de galupes et autres embarcations.

Adamsmendy regagna rapidement le pied de la bâtisse, long immeuble de pierre brune et de bois vert sombre inséré dans une succession d'habitations de la même époque, et s'arrêta pour observer les deux fenêtres du haut, en espérant voir la silhouette de sa mère. Celle-ci n'était malheureusement pas à son poste d'observation habituel. Il attrapa alors son téléphone portable et l'appela pour la prévenir de sa visite. Il y avait bien des sonnettes, à gauche de la porte d'entrée, mais, comme chaque année, le voisin du dessous les avait débranchées pour ne pas être importuné pendant les fêtes.

– Allô ? murmura une voix légèrement chevrotante à l'autre bout du fil.

– Ama ? C'est Battitte. Je suis en bas, tu peux m'ouvrir ?

– Battitte ! Mon tout-petit !

Le téléphone raccrocha et quelques secondes après, la porte qui donnait dans la rue s'entrouvrit dans le grésillement de l'ouverture automatique. Adamsmendy entra et remonta le sombre couloir qui menait à l'escalier intérieur. Comme dans beaucoup d'immeubles bayonnais, une vaste cour intérieure à ciel ouvert occupait le centre, et un grand escalier de bois reliait chaque étage par de larges balcons qui en faisaient le tour. Le sommet était protégé par une verrière, et le soleil déclinant inondait cette cour intérieure de lumière et de chaleur. Les locataires avaient disposé des plantes vertes et des géraniums lierres à chaque plate-forme, créant un mur de végétation qui pendait aux rambardes de l'escalier. Ils entretenaient ainsi du mieux qu'ils pouvaient cette petite oasis de verdure en plein cœur de la vieille ville.

Adamsmendy grimpa lentement les quatre étages qui le séparaient de l'appartement de sa mère. Il expira en arrivant au sommet. Pourquoi diable ces vieilles bâtisses avaient-elles des plafonds si hauts ? Comme à chacune de ses visites, il était accueilli par le large sourire de sa mère, debout dans l'ouverture de la porte grande ouverte, et par le miaulement de son chat. C'était une petite femme un peu rondelette, au visage marqué par le temps qui paradoxalement n'avait pas porté préjudice à ses cheveux, qui étaient toujours d'un noir de jais malgré la présence çà et là de quelques fils d'argent. Elle portait à son habitude un tablier de devant de toile basque, blanche à fines rayures vertes. Son grand âge l'avait percluse de rhumatismes, qui l'handicapaient pour marcher.

– Battitte, mon tout-petit ! répéta-t-elle en ouvrant les bras.

Il se baissa pour lui faire la bise, et elle en profita pour le serrer contre elle. Il entra dans le corridor, et accrocha son pardessus au portemanteau. Il était toujours surpris par l'odeur qui taquinait ses narines quand il arrivait, un subtil mélange d'eau de javel, d'encens parfumé au patchouli et de pisse de chat. Puis il finissait par s'y habituer et par l'oublier.

– Je suis contente de te voir ! dit-elle en le suivant jusqu'au salon. Ce n'est pas souvent que tu viens me rendre visite ! Elle avait attrapé un chiffon et faisait partir la poussière de la petite table ronde située entre les deux gros fauteuils. Elle avait une manière de rouler les « r » qui n'appartenait qu'à elle. Comme beaucoup de personnes de son âge, elle avait appris le français sur les bancs de l'école, et conservait un accent et des tournures de phrases qui révélaient sa langue basque d'origine. Mais elle avait fait un point d'honneur à maîtriser la langue de la République, qu'elle perfectionnait par des lectures assidues de tout roman qui lui tombait sous la main.

– Tu prendras bien un petit café ? demanda-t-elle en s'éclipsant dans la cuisine sans attendre la réponse.

Adamsmendy s'assit sur un des fauteuils et soupira. Depuis son enfance, on avait toujours bu du café dans la famille, à toute heure de la journée ou de la nuit. On lui en avait mis dans le lait du petit-déjeuner le matin, dans la gourde du goûter et dans l'infusion du soir, avant de se coucher. Il soupçonnait sa mère d'en avoir aussi mis dans le biberon à l'aube de sa vie. Par contre, la quantité était inversement proportionnelle à la qualité. Avec le temps, Adamsmendy avait appris à différencier le goût puissant d'un expresso servi au comptoir du café Ramuntxo, du jus de chaussette que sa mère servait à toute heure de la journée. Il n'arrivait pas à comprendre comment sa mère pouvait faire un café aussi insipide. Avec une cafetière moderne, il suffisait de respecter la dose et le mode d'emploi pour concocter un café correct, non ?

Elle revint avec un petit plateau qui portait deux tasses fumantes de porcelaine blanche et une assiette de petits gâteaux.

– Voilà, voilà… Tu as peut-être faim, j'ai ajouté quelques *biskotxe*…

Il attrapa à contrecœur la tasse fumante et la porta à ses lèvres. Il saliva en retrouvant le goût amer du breuvage, qui déclencha comme la madeleine de Proust une avalanche de souvenirs d'enfance et de ressentis indéfinissables qui inondèrent son esprit troublé. Le café était toujours aussi mauvais. Il évita de faire une grimace de dégoût car sa mère l'observait de ses yeux tendres, juste en face de lui. Elle prit la parole quand il reposa sa tasse.

– Alors, tu vas le retrouver, ce salaud ?

Adamsmendy fut choqué par la brutalité de la question.

– De quoi parles-tu, *Ama* ?

– Du type qui a tué quelqu'un pendant les fêtes ! Oser faire ça le soir de l'ouverture ! La guillotine il faudrait, oui, pour cet individu !

Adamsmendy se demanda comment des paroles aussi virulentes pouvaient s'échapper de cette petite boule de tendresse. La nature humaine était toujours aussi déroutante. C'était finalement ce constat qui faisait le charme – et la difficulté – du métier de policier.

– Comment es-tu au courant ?

– Par le journal, tiens ! C'est le voisin du dessous qui me l'apporte quand il a fini de le lire… Très belle elle est, la photo de toi, en première page…

– Tu trouves ?

– Mais oui ! Ah, je suis vraiment fière d'avoir un fils policier si célèbre…

Cette phrase redonna un peu d'entrain à Adamsmendy, qui avait été découragé par les commentaires négatifs des supérieurs hiérarchiques. Finalement, il avait bien fait de faire un article, ce maudit journaliste…

– Des pistes tu as, pour retrouver l'assassin ? poursuivit la mère.

– Quelques-unes, mais pour le moment ça n'a rien donné. Il y avait tellement de monde au moment du meurtre qu'au final personne n'a rien vu…

– Ah, si ça s'était passé sous ma fenêtre… Là, au moins, j'aurais pu t'aider !

Elle se dirigea en claudiquant vers ladite fenêtre, qu'elle ouvrit largement avant de s'asseoir sur une chaise à côté. Les échos de la fête en contrebas résonnèrent dans la pièce. Elle s'accouda contre la petite rambarde à laquelle était accroché un pot de géranium et observa le spectacle du haut de son mirador de quatre étages. Adamsmendy l'y rejoignit et se pencha pour voir la rue.

Le flot humain blanc et rouge se mouvait de façon totalement aléatoire en contrebas, dans l'étroite rue Pontrique. Aucune logique ne semblait déterminer la course de ces individus, qui se déplaçaient dans un désordre absolu, comme des atomes d'un gaz échappé dans le vide de l'espace. Inutile d'essayer d'en retirer une quelconque loi physique, si ce n'était l'attraction relative générée par la présence d'un bar qui augmentait localement la concentration humaine. Ça chantait, ça buvait et ça criait, bref ça vivait l'instant présent à fond sans penser aux conséquences du lendemain. La vue se prolongeait vers l'étroite rue du trinquet, jusqu'à la place Paul-Bert – où venaient de se dérouler les courses de vaches – que l'on devinait au fond. Dans le bruit environnant, on distinguait les chocs mats d'une balle de pelote sur les murs de la salle de sport et les échos des joueurs.

– Du beau spectacle que voilà, non? poursuivit la mère, songeuse. Je passe souvent du temps à regarder tous ces gens, voir comment ils font la fête, comment ils chantent et comment ils boivent. Je vois des groupes qui se font et se défont. Je reconnais parfois des personnes d'un soir sur l'autre, il y a des habitués dans les cafés de la rue, tu sais !

Adamsmendy sourit à l'évocation poétique de sa mère. Lui ne voyait que foule bruyante et indisciplinée. Il s'amusa à suivre du regard quelques individus pour tenter de ressentir l'évocation lyrique de sa mère. La plupart marchaient en groupe, et arpentaient la chaussée pour disparaître à l'angle d'une rue voisine. Parfois, l'un d'entre eux s'arrêtait au passage d'une fille dont on devinait la longue chevelure et la finesse des épaules. Cette rencontre se poursuivait par une parade nuptiale étrange, dans laquelle le garçon faisait une courbette en brandissant son béret, suivi d'une déclaration main sur le cœur, dont Adamsmendy ne pouvait malheureusement pas saisir les paroles. Et à ce moment-là, il y avait deux solutions : soit la fille poursuivait son chemin sans se retourner, soit elle s'arrêtait en pouffant, ce qui faisait redoubler d'ardeur le prétendant. Si elle finissait par l'accompagner au comptoir d'un bar pour se voir offrir un verre, on pouvait logiquement en conclure que l'affaire était sur la bonne voie. Le groupe restant applaudissait, et poursuivait son chemin sans attendre l'amoureux qui faisait bande à part. Adamsmendy sourit d'un air bonasse. Il éprouvait une certaine nostalgie à voir des couples se faire et se défaire sous ses yeux, et pensait avec regret à sa femme qui l'avait quitté. Sa mère devina ses sentiments en l'observant.

– Battitte, quand est-ce que tu me ramènes une nouvelle belle-fille à la maison ?

Adamsmendy rougit légèrement en répondant :

– Écoute, Ama, c'est ma vie et pas la tienne. Je trouverai quelqu'un quand je serai décidé. Pour le moment, je continue à m'installer et à refaire mon trou à Bayonne. Après, on verra.

Il ne pensait pas un mot de ses paroles, bien entendu. Il était bien loin d'avoir l'assurance qu'il voulait montrer à sa mère sur ce sujet. Mais celle-ci fit mine de le croire.

Adamsmendy se leva. C'en était assez pour la soirée. Cette séance d'observation avait fini par le lasser. Il allait se retirer de la fenêtre quand son regard se porta sur une femme qui remontait seule la rue du trinquet, depuis la Place Paul-Bert. Elle portait un grand foulard rouge qui retombait sur une robe blanche, faisant ressortir le hâle de ses jambes. À cette distance, il était impossible de distinguer son visage, mais sa chevelure noire et sa silhouette ondulante lui rappelèrent quelqu'un. Il attendit patiemment qu'elle se rapproche mais elle tourna dans une rue à sa droite, bien avant d'arriver au bas de l'immeuble. Adamsmendy jura. Sa mère avait remarqué son intérêt subit.

– C'était qui, cette femme ?

– Si je savais ! Il m'a semblé la reconnaître, mais je n'arrive pas à savoir qui…

Il fut interrompu par un chant qui ressortait du brouhaha environnant et montait du trottoir jusqu'à eux. Adamsmendy aperçut quatre jeunes garçons qui se tenaient par les épaules et fixaient la fenêtre de l'appartement de sa mère en se dandinant.

Les vieilles chouettes sont aux fenêtres pour voir si on boi-oi-oit
Mais si elles savaient comme on les emmerde elles n'y seraient pa-a-as !

– Malotrus ! hurla sa mère à côté de lui, en vidant le contenu d'une bassine d'eau dans la rue. Les quatre jeunes s'enfuirent en ricanant avant que les premières gouttes n'atteignent le sommet de leur crâne. Adamsmendy avait bien remarqué cette bassine d'eau près de la fenêtre quand il était entré dans la pièce, mais il n'en avait pas fait cas. Encore une lubie de personne âgée, avait-il pensé. Mais maintenant il en comprenait l'utilité.

– Ces quatre-là, ils sont tous les soirs sous ma fenêtre à me chanter cette chanson. Si je pouvais en attraper un !

– Mais ils s'amusent, Ama, répondit tendrement le commissaire.

– Je sais, et moi aussi ! répliqua-t-elle en quittant son poste d'observation. Elle se dirigea vers la cuisine. « Tu vas rester manger ? Il me reste du ragoût de veau de midi, je vais préparer quelques pâtes… »

Adamsmendy n'eut pas le courage de refuser. Il ne prenait que rarement le temps de rendre visite à sa mère, il fallait bien qu'il lui accorde parfois quelques petits plaisirs. Il la rejoignit dans la cuisine et lui proposa de l'aider pour mettre la table. En attrapant les assiettes, il jeta un rapide coup d'œil au paquet de café qui se trouvait dans le placard. C'était une marque connue, qu'il lui arrivait également d'utiliser chez lui. Ce n'était donc pas la cause de la médiocrité du café qu'elle lui avait servi.

Il installa deux couverts face à face sur la table de la minuscule cuisine. Elle déboucha une bouteille de vin, après avoir mis de l'eau à bouillir dans une grande casserole.

– Ce n'est peut-être pas nécessaire… commença Adamsmendy.

– Ta-ta-ta… Ce n'est pas tous les jours que tu viens à la maison…

Adamsmendy jeta un œil à la bouteille : c'était un vin de Navarre, produit de l'autre côté de la frontière. Acheté certainement dans une venta. Sa mère ne pouvant pas se déplacer seule, elle avait dû faire appel aux voisins du dessous.

Il se sentit vaguement honteux d'avoir délégué la gestion du quotidien de sa mère à des voisins, mais il fallait reconnaître qu'ils faisaient bien leur boulot. Depuis qu'elle avait aménagé cet appartement à Bayonne après la mort de son mari, les voisins du dessous s'étaient proposés pour l'aider dans les tâches ménagères, car ses rhumatismes l'empêchaient souvent de pouvoir sortir seule. Ils lui faisaient donc le ménage et les courses une fois par semaine, et de temps en temps ils lui proposaient une sortie dominicale au bord de la mer ou à la frontière. Cette situation lui convenait tout à fait, car elle refusait d'intégrer une maison de retraite et de quitter son appartement qui, du haut de ses quatre étages sans ascenseur, était loin d'être le mieux adapté à sa condition physique. En revenant au pays après une vingtaine d'années passées à Paris, Adamsmendy n'avait pas eu le courage de chercher un appartement de taille suffisante pour l'accueillir chez lui. Il tenait à son indépendance, et ne souhaitait pas entrer en conflit avec sa génitrice qui conservait son statut de parent et qui parfois ne comprenait pas que son fils était devenu un adulte. Il espérait aussi un jour se remettre en ménage et il avait peur que cette cohabitation ne soit un frein à la venue d'une hypothétique compagne. Enfin, il se justifiait dans son choix en se disant que sa mère, avec sa fierté de Basque, aurait de toute façon décliné sa proposition de venir vivre sous son toit.

Il chercha une échappatoire pour se débarrasser de toutes ces pensées qui lui encombraient l'esprit.

– Ama, le temps que l'eau se mette à bouillir, je vais passer un coup de fil.

Il s'éclipsa dans la salle à manger pour appeler l'hôpital. Il voulait avoir discrètement des nouvelles d'Etxe. Il s'éloigna vers la fenêtre. Il ne voulait pas raconter l'épisode de la vache à sa mère, qui se serait immédiatement fait du mauvais sang pour son fils.

Le standard de l'hôpital le bascula sur la chambre de son collègue. Etxe était apparemment en forme, la blessure n'était que superficielle et avait été soignée avec quelques points. L'artère fémorale n'avait pas été touchée, mais l'hôpital souhaitait le garder une nuit en observation pour vérifier qu'aucun signe infectieux ne se déclare. Il pensait revenir au commissariat dès le lendemain.

– Restez chez vous demain matin pour vous reposer, lui dit Adamsmendy. J'irai seul aux obsèques de Zubiko à Bidarray. On se retrouvera en début d'après-midi

Etxe le remercia et Adamsmendy raccrocha. Quand il regagna la cuisine, sa mère posait un plat de pâtes fumantes sur la table. Ils s'installèrent pour dîner en tête-à-tête. Sa mère alluma une bougie qu'elle posa sur la table. Ils discutèrent de tout et de rien, du temps anormalement chaud et sec qui avait accompagné le début de l'été et de la saison touristique qui s'annonçait bien. Ils parlèrent longuement des fêtes qui battaient leur plein, et que sa mère vivait par procuration du haut de son immeuble. Adamsmendy fit également un bref résumé de l'enquête en cours, et sa mère se montra comme toujours intéressée par ses propos. Même quand il résidait en région parisienne, elle essayait toujours d'avoir des informations sur les affaires dont il s'occupait en consultant tous les médias à sa disposition : télévision, journaux et même

Internet, dont elle avait appris à se servir avec l'aide du voisin. Et elle éprouvait une certaine fierté quand elle apprenait qu'il avait mené une enquête à son terme.

Adamsmendy hésita pourtant à lui communiquer cette fois-ci tous les détails. Il n'avait pas envie de se couvrir de ridicule en évoquant l'épisode de la grotte. Il contourna donc le sujet par une pirouette.

– Ama, tu connais la légende du Basa Jaun ?

Sa mère, qui était en train de s'empiffrer de ragoût de veau, arrêta brusquement son geste et reposa la fourchette dans son assiette. Adamsmendy remarqua son regard s'embrumer.

– Pourquoi me parles-tu du Basa Jaun ? demanda-t-elle d'une voix craintive.

– Parce que le père du mort dit qu'il a tué son fils et qu'il a jeté un sort sur sa famille.

La mère se leva lentement et s'appuya à l'évier, et manqua de faire tomber la cafetière à moitié remplie qui se trouvait à proximité. Adamsmendy en profita pour l'analyser en détail : un récipient en verre en forme de globe, un réservoir gradué en fonction du nombre de tasses, un support pour le filtre : elle avait l'air tout à fait normale. Comment diable le café qui en sortait pouvait-il être aussi mauvais ?

– Une légende, ça n'est pas. répondit sa mère.

Elle avait l'air sincèrement affectée par la question de son fils.

– Ton père l'a vu, il y a maintenant bien longtemps.

Ce fut au tour d'Adamsmendy d'être stupéfait. Quoi ! Sa mère avait porté ce secret aussi longtemps sans qu'il en ait été informé !

– Pourquoi tu ne me l'as jamais dit, Ama ?

– Parce que petits vous étiez encore, Arnaud et toi, quand c'est arrivé. Et que nous ne voulions pas vous faire peur.

Un nuage sombre traversa l'esprit d'Adamsmendy à l'évocation du nom de son frère Arnaud. Il ne se laissa pas distraire et poursuivit :

– Comment ça s'est passé ?

– C'était un soir, dans les pacages d'Ahüski.

Sa mère avait une drôle de manière d'aspirer le « h » du mot « Ahüski ».

– Ton père était monté là-haut, pour compter les brebis. Il avait pris la 4L, parce qu'on avait l'autre voiture en panne. Ça lui a pris du temps, mais il a fini par arriver sur le plateau où se trouvait le troupeau. Comme le moteur fumait, il s'est arrêté au bord de la route, et il a continué à pied avec le chien.

– Et alors ?

– Alors ? Il a compté le troupeau de loin. On avait une soixantaine de brebis à l'époque, et il s'est vite rendu compte qu'il en manquait une. Il a compté et recompté, il ne s'était pas trompé. Il en manquait bien une. Puis il s'est rendu compte que celle qui manquait, c'était la noire, *Axuri Beltza*[27], la protectrice du troupeau. Il a donc cherché où elle pouvait être, il a envoyé le chien faire le tour des pâturages, mais il ne la voyait pas. Et puis il a remarqué une colonne de vautours qui tournaient en rond au-dessus d'un point situé à un kilomètre de là. Il s'est dit que ces charognards-là, ils devaient avoir repéré la brebis, morte ou en train de mourir. Alors là-bas il est parti voir.

La mère marqua une pause pour vider son assiette.

– En arrivant là-bas, il n'a d'abord rien vu. Pas de brebis à terre, morte ou vivante. Pourtant les vautours étaient bien au-dessus de lui. Alors le chien a commencé à aboyer, et là il a compris.

Elle but un verre de rouge pour ménager ses effets.

– La brebis était tombée au fond d'un trou. Tu sais, là-haut, il y a des trous partout. C'est un vrai gruyère, cette montagne. Y'a même des gens qui y descendent dedans avec tout leur attirail, pour les explorer. Des spéléologues, qu'on les appelle. Bref, la brebis, elle avait certainement glissé en voulant brouter les arbustes qui masquaient l'entrée du trou, et elle avait atterri cinq mètres plus bas, à l'endroit où le boyau faisait une courbe. Elle avait dû se casser une patte, parce quand elle a vu ton père, elle s'est mise à bêler sans bouger.

27- Mouton noir. Chaque troupeau de brebis en possède un, censé protéger le cheptel des maladies et des attaques de l'ours. Effet limité. A inspiré une chanson et une danse basque célèbre.

– Ton père, il s'est demandé comment il allait la sortir de là. Il n'avait pas amené de corde, et c'était pas possible de descendre comme ça, et encore moins de remonter avec une brebis sur les épaules. Et c'est alors qu'il a entendu de drôles de bruits. On aurait dit quelqu'un qui grattait dans le trou, et qui poussait des grognements. Il s'est penché au-dessus du *xilo* et alors il a vu une grande silhouette sombre qui remontait du fond du trou vers la brebis.

Adamsmendy sentit aussi ses poils se hérisser.

– Ton père, il a pas demandé son reste. Il a filé vers des rochers plus loin, et il s'est caché derrière. Il voulait quand même savoir qui c'était. Le chien l'a suivi en gémissant. Il a alors entendu comme un long sifflement. Ça semblait sortir du trou. En entendant ce bruit, les vautours se sont rangés les uns derrière les autres et sont partis vers la vallée. Alors, il l'a vu.

Adamsmendy retint son souffle. Une minute passa ainsi, dans le silence à peine troublé par l'écho des fêtes en contrebas. Puis sa mère continua.

– La créature est sortie du trou avec la brebis sur les épaules. Ton père ne voyait pas très bien, à cette distance, et aussi parce qu'il n'osait pas bouger derrière les rochers. Mais il lui semblait qu'il était très grand, et qu'il était couvert de peaux de bêtes. Il a posé la brebis par terre, il l'a caressée doucement, et alors il y a eu un miracle ! La brebis s'est levée et a rejoint le troupeau en courant.

Ton père n'en croyait pas ses yeux. Il essayait de regarder discrètement et puis il s'est rendu compte que la créature avait tourné la tête et le regardait fixement, lui. Alors là, ton père, il a senti tous ses muscles lâcher. Il s'est accroupi derrière les rochers et est resté là à attendre, les mains par-dessus sa tête, sans bouger. Il sentait le chien qui s'était blotti contre lui.

Il n'a pas su me dire combien de temps il est resté là à attendre là. Mais quand il a osé regarder à nouveau par-dessus les rochers, il n'y avait plus personne. La créature avait dû rentrer dans son trou.

La mère s'arrêta de parler et ferma les yeux, perdue dans ses pensées. Adamsmendy n'osait plus bouger. Il avait vu sans aucun doute la même créature que son père, quelque trente ou quarante ans plus tard. Il attendit patiemment que sa mère reprenne son histoire, ce qu'elle fit au bout de quelques minutes.

– Ton père a attendu un long moment, pour voir s'il ne revenait pas. Après il est reparti vers le troupeau retrouver la brebis. Elle avait l'air parfaitement guérie, elle s'est enfuie en gambadant à son approche.

– Le lendemain, il a raconté son histoire au village. Les anciens lui ont dit qu'il avait vu le Basa Jaun, sans aucun doute. Et qu'il avait eu de la chance de ne pas tomber dans le trou, parce que le Basa Jaun n'aime pas qu'on entre dans sa tanière. Alors l'après-midi, il est remonté sur le plateau avec le voisin. Ils ont planté des piquets autour du trou, et ils ont posé des fils barbelés autour. Ton père ne m'a jamais dit s'il avait fait ça pour protéger les brebis et leur éviter de tomber dans le trou ou pour empêcher le Basa Jaun de sortir.

La mère se leva pour ouvrir le frigo. Elle en sortit un bloc de fromage enveloppé dans du papier qu'elle déplia soigneusement en le posant sur la table. Elle planta le couteau sur l'étiquette sur laquelle on pouvait lire *Ardi gasna.* Adamsmendy s'en coupa une généreuse tranche.

– En tout cas, ton père, il n'a plus osé toucher cette brebis depuis cette histoire. Ni la traire, ni la tondre, et encore moins la tuer pour en faire un méchoui. Il l'a laissée vivre tranquillement, et elle a continué à jouer son rôle de protecteur de troupeau. En tout cas, efficacement elle l'a fait, parce qu'il n'y a plus jamais eu de problème depuis. Elle est morte très longtemps après, à un âge que ton père qualifiait de canonique.

Le fromage était excellent : pâte ferme qui révélait de longs mois de maturation, pointe d'acidité dans la suavité, goût affirmé dans un océan de douceur. Ama avait toujours ses sources pour trouver le meilleur fromage à acheter au marché des Halles. Adamsmendy le dégusta lentement, en le laissant fondre contre son palais.

– Il l'a beaucoup regrettée, quand elle est morte… reprit sa mère.

– Et le Basa Jaun, il l'a revu ?

– Jamais. Mais il a parfois entendu d'autres en parler, au village. Ce sont des histoires qu'on ne raconte pas facilement, parce qu'on a toujours peur de se rendre ridicule. Mais parfois, au café, autour d'un verre de rouge, les langues se délient.

– Et tu as déjà entendu parler de malédiction ? Le Basa Jaun peut-il s'en prendre à une famille tout entière ?

Sa mère hésita avant de répondre.

– C'est possible. Mais dans ce cas, il me semble que la faute doit être grave. Quelque chose qui détruit la nature ou qui la défigure. Parce qu'il est son meilleur protecteur. On dit qu'il maîtrise les quatre éléments, l'air…

– …le feu, l'eau et la terre. Je sais, Etxe me l'a déjà dit. Mais le père de la victime m'a dit aussi que le Basa Jaun avait jeté un sort sur la famille parce qu'un des fils avait pénétré dans une de ses grottes. Tu crois que c'est un motif suffisant pour assassiner tous les membres de la famille ?

Adamsmendy ne croyait pas un mot des hypothèses qu'il avançait, mais il voulait voir comment allait réagir sa mère. Et celle-ci n'eut pas l'air surprise de la question. Elle réfléchit un petit moment, les sourcils froncés, puis donna son opinion.

– Non, je ne pense pas que le Basa Jaun puisse vouloir autant de mal à quelqu'un uniquement parce qu'il est rentré chez lui. À moins que cette personne ne lui ait volé quelque chose, ou lui ait dérobé un secret…

Adamsmendy était dépité. Même sa mère semblait croire que le Basa Jaun était l'auteur des meurtres. C'était en tout cas ce qu'avait aussi affirmé le père Zubiko. Ces anciennes croyances étaient toujours très vivantes chez les gens de cette génération. Et elles semblaient avoir disparu avec le temps, du moins parmi les personnes qu'Adamsmendy côtoyait. À moins qu'elles ne se racontent plus que très rarement, pour éviter de se rendre ridicules dans ce début de siècle technologique, comme l'avait indiqué sa mère quelques instants auparavant...

La mère s'approcha de la cafetière et s'empara du récipient.

– Tu voudras un petit café pour la route ?

– Euh, non merci, Ama. J'ai peur que ce dernier café ne m'empêche de dormir...

Vu la dilution extrême de son café, il avait des doutes sur l'affirmation qu'il venait d'avancer.

Il se leva et aida sa mère à débarrasser la table. Il lui proposa de faire la vaisselle, ce qu'elle refusa. Il n'insista pas et s'installa sur le canapé du salon en compagnie du chat qui profita de la chaleur humaine pour se blottir contre lui. Il alluma la télévision et zappa les chaînes sans parvenir à se fixer sur l'une d'entre elles. Sa mère ne tarda pas à le rejoindre.

– Moi, je crois que c'est plutôt un homme qui a fait le coup, dit-elle en s'asseyant sur le fauteuil en face de lui.

Le Basa Jaun n'aurait jamais un esprit de vengeance aussi retors.

Adamsmendy sourit.

– C'est ce que je pense aussi.

Il se leva.

– Bon, Ama, il commence à être tard, je vais rentrer chez moi. Je te remercie beaucoup pour le repas.

Il vit sa mère se tortiller sur le canapé, avant de se lever. Il connaissait ce comportement : elle avait encore une question indiscrète à lui poser. Et Adamsmendy se doutait de ce qu'elle allait demander. Elle finit par se lancer quand il attrapa son imperméable.

– Battitte, est-ce que tu es allé voir ton frère ?

Adamsmendy souffla. C'était un sujet douloureux, qu'il n'avait pas envie d'aborder. Il répondit de mauvaise humeur.

– Non, Ama, je ne suis toujours pas allé le voir. Je pense que le temps n'est pas encore venu. Quand je serai prêt, je te préviendrai.

Il l'embrassa sur le front. Sa mère se faisait encore plus petite que d'habitude, elle semblait être revenue dans un passé qu'elle n'avait jamais vraiment quitté. Elle l'accompagna à la porte. Les étoiles scintillaient à travers la verrière de la cage d'escalier.

– Tu reviendras vite me voir ? demanda-t-elle d'une voix de petite fille.

– Promis, Ama.

Il la vit rester sur le pas de la porte alors qu'il descendait les escaliers. Il lui fit un signe de la main avant de disparaître dans le corridor d'entrée. Quand il sortit dans la rue, il n'osa pas lever la tête mais il savait qu'elle était penchée à la fenêtre pour le regarder partir dans la foule.

Il ne traîna pas pour rentrer chez lui. Il évita la rue Pannecau qui devait être inaccessible à cette heure de la soirée et rejoignit les quais par la rue Marengo. Il était comme d'habitude un peu dépité de ses visites chez sa mère. Elle avait l'art de poser des questions auxquelles il n'avait pas envie de répondre. Et cela gâchait les moments de tendresse qu'il éprouvait à son contact.

La fête battait son plein, toutes les bandas étaient de sortie mais il n'avait pas le goût à la fête. Il traversa rapidement le pont Marengo sans s'arrêter pour regarder les habituels bonimenteurs qui tentaient de remporter le concours du plus beau plongeon dans la Nive.

Il pensa à son frère et se remémora les circonstances de son éloignement. Toute cette histoire était due à un énorme malentendu fondé sur une tradition aussi tenace qu'inadaptée à la vie moderne. Au Pays-Basque, quand le propriétaire d'une maison décédait, la coutume voulait que la propriété revienne à l'aîné de la famille, afin qu'elle ne se disperse pas dans des héritages multiples. Ce droit d'aînesse, en usage depuis des siècles, permettait ainsi de conserver les biens immobiliers au sein d'une même famille de génération en génération, si bien qu'on appelait plus souvent quelqu'un par le nom de sa maison que par son nom de famille (d'où la présence du mot *etxe* – « maison » – dans beaucoup de patronymes basques).

Cette coutume avait été respectée chez la famille Adamsmendy à la mort du père, et c'est ainsi que le fils aîné – Arnaud, le frère du commissaire – avait hérité de la ferme familiale de Behorleguy, en Basse-Navarre. Baptiste Adamsmendy, jeune étudiant à cette époque, était alors parti pour Paris sur un coup de tête, à défaut d'avoir pu trouver un accord sur la gestion de la propriété. Il avait bassement jalousé la chance de son frère qui avait pu démarrer sa vie professionnelle avec un patrimoine conséquent sans avoir le moindre effort à fournir. C'est ainsi qu'il intégra le corps de police. Et à la différence de son frère, il avait travaillé dur pour réussir les concours administratifs et avait gravi, un à un, les échelons de la fonction publique. Il avait fini par atteindre le poste de commissaire où il se trouvait aujourd'hui. Depuis son départ pour Paris, plus de vingt ans auparavant, il n'avait pas revu son frère, ne consacrant ses rares retours au Pays-Basque qu'à la visite de sa mère ou des rares amis d'enfance qu'il avait conservés.

Mais, maintenant qu'il était revenu pour de bon, sa mère ne ratait pas une occasion de lui rappeler qu'il était temps d'enterrer la hache de guerre et de renouer le contact avec ce frère aîné qu'il avait tant honni.

Ces pensées trottaient dans sa tête alors qu'il traversait le Grand-Bayonne pour rejoindre le quartier des arènes. Et elles trottaient encore quand il tourna la clé dans la porte de son appartement pour rentrer chez lui. En allumant la lumière, il retrouva sans surprise son foyer tel qu'il l'avait laissé le matin en partant au commissariat. L'aspirateur n'avait pas été passé et les traces de boue de l'orage de la veille continuaient de souiller le couloir de l'entrée.

Il alla à la cuisine pour boire un verre d'eau, et redécouvrit que l'évier était toujours rempli de la vaisselle sale de la veille. Il se sentit étrangement seul, et un coup de froid s'abattit sur ses épaules. Il alluma la radio pour donner un peu de vie à la pièce et alla s'asseoir sur le canapé du salon.

« Ma vie, c'est n'importe quoi… » pensa-t-il en buvant son verre d'eau.

Il posa le verre sur la table basse. La pièce renvoyait cette phrase comme un écho, comme s'il avait exprimé cette pensée à voix haute. C'était d'ailleurs peut-être ce qu'il avait fait sans s'en rendre compte.

Il avait tellement consacré de temps à son métier de commissaire qu'il avait le sentiment d'être passé à côté de quelque chose. Il avait peut-être tout simplement oublié de vivre. C'était d'ailleurs ce que lui avait reproché sa femme avant de le quitter. Et c'était pour cela qu'il ne se donnait pas la peine de se trouver une nouvelle compagne. Mais même s'il essayait de se donner une ligne de conduite, et de montrer à ses collègues ou à ses proches une attitude irréprochable et rigoureuse, voire parfois rigide, il voguait intérieurement dans la plus grande confusion. Alors, il se jetait à corps perdu dans son travail, qu'il considérait comme une vocation même si c'était plutôt un choix par défaut qui avait petit à petit comblé un vide. Sa mère avait raison. Il ne pouvait pas continuer à vivre seul.

L'évocation d'une compagne fit lentement dériver ses pensées vers la cuisinière de Bidarray qu'il avait rencontrée fortuitement le midi mais qui semblait avoir des liens plus serrés avec la famille de la victime. Oihana Aritza... Joli nom champêtre pour une belle fleur. Il revoyait sa silhouette et ses longs cheveux noirs qui flottaient au vent au moment où il quittait le restaurant.

Une étincelle fusa brusquement dans sa tête. C'était elle ! C'était la femme qu'il avait vue ce soir dans la rue du trinquet, depuis l'appartement de sa mère ! Il en aurait mis sa tête à couper. Que faisait-elle là, seule, aux fêtes de Bayonne ? Elle revenait sans aucun doute de la place Paul-Bert où se tenaient les courses de vaches. Était-elle dans l'arène au moment où Adamsmendy avait été pris pour cible par le ruminant ?

Décidément, il fallait qu'il la revoie pour en savoir un peu plus sur ses relations avec cette affaire. Il passerait au restaurant, demain, après les obsèques. Et cette rencontre n'était pas faite pour lui déplaire.

Au moment de se coucher, il se rendit compte qu'il ne pouvait pas s'empêcher de réfléchir à son travail, qui décidément monopolisait la majeure partie de son esprit. Et cela le fit fulminer avant de s'endormir.

LARUNBATA *(SAMEDI)*

Le samedi matin, Adamsmendy regagna le commissariat de mauvaise humeur. D'abord parce qu'il avait le sentiment que son enquête piétinait. Ensuite, parce que lui aussi piétinait au sens propre. Il avait du mal à se remettre de la course en montagne de la veille, et ses jambes endolories par l'effort le faisaient souffrir de bon matin. Encore et toujours, parce qu'Etxe allait encore être absent toute la matinée, et qu'il n'allait pas pouvoir compter sur le peu d'effectifs du samedi matin pour le remplacer. Et enfin parce qu'il avait mal dormi. L'image d'Oihana l'avait hanté toute la nuit, et avait peuplé quelques rêves érotiques qui l'avaient perturbé. Il s'était réveillé plusieurs fois dans la nuit, la tête à l'envers et le corps humide.

Le commissariat était pratiquement désert en ce début de week-end. Il salua vaguement les plantons de garde et entra dans son bureau. Une chemise de carton rouge avait été déposée sur la table. Adamsmendy l'ouvrit en s'asseyant.

Il y trouva d'abord le rapport d'autopsie concernant le frère aîné, Jon Zubiko. La conclusion était sans équivoque : mort accidentelle par noyade consécutive à une forte absorption d'alcool. Il n'y avait aucun élément qui aurait pu jeter le doute sur la cause du décès. Le rapport ne mentionnait pas non plus les fameuses initiales gravées au fer rouge. Adamsmendy s'interrogea intérieurement. Peut-être que ces initiales n'étaient pas présentes au moment de l'autopsie ? Ou bien le père Zubiko avait divagué en croyant voir des preuves de la malédiction là où il n'y avait rien… Il vit le nom du médecin légiste qui avait signé le rapport d'autopsie : le docteur Leconteau, le même qu'Adamsmendy avait rencontré deux jours auparavant dans des circonstances similaires.

Cela n'étonna guère le commissaire, vu qu'ils n'étaient pas nombreux à l'hôpital à exercer ce macabre métier. Mais il trouvait bizarre que le docteur ne lui ait pas signalé qu'il avait rencontré un membre de la même famille un mois auparavant.

Peut-être se souviendrait-il de la présence ou non du tatouage ?

Il prit son téléphone et l'appela. La sonnerie résonna dans le vide. Il ne devait pas travailler ce matin-là. Il laissa tomber et passa aux documents suivants.

Il s'agissait du rapport de surveillance des deux policiers qui étaient de garde à la ferme Jaurreguy, à Bidarray. Ils avaient pris leur service vers 17 h 00. Ils avaient réussi à trouver un point de vue bien dégagé, qu'ils avaient atteint au bout d'une demi-heure de marche, après avoir laissé la voiture cachée dans un chemin forestier, en bas dans la vallée. Ils avaient apporté des jumelles pour surveiller les allées et venues, faciles à repérer sur l'unique route qui desservait la ferme. Ils avaient même pris des photos avec un appareil numérique équipé d'un téléobjectif, mais l'impression papier était de piètre qualité et ne permettait pas de discerner clairement les visages.

Adamsmendy lut le rapport en détail.

À 17 h 28, une Peugeot break immatriculée 64 s'était garée devant la ferme, et un couple avec deux enfants en était descendu. Ils avaient été accueillis par le vieux Zubiko et étaient restés une vingtaine de minutes à l'intérieur avant de repartir. Il s'agissait certainement d'une visite d'obsèques, de membres de la famille ou d'amis.

À 17 h 53, une Toyota 4x4 était arrivée avec à son bord un homme qui était entré sans frapper. Le chien n'avait pas aboyé à son arrivée, aussi Adamsmendy en conclut qu'il s'agissait certainement d'un des deux fils. Les policiers avaient vu cet homme par la suite dans le hangar en train de fumer, puis partir à pied dans la montagne avec le chien et un bâton.

Cinq minutes après son départ, à 18 h 17, le vieux Zubiko était sorti pour aller uriner dans le fumier au fond du jardin. Il avait fait le tour de la maison, donné un coup de pied aux cochons puis était rentré.

À 18 h 26, une nouvelle voiture – une Renault des années 80 – s'était arrêtée dans le chemin. Un homme âgé en était sorti et était également entré dans la ferme sans frapper. Il en était ressorti plus de deux heures plus tard, en titubant, raccompagné par le vieux Zubiko qui avait besoin du bâton pour marcher. Ils avaient longuement parlé devant la voiture, d'une voix forte et emphatique mais les policiers n'avaient pas pu saisir le sens de leurs paroles. Il avait fini par partir, en conduisant sa voiture au pas pour ne pas risquer de déraper dans les virages. Les policiers pensaient qu'ils avaient bu. Le père Zubiko était resté immobile à regarder la voiture s'éloigner, jusqu'à ce qu'un cochon vienne lui renifler les chaussures. Il avait alors grommelé quelque chose, mit un coup de bâton au cochon et s'était traîné péniblement jusqu'à la ferme.

À 21 h 17, le fils était redescendu de la montagne, avait passé un peu de temps dans le hangar puis était rentré à la ferme.

Vers minuit, la relève était arrivée et les deux policiers de garde conclurent leur rapport en passant la main à ceux qui allaient effectuer la garde de nuit.

Le rapport s'arrêtait sur ces lignes. Adamsmendy croisa les mains derrière la tête et laissa basculer sa chaise en arrière. Qu'était parti faire le fils dans la montagne? Encore surveiller les brebis? Et où se trouvait le deuxième fils, qui n'était apparemment pas présent dans la ferme hier soir? Autant de questions qu'il allait leur poser ce matin, s'il avait la chance de les rencontrer après les obsèques.

Le rapport datait d'hier soir à une heure relativement tardive. Maubert avait donc dû passer au commissariat ce matin pour le déposer sur son bureau. Il avait peut-être eu des nouvelles de l'équipe de nuit.

Adamsmendy allait se lever quand la tête de Maubert dépassa de l'embrasure de la porte entrouverte. Quand on parle du loup…

– Adamsmendy, tu as lu le journal? demanda la tête.

Le commissaire avait l'impression d'avoir déjà vécu la même scène la veille.

– Qu'est-ce qu'il y a encore? répondit-il, vaguement inquiet.

Maubert entra dans le bureau en lui tendant le quotidien *Sud-Ouest*. Adamsmendy s'attendait au pire. Il le déplia et vit encore une photo de lui en première page, se tenant au comptoir du bar des Pyrénées, à côté de la vache prisonnière de ses cornes figées dans le bois. Le titre « Le commissaire en scène dans l'arène » barrait la première page.

Adamsmendy souffla et ouvrit le journal pour lire l'article. Il était bien entendu signé de la main de Guillenteguy. Il décrivait en détail l'incident du bar des Pyrénées, et l'acte d'héroïsme d'Etxe qui avait sauvé la vie de son chef d'un coup de coude bien placé. Aucune allusion à une tentative de meurtre n'y était évoquée, ce qui rassura Adamsmendy. Après tout, le journaliste avait peut-être raison. Les protections des cornes avaient peut-être disparu par accident. Adamsmendy se dit qu'il avait une fâcheuse tendance à être trop suspicieux, voire paranoïaque. Certainement une déformation professionnelle…

– Et Etxe, qu'est-ce qu'il est devenu ? demanda Maubert.

– Il a passé la nuit à l'hôpital, en observation. Il devrait ressortir dans la matinée.

Maubert hocha la tête. Pas sûr qu'il soit heureux qu'Etxe s'en tire à si bon compte, pensa intérieurement Adamsmendy.

– Je suppose que c'est toi qui m'as mis le rapport des policiers affectés à la surveillance de la ferme sur le bureau ? poursuivit-il.

– Oui, ils avaient posé leurs notes et la carte mémoire de l'appareil photo au commissariat hier soir, alors en arrivant ce matin, j'ai fait un montage et je l'ai imprimé.

– Merci. Des nouvelles du tour suivant ?

– Non. Mais ils ne devraient pas tarder à rentrer. Je te les envoie quand ils arrivent.

– D'accord, ou du moins s'ils arrivent avant neuf heures et demie. Je vais partir aux obsèques de Koldo Zubiko dans la matinée.

Maubert s'éclipsa au moment où le téléphone sonna. Adamsmendy décrocha et reconnut la voix de sa mère.

– Battitte ?

– Oui, Ama ? demanda-t-il en se doutant de la raison de son appel.

– Battitte, qu'est-ce que j'ai lu dans le journal ? Tu as eu des ennuis avec une vache ?

– Oui, Ama, mais ça n'est pas grave. Je n'ai pas été blessé.

– Mais pourquoi tu ne me l'as pas dit hier soir ?

– Je ne voulais pas t'inquiéter, Ama.

– Mais ça aurait pu très mal se terminer ! Fou tu es, d'aller aux courses de vaches, à ton âge !

Il s'en suivit une liste de remontrances et de recommandations qu'Adamsmendy ponctua de signes de consentement, quand il pouvait en placer un. Il n'avait pas envie de se justifier et encore moins de parlementer, aussi il la laissa jouer son rôle de mère sans chercher à l'interrompre.

Le monologue dura cinq bonnes minutes pendant lesquelles le commissaire en profita pour lire les autres nouvelles du journal, qui n'étaient pas bonnes non plus. Quand le débit des paroles ralentit, Adamsmendy apporta une conclusion finale.

– Bon, Ama, de toute façon je n'ai rien eu, et je te jure de ne pas recommencer ce soir. Tu as raison, je suis trop vieux pour jouer les écarteurs, je vais me cantonner à aller voir le *corso*(28).

– Ah, tu deviens raisonnable ! Je retrouve toute la prudence de mon petit Battitte... J'espère que tu vas continuer à faire attention, hein ! Et que tu n'auras pas d'ennui pour ton enquête.

– Promis, Ama.

Et il raccrocha. Non, vraiment il n'aurait pas supporté d'héberger sa mère dans son appartement. Elle était très bien là où elle était, et il espérait que sa santé lui permettrait d'y rester pour longtemps encore.

Il se leva pour observer les journalistes qui faisaient encore aujourd'hui les plantons devant le commissariat. Ils ne le laisseraient donc pas tranquille...

28- Mot d'origine italienne. Défilés de chars décorés et fleuris qui concourent sur un thème donné. Le tracteur a remplacé le bœuf pour sa locomotion.

Il n'eut pas le temps de s'asseoir qu'on frappa à la porte. La tête de Maubert fit de nouveau son apparition dans l'interstice.

– Adamsmendy, la relève est arrivée.

La porte s'ouvrit et deux jeunes policiers en uniforme entrèrent dans la pièce. Adamsmendy les fit asseoir, et les convia à raconter ce qu'ils avaient observé à la ferme Jaurreguy au cours de la nuit.

– On n'a pas vu grand-chose, répondit l'un d'eux. Il y a juste eu une voiture qui est arrivée vers minuit et demi, un homme en est descendu et est rentré à la ferme sans un bruit.

– Quel âge, cet homme, à peu près ? demanda Adamsmendy.

– Je dirais la quarantaine. On n'a pas bien vu, il faisait nuit, et on n'a pas pu se rapprocher à cause du chien.

– Il avait les clés de la ferme, poursuivit le second. Il doit habiter là.

C'était le second fils, pensa Adamsmendy. D'où venait-il et pourquoi était-il rentré si tard ?

– Autre chose ?

– Il ne s'est rien passé cette nuit. Du moins, on n'a vu aucun mouvement. C'était un peu long à attendre... Mais bon, ce matin, vers huit heures, un break gris sombre est arrivé et trois hommes en noir en sont descendus. Ce devait être le corbillard qui va amener le cercueil à l'église.

Le père est sorti pour les recevoir, et on est partis alors qu'ils étaient encore à l'intérieur.

– La relève est arrivée à huit heures trente, comme prévu, continua le deuxième policier. Mais il ne devrait pas y avoir grand-chose à faire, vu que tout le monde va être à l'enterrement.

– Ça ne fait rien, répliqua Adamsmendy. Je tiens à ce que la maison soit sous surveillance vingt-quatre heures sur vingt-quatre. Je suis persuadé que la famille est en danger.

– Enfin, nous, on a fait notre boulot et on va aller se coucher…

– Très bien, vous l'avez mérité. Je suppose que vous allez prendre le tour de garde de la prochaine nuit ?

– Hélas oui, commissaire. Y'aura pas de fêtes de Bayonne pour nous cette année.

Adamsmendy salua leur engagement et ils prirent congé pour rentrer chez eux.

Le commissaire s'assit à son bureau. La surveillance n'avait pas amené grand-chose. Vie normale d'une famille normale. Encore fallait-il vérifier ce que faisait l'un des fils, la veille des obsèques de son frère. Il regarda sa montre : il était l'heure d'y aller, et peut-être allait-il trouver une réponse à ses questions.

Le commissaire réserva la voiture, puis descendit au sous-sol pour la récupérer. En l'absence d'Etxe, il allait être obligé de la conduire lui-même. À la sortie du parking souterrain, il évita encore une fois les journalistes qui tentèrent de faire un barrage pour l'obliger à stopper. Il quitta rapidement la ville pour reprendre la route de la veille. La circulation était encore fluide, c'est dans l'après-midi, avec l'arrivée des festayres du week-end, qu'elle allait se densifier au niveau de tous les accès à Bayonne.

Il ne traîna pas, car il se rendit compte qu'il allait arriver en retard pour le début de la messe. Il enclencha le turbo et ne s'occupa guère des radars qui jalonnaient son parcours. Les premières maisons de Bidarray furent bientôt visibles de la route nationale. Adamsmendy traversa la Nive sur le pont Noblia, puis attaqua la petite côte raide qui montait au village. Il était plus de dix heures quand il aperçut l'église se détacher des silhouettes bleutées des montagnes.

Il eut un mal fou pour se garer. Le parking devant l'église était plein, et les bas-côtés étaient occupés par des voitures garées en double file. Il dut continuer de remonter la rue jusqu'au fronton pour trouver une place. Il réussit à se glisser entre un tracteur et un 4x4 au bout du terrain, en face de la mairie. Et dire que les Zubiko vivaient retirés et se cachaient du monde extérieur ! Qu'est-ce que cela aurait été s'ils avaient été populaires…

Il descendit de la voiture et se dirigea vers l'église. Il salua au passage les trois gamins qui jouaient à la pelote et qui semblaient être les mêmes que ceux qu'il avait vus la veille au même endroit. Ceux-ci lui répondirent en tirant la langue et s'enfuirent en criant « Le poulet est revenu ! Le poulet est revenu ! » Adamsmendy fut un moment interloqué, puis il décida de les ignorer en poursuivant son chemin sans dire un mot.

Tout en se rapprochant de l'église, il en admira la sobriété. C'était une petite église romane en pierres de grès rouge, partiellement crépie. La façade était constituée d'un clocher mur dont les deux arcades supérieures soutenaient de belles cloches. Un enclos de pierres entourait l'édifice ainsi que le cimetière paysager à l'opposé de l'entrée, dans lequel on pouvait apercevoir quelques stèles discoïdales typiques de la région.

Depuis son adolescence, Adamsmendy maintenait une distance respectueuse avec les gens qui fréquentaient les églises, qu'ils soient curés ou fidèles. Il se sentait mal à l'aise face à leur ferveur religieuse, et il préférait les éviter plutôt que de tenter de philosopher sur la pratique de leur foi.

Mais il ne pouvait pas s'empêcher d'apprécier l'architecture religieuse pour laquelle il éprouvait le plus grand respect. Et cette petite église, dans ce paysage immense, lui donnait l'impression d'être un refuge douillet, et dégageait une sensation de grande sérénité.

En s'approchant du portique d'entrée, il entendit des chants religieux qui s'échappaient de la porte grande ouverte. La cérémonie avait bien commencé. Il s'approcha de l'auvent de tuiles rouges et salua au passage les personnages de pierre qui décoraient les chapiteaux et qui le regardaient d'un air moqueur.

L'église était pleine. Il n'y avait plus de place assise, et les gens avaient également rempli les galeries de bois à l'étage. Ceux qui n'avaient pas trouvé de place restaient debout au fond, vers la porte d'entrée qu'avait franchie Adamsmendy. Quelques regards curieux se tournèrent vers lui à son arrivée, sans troubler l'intensité du chant qui résonnait dans le chœur.

Hazia hiltzen ez bada,
Bakarrik dago beti
Ez izan, nahigabetan
Ez ilun ez beldurti

(Si la graine ne meurt pas, elle se trouve toujours seule. Ne sois pas dans le malheur, ne sois pas sombre, ni apeuré…)

Adamsmendy parcourut l'intérieur de l'église des yeux et vit qu'il restait quelques places libres à l'arrière de la galerie, à l'étage. Il décida donc d'y monter pour avoir une vue générale sur l'assemblée et tenter de repérer des têtes connues. Il commença à gravir l'escalier de bois mais au même moment, le chant se terminait et laissait la place à un silence de recueillement. Les craquements de l'escalier qu'Adamsmendy montait en furent d'autant plus audibles, et beaucoup de gens se retournèrent pour voir ce qui était la cause de ce dérangement. Adamsmendy se trouva alors sous le feu de tous les regards de l'assemblée. Même le curé, assis sur sa chaire, le regardait d'un air sombre. Il y eut un moment de flottement pendant lequel Adamsmendy suspendit son ascension, le pied droit encore levé au-dessus de la marche dénonciatrice, puis il fit un petit signe de politesse avec un sourire gêné à l'attention de la communauté et poursuivit sa montée vers la place qu'il avait aperçue. Pour la discrétion de son arrivée, c'était loupé.

Quand le silence enveloppa à nouveau l'église, le curé se leva et commença. Du haut de son perchoir, Adamsmendy en profita pour observer le cercle des proches du défunt. Il avait une vue imprenable sur l'assemblée, bien que sa position à l'arrière de l'église ne permît de voir les gens que de dos. Il pensa à la coutume ancienne qui voulait que les galeries soient réservées aux hommes. Cela le fit sourire. Il imagina que cette position stratégique, au-delà du sentiment de supériorité qu'elle leur conférait, leur permettait hypocritement d'avoir une vue plongeante sur les décolletés de la population féminine massée en contrebas.

Le cercueil de bois était posé face à l'autel, entouré de quatre gros cierges. Leurs flammes vacillantes faisaient courir des ombres furtives sur la toile blanche qui le recouvrait.

À sa droite, sur le premier banc, Adamsmendy reconnut la silhouette du père. Il était courbé par les années et le chagrin, et touchait de sa main gauche le cercueil. Adamsmendy ressentit toute la douleur qui se dégageait de cet homme. Lui-même n'avait pas de descendance, mais il imaginait sans difficulté ce que pouvait éprouver quelqu'un qui venait de perdre son enfant. Cela bouleversait l'ordre naturel des choses, et on devait se sentir coupable d'être là, encore en vie, à la place de son fils qui aurait dû prendre la relève.

À ses côtés se tenaient deux hommes qu'Adamsmendy imagina être les deux autres fils. Iker et Gotzon, s'il se souvenait bien. Ils portaient des costumes sombres et se tenaient droits et immobiles. De dos, ils semblaient grands et bien bâtis. Adamsmendy se remémora les propos de la cuisinière Oihana, qui semblaient regretter à juste titre leur mise en retrait de la vie du village. Au fait, où pouvait-elle se trouver ? Il la chercha des yeux dans la foule, et finit par la repérer, au cinquième rang, au bord de l'allée centrale. Elle portait une longue robe noire qui se confondait avec sa chevelure mate. Adamsmendy se laissa porter par cette vision agréable, laissant sa vue errer sur la courbe troublante de sa taille fine. À ce moment-là, comme si elle avait ressenti l'attention dont elle faisait l'objet, Oihana se retourna furtivement et lui lança un regard chargé de reproches. Adamsmendy tourna aussitôt la tête et se mit à fixer le Christ, figé sur sa croix de bois au-dessus de l'autel. Il sentit ses joues chauffer légèrement. Jésus semblait lui aussi le regarder d'un air désapprobateur. Il se força à ne pas le quitter des yeux, en espérant qu'il lui permettrait de retrouver un peu de dignité.

En dessous, le prêtre poursuivait la cérémonie, alternant chants et prières, aidé par une ribambelle d'enfants de chœur qui l'assistaient dans sa tâche en lui amenant un livre, un cierge ou un goupillon. L'assemblée répondait à ses paroles par des *amen* ou des *eta zure izpirituarekin*, variante basque de « et avec votre esprit ».

Adamsmendy finit par détacher son regard de la croix qu'il fixait sans ciller depuis une bonne dizaine de minutes, et le ramena lentement vers le cinquième rang, sans bouger la tête. Oihana Aritza était tournée vers le chœur et chantait. Il en fut soulagé et poursuivit son inspection.

Au premier rang, sur le banc de gauche, se trouvaient les officiels. Adamsmendy supposa que le petit bonhomme bedonnant affublé d'un costume sombre devait être le maire. Il était inévitablement accompagné de quelques conseillers municipaux qui profitaient de chaque opportunité pour lui faire une courbette. Il supposa que les rangs suivants accueillaient la famille proche. Puis les amis et les connaissances, et aussi les fidèles qui profitaient des obsèques pour pouvoir communier une fois de plus, et tout simplement les badauds et les curieux, interloqués par l'étrangeté de cette mort, venus là pour tenter de capter quelques ragots qu'ils pourraient colporter à leur tour.

Adamsmendy remarqua un groupe d'hommes qui soutenaient un grand *ikurriña* de toile vers le milieu de la nef. Il s'agissait certainement de sympathisants de la cause basque, venus rendre un dernier hommage à leur ancien compagnon d'armes. Le commissaire tenta de reconnaître Iban Etxezahar, qu'il avait rencontré la veille au bar des Pyrénées, mais il ne le trouva pas. Il disait certainement la vérité quand il avait raconté qu'il avait coupé tous les ponts avec le milieu. Il essaya de mémoriser les silhouettes des gens qu'il apercevait, ce qui lui demanda un gros effort de mémoire sans garantie de succès.

La célébration continuait et Adamsmendy commençait à trouver le temps long. Il essayait de répéter le refrain de ces chants religieux qui n'avaient pas changé depuis qu'il les avait appris quand il était enfant de cœur, plus de trente-cinq ans auparavant. Mais finalement il n'en éprouvait aucun plaisir. Les paroles lui semblaient vides de sens, même si elles étaient à jamais gravées dans sa mémoire. Toutefois, il fallait reconnaître que le chœur avait une belle harmonie, soutenue par les voix puissantes des hommes à l'*ikurriña*, auxquelles répondaient les voix aiguës d'un groupe de bigotes au premier rang. L'ensemble était joliment amplifié par la voûte arrondie de l'église.

Le curé dirigeait l'assemblée par de grands gestes de sa main droite, tenant fermement un goupillon d'où s'échappaient des gouttelettes d'eau bénite. Le premier rang se trouvait ainsi involontairement baptisé. Un petit enfant de chœur, habitué à la gestuelle du prêtre, avait pris la précaution de s'abriter derrière la chaire, tandis qu'un autre se protégeait la tête avec la bible qu'il maintenait ouverte.

À la fin du chant qui suivit l'évangile, le curé posa le goupillon d'un air solennel, tira sur les manches de sa soutane et s'approcha du micro pour entamer l'homélie.

– Mes chers fidèles, nous sommes une fois de plus réunis pour accompagner la montée au ciel d'un fils de la famille Zubiko. Nous sommes tous là pour témoigner à cette famille, implantée à Bidarray depuis des générations, toute notre affection et tout notre soutien. Nous sommes là pour dire un dernier adieu à Koldo, décédé dans des circonstances tragiques au milieu de ce grand rite païen que sont les fêtes de Bayonne. Prions le Seigneur pour le salut de son âme, pour laver ses péchés et lui permettre d'accéder à la lumière éternelle, parmi tous les saints.

L'assemblée célébra un « amen » à l'unisson, et se tut pendant quelques secondes de recueillement.

– Koldo, tu avais un cœur pur, poursuivit le prêtre. Tous tes proches sont unanimes pour reconnaître que tu n'aurais pas fait de mal à une mouche, même si tes errements passés t'avaient amené sur une pente glissante qui aurait pu t'entraîner vers des profondeurs obscures. Tu vas pouvoir rejoindre ton frère Jon, qui a lui aussi quitté ce monde terrestre il y a un mois…

Il poursuivit en mettant en avant l'exemplarité de la famille Zubiko, citant l'assiduité du père de famille aux célébrations dominicales, ainsi que le montant conséquent de la contribution familiale au denier du culte, qui permettait de faire vivre l'activité spirituelle du village, et que si tous les habitants en faisaient de même, il n'y aurait plus de crise de vocation ecclésiastique, suivez son regard.

Il retraça les grandes lignes de la vie de Koldo, citant de longs passages des évangiles pour démontrer comment ceux-ci s'accordaient à merveille avec la vie saine et sainte qu'avait menée le défunt jusqu'à son décès.

Puis il continua en évoquant les rumeurs qui entouraient sa disparition. Il évoqua sans les nommer les croyances païennes qui avaient survécu dans la mémoire des familles habitant les contrées les plus reculées, alors que ce n'étaient que des légendes auxquelles il ne fallait pas accorder le moindre crédit. Ces personnages mythologiques n'avaient jamais existé, ou du moins ils avaient disparu avec l'avènement de la Parole du Christ dans la région, qui était la seule vérité à laquelle il fallait consacrer sa vie. D'ailleurs, il était certain que toute l'assemblée suivait à la lettre les enseignements de la Bible. Il fit une pause pour chercher des signes de tête approbateurs et il recueillit quelques « amen » lancés du premier rang, ce qui le conforta pour continuer son sermon.

Il fallait donc continuer à combattre ces croyances anciennes et dépassées, et ne pas laisser l'obscurantisme envahir les pensées des âmes trop faibles ou trop ignorantes. Il joignit le geste à la parole en attrapant le grand cierge qui trônait à droite de l'autel, et qu'il fit virevolter à la manière d'une épée pour combattre des ennemis invisibles. La lumière du Christ éclairait les moindres recoins de l'âme, disait-il en maniant la flamme avec ardeur. Du haut de son perchoir, Adamsmendy avait l'impression d'assister au combat d'un chevalier Jedi brandissant son épée laser dans une scène de la Guerre des Étoiles. Le curé poursuivit sa démonstration avec force et détermination, tout en se déplaçant dans les rangs de l'assemblée pour bien marteler le message dans les têtes les plus récalcitrantes, puis il regagna le chœur, reposa le cierge et s'assit lourdement sur le fauteuil qui jouxtait le banc des enfants de chœur. Il baissa la tête et ferma les yeux. Il semblait visiblement épuisé par le sermon qu'il venait de débiter. Plusieurs minutes s'écoulèrent sans qu'il ne fît le moindre geste. On le vit peu à peu s'affaisser dans le velours moelleux du siège. Le silence fut alors troublé par de légers ronflements. Adamsmendy ne réussit pas à savoir s'ils provenaient du curé ou de quelqu'un de l'assistance. Peut-être des deux, après tout. Quand une faible agitation gagna l'assemblée qui commençait à trouver le temps long, un des enfants de chœur se risqua à sortir une bille de la poche de sa robe blanche et la lança sur la tête du curé, le faisant sursauter. La bille roula sous l'autel en zigzaguant. Le curé reprit une position décente et se racla la gorge. Il attendit quelques instants supplémentaires, feignant une attitude de recueillement, puis se leva pour entamer la prière eucharistique.

Un des enfants de chœur apporta alors le pain et le vin, afin que le prêtre les bénisse pour préparer la communion. Hélas, il marcha sur la bille qu'il avait lancée quelques instants auparavant et s'étala de tout son long au moment où il tendait les offrandes au curé médusé. Le calice fut projeté trois mètres plus loin, répandant sa réserve d'hosties sur la tête des fidèles du premier rang, tandis que la carafe qui contenait le vin éclata en mille morceaux sur le rebord de l'autel, créant une grande tache rougeâtre sur la nappe blanche qui le recouvrait.

Le curé laissa échapper un « Nom de… ! » et mit aussitôt la main sur sa bouche pour éviter le blasphème. Il souleva le gosse qui sanglotait et lui décrocha un coup de pied aux fesses qui le précipita sur le banc, à côté de ses jeunes complices.

Le curé eut un signe d'exaspération devant la foule. Il s'approcha du micro et dit d'une voix chagrinée :

– Mes pauvres pêcheurs, il n'y aura pas de communion aujourd'hui. Elle s'est envolée par la maladresse d'un petit diablotin.

Il y eut plusieurs cris de protestation dans l'assemblée. Le curé coupa court en chantant le Notre Père, dans sa version souletine :

Gure Aita, zeruetan zirena…
(Notre père, qui êtes aux cieux, etc, etc…)

La foule reprit instantanément l'hymne religieux. La cérémonie se termina assez banalement par une prière, puis une bénédiction de l'assemblée après qu'il eut annoncé que la famille Zubiko invitait les proches à un pot d'adieu dans leur ferme de Jaurreguy après la mise en terre. Quatre hommes s'emparèrent alors du cercueil et le hissèrent sur le coin de leur épaule. Ils regagnèrent lentement le fond de l'église, suivis par la foule des ouailles qui désertèrent peu à peu les bancs pour rejoindre le flot humain dans l'allée centrale. Adamsmendy s'y jeta avant qu'elle ne se vide.

Il retrouva avec plaisir le soleil à l'extérieur. Il avait trouvé le temps long dans la semi-pénombre de l'église. Le cimetière entourait l'édifice, il y avait même des tombes sous le portique de l'entrée. Le terrain était tellement en pente dans cette zone montagneuse qu'on avait aménagé des terrasses à différents niveaux pour accueillir de nouvelles tombes. La majeure partie de l'assemblée avait déjà gagné celle de la famille Zubiko, et le curé avait commencé à donner sa bénédiction sur le cercueil qui avait été posé à terre. Adamsmendy vit le trou béant laissé par la dalle de grès rouge qui avait été déplacée sur le côté. C'était là que Koldo Zubiko, deuxième fils de la famille éponyme, allait goûter au repos éternel. Adamsmendy frémit en pensant que cela aurait pu être sa place, s'il n'avait pas échappé la veille aux cornes meurtrières de la vache.

Le curé était en train d'asperger la tombe d'eau bénite, tout en prononçant des paroles en latin. Un nouveau retour en arrière, pensa-t-il, vers encore un peu plus d'incompréhension et d'obscurantisme. Il lui semblait qu'une partie du monde avait tendance à s'arc-bouter sur lui-même et refuser toute ouverture vers autrui. Cela ne le fit pas rire du tout.

Il profita de la lenteur de la cérémonie pour admirer la sobriété et la simplicité des tombes basques. Dans ce vaste espace ouvert sur l'extérieur, il y avait bien sûr ces caveaux sinistres et imposants dont la fonction principale était de montrer au passant la position sociale de la famille par ses dimensions et le nombre de fausses fleurs en plastique ou de plaques de marbre posées sur la dalle. Ces tombes occupaient l'espace central du cimetière. Mais on avait fini par revenir lentement à l'art funéraire des origines, qui semblait de ce fait retrouver un second souffle. C'est ainsi que la terrasse du dessous ne comportait qu'une succession de stèles discoïdales de grès rouge de taille identique. Elles étaient érigées à l'arrière d'une simple dalle qui faisait office de caveau, et disséminées sur le vert de la pelouse et des parterres de buis. La plupart étaient décorées d'un bouquet de fleurs naturelles, signe d'une présence soutenue des proches du défunt. Les pierres étaient orientées vers le soleil levant, rappelant les origines d'un culte solaire très ancien. D'ailleurs, la forme des stèles elle-même n'était-elle pas une représentation du soleil ? Adamsmendy ne distinguait pas bien celle de la famille Zubiko, mais il imaginait qu'elle était très vieille, vraisemblablement de l'âge de la ferme, et que le bas-relief gravé sur la face était émoussé par l'usure du temps. Il observa les quelques stèles qui se trouvaient à côté de lui. Les plus anciennes avaient été disposées au pied des murs de l'église, comme un patrimoine historique à protéger. Il admira la beauté géométrique des motifs qui les ornaient. La plupart de ces dessins semblaient être inspirés de formes de la nature : arbres, fleurs, végétaux fantastiques, soleil ou lune. Ils s'accordaient admirablement avec le paysage montagneux qui entourait ce petit cimetière paysager. Adamsmendy se remémora qu'un des noms qui désignaient le cimetière basque était *Hil Baratze*, c'est-à-dire le jardin des morts.

Le cercueil avait été à présent déposé dans la fosse, et après la prière d'adieu, chaque membre de l'assemblée laissait tomber une poignée de terre qui faisait un bruit mat en heurtant le couvercle de bois. Adamsmendy observa la scène de loin sans chercher à participer à cette mise en scène. Il essayait de retenir les visages des membres qui semblaient les plus proches de la famille. Il ne réussit pas à repérer Oihana Aritza. Elle s'était certainement éclipsée discrètement pour rejoindre son lieu de travail, le restaurant des abords du fronton.

Il regagna la voiture avant la fin de la cérémonie. Il avait décidé d'aller à la ferme pour participer aux agapes qui suivaient les obsèques, même si ce n'était pas forcément le lieu idéal pour rencontrer des témoins. Mais il espérait au moins pouvoir questionner les deux frères, et peut-être quelques autres personnes qui pourraient lui apporter de précieux renseignements.

Adamsmendy râla en s'approchant de la voiture. Une main mal intentionnée avait rayé la portière en gravant dans la peinture « FLIC » en lettres bâton de façon grossière. Il trouva au-dessous de la portière le caillou qui avait probablement servi à commettre ce méfait. L'auteur devait être un des gamins qui avaient joué sur la place une heure plus tôt. Il scruta lentement du regard les environs du fronton pour tenter de les repérer, sans succès.

Il s'assit dans la voiture et prit son téléphone portable pour appeler les deux policiers qui étaient chargés de la surveillance de la ferme Jaurreguy. L'un d'eux répondit immédiatement, ce qui était bon signe. Au moins, ils restaient sur leurs gardes. Il n'y avait apparemment rien à signaler, la ferme était vide depuis le départ du père et des fils aux obsèques, et rien ne troublait le calme du lieu. Adamsmendy leur demanda de noter les immatriculations de toutes les voitures qui allaient arriver sous peu, en précisant leurs horaires d'arrivée et de départ.

Il raccrocha et attendit, les mains posées sur le volant. Peu à peu, il entendit des éclats de voix et des ronflements de démarrage de moteurs. Les environs de l'église se dégarnirent lentement. Il attendit que la place soit vide pour démarrer à son tour et partir pour la ferme.

La route lui parut moins longue que la première fois. Il traversa rapidement la forêt et fut à nouveau émerveillé par le paysage lumineux qu'il redécouvrit à sa sortie. Une file de voitures étaient garées avec plus ou moins de soin sur le bas-côté de la route qui menait à la ferme. Adamsmendy prit place derrière la dernière, en laissant suffisamment d'espace pour faire demi-tour. En sortant, il scruta les hauteurs aux alentours pour tenter de repérer les deux hommes qui faisaient leur tour de garde. Il n'eut aucune difficulté à les trouver : il vit un troupeau de moutons qui se dispersa brusquement en courant sur le flanc ouest. Leur course était provoquée par l'apparition soudaine d'un homme à proximité, qui surgit de derrière un rocher en faisant de grands signes de la main en direction du commissaire. C'était un des deux vigiles qui avait reconnu le commissaire et lui faisait un petit coucou. Adamsmendy n'eut pas le temps de lui faire signe de rester caché. Le policier fut happé par les mains de son collègue qui le firent disparaître à nouveau derrière le rocher. La montagne retrouva alors son calme habituel. Les brebis s'éloignèrent lentement, à la queue-leu-leu comme d'habitude, vers d'autres pâturages.

Adamsmendy fut navré de cette bévue. Il attrapa son portable et adressa un texto de reproche à ses collaborateurs.

– Essayez d'être discrets tout le temps et en toutes circonstances

Il reçut en retour un « Toutes nos excuses, si vous saviez comment on s'em… dans ce coin ».

Le commissaire ne fit pas de commentaires et marcha jusqu'au portail. Il espérait que personne n'avait aperçu le fonctionnaire gaffeur.

La porte de la ferme était entrebâillée, et Adamsmendy pouvait entendre le brouhaha des conversations qui s'échappait de la grande pièce. Il songea que cette animation devait être peu fréquente en ces lieux, d'après ce que lui avait dit la cuisinière. Il s'approcha encore et se présenta à l'assemblée par le demi-battant ouvert sur l'extérieur. Il y avait une trentaine de personnes debout autour de la grande table centrale, sur laquelle on avait disposé des victuailles et des bouteilles. Elles discutaient bruyamment par petits groupes, un verre à la main, en picorant de temps en temps dans les assiettes à proximité.

L'arrivée d'Adamsmendy cassa brusquement cette ambiance conviviale. Les têtes se tournèrent vers lui, et peu à peu les conversations s'éteignirent. On n'entendit bientôt plus que le vrombissement d'une grosse mouche bleue qui faisait le tour de la pièce. Adamsmendy ressentit le même sentiment de gêne qu'il avait éprouvé dans l'église. Il commençait à s'habituer à sentir seul face à tous ces regards qui le transperçaient. Il rassembla tout son courage et tenta de se remémorer les seuls mots de basque qu'il connaissait.

– Euh… *Agur*. Bonjour à tous. Je suis venu présenter toutes mes condoléances à *l'Etxeko Jauna*. Je ne voudrais surtout pas vous déranger dans votre *biltzarra*.

Un homme s'avança, venant du fond de la salle. Adamsmendy reconnut un des deux fils qu'il avait vu aux côtés du père, dans l'église. Grand type bien charpenté, visage allongé, barre de sourcils sur le front et regard ténébreux : il ressemblait à son frère, qui venait de quitter ce monde.

– Bonjour, commissaire. Ce n'est peut-être pas le meilleur moment pour passer nous voir, mais vous êtes quand même le bienvenu.

L'ambiance se détendit à ses paroles, et les conversations reprirent. Adamsmendy serra la main que lui tendait le fils.

– Je suis Gotzon Zubiko, le benjamin de la famille. Entrez et venez partager notre collation.

– Enchanté. Je suis déjà passé pour vous rencontrer mais je n'ai vu que votre père.

Adamsmendy franchit donc le seuil de la porte et pénétra dans la grande salle. Les gens s'écartèrent pour dégager le passage jusqu'à la table, sans faire spécialement attention à lui. Adamsmendy aperçut le père au fond de la pièce, appuyé sur son makhila à côté de la cheminée, dans la même position que la veille. Un homme lui parlait à l'oreille.

– Monsieur Gotzon, il y a quelque chose qui m'interpelle, intervint Adamsmendy. Vous m'avez appelé commissaire. Or je ne me suis pas présenté, que je sache.

– Voyons, commissaire, c'était facile à deviner. Vous êtes venu hier, il était donc vraisemblable que vous alliez revenir aujourd'hui, et vous êtes la seule personne que je ne connaisse pas ici. Ensuite, j'ai vu votre photo dans le journal. Et enfin, votre tenue vestimentaire finit par dissiper tous les doutes quant à votre profession.

Adamsmendy jeta un coup d'œil rapide sur son imperméable. Se pouvait-il que quelqu'un y ait marqué « flic » à son insu, comme cela avait été fait sur sa voiture ? Il ne vit rien, mais il l'enleva et le posa sur une chaise, avec précaution.

Gotzon Zubiko l'amena au fond de la salle, en échangeant au passage quelques paroles avec les convives.

Le père se tenait toujours assis, et le regardait de ses yeux perçants. Adamsmendy fit une courbette pour le saluer.

– Zubiko *Jauna*, je viens vous présenter toutes mes condoléances en cette journée de deuil. Croyez que je mets toute mon énergie pour trouver le responsable de ce crime, et que cette affaire sera élucidée dans les meilleurs délais.

L'homme qui était assis à côté du père Zubiko, qu'Adamsmendy supposa être le deuxième fils, traduisit ses paroles. Le vieux bredouilla quelques mots en faisant la grimace.

– Il dit qu'il espère seulement que ça va s'arrêter. Et que la police n'a rien à voir là-dedans.

Il tendit la main vers le commissaire. Adamsmendy la serra avec circonspection. Les deux frères avaient des statures respectables, et des mains de charpentier. Il redouta d'avoir les doigts broyés par cette paluche impressionnante.

– Moi, je suis Iker, le troisième fils, répondit l'homme. Et je suis d'accord avec lui. La police ne peut rien face à une malédiction.

– Sauf que je ne crois pas que ce soit une malédiction. Et qu'il est de mon devoir d'essayer de trouver le coupable.

– Vous perdez votre temps, commissaire. J'ai bien peur qu'on y passe tous.

Le commissaire se tourna vers Gotzon.

– Et vous, vous en pensez quoi ?

– Que voulez-vous que je vous dise ? Ma raison me dit de ne pas croire à ces sornettes, mais les faits sont là.

Le père grommela une phrase d'un air sombre.

– Il dit que ce ne sont pas les deux flics que vous avez envoyés dans la montagne pour nous surveiller qui vont changer la donne…

Adamsmendy avala sa salive. Évidemment, des branquignols pareils ne pouvaient que se faire remarquer. Pour la discrétion, c'était encore une fois raté.

– Ils sont là pour vous protéger, justifia Adamsmendy. Je ne souhaitais pas vous imposer une garde rapprochée à domicile qui aurait été trop voyante et aurait dissuadé l'assassin de s'approcher de la ferme. Autant profiter de l'effet de surprise…

– Parce que vous croyez que le Basa Jaun, il ne les a pas repérés, vos deux bonhommes ? Ils font une tache dans la montagne comme un bouton d'acné sur un visage !

Gotzon éclata de rire. Adamsmendy coupa net son accès moqueur.

– Bon, je souhaiterais vous voir séparément, tous les deux. Et si possible dans un endroit plus calme. Je voudrais vous poser quelques questions.

Gotzon s'essuya les yeux d'un revers de la main.

– Je vous propose d'aller dehors. On profitera du soleil de midi. Mais auparavant, je vous invite à manger un morceau. La matinée a été éprouvante, il faut reprendre des forces.

Il entraîna le commissaire vers la table, laissant son frère et son père discuter à voix basse. Quelques convives, qui commençaient à avoir du rouge sur les joues, le saluèrent au passage en lui posant des questions embarrassantes :

– Alors, commissaire ? C'est bien vous qu'on a vu sur le journal ce matin ? Vous l'avez échappé belle, hein ? Vous y allez souvent, aux courses de vaches ?...

Il ne daigna pas prendre la peine de répondre. Il s'approcha de la table, et fut déçu de constater que la plupart des mets étaient issus de viande porcine : jambon de Bayonne, saucisson, boudin, pâté... Il fit part de sa déception à Gotzon.

– Je suis désolé, mais je ne mange pas de porc.

– Ah bon ? lui répondit ce dernier d'un air étonné. Vous êtes musulman ?

Adamsmendy resta quelques instants muet, déçu de ne pas pouvoir placer sa blague habituelle. Il ne trouva pas la repartie humoristique qui aurait pu permettre de démarrer l'interrogatoire dans une atmosphère détendue, aussi il jeta donc son dévolu sur une cuisse de poulet froid accompagnée d'un peu de mayonnaise et de quelques piments cuits dans le vinaigre qu'il déposa dans une assiette en plastique. Il prit un gobelet de vin et ils sortirent.

– Ne faites pas attention à l'indiscrétion et à la familiarité de nos invités. Tout le monde a été très éprouvé par ce décès, et après ce moment difficile que fut l'enterrement, les nerfs se relâchent et les langues se délient… reprit Gotzon.

Il s'assit sur un banc de pierre qui faisait face à une grande meule circulaire faisant office de table. Un immense chêne apportait une ombre accueillante à ce salon de jardin rustique. Adamsmendy s'assit à côté de lui. Un cochon, couché sous le chêne à quelques mètres de là, souleva une oreille pour voir qui venait le déranger, puis la reposa sur ses yeux et poursuivit sa sieste. Le commissaire fut rassuré.

– D'ici deux heures, tout le monde sera rond comme une barrique, poursuivit Gotzon. Et on rentrera à la maison avec l'esprit embrumé mais vide. Mais demain, quand les effets de l'alcool seront dissipés, chacun se remémorera cette disparition, et éprouvera à nouveau la douleur face à cette grande absence. Et on aura du mal à se remettre en route dans le flot de la vie quotidienne, je vous le dis.

Il se tut et fixa un point au-dessus des montagnes, l'air absent. Le souffle du vent était à peine troublé par le brouhaha de l'assemblée.

– Ainsi va la vie, conclut-il.

– Avez-vous une idée de qui pourrait être à l'origine de cet homicide ? demanda le commissaire.

– Non. Vous savez, commissaire, on n'a pas d'ennemi, ici. On n'a fait de mal à personne, et on n'a pas d'ennuis en retour.

Il se tourna vers le commissaire et le fixa dans les yeux.

– On a dû vous dire qu'on est une famille un peu étrange, qui vit éloignée de tout et qui n'a pas de contact avec le reste du village. Qu'on est des sauvages mal dégrossis et qu'on vit en autarcie dans notre coin. Qu'on préfère la compagnie des brebis à celles des humains.

Il but une gorgée de vin.

– Eh bien, c'est en partie vrai. On aime notre tranquillité, on aime nos bêtes et on n'aime pas se mêler des affaires des autres. Et puis il faut s'occuper d'*Aita*. Il est vieux et handicapé, vous avez dû le remarquer. Mais ça ne nous empêche pas d'aller boire un coup de temps en temps au café du centre ni d'aller aux fêtes de Bayonne. On sait vivre, même si on est parfois sur nos gardes par rapport au genre humain. On est juste un peu prudent, vous savez !

En tout cas, toi, tu ne m'as pas l'air timide du tout, pensa Adamsmendy. Aussi bavard que ton père est sobre. Et tu semblerais même du genre à embobiner ton monde…

– Et cette histoire du Basa Jaun, vous en pensez quoi ? demanda-il.

Gotzon Zubiko fit une geste vague de la main.

– C'est une idée fixe de mon père. Mais au final je me demande s'il n'a pas raison…

– Et pourquoi le Basa Jaun vous en voudrait-il ?

– À cause de moi. J'ai bravé un interdit bien involontairement. J'ai pénétré dans sa grotte… J'étais allé y récupérer une brebis qui s'était foulé la patte en allant boire à la pierre qui sue. Elle avait dû déraper sur le sol humide. Elle bêlait à s'en casser la voix, cette pauvre bête.

Adamsmendy se rappela de la pierre blanchâtre qui suintait au fond du trou.

– Écoutez, je ne vois pas pourquoi ce serait interdit d'entrer dans cette grotte. Moi-même, j'y suis allé pas plus tard qu'hier, et je ne pense pas que cela va me porter malheur.

– Méfiez-vous, commissaire. Et réfléchissez-y à deux fois. Je serais beaucoup plus inquiet à votre place…

Adamsmendy se remémora l'incident de la vache. Coïncidence ou acte volontaire ?

– Quoi qu'il en soit, il y a eu des centaines de gens qui y sont déjà allés, dans cette grotte. J'ai vu des pièces de monnaie, des vêtements usagés et même une bougie allumée. Je doute que tout ce monde ait eu le même sort que vos frères.

– Et qu'est-ce que vous en savez ? Bien sûr, dans le lot, il devait y avoir pas mal de touristes qui ne sont jamais revenus au Pays. Ceux-là n'ont pas dû être inquiétés. Mais tous les habitants du village savent qu'il ne faut pas déranger le Basa Jaun. Jamais. *Aita* nous mettait en garde quand on était petits, et croyez-moi, on a toujours contourné cette grotte sans y rentrer. Comme d'autres grottes, ou même des bois qu'on dit habités par des *laminak*, d'ailleurs. Et on n'est pas les seuls. Allez questionner les gens d'ici ! Au début ils rigoleront, ils feront les malins et ils vous raconteront que ce sont des histoires de grand-mère. Mais je vous défie d'en trouver un qui vous jurera, la main sur le cœur, qu'il est entré dans la grotte et qu'il a touché la pierre qui sue...

– Et quand y êtes-vous entré vous-même ?

– Au début du printemps. On venait de lâcher les brebis dans les estives, elles n'avaient pas encore le pied sûr après avoir passé tout l'hiver dans la grange ou dans les prés autour de la ferme. Quand je suis rentré dans la grotte, sur le moment, je n'ai pas pris conscience de mon erreur. Ce n'est qu'en ressortant, avec la brebis sur les épaules, que je me suis senti – comment dire – un peu bizarre. Comme si j'avais bu un coup de trop. J'avais l'impression que le paysage vacillait autour de moi et que je m'élevais dans les airs.

Adamsmendy avait l'impression d'avoir ressenti la même chose au même endroit.

– Et c'est là que j'ai pensé : mon petit Gotzon, là, tu as fait une connerie. Je suis redescendu avec la brebis et je me suis bien gardé d'en parler à Aita, ni à mes frères. Et alors les ennuis ont commencé...

Il se leva, posa son verre et se tourna vers la montagne. Là-haut, derrière un des replis, se cachait la fameuse grotte du Basa Jaun.

– D'abord on a eu le pythium. Vous savez, c'est une saloperie de champignon qui s'installe sur les pousses de maïs. Elles sont toutes devenues marron et elles ont crevé avant même d'avoir atteint vingt centimètres de haut. Toute la future récolte de foutue ! On a eu beau traiter, rien n'y a fait. On s'est dit que c'était dû au printemps pluvieux, à l'engrais qui n'était pas adapté, ou à mille autres causes possibles... Mais ça nous faisait râler de voir que le maïs des voisins poussait bien, lui !

– Ensuite on a eu un problème sur le tank à lait. Le lait des brebis, on l'utilise un peu pour faire notre petite production de fromage, mais on en vend la majeure partie à une coopérative qui fabrique du label Ossau – Iraty. Eh bien, ce fichu tank s'est déréglé une nuit, et a fait tourner tout le lait qu'on avait récolté. Mille cinq cents litres envolés en fumée ! Et c'est à ce moment-là qu'on a vu la signature.

Il s'approcha d'Adamsmendy.

– BJ, commissaire. Vous savez ce que cela veut dire ? Ces deux lettres avaient été inscrites sur les parois inox du tank. Et là, j'ai commencé à comprendre et à avoir peur.

Il attrapa son verre et but une nouvelle gorgée de rouge.

– Alors, j'ai raconté mon imprudence à mon père. Il s'est mis dans une colère noire, m'a traité de tous les noms et a même failli m'assommer avec son makhila ! Il m'a dit qu'à cause de moi, la ferme avait attrapé le mauvais sort et qu'on n'allait pas s'en sortir ! Je ne l'avais jamais vu dans cet état. Il a été malade toute la nuit. Nous, les quatre fils, on s'est relayé pour le veiller dans sa chambre, on avait peur qu'il nous fasse un infarctus ou quelque chose de ce genre. Et le lendemain, on a fait une nouvelle découverte qui nous a tous plongés dans l'effroi.

Il marqua une pause pour ménager ses effets.

– Quelqu'un avait cloué une chouette sur notre porte d'entrée pendant la nuit. Une chouette effraie, les ailes en croix, figée sur notre seuil. Elle nous regardait de ses gros yeux vitreux, posés sur sa grosse tête ronde et blanche. Son bec crochu était ouvert et laissait dépasser une langue sèche. Et bien sûr, à sa gauche, les deux lettres fatidiques avaient été gravées au fer rouge sur la porte.

Il resta un moment silencieux, les pensées embrumées par cette image obsédante. Adamsmendy en profita pour croquer un piment. Il entendit également les doux ronflements du cochon qui dormait à côté d'eux.

– Une semaine après, on a retrouvé le corps de mon frère au fond de la Nive, conclut-il. Les lettres étaient tatouées sur son épaule gauche. On n'a rien dit à la police, bien sûr. Ils nous auraient pris pour des fous. On a donc laissé se répandre la thèse de l'accident. C'est vrai qu'apparemment, il avait un peu trop bu, le frangin. Et en plus il ne savait pas nager. Mais de là à tomber accidentellement dans la Nive, alors que les rives sont protégées par des barrières métalliques et les ponts par des parapets ! Les gens croient n'importe quoi, sans aller vérifier si ce qu'on leur raconte est vrai ou pas. Nous, ça nous a sonnés. On a mis longtemps à accepter la vérité. Ce n'était pas possible que le Basa Jaun nous en veuille à ce point. Il fallait faire quelque chose pour conjurer le sort. Alors mon père a fait venir un exorciste, un type des Aldudes. Il s'est promené autour de la maison en l'aspergeant d'eau bénite et en cachant des croix un peu partout. Il paraît que les croyances anciennes ont peur de la nouvelle religion, celle qui nous est arrivée de ce bout de terre qu'on appelle la Palestine. Il a psalmodié des prières en faisant des grands signes de croix, et il est reparti après avoir empoché deux cents euros au passage. Et après, c'est vrai qu'on a eu une accalmie. Pas de catastrophe, pas de signe cabalistique, rien. On avait presque repris espoir, et on allait aborder les fêtes de Bayonne l'esprit serein.

Il se leva à nouveau.

– Et au final, voilà que ça a été le tour de Koldo. Pendant les fêtes, en plus ! Et au milieu de la foule ! On ne s'y attendait vraiment pas. C'est sûr, on va tous y passer, je vous dis. C'est trop tard pour faire quelque chose, maintenant. On va tous y passer…

Adamsemendy se racla la gorge après avoir écouté ce monologue sans l'interrompre.

– Et si vous tentiez une autre solution pour vous aider ? La police, par exemple ?

Gotzon éclata de rire.

– La police ? Vous voulez rire ! Il n'y a qu'à voir vos deux clampins, dans la montagne, pour comprendre qu'ils sont incapables de faire quelque chose ! Et vous-même, commissaire, vous êtes-vous bien regardé ? Vous sentez-vous de taille à affronter le Basa Jaun ?

Adamsmendy se souvint de la frayeur qu'il avait éprouvée dans la montagne. Il fronça les sourcils et se redressa, en déclamant d'une voix fière :

– C'est mon devoir, et celui du corps entier de la police nationale, que de vous aider.

– À la bonne heure, répondit Gotzon. Moi, je ne souhaite qu'une chose : que vous puissiez arrêter ce massacre.

Il se leva, les larmes aux yeux. Il s'appuya contre le chêne et fixa la montagne. Adamsmendy le regarda pleurer sans un mot. Drôle de bonhomme, pensa-t-il, qui peut passer du rire aux larmes en moins de cinq secondes. Il attendit que Gotzon essuie son visage d'un revers de la main pour poursuivre.

– Et à part ce fameux Basa Jaun, pouvez-vous me dire si vous avez des animosités particulières avec des humains de ce bas monde ?

– Non, commissaire. Je vous l'ai déjà dit. On est une famille sans histoire. Après le meurtre de Koldo, je me suis creusé la cervelle pour essayer de comprendre, mais je ne vois pas.

– Des relations avec le milieu indépendantiste ?

Gotzon sembla hésiter avant de répondre.

– Écoutez, commissaire, je ne peux pas vous dire non. Vous devez certainement savoir que mon frère a été jugé pour des faits mineurs, mais c'était il y a vingt ans. Il a failli payer pour avoir eu des connaissances trop impliquées dans la mouvance basque. Mais on en a tous. Que je sache, il y a toujours une certaine solidarité au sein de ce mouvement. On est loin d'un clan de type mafieux, comme en Corse, où les indépendantistes règlent leurs comptes entre eux et où les différentes factions se font la guerre. Et puis de toute façon, ça s'est sacrément assagi, depuis vingt ans. La guerre menée par le gouvernement espagnol contre l'organisation ETA a porté ses fruits jusqu'en France. Non, commissaire, vous faites fausse piste. Même si je ne peux pas vous promettre, la main sur le cœur, qu'on n'a pas de relations avec des indépendantistes, je peux néanmoins vous garantir que cela n'a rien à voir avec l'affaire qui nous préoccupe.

– Iban Etxezahar, vous connaissez ?

– Le serveur des Pyrénées ? Oui, bien sûr. Il a été condamné pour meurtre, et c'est avec lui que mon frère a été inculpé. Et alors ?

– N'y aurait-il pas des rancœurs qui ont fini par ressurgir ?

– Au bout de vingt ans ? Non commissaire, je ne crois pas. Même s'il y avait eu des histoires, cela aurait été réglé de suite ! Et puis il dit lui-même qu'il a laissé tomber.

– Manex Etxeberry ?

– Lui non plus. Même cause, mêmes effets ! En plus, il est presque devenu un ami de la famille. On le voit régulièrement à la *Peña*[(29)].

– La *Peña* ?

Les yeux de Gotzon s'illuminèrent à ce mot.

– Oui, la Peña Menditarrak. C'est une association qui fait la promotion de la culture et des valeurs basques, notamment au travers de la fête. Vous n'en faites pas partie, vous, d'une peña ?

Il avait posé la question comme si la réponse allait de soi. Adamsmendy répondit froidement.

– Non, je n'ai pas cet honneur. Je ne suis revenu sur Bayonne que depuis un an, et je n'ai pas encore eu l'occasion de rejoindre une quelconque association.

– Et bien vous êtes le bienvenu chez nous, commissaire. Notre siège est à Bayonne, dans une cave du centre-ville, et on a également un local à Saint-Esprit pour la préparation du corso.

– Et donc, si je comprends bien, Manex Etxeberry et vous-même faites partie de cette Peña ?

– Moi, et aussi mes frères. C'est un moyen de nous rattacher à la ville, de faire des rencontres en dehors de la vie un peu pesante du village. On y est adhérents depuis notre jeunesse, et on n'est pas près d'arrêter.

29- Association de vocation principalement festive. Parfois liée à la pratique sportive (corrida, rugby…) ou culturelle (banda, chants…)

– Et vous y faites quoi, dans cette peña ?

– De tout ! On a un groupe de chant et un orchestre, qui fait en ce moment l'animation quelque part dans les rues de Bayonne, et qui va participer ce soir è *l'Euskal Kantuz*. Et aussi un groupe de danseurs, qui anime régulièrement des fêtes de village. Et encore un groupe de montagnards, qui organise des randonnées culturelles ou sportives pendant la saison. Mais on y trouve surtout des fêtards, toujours prêts à faire la java n'importe où et n'importe quand. Le siège de l'association est toujours ouvert pour les adhérents, jusque tard dans la nuit, quand les bars sont censés fermer leurs portes. Et on possède aussi un autre local pour concevoir et fabriquer le char qu'on va sortir ce soir et demain, pour le *corso*…

– Le corso ? Le défilé des chars dans les rues ?

– C'est bien ça. C'est le concours de chars décorés qui traversent les rues de Bayonne le samedi soir et le dimanche soir, guidés par des tracteurs. C'est toujours un grand moment des fêtes. Ça attire une foule immense, surtout sur la place de la mairie où se trouve le jury qui élit le plus beau char de la compétition. Notre association va en présenter un, comme chaque année… et espère remporter le grand prix !

– Et vous dites que vos trois frères faisaient partie de cette association…

Voilà un point commun entre les quatre, pensa Adamsmendy. Et peut-être le début d'une piste.

– Oui, mais n'allez pas commencer à croire que l'assassin est parmi les adhérents ! Je vous vois venir, avec vos gros sabots. Non, il n'y a aucun problème au sein de la peña. On s'entend tous très bien et il n'y a aucune animosité particulière entre nous. Le but, c'est la bonne humeur. On n'est pas là pour reproduire la tristesse du monde extérieur ! D'ailleurs, si vous le souhaitez, je vous invite à passer, ce soir, à Saint Esprit : on sera en train de finir les derniers préparatifs du char avant le corso.

– Pourquoi pas… Vous y serez tous les deux, avec votre frère ?

– Surtout lui. Ne trouvez pas cela indécent, commissaire. J'imagine que vous êtes en train de penser que nous ne respectons pas le deuil imposé par le décès de Koldo. Mais nous sommes tenus par nos engagements. Iker, mon frère, est le concepteur du char que nous allons faire défiler. Il est très doué. C'est principalement lui qui l'a bâti, il y travaille depuis plus de six mois ! On lui donne un coup de main, bien sûr, mais c'est lui qui dirige les travaux et apporte la touche de génie qui fait la différence. Alors, vous comprenez, avec ces histoires, on a pris du retard dans la dernière ligne droite. Il nous reste du travail de finition avant la grande parade de ce soir, alors on est obligés d'y aller pour que tout soit prêt. On y amène aussi le tracteur pour tirer le char ! On va y aller cet après-midi, quand nos invités seront partis. Le corso débute à vingt-deux heures, il nous reste peu de temps…

Adamsmendy imagina la scène du tracteur parcourant les vingt-cinq kilomètres séparant Bidarray de Bayonne, provoquant ralentissements et bouchons de véhicules pressés d'aller aux fêtes... Il allait y avoir un concert de coups de klaxon, cet après-midi.

– Vous êtes combien, dans cette association ?

– Oh, une bonne centaine, au moins ! Je ne sais pas exactement, et d'ailleurs je ne suis pas sûr de connaître tout le monde. Pendant les fêtes, on se repère par notre foulard, qui comporte le logo de la peña. Mais vous pourrez demander à Manex, si vous le voyez : c'est lui le président.

– Manex Etxeberry est le président de la peña Menditarrak ?

– Oui. Qui a-t-il d'étonnant à cela ? Il a trouvé un moyen de prolonger ses convictions bascophiles par le biais d'un mouvement pacifique, non ? C'est à mon avis la meilleure preuve de sa parfaite réintégration dans la société civile, après ce long séjour en prison.

– Et il est là, chez vous, aujourd'hui ?

– Non, commissaire. Il s'est excusé de ne pas pouvoir venir aux obsèques. Il est accaparé par les fêtes, en tant que président de la peña. Les fêtes de Bayonne, c'est un peu le point d'orgue de toute une année d'activités et de préparations. Il se doit d'être présent, jour et nuit.

Dommage, pensa Adamsmendy. Il aurait bien aimé l'interroger rapidement. Et en même temps, il avait du mal à comprendre comment quelque chose d'aussi futile que les fêtes de Bayonne pouvait occuper un homme à temps plein.

– Mais vous pourrez le voir ce soir, poursuivit Gotzon. Il sera au local pour les derniers préparatifs du char. Et il sera aussi visible plus tôt, place Jacques-Portes. Il participe au Euskal Kantuz, il y joue de la *gaita*(30).

– Ça, je le sais. On me l'a déjà dit.

Gotzon regarda le commissaire d'un air étonné mais ne fit pas de commentaire. M'étonnerait pas qu'il me sous-estime, pensa Adamsmendy. C'était le moment de continuer à attaquer.

– Parlez-moi d'Oihana Aritza, poursuivit-il.

– Vous la connaissez aussi ?

Gotzon marqua une pause pour chercher ce qu'il allait pouvoir dire.

– Je suppose que vous savez qu'elle a eu une aventure avec mon frère Iker. C'était il y a longtemps. Tout s'est arrêté soudainement avec le décès d'*Ama*. Mais ça aussi, on a dû vous le raconter…

Adamsmendy hocha la tête.

– Ça a été un choc terrible pour nous. Ama, c'était le pilier de la maison. L'*Etxeko Andere*, vous savez ce que ça veut dire, commissaire ? Elle est morte très vite, à cause de

30- Variété basque de la bombarde celtique, dont elle reprend le son nasillard. Se pratique à deux instruments joués à la tierce, et est obligatoirement accompagné d'un atabal (variété de tambour) pour donner le rythme à la danse.

cette fichue maladie. On n'a pas eu le temps de se retourner. Et on a pris conscience de la fragilité de notre existence. Avec sa mort, c'est toute une vie pleine d'assurance et de certitudes qui a été ébranlée. On ne s'en est jamais remis.

Adamsmendy pensa à sa propre mère avec tendresse. Qui sait combien de temps encore il allait continuer à en profiter ? Il attendit que Gotzon sèche les larmes qui avaient encore une fois fait leur apparition au coin de ses yeux. Le cochon dormait toujours et semblait insensible à l'émotion de la scène.

– Quoi qu'il en soit, Iker a rompu avec Oihana après les obsèques. Je pense que lui aussi a été très affecté par ce décès, et qu'il a voulu faire une pause pour respecter le deuil. Le plus simple, ce sera de lui poser la question. Ce sont ses affaires, et je ne m'en suis pas occupé.

– Et vous pensez qu'elle lui en a voulu, après cette séparation ?

– Toujours suspicieux, hein ? Vous n'êtes pas dans la police pour rien ! écoutez, je n'en sais rien. Pourquoi n'allez-vous pas le lui demander directement ?

C'est bien ce que je compte faire, pensa Adamsmendy. Et ça ne sera pas pour me déplaire.

– Parlez-moi de vous, à présent, reprit Adamsmendy. Où étiez-vous le soir du meurtre ?

– Mais… aux fêtes, bien sûr ! On y était tous les trois. On avait besoin de décompresser après le décès de Jon, un mois auparavant. Mais on n'y était pas ensemble, je suis parti avec un voisin qui m'a accompagné à la Peña. J'y suis resté un bon bout de temps, je donnais un coup de main au bar. J'ai d'ailleurs passé un moment avec Manex, vous pourrez vérifier. Après, je suis allé au bal de la place des Halles, par le chemin des écoliers, ou plutôt des bars... Je n'étais pas très clair quand j'ai retrouvé le voisin qui m'a ramené. Si j'avais su ce qui allait se passer ce soir-là... Je serais resté soudé avec mes frères. Mais qui aurait cru que le malheur allait ressurgir au beau milieu des fêtes ?

– Et vos frères, qu'est-ce qu'ils ont fait ?

– Ils sont partis ensemble dans l'après-midi. Iker voulait continuer la fabrication du char, et Koldo est allé lui donner un coup de main. Ils ont mangé au local de Saint-Esprit, et plusieurs collègues les ont rejoints. Ils ont apparemment pas mal picolé, d'après ce que m'a raconté Iker. Puis plus tard, il est parti vers le centre-ville pour assister à l'ouverture des fêtes, avec plusieurs autres. Koldo est resté au local, il avait un réglage à terminer. Quand Iker est revenu, mon frère ne se trouvait plus au local, alors il est rentré.

– Et Iker ne s'est pas inquiété de savoir où il était passé ?

– Non, c'est chose courante de rentrer séparément si on se perd. Il a dû penser qu'il allait rentrer avec moi.

– Et vous ne pouviez pas vous téléphoner pour vous en assurer ?

– Iker n'a pas de portable et n'a pas l'intention d'en acheter un. Il a parfois des opinions très arrêtées sur pas mal de sujets. Et puis même, vous avez essayé d'utiliser un portable un soir d'ouverture de fêtes de Bayonne ? C'est le moment où tout le monde s'appelle, pour se retrouver au beau milieu de la foule… Le réseau est saturé et c'est pratiquement impossible d'avoir son correspondant. Quoi qu'il en soit, quand je me suis couché, j'étais tellement crevé que je ne me suis pas donné la peine de savoir si Koldo était rentré. Et je pense qu'Iker a fait de même. Ce n'est que le lendemain qu'on a appris la nouvelle, par votre collègue.

Gotzon se leva à nouveau et fit quelques pas vers la meule de fougères qui marquait la limite de la terrasse herbeuse. Une légère brise s'était levée et faisait frissonner les rameaux qui séchaient. Quelques chants improvisés s'échappèrent de l'intérieur de la ferme. Les esprits devaient commencer à s'échauffer, là-dedans. Le cochon continuait à ronfler au rythme des chants.

– Et pourquoi Koldo est-il resté au local ? Vous avez dit que c'était Iker qui était le concepteur du char, non ?

Le commissaire commençait à se mélanger les pinceaux, entre les trois frères.

– Koldo, c'était le spécialiste de la mécanique. C'était lui qui faisait l'entretien du tracteur, à la ferme. Et même des réparations ! On n'avait pas besoin d'aller chez le garagiste, grâce à lui. Et il se trouve que le char possède une espèce de bras articulé qui se reprend sur la prise de force du tracteur. Enfin c'est un truc comme ça, j'y connais rien, moi, en mécanique. Toujours est-il qu'il fallait finir de le régler pour pouvoir faire des essais le lendemain, alors il est resté. Il a dit qu'il allait les rejoindre aux fêtes plus tard.

– Quelqu'un est-il resté avec lui ?

– C'est là que le bât blesse, commissaire. Iker pense qu'il est resté seul. Mais il n'en est pas sûr, il y avait pas mal de mouvement dans le local.

Adamsmendy fit une pause pour réfléchir. Il s'était passé quelque chose dans ce local du char, c'était sûr. Quelque chose qui avait poussé Koldo à partir à la rencontre de son futur assassin. Mais quoi ? Il fallait qu'Adamsmendy aille y faire un tour, et questionne les membres de l'association. C'était là-bas que se trouvait la clé de l'énigme.

– C'est quoi, ce système d'animation qu'il réglait ? Qu'est-ce qu'il représente, votre char, au juste ?

Gotzon eut un petit sourire malicieux en regardant Adamsmendy.

– Ça, commissaire, vous aurez le plaisir de le découvrir ce soir au corso. Je ne peux pas vous le dévoiler tout de suite. Mais vous aurez une sacrée surprise…

Adamsmendy grommela. C'était bien le moment de faire des cachotteries ! Enfin, ce type d'information n'avait pas vraiment d'intérêt pour faire progresser l'enquête.

– Et hier soir ? reprit Adamsmendy. D'où reveniez-vous si tard, en voiture ?

– Ce sont vos deux espions qui vous ont raconté ça ? Eh bien ils se sont trompés, commissaire. Ce n'est pas moi qui suis rentré tard, c'est Iker. Il était bien entendu au local du char, en train de poursuivre le réglage. Moi, je suis resté à la ferme. Enfin, pas forcément à l'intérieur. Je suis monté sur le plateau vert pour aller voir le troupeau et profiter du coucher du soleil. J'avais besoin de me ressourcer un peu, l'atmosphère était un peu pesante à la maison, avec le cercueil dans la salle à manger et Aita qui radote toujours les mêmes choses. J'avais vraiment besoin de prendre l'air.

– Comment ça se passe, avec votre père ?

– Comment voulez-vous que ça se passe avec un homme qui vient de perdre deux de ses fils, après avoir perdu sa femme deux ans auparavant ? Il est atterré, il n'a plus goût à rien et il se laisse aller. Pourtant, il s'était battu pour qu'Ama s'en sorte. Il était tous les jours à l'hôpital de Bayonne pour la soutenir. Mais c'était peine perdue, la maladie était la plus forte. Son décès a été le début de la fin pour lui. Le ressort qui continuait à le faire avancer s'est cassé. Il est devenu taciturne, il s'est cloîtré dans cette ferme et ne bouge pratiquement plus du *zuzulian*(31) à côté de la cheminée. Le seul moment où je l'ai vu manifester un sentiment de colère, c'est quand je lui ai raconté mon

31- Banc-coffre sculpté de bas-reliefs, placé près de la cheminée. Lieu de repos favoris des chats et des grands-pères.

intrusion dans la grotte du Basa Jaun. Sinon, il prend tous les évènements comme une fatalité. Il semble attendre patiemment que la mort le prenne lui aussi dans les bras pour quitter cette terre de misère.

Il attrapa le verre posé sur la pierre et finit de boire son contenu.

– Vous comprenez que dans cette ambiance morose, tous les motifs sont bons pour s'échapper du quotidien. Quitte à braver la malédiction qui semble nous poursuivre et pousser jusqu'à Bayonne pour se vider la tête aux fêtes…

– Et c'est tout l'effet que ça vous fait ? Vous n'avez pas peur que ce soit bientôt votre tour ?

Gotzon roula des yeux effarés aux quatre coins de ses orbites. Il regarda autour de lui et s'approcha d'Adamsmendy en lui soufflant :

– Bien sûr que non. Je suis TE-RRO-RI-SÉ commissaire. Il appuya sur chacune des syllabes de ce mot. « Je ne dors plus la nuit. Je sursaute chaque fois que j'entends un hululement de chouette. J'ai peur quand je vais compter les brebis. Et je suis loin d'avoir la ferveur d'antan quand je vais aux fêtes, c'est dire ! »

Adamsmendy essaya de le rassurer.

– Écoutez, je vous propose de renforcer votre protection. Il y a bien sûr les deux policiers qui surveillent la ferme vingt-quatre heures sur vingt-quatre, mais je vais mettre à votre disposition des policiers en civil si vous êtes amenés à sortir de la ferme, vous et votre frère. Je vous demande simplement de me tenir au courant de vos déplacements le temps d'y voir plus clair. Êtes-vous d'accord avec cette proposition ?

Gotzon eut un moment d'hésitation, puis finit par répondre :

– Si vous voulez... Mais j'ai peur que cette mesure ne serve à rien. Je crains que mon père n'ait raison : on ne peut rien faire contre une malédiction. À moins d'arriver à casser le mauvais sort qui envoûte la maison. Mais comment ?

– En trouvant le coupable qui vous cause tous ces soucis. Tenez, voici mon numéro de portable.

Adamsmendy lui tendit sa carte.

– J'ai cru comprendre que vous et votre frère alliez au local de la Peña cette après-midi, donnez-moi l'adresse exacte et j'enverrai une surveillance discrète sur les lieux.

– Si elle est aussi discrète que vos deux *astiaous*(32) qui attendent dans la montagne... Enfin, si vous le souhaitez...

Gotzon griffonna l'adresse sur un bout de papier, ainsi que celle du siège de l'association.

– Pouvez-vous aller chercher votre frère ? Je voudrais avoir son point de vue sur les faits...

Gotzon serra la main d'Adamsmendy.

32- Mot occitan. Traduction la plus approchante en français : énergumène.

– Merci beaucoup pour votre aide, commissaire. Même si j'ai des doutes sur l'efficacité de votre action, je suis content de constater que vous m'avez écouté jusqu'au bout. On m'a souvent reproché de délayer mes discours avec des informations inutiles. J'espère que vous ne m'en avez pas tenu rigueur.

Il s'engouffra dans la maison avant qu'Adamsmendy n'ait eu le temps de répondre.

À l'intérieur, les chants étaient à présent plus soutenus. Adamsmendy y reconnut une des rares chansons qu'il avait retenue de sa jeunesse, une chanson emblématique qui avait réussi à s'exporter au-delà des frontières du Pays-Basque. Il écouta avec nostalgie les voix graves qui s'accordaient à merveille.

Hegoak ebaki banizkio
Neuria izango zen
Ez zuen aldegingo
(Si je lui avais coupé les ailes, il aurait été à moi, il ne serait pas parti…)

Il attendit la fin du chant pour appeler le commissariat et demander des renforts pour la surveillance des locaux de l'association en communiquant les adresses données par Gotzon. Iker Zubiko arriva alors qu'il appuyait sur la touche « off » de son téléphone. Il avançait avec hésitation, un verre à la main, en se balançant d'un pied à l'autre et en faisant des zigzags. On aurait dit qu'il marchait à reculons, il ne semblait manifestement pas enchanté de rencontrer un membre de la police. Il ressemblait à son frère, mais avec une allure encore plus rude : c'était un bloc de pierre brute qui semblait avoir été taillé au marteau et au burin. Adamsmendy l'imagina très bien en train de pousser dans la mêlée d'un match de rugby. Mais les traits de son visage avaient quelque chose de doux, presque angélique, à l'opposé de ce corps mal dégrossi. Ce contraste lui donnait un charme indéfinissable. Pas étonnant qu'Oihana y ait succombé en son temps. Adamsmendy en ressentit une pointe de jalousie, qu'il évacua aussitôt. Ce n'était pas le moment de se laisser aller.

Iker finit par s'asseoir à côté du commissaire. Le cochon souleva légèrement la tête pour voir qui venait de faire son apparition, puis, reconnaissant un des fils, il la laissa tomber lourdement sur le côté pour replonger dans un lourd sommeil.

– Gotzon vous a tout dit, asséna Iker d'une voix peu amène. Je n'ai rien de plus à rajouter.

– Pas si vite, Monsieur Zubiko. Il m'a parlé de lui, mais j'aimerais que vous me parliez de vous.

– Et qu'est-ce que vous voulez savoir ?

Adamsmendy démarra sur un sujet qui devait lui tenir à cœur.

– Vous travaillez sur un char qui va être présenté au corso ?

– Oui.

– Et vous pensez que vous aurez terminé pour le défilé de ce soir ?

– Il ne reste que des détails de décoration à finir. Donc oui.

Oulà, il n'est pas aussi bavard que son frère, pensa Adamsmendy. Il avait intérêt à poser des questions les plus ouvertes possibles.

– Et il représente quoi, ce char ?

Iker hésita avant de répondre. Il observa longuement le commissaire.

– Vous verrez ce soir. Si vous êtes au corso, bien sûr…

– C'est bien mon intention. Je comptais aussi vous rendre visite pour les derniers préparatifs.

– Si ça vous fait plaisir.

– Et le soir du meurtre, vous étiez aussi en train d'y travailler ?

– Oui.

– Koldo était avec vous ?

– Oui.

– À quel moment vous vous êtes séparés ?

– Quand je suis parti voir l'ouverture des fêtes.

– Vous l'avez laissé seul ?

Iker hésita à répondre. Il baissa la tête, comme quelqu'un qui avouait sa faute. Quand il la releva, une couleur rouge avait envahi ses joues et ses yeux ne brillaient pas de manière naturelle.

– Je crois que oui, finit-il par répondre.

– Comment ça, vous croyez ? Vous n'en êtes pas sûr ?

– On était une bonne dizaine, au local. J'ai pas compté qui restait et qui partait.

– Essayez de vous souvenir, quand même.

– Vous croyez quoi, commissaire ? Que je vous cache quelque chose ?

Il se leva et le regarda d'un œil furieux.

– J'arrête pas de me dire que j'ai fait une connerie en partant. Tous les jours je repense à ces derniers moments pour essayer de comprendre. Mais rien ne vient.

– Je comprends. Je questionnerai vos collègues, pour voir si quelqu'un se souvient de quelque chose. Vous-même, vous saurez me dire qui se trouvait là-bas au moment où vous avez quitté le local ?

– Je crois que oui. Il y avait du monde parce qu'on était en retard. Il fallait qu'on avance sur les finitions. Et puis y'avait ce problème de cardan à régler.

– C'est là-dessus que Koldo travaillait ?

– Oui. La transmission se faisait mal. Ça frottait quelque part.

– Et c'était si urgent ? Il ne pouvait pas attendre le lendemain et faire l'ouverture des fêtes avec vous ?

– Non. Il fallait avancer. On devait amener le tracteur pour faire les essais le lendemain.

– Et vous les avez faits depuis ?

Iker regarda le commissaire comme s'il allait l'avaler tout cru.

– Koldo est mort, commissaire. Vous croyez que j'avais la tête pour amener le tracteur à Bayonne ?

Il se rassit et tourna le dos au commissaire.

– Le tracteur, on le conduit à Bayonne cet après-midi. Et tant pis si ça ne fonctionne pas bien.

– Bon, ce n'est pas grave, de toute façon. Revenons aux gens qui se trouvaient au local. Vous sauriez me les énumérer ?

– Y'avait les deux filles de la peña qui m'ont aidé à la peinture. Lise et Camille, elles s'appellent. Elles sont sœurs. Y'avait aussi Carlos. Et Koldo, bien sûr, qui réglait le cardan. Joan et Angel qui trafiquaient la sono à l'arrière. Aristide. Il n'arrêtait pas de passer le balai, ce soir-là. Gérard et Philippe qui s'occupaient du bar. Et Manex qui est passé vers neuf heures pour nous inviter à boire un coup à la Peña.

– Manex Etxeberry ?

– Oui. C'est le président de l'association.

– Je connais. Du moins j'en ai entendu parler à plusieurs reprises, mais je n'ai pas encore eu l'occasion de le rencontrer.

Mais ça ne saurait tarder, pensa Adamsmendy. Il apparaît un peu trop souvent dans cette histoire.

– Et Gotzon ?

– Quoi, Gotzon ?

– Pourquoi n'est-il pas venu avec vous pour vous aider ?

– Vous l'avez vu, Gotzon ? Il ne sait pas faire grand-chose, lui. Il est bon que pour la parlote ou pour aller compter les brebis. Alors c'était pas utile qu'il soit là.

– Vous aviez prévu de vous retrouver avec lui ?

– Non. Enfin, pas forcément. Mais il arrive qu'on se croise, pendant les fêtes. Dans les rues ou à la peña.

– Et vous l'avez vu aux fêtes ce soir-là ?

– Non.

– D'accord, revenons à la suite. Vers quelle heure avez-vous quitté le local ?

– Vers neuf heures et demie, je dirais. L'ouverture, c'est à dix heures.

– Et qu'avez-vous fait ?

– On est resté un moment sur le pont Mayou pour voir la cérémonie d'ouverture. Moi, j'aurais préféré aller ailleurs. Mais y'avait tellement de monde que c'était pas possible de se rapprocher.

Le pont Mayou, pensa Adamsemndy. Du haut duquel on avait repêché le corps de Jon, le grand frère, un mois auparavant. Pas étonnant qu'il ne se sentait pas à l'aise à cet endroit.

– Et ensuite ?

– Ensuite ? On s'est haché. On est passé de bar en bar.

Il regarda le commissaire d'un air suspicieux.

– J'espère que vous allez pas me réprimander. Tout le monde fait ça, pendant les fêtes.

– Je ne suis pas là pour ça. Ce qui m'inquiète plutôt, c'est le nombre de personnes éméchées qui prennent le volant pour rentrer chez eux.

– Y'a pas de problème avec moi. Je connais la route par cœur.

Adamsmendy pensa que c'était ce que disent tous les conducteurs quand on les dégage de leur voiture au fond d'un fossé, au petit matin. Mais c'était un autre sujet. Il poursuivit.

– Vous êtes resté tout le temps avec le même groupe ?

– J'en sais rien. Vous savez, pendant les fêtes, ça va et ça vient. Je me souviens que j'ai retrouvé Manex et Carlos à la peña, parce qu'on a chanté « Eperra » et que tout le monde a suivi. Mais à part ça…

– Vous avez retrouvé Gotzon à la peña ?

– Non, je vous ai déjà dit. Mais il m'a dit le lendemain qu'il y avait passé un bon moment.

– Et après, vous êtes revenu au local ?

– Oui. Pas mal de temps après. J'allais voir s'il y avait toujours Koldo. Et j'étais garé à côté.

– Quelle heure était-il ?

– Je sais pas. Je dirais entre une heure et deux heures du matin. J'étais pas très clair, j'avais pas mal chargé.

– Et alors ?

– Alors il n'y était pas. Le local était noir et vide. Et fermé à clé.

– Vous n'avez pas essayé de le retrouver ?

– Et où ? Y'avait tellement de monde aux fêtes, c'était pas possible de le retrouver. Et puis j'étais trop crevé pour y repartir.

– Alors vous êtes rentré…

– Je me suis dit qu'il allait se débrouiller. Il avait un portable, il pouvait appeler Gotzon. J'étais pas inquiet.

Adamsmendy se rappela soudain que ce portable n'était pas dans les poches de la victime quand elle avait été retrouvée. C'était une pièce à conviction qu'il aurait été intéressant d'analyser. Mais il avait dû finir dans les eaux de l'Adour ou de la Nive. L'assassin n'aurait pas laissé traîner un indice aussi risqué pour lui.

– Et ensuite, qu'avez-vous fait ?

– Ben, je suis rentré, tiens. Je suis allé à la voiture et j'ai roulé jusqu'à Bidarray.

– Gotzon était déjà là quand vous êtes arrivés à la ferme ?

– J'ai pas vu. Il se faisait ramener par un voisin. Mais d'après ce qu'il m'a dit il est rentré plus tard. Vers trois heures si j'ai bien compris.

– Et il est là, aujourd'hui, ce voisin ?

– Oui. Il est venu à l'enterrement. C'est lui qu'on entend, avec les autres.

L'assemblée avait attaqué un chant plus grave, « Herri behera », de Benito Lertxundi. Un hommage à la région de la Ribera, de l'autre côté de la frontière. Adamsmendy se rappela du vieux réfugié espagnol qui venait leur donner un coup de main lors de fenaisons, quelque temps avant qu'il ne parte à Paris. Il n'arrêtait pas de chanter cet air-là, tout en maniant la fourche. Peut-être que c'était sa région d'origine. Il n'arrivait pas à se souvenir de son nom.

Herri behera, herri behera,
Zure landen zabalera
Ortzi muga den hartan mugatzenda
(Ribera, ta large plaine se confond avec l'horizon…)

Les feuilles du chêne vibraient à la complainte des « Ho hooooo » du refrain.

– Vous m'amènerez le voisin tout à l'heure. J'aimerais lui poser quelques questions.

– Si vous voulez.

– Vous êtes reparti au local depuis ?

– Oui. Hier soir. On a fini les retouches de peinture.

– Et avez-vous vu quelque chose d'anormal à ce local ? Quelque chose qui a changé depuis la veille ? Des outils mal rangés, des traces anormales sur le sol, des débris de verre… ? Ou encore un fer à marquer les vaches ?

Iker prit une mine grave. Il devait se remémorer avec horreur le tatouage présent sur l'épaule de ses frères. Il finit par répondre :

– Non.

– Et vous avez retrouvé le même groupe hier soir ?

– À quelque chose près. C'est souvent les mêmes qui bossent. Et les mêmes qui foutent rien.

– Et comment avez-vous été accueilli ?

– Comment voulez-vous que je le sois ? Y'a eu un silence quand je suis arrivé, puis chacun est venu me dire un mot gentil. Et on s'est remis à bosser. Y'avait pas l'ambiance de la fois d'avant, ça non !

– Et l'un d'entre eux vous a-t-il signalé quelque chose d'anormal ?

– Non.

– Personne ne vous a dit être resté avec Koldo pour l'aider ?

– Non.

– Bref, on ne vous a communiqué aucun indice qui pourrait nous aider à comprendre ce qui s'est passé au local ce soir-là, après que vous soyez parti ?

– Non.

Adamsmendy avait l'air d'assister à un monologue stérile, les réponses d'Iker ne lui permettant pas de l'éclairer sur l'affaire. Il était persuadé qu'il avait dû se passer quelque chose au local ce soir-là, quand Koldo était resté seul. Quelque chose qui l'avait poussé à partir sans attendre le retour de son frère. Mais en l'absence de témoin, il allait être difficile de savoir quoi.

Sur ces entrefaites, le cochon se réveilla, et se dressa droit sur ses pattes en pointant le museau vers la ferme. Il avait dû sentir une odeur qui l'interpellait. Adamsmendy eut instinctivement un mouvement de recul devant la nature de la bête. Iker en profita pour se lever et faire quelques pas vers la maison.

– Pas si vite, lui dit Adamsmendy. Je n'ai pas tout à fait fini. Je souhaiterais que vous me parliez d'Oihana Aritza.

Les joues d'Iker rosirent légèrement. Il fit rouler ses yeux autour de lui, et son souffle s'accéléra brusquement. Un grand timide, celui-là, un vrai, se dit Adamsmendy. Le cochon acquiesça en hochant la tête.

– Qu'est-ce que vous voulez savoir sur Oihana ?

– Il y a combien de temps que vous avez rompu ?

– Deux ans. Mais je ne vois pas ce que ça a à voir.

– Et pourquoi ?

– Pourquoi quoi ?

– Pourquoi vous êtes-vous séparés ?

Iker posa sa main sur l'arrière de son crâne et se massa lentement la nuque.

– C'est moi qui ai fait une pause. Ça n'allait pas fort à l'époque.

– C'est-à-dire ?

– On a dû vous raconter qu'Ama est morte…

Son visage grimaça à ses mots. Sa bouche se tordit légèrement, et ses yeux se plissèrent, faisant apparaître des ridules sur les tempes. Adamsmendy attendit le temps nécessaire pour que la douleur s'évacue de ses traits.

– Ça a été un choc, pour vous, n'est-ce pas ?

– Pire. Une fin de monde.

Il se rassit à côté du commissaire. Le cochon s'approcha de lui, le renifla, puis posa sa tête sur ses genoux, comme pour lui apporter du réconfort. Iker lui gratta machinalement la surface du crâne velu à l'arrière des oreilles, dégageant un léger crissement de brosse métallique qu'on frotte sur une paroi de verre. Adamsmendy eut un hoquet de dégoût.

– J'avais tout plaqué. Les copains, Oihana, et même la ferme. Tout. Et puis quand j'ai commencé à revoir le bout du tunnel, cette histoire de Basa Jaun a démarré.

– Vous en pensez quoi, de cette histoire ?

– Que Gotzon a complètement déconné en allant dans cette grotte. Aita nous avait prévenus…

– Vous croyez vraiment que c'est le Basa Jaun qui est l'auteur de ces crimes ?

Iker eut un moment d'hésitation. Il fixa la montagne et fit un geste vague.

– J'en sais rien. Mais il se passe quelque chose de mauvais, c'est sûr. Gotzon vous a parlé de la chouette ?

– Oui.

– C'est un signe. Un mauvais sort, qu'on nous a jetés.

– Et vous n'avez pas une idée de qui – autre que le Basa Jaun – pourrait vous vouloir du mal ?

– Non.

– Oihana Aritza peut-être, qui voudrait se venger de votre rupture ?

Iker se leva avec des yeux chargés de colère. Ses épaules se gonflèrent, et ses bras commencèrent à s'écarter tandis que ses larges mains faisaient bouger ses doigts de manière inquiétante. Le cochon eut un moment de panique et s'enfuit en courant. Iker se rapprocha du commissaire qui se tassa sur le banc de manière instinctive.

– Ne dites plus jamais ça, dit-il. Oihana n'a rien à voir dans cette histoire.

– D'accord, lança le commissaire d'une petite voix. C'était juste une supposition, je ne voulais pas vous froisser…

– Oihana est un ange. Alors que l'assassin est un démon. Basa Jaun ou non…

– Mais qui, alors ?

– Je ne sais pas, je vous dis. Mais ce qui est sûr, c'est que je suis le prochain sur la liste.

Il se rassit en se laissant tomber sur le banc. Ses épaules s'affaissèrent brusquement, et il reprit son air désespéré.

– Comment pouvez-vous le savoir ? demanda le commissaire.

– C'est pas compliqué à deviner ! Y'a d'abord eu Jon, l'aîné de la famille. Puis Koldo, le second. Je suis le troisième...

– Et vous n'avez pas peur ?

– Peur ? Mais oui, que j'ai peur ! Mais je peux vous dire que je l'attends de pied ferme, qui qu'il soit !

– Je veux bien vous croire...

Adamsmendy se sentait ridiculement petit face à cette force basque.

– Écoutez, j'ai proposé à votre frère de vous apporter une protection complémentaire. Des policiers en civil vous accompagneront discrètement lors de vos déplacements. J'ai cru comprendre que vous alliez vous rendre à Bayonne cet après-midi pour terminer le char...

– Oui.

– Et bien je vais demander à ce que quelqu'un – armé – soit avec vous toute la soirée. Je vais faire en sorte que cette surveillance soit la plus transparente possible. On va l'intercepter en flagrant délit, votre assassin...

– Et vous croyez que vos misérables flics vont pouvoir faire quelque chose contre cette force surnaturelle ? J'ai des doutes...

– On va y arriver. Je vous demande juste de les accepter et de rendre leur travail le plus simple possible. Essayez de vous rendre tout le temps visible, et ne restez jamais seul.

– Je pourrai aller pisser tranquille, quand même ?

Adamsmendy eut un moment d'hésitation. Il n'avait pas pensé à ça.

– Oui, mais alors faites vite quand l'envie vous en prend. Et demandez à ce qu'on surveille la porte des waters...

– Pfff... Ça promet !

Il se leva en courbant les épaules et marcha lentement vers la ferme. Adamsmendy l'accompagna jusqu'à la porte de laquelle de nouveaux chants s'échappaient avec une force accrue. Le spectacle à l'intérieur ne manquait pas de piment : un groupe improvisé s'était formé au fond de la pièce, entonnant à tue-tête un air de fandango sur le rythme d'un tambourin manié avec dextérité par le père Zubiko, toujours assis sur son banc. La table avait été poussée de côté et la population féminine dansait au centre de la pièce en lançant des *irrintzina*(33) sauvages. Des

33- Cri aigu venu du fond des âges, quand les basques n'avaient pas encore le téléphone.

verres en plastique et des assiettes en carton jonchaient le sol, rendant celui-ci glissant et risqué pour les chevilles des danseuses. Quelques personnes faisaient une sieste improvisée sur les bancs disposés sur le côté de la pièce, insensibles au bruit ambiant. C'était vraiment une drôle d'atmosphère pour un goûter de deuil.

– Allez me chercher le voisin ! eut le temps de crier Adamsmendy à Iker avant qu'il ne se noie dans la foule.

L'assassin était peut-être parmi eux, songea Adamsmendy. Mais c'était un peu tard pour espérer récupérer des informations lucides et cohérentes auprès de ces témoins avinés.

Un homme arriva bientôt vers le commissaire en titubant, la quarantaine sonnée et l'œil brillant. Il se présenta comme le voisin et présenta ses respects à Adamsmendy en exhalant une haleine fortement imprégnée d'alcool. Il n'apporta finalement pas d'information convaincante. Oui, il avait amené Gotzon aux fêtes ce soir-là. Il était resté un moment avec lui à la Peña, puis il l'avait laissé pour retrouver d'autres amis dans un bar du Petit-Bayonne. Oui, il était revenu à la Peña sur le coup des deux heures et demie du matin, avant de rentrer à Bidarray avec Gotzon. Oui, la famille Zubiko était sans histoires et il ne comprenait pas qui pouvait leur vouloir du mal. Non, il n'était pas au courant de cette histoire de Basa Jaun.

Adamsmendy le laissa filer sans l'interroger plus longtemps car il songeait déjà à son rendez-vous avec la cuisinière. Il jeta un dernier coup d'œil à l'assemblée et quitta la ferme dans l'indifférence générale. Il n'alla même pas dire au revoir au père Zubiko, qui avait apparemment oublié l'arthrose de ses mains au vu de la dextérité avec laquelle il maniait le tambourin. Il leva la tête au passage pour voir si les deux policiers allaient se manifester à nouveau, et fut satisfait de constater que la montagne était calme.

Il démarra sa voiture et partit avec un léger sentiment de frustration. Il n'avait pas appris grand-chose de nouveau, si ce n'est que ses investigations allaient maintenant se poursuivre dans les arcanes de la Peña Menditarrak et autour de son premier membre, le président Manex Etxeberry.

Il reprit la petite route qui serpentait autour du Bastan jusqu'au village. Ce dernier était à présent très calme, la foule avait déserté les abords de l'église pour se retrouver chez la famille Zubiko ou pour faire la sieste sous le soleil de ce début d'après-midi. Il hésita à se garer sur la place du fronton, même si aucun joueur de pelote n'était présent à ce moment-là, et il suivit la rue pour se ranger sur le bas-côté aux abords d'un gîte de marcheurs.

Il revint à pied jusqu'au restaurant et y entra. Quelques clients finissaient leur repas, dans une ambiance feutrée qui détonnait avec celle qu'il venait de voir à la ferme. Il s'assit sur une table près du comptoir et commanda un café. Il n'avait pas faim. Le maigre repas froid qu'il avait pu avaler chez les Zubiko, entre deux interrogatoires, l'avait rassasié.

Le serveur le reconnut en amenant sa tasse fumante.

– Vous voulez peut-être parler à Oihana ? le questionna-t-il. Je vais lui dire que vous êtes là.

– Qu'elle prenne son temps pour finir son service, répondit Adamsmendy. J'attendrai.

Il dégusta lentement son café chaud. Quel accueil allait-elle lui réserver ? Avait-elle eu le temps de se changer avant de regagner le restaurant pour travailler ? Et si elle ne venait pas ? Adamsmendy avait l'impression d'être redevenu adolescent, à un âge où on se posait mille questions sans chercher à en connaître les réponses. Son cœur battait curieusement de manière irrégulière. Il mit cette sensation sur le compte du café en refusant volontairement de chercher un motif plus profond.

Le temps passa lentement. Il contempla les montagnes à travers la baie vitrée du restaurant pour essayer d'évacuer les sensations qui tournaient dans sa tête. Les crêtes de l'Iparla le firent penser à Etxe, qui avait dû sortir de l'hôpital en fin de matinée. C'était une idée étrange, mais il ressentait comme un manque en son absence. Il attrapa son téléphone portable pour s'enquérir de sa santé.

– Merci de prendre de mes nouvelles, commissaire. Tout va bien. J'ai un gros pansement sur la cuisse, et ça tire un peu. Mais on m'a dit à l'hôpital que l'entaille n'était pas profonde. L'artère fémorale n'a pas été touchée, il n'y a pas de risque d'infection. Et de votre côté ?

– Je suis allé questionner la famille Zubiko. Je vous raconterai.

– Je vous retrouve cet après-midi au commissariat. Quel est le programme ? On va voir Etxeberry à l'Euskal Kantuz ?

– Oui. Et après on va faire un tour dans une Peña.

– Une peña ? Décidément, cette enquête-là me plaît. À tout à l'heure, commissaire.

Il raccrocha au moment où Oihana Aritza ouvrait la porte des cuisines et entrait dans la salle. Elle portait le même tablier que la dernière fois, qu'elle avait enfilé par-dessus sa robe noire. Elle avait également refait son chignon, et des petits cheveux ébouriffés s'échappaient des aiguilles qui le maintenaient en place. Adamsmendy sentit son cœur battre plus fort à sa vue. Elle embrassa la salle du regard, et fronça les sourcils quand elle reconnut le commissaire. Elle regagna sa table et s'assit à côté de lui.

– Qu'est-ce que vous me voulez ? demanda-t-elle sans détour.

– Bonjour, Madame, répondit le commissaire d'un ton légèrement obséquieux. J'aurais souhaité vous poser quelques petites questions complémentaires...

– Et ça ne pouvait pas attendre un peu ? Je vous rappelle que les obsèques ont eu lieu ce matin, et même que je vous y ai vu si je ne me trompe pas. La moindre des choses aurait été de respecter une période de deuil pour les proches…

– Je le conçois tout à fait, Madame, mais j'ai également l'objectif de résoudre cette affaire le plus rapidement possible pour éviter que le ou les assassins ne nuisent encore une fois. C'est pour cela que je me permets de vous solliciter.

Oihana ne répondit pas. Elle croisa les bras et s'appuya contre le dossier de sa chaise, manifestement sur la défensive. Adamsmendy poursuivit.

– Vous parliez d'une période de deuil pour les proches… J'ai appris que vous en étiez ?

– Oui. Et alors ?

– Pourquoi ne m'en avez-vous pas parlé quand nous nous sommes rencontrés la première fois ?

– Je ne vois pas ce que cela a à voir avec cette histoire.

– Madame, mon métier est d'envisager toutes les hypothèses et de collecter tous les témoignages. Pouvez-vous me raconter dans quelles circonstances vous avez rompu avec Iker Zubiko, le frère de la victime ?

Elle s'enfonça un peu plus dans la chaise, ce qui la fit reculer, dévoilant ses jambes bronzées. Adamsmendy remarqua un grain de beauté au-dessus de son genou gauche. Elle tira instinctivement sur sa robe pour la faire descendre.

– Ce n'est pas moi qui ai rompu. C'est Iker. Il a été très affecté par la mort de sa mère.

– C'est une réaction curieuse, vous ne trouvez pas ? Au lieu de chercher du réconfort auprès de vous…

– Qu'est-ce que vous en savez, vous, de la vie d'Iker ? Vous croyez si bien le connaître pour savoir comment il aurait pu réagir ? Mais moi, elle ne m'étonne pas, sa réaction. C'est une tonne de sensibilité, Iker. Des sentiments à fleur de peau dans un corps d'ours. Un océan de douceur dans une apparence un peu rustre. Il faut bien l'avoir bien pratiqué, croyez-moi, pour savoir comment il peut être affecté par certaines choses. Et je comprends son comportement, même si je peux avoir du mal à l'admettre.

– Et vous l'avez accepté ?

– Et que fallait-il faire d'autre ? La moindre des politesses était de respecter son deuil, c'était sa décision, je n'avais pas le droit de changer le cours des choses. Après ce drame, il est entré dans une période de repli sur soi qui a duré plus d'un an. Il n'avait plus le goût à rien, il ne voulait plus voir personne. Et il n'était pas le seul, d'ailleurs. C'est toute la famille qui en a pris un coup. Comme je vous l'avais raconté, les Zubiko se sont enfermés dans leur maison et n'en ressortaient que pour de rares occasions. Je n'avais qu'à prendre mon mal en patience et attendre que les beaux jours reviennent…

– Et les beaux jours sont revenus ?

– Oui mais seulement cette année, commissaire. J'ai vu mon Iker reprendre goût à la vie. Les gars de la peña sont passés le voir à la fin de l'hiver, en réclamant son aide pour fabriquer le char. Ils avaient loupé le coche l'année précédente à cause de son absence, ils ne voulaient pas manquer le concours encore cette année. Ils étaient passés me voir avant, pour avoir mon avis.

– Et que leur avez-vous dit ?

– D'y aller, bien sûr ! J'espérais bien que cet appel au secours allait lui donner un but pour sortir de sa tanière, et le remotiver pour participer aux fêtes. Ils sont passés plusieurs fois pour avoir sa réponse.

– Alors ?

– Alors il a fini par dire oui. C'était au début du printemps, je me souviens que les primevères ont fleuri ce jour-là. Moi, j'ai repris espoir. Je me suis dit que cette réponse annonçait peut-être la fin définitive de l'hiver qui s'était abattu sur nos vies. Il a donc accepté, et s'est mis tout de suite au travail. Il a trouvé rapidement une idée de char sur le thème du corso. Il a donc repris le chemin de Bayonne, pour aller travailler au local quand il avait un moment de libre.

– Vous vous êtes revus ?

– Une fois. J'étais passé à la Peña un samedi soir au mois de mai, et il était là à boire un coup avec les gars de l'association. Ils venaient de terminer l'armature du char, et ils fêtaient cette étape importante de la fabrication.

– Comment l'avez-vous trouvé?

– Détendu. Il a rougi en me voyant, et j'ai senti que ça lui faisait plaisir de me voir. Moi, j'étais aux anges. On a bredouillé quelques mots, il m'a servi un verre et on a trinqué. C'était tout pour ce soir-là, mais je savais que j'allais le retrouver.

Ses yeux pétillaient du marron vif qu'Adamsmendy avait déjà remarqué lors de sa première rencontre, réduisant la couleur verte au seul pourtour de l'iris. Il aurait bien aimé y plonger tout entier, dans ce beau regard.

– Et ensuite?

– Ensuite, mes espoirs ont été douchés. Il est redevenu taciturne, comme d'ailleurs tous ses frères. On aurait dit que le ciel leur était à nouveau tombé sur la tête.

Ou bien qu'une chouette a été clouée sur la porte de leur ferme, pensa Adamsmendy.

– Ils se terraient à nouveau chez eux, et ne semblaient en sortir que par obligation. Iker a poursuivi la fabrication du char à un rythme beaucoup plus irrégulier. De l'avis de ses collègues, il ne semblait plus du tout motivé et ne venait là que pour tenir ses engagements. Et c'est alors que Jon, l'aîné, s'est noyé dans la Nive un soir de beuverie au petit-Bayonne…

– Vous y croyez, vous, à cette histoire de noyade?

– Vu ce qui s'est passé par la suite, j'ai des doutes! D'ailleurs, les rumeurs ont commencé à se propager juste après…

– Lesquelles ?

– Cette histoire de Basa Jaun. On disait qu'il était descendu de la montagne et qu'il avait jeté une malédiction sur la ferme. Ça a fait le tour du village. Personne n'y croyait officiellement, bien sûr, mais personne n'a osé aller leur apporter du soutien.

– Et vous, qu'en pensez-vous ?

Les yeux d'Oihana s'ombragèrent brusquement, et le vert sombre inonda leur iris. Elle rapprocha sa chaise du commissaire, et lui attrapa la main.

– J'ai peur, commissaire. Il y a deux morts à présent, et j'ai le pressentiment que ça ne va pas s'arrêter là. Et que mon Iker est certainement le troisième sur la liste. Il faut absolument que vous fassiez quelque chose pour le protéger…

Adamsmendy gonfla le torse et posa sa main sur les fines mains de la cuisinière, en les maintenant fermement. Il répondit d'une voix forte, qu'il essaya de rendre la plus rassurante possible.

– Ne vous inquiétez pas, Madame, je ferai tout ce qu'il sera possible pour protéger les citoyens de la République.

Il avait dit « République » avec un grand « R ».

– J'ai demandé des renforts pour apporter une garde rapprochée des deux frères. Je vous garantis que rien ne se passera jusqu'à ce que nous trouvions l'assassin qui est la cause de ces malheurs.

– Mais vous croyez que cela sera suffisant ? Et si cette histoire de Basa Jaun était vraie ?

Elle était à présent tout proche du commissaire, et celui-ci pouvait sentir les effluves de son parfum mêlé à l'odeur des chipirons qu'elle venait de cuisiner.

– Eh bien, nous attraperons le Basa Jaun et nous le mettrons en prison, voilà tout, continua-t-il avec confiance. Personne ne peut être au-dessus des lois.

Oihana le regarda avec une expression de doute, puis elle se recula pour s'appuyer sur le dossier de sa chaise, retirant par la même occasion ses mains de celles d'Adamsmendy. Ce dernier en fut tout chagriné.

– Puissiez-vous dire vrai ! fit-elle d'un ton las.

– Je vous le garantis, Madame. J'ai déjà des pistes sur lesquelles je travaille depuis le début de cette affaire, et je peux vous dire que je serai en mesure de trouver l'assassin avant la fin des fêtes.

Il mentait effrontément, bien sûr, en confondant l'objectif que lui avait fixé le maire avec ses propres illusions. Mais il espérait que ces affirmations permettraient de mettre Oihana en confiance et de gagner sa sympathie. Il chercha rapidement un motif pour retarder la fin de l'entretien et profiter encore quelques instants de la présence de cette belle personne.

– Il y a une autre question que j'aimerais vous poser.

– Faites.

– Que faisiez-vous hier soir aux fêtes de Bayonne ?

Il sentit Oihana se raidir à cette dernière question. Elle se leva et regarda le commissaire avec un air de colère.

– Je ne vois pas pourquoi vous me posez cette question. Elle sous-entend une suspicion qui est mal venue. Le vendredi est mon jour de congé, j'ai le droit de faire ce qu'il me plaît, que je sache.

Elle se leva et tourna les talons sans dire un mot d'adieu. Adamsmendy admira un instant son derrière rebondi, puis se leva et courut la rattraper.

– Madame, je ne disais pas ça pour vous reprocher quoi que ce soit. Je voulais simplement savoir si vous n'aviez rien remarqué, ou rencontré quelqu'un qui aurait pu vous parler de la famille Zubiko…

– Et qui vouliez-vous que je voie ?

– Je ne sais pas. Iban Etxezahar, par exemple. Il m'a dit qu'il vous connaissait…

– Le serveur des Pyrénées ? Oui, je le connais, et alors ? Nous ne nous sommes pas croisés hier soir.

– Soit. Mais êtes-vous allée aux courses de vaches ?

– Oui. Mais pas dans l'arène, je ne suis pas folle. Je suis restée un moment dans les tribunes.

– C'est bien ce qu'il me semblait. Je vous ai vue revenir de la place Saint-André. Vous n'avez rien remarqué de bizarre, pendant ces courses ?

Oihana ouvrit de grands yeux et éclata de rire.

– Ça y est, j'ai compris pourquoi vous me parlez de ça ! Il paraît que vous auriez réchappé à un coup de cornes, dans le café des Pyrénées… Ne vous inquiétez pas, je ne sais pas encore me métamorphoser en vache ! Quoi qu'il en soit, ça ne vous réussit pas, le métier de toréador, j'espère que vous valez mieux en commissaire !

Et elle courut vers les cuisines en riant. Adamsmendy se retrouva seul dans la salle de restaurant. Il n'avait pas eu le temps de réagir à ses propos moqueurs. Il retourna à sa place, attrapa son pardessus et se dirigea vers la sortie sans se retourner, en essayant de prendre un air digne et déterminé. Il avait perdu assez de temps avec cette femme. Il laissa une pièce sur le comptoir pour régler son café et sortit.

Il se retrouva dehors, sous la lumière éclatante du soleil qui fit plisser ses yeux. Il regagna sa voiture et quitta le village, sans jeter un dernier regard sur le fronton ni sur les montagnes. Il pestait contre ce dernier entretien, qu'il avait attendu avec beaucoup d'espoir mais qui avait tourné à son désavantage. La peste soit de la gent féminine ! Depuis sa mésaventure conjugale, Adamsmendy ressentait une certaine méfiance vis-à-vis des personnes du sexe opposé, ce qui venait freiner une attirance naturelle. Il ne comprenait pas toujours leurs réactions, et avait du mal à interpréter leurs réponses à tiroirs et leurs mimiques énigmatiques. Il avait souvent l'impression qu'elles lui cachaient quelque chose, et ce dernier interrogatoire venait confirmer cette hypothèse. Il ne pouvait pas rester sur cet échec. Il fallait qu'il la revoie, afin d'essayer d'en savoir plus et dissiper la mauvaise impression qu'il avait laissée.

Il essaya de faire le point durant le trajet qui le séparait de Bayonne. Qui pouvait en vouloir à la famille Zubiko ? Son esprit cartésien lui imposait de refuser de croire à la légende du Basa Jaun, et pourtant il n'avait pour le moment aucune piste sérieuse pour expliquer ce double meurtre. Et puis la plupart des personnes qu'il avait interrogées avaient entretenu le doute sur cette légende. Même sa mère y croyait, c'est dire ! Si c'était le cas, il allait falloir en mobiliser, des équipes de police, pour fouiller toute la montagne basque et le capturer !

Non, Adamsmendy refusait cette hypothèse. Il réfléchit à des mobiles plus réalistes pour faciliter son enquête.

La piste indépendantiste ? Peu probable, personne ne lui en avait parlé au cours des derniers interrogatoires, il était donc vraisemblable qu'il ne fallait pas la retenir. Un dépit amoureux ? Adamsmendy ne voyait pas pourquoi Oihana Aritza aurait éliminé les deux frères aînés pour parvenir à séduire à nouveau le troisième. Car il lui semblait qu'elle y tenait, à son Iker. À moins qu'elle ne lui ait joué la comédie…

Finalement, seule la Peña Menditarrak retenait son attention. C'était le seul point commun entre les quatre frères. Peut-être un règlement de compte entre membres, ou une histoire de jalousie ? Il allait en prendre la température en rencontrant le président, Manex Etxeberry, dès la fin de l'après-midi.

Il arriva au commissariat sur les coups de trois heures. Il monta à son bureau et y trouva Etxe qui lisait les dernières nouvelles du journal, les pieds sur la table. Ils tombèrent dans les bras l'un de l'autre.

– Mon bon Etxe ! le complimenta Adamsmendy. Comment va votre jambe ?

Etxe souleva la toile gauche de son pantalon pour découvrir un grand pansement collé sur sa jambe violacée. Adamsmendy eut un hoquet de dégoût.

– Tout va bien, le rassura Etxe. Comme je vous l'ai dit, la blessure est superficielle. Ça tire un peu, mais je peux marcher sans problème. Ils m'ont juste recommandé d'être prudent pour la montagne et le fandango. Un peu embêtant en cette période estivale, mais je vais prendre mon mal en patience…

– Voilà qui est sage. Avez-vous eu de nouvelles informations qui puissent apporter un peu d'eau au moulin de notre affaire ?

– Aucune, commissaire. Mon collègue journaliste Guillenteguy est venu m'interviewer ce matin à l'hôpital, et il a essayé de me tirer les vers du nez pour faire un scoop dans son journal. J'ai maintenu la version accidentelle de cette histoire de vache, à laquelle je crois d'ailleurs. Je lui ai demandé s'il avait poursuivi les investigations de son côté, mais il ne m'a rien révélé que nous ne savions déjà. Il y a donc des chances que ma photo soit sur le journal demain. Je vais vous ravir la vedette !

– Ça ne fait rien, Etxe. Au contraire, cela me soulage. On a trop parlé de moi ces derniers temps.

– Et vous, commissaire ? Qu'est-ce qui est ressorti de vos dernières rencontres ?

Adamsmendy essaya de lui retranscrire le détail des interrogatoires de la manière la plus fidèle possible, en prenant le soin d'omettre les sentiments mitigés qu'il portait à la cuisinière. Etxe fut surpris de voir surgir la Peña Menditarrak dans cette affaire.

– Je la connais, cette Peña, dit-il. J'ai deux copains qui en font partie. C'est une institution respectable, qui date de plusieurs décennies et qui a toujours été active pour les fêtes de Bayonne. Je doute qu'elle soit impliquée dans cette histoire de meurtres. Mais bon, il suffit parfois d'un ou deux éléments perturbateurs pour changer une réputation…

– Comme par exemple avoir un président impliqué dans l'assassinat d'un policier vingt ans auparavant ?

– Nous verrons bien, commissaire. A ce sujet, j'ai eu confirmation par le journaliste que ce Manex Etxeberry sera présent au *karrikaldi*[34] cette fin d'après-midi.

– Et bien il ne nous reste plus qu'à attendre…

Ce qu'ils firent en jouant à la belote. Adamsmendy avait toujours un jeu de cartes dans le tiroir de son bureau, qui permettait de tuer le temps quand les journées étaient calmes. Ce qui était le cas à ce moment-là. Etxe remporta la majorité des parties disputées ce jour-là, ce qui mit Adamsmendy de mauvaise humeur et termina prématurément le match sur les coups des six heures.

– Bon, dit soudainement Etxe. Et si nous allions boire une bière aux fêtes, en attendant le démarrage du *Dantzazpi*[35] ?

– D'accord. Je suis des vôtres.

Ils quittèrent le commissariat qui retrouvait un peu d'animation en cette fin d'après-midi. Le samedi soir était traditionnellement la période la plus chargée des fêtes, dans tous les sens du terme. La police devait se tenir prête à intervenir en cas de débordement.

Pour changer leur trajet habituel, ils traversèrent l'immense parking des allées Paulmy et coupèrent par la Poterne.

34- « Passe-rue ». Activité de danses et de chants qui permet au festayre de se défouler autrement qu'en buvant.

35- Contraction de « Dantza » (danse) et « zazpi » (sept). Réunion de danseurs s'éclatant sur les danses des sept provinces basques.

Les pelouses au pied des remparts étaient parsemées de taches blanches, qui se révélaient être des festayres endormis qui n'avaient pas su retrouver le chemin de leur voiture et avaient profité de la douceur de la journée pour faire un somme en pleine nature. On aurait pu croire un troupeau de moutons épars dans les collines de l'arrière-pays basque, si les anciens remparts de la ville n'avaient pas remplacé l'horizon des montagnes pyrénéennes. Les flèches de la cathédrale dominaient ce paysage bucolique.

Une large porte avait été percée sous les remparts Lachepaillet, remplaçant une ancienne ouverture qui permettait d'accéder directement à l'antique château au Moyen Âge. Ils traversèrent le sombre tunnel, en se bouchant le nez pour ne pas sentir les effluves d'urine qui émanaient de ce passage à l'abri des regards. Ils débouchèrent à l'arrière du Château-Vieux, dont il ne subsistait qu'une vieille forteresse carrée flanquée de quatre tours rondes à chacun de ses angles. Ce château avait connu l'occupation anglaise en Aquitaine à la fin du Moyen Âge, et avait été un des lieux de résistance lors des conflits qui les opposaient aux Espagnols. Il était actuellement la propriété de l'armée, et était devenu un mess pour les officiers d'un régiment dont Adamsmendy avait oublié le nom. La plaque apposée à côté de l'entrée principale lui rafraîchit la mémoire : il s'agissait du 1er RPIMA (les militaires raffolaient de sigles incompréhensibles pour les non-initiés) dont la traduction s'avérait être « Régiment des Parachutistes d'Infanterie de Marine ». Adamsmendy avait du mal à comprendre comment on avait pu conjuguer en un seul régiment les trois forces principales de l'armée – air, terre, mer – à moins qu'ils ne soient surdoués, dans cette caserne... Quoi qu'il en soit, il déplora que ce bâtiment historique soit à nouveau occupé par des envahisseurs, après avoir fait l'objet pendant trois siècles de disputes entre Anglais et Espagnols.

La cour du château avait été exceptionnellement ouverte pour les fêtes, et Etxe passa par la grande porte d'entrée sans hésiter. Adamsmendy le suivit, et ils pénétrèrent dans une première enceinte dans laquelle plusieurs personnes passaient des appels depuis leur mobile. Une nouvelle ouverture en arc de cercle les fit passer dans une cour carrée beaucoup plus animée, remplie par une foule bigarrée, composée de festayres d'une association bayonnaise et de militaires en tenue d'apparat. Un cercle de danseurs s'était formé sur la place pavée, sautillant sur la musique de *fandangos* (36) et les *arin-arin* (37) martelés par une sono qui résonnait contre les parois des remparts, à l'ombre de quatre immenses platanes. Etxe se mêla immédiatement au

36- Danse traditionnelle. Bien que dansée dans toute l'Espagne et même au Portugal, elle est indissociablement liée au Pays Basque car c'est dans cette contrée qu'elle a autant mis en valeur le sautillant et la légèreté qui font son charme.

37- Danse qui suit immanquablement le fandango, comme le beau temps arrive après la pluie, ou les ennuis après une rencontre avec la maréchaussée.

groupe, oubliant les recommandations du médecin concernant sa jambe blessée. Adamsmendy se retrouva seul.

Il aperçut alors un grand bar bricolé avec des palissades en bois qui avait été installé au pied de l'épaisse courtine abritant la grande salle de restauration du mess des officiers. Il y reconnut un capitaine, qu'il avait déjà rencontré au cours d'une soirée organisée par la mairie six mois auparavant. Il était appuyé au bar, sirotait une bière et semblait s'ennuyer ferme. Le commissaire alla le saluer pour combler le vide.

– Bonsoir, capitaine, l'aborda-t-il. Je me permets de venir vous saluer. Je ne sais pas si vous me remettez, je suis le commissaire Adamsmendy.

Le militaire le dévisagea de haut en bas. Il ne semblait pas avoir un œil particulièrement vif.

– Bien sûr que je vous reconnais. On ne voit que vous, dans le journal, en ce moment.

Les joues d'Adamsmendy s'empourprèrent légèrement. Il essaya de se justifier en expliquant qu'il avait été entraîné dans les fêtes pour les besoins de son enquête, et que les photos avaient été prises à son insu et sans son autorisation. Il essaya de détourner la conversation en félicitant le corps militaire d'avoir ouvert un de ses quartiers d'élite au grand public, rendant ainsi la grande armée plus proche du peuple français.

Le capitaine commanda une autre bière, ouvrit la bouteille avec les dents et la tendit à Adamsmendy en recrachant la capsule.

– Je m'en serais bien passé, moi, d'ouvrir la caserne, répondit-il avec une grimace. Mais il faut obéir aux ordres. Et comme vous le dites, c'est une « opération séduction » le temps des fêtes. Une idée du colonel… Il paraît qu'il fait partie d'une peña bayonnaise.

– C'est une très bonne initiative. Et c'est très réussi. Il y a une ambiance avec votre sono !

– Ne m'en parlez pas. Elle commence à me sortir par les trous des oreilles, cette musique. Trois jours que je fais le planton et que j'entends toujours les mêmes rengaines, ça commence à m'user les nerfs ! Vous ne trouvez pas qu'elle est trop aiguë, cette flûte ? Un son à vous percer les tympans. Et ce rythme de tambourin, c'est vraiment n'importe quoi ! Y'a que des Basques qui peuvent arriver à y danser dessus. Ou plutôt à sautiller, hein, quand on les voit ! D'ailleurs ils appellent eux-mêmes leurs danses des sauts. Non, rien ne vaut une bonne vieille fanfare militaire, avec une grosse caisse pour caler la marche au pas. dit-il d'un air entendu.

Il se retourna et fixa le commissaire.

– Vous n'êtes pas Basque, vous, au moins ?

Adamsmendy hésita pour répondre, en se demandant s'il fallait aller dans son sens ou amorcer le débat. Il choisit de ne pas polémiquer.

– Vaguement, répondit-il. Mais j'ai quitté la région très tôt, et j'ai surtout vécu à Paris.

– Ah bon, j'ai cru un instant que j'avais commis un impair… Moi aussi, je suis de la région parisienne. Et j'ai beaucoup bourlingué avant d'atterrir ici. J'ai parcouru la France d'Est en Ouest, et du Nord au Sud ! J'ai même fait Djibouti. Et l'Afghanistan, aussi. Un an, que j'ai passé là-bas ! Et finalement je me suis retrouvé ici. Et ici, c'est une autre guerre qui a commencé…

Il s'arrêta pour boire un coup. Adamsmendy l'imita du bout des lèvres, en se demandant ce qu'il allait bien pouvoir dire.

– Ici, j'étais rentré pour battre la campagne et trouver une compagne. Vous savez, je suis un célibataire endurci. J'ai eu des liaisons ici ou là, mais ça n'a jamais été bien loin. Du moins, aucune femme n'a encore jamais été assez folle pour partager ma vie. Je venais de passer un an en Afghanistan où les seules femmes qu'on pouvait voir étaient voilées de la tête au pied ! Tout juste si on pouvait apercevoir leur regard par l'ouverture de leurs burkas ! Et interdiction de les approcher, bien sûr. Alors en revenant en France, on peut dire que j'avais les crocs ! Et manque de chance j'ai atterri dans ce Pays-Basque où les femmes sont aussi fières et inaccessibles que là-bas ! Bien sûr, le samedi soir dans les cafés du Petit-Bayonne, on arrive parfois à les aborder, à leur faire un peu de baratin… Mais au final elles rigolent quand on s'approche de trop près et se détournent de vous pour rejoindre leurs amis ! Et quoique vous fassiez, vous restez toujours ce couillon de Parisien qui vient envahir le Pays et qu'on va gentiment décourager jusqu'à ce qu'il retourne chez lui…

Il poursuivit en racontant les rares rencontres qu'il avait réussi à faire et qui avaient fini par se solder par des échecs. Alors, pour passer le temps, il allait jouer au bowling au centre de Glain ou s'entraînait au poker avec ses collègues de caserne, où il avait réussi à amasser un petit pactole à force de gagner des parties. Tout en buvant de la bière, bien entendu. D'ailleurs, il vida la sienne d'un seul trait, et en commanda deux nouvelles. Adamsmendy regarda son verre, prit son courage à deux mains et l'imita. Il commençait à sentir sa vessie qui comprimait son bas-ventre et l'invitait à aller se soulager dans un quelconque caniveau. Il résista et attrapa celui qui venait d'être posé sur le comptoir.

– Un soir, j'avais réussi à brancher une fille au bar Euskalduna de la rue Pannecau, poursuivit le capitaine, intarissable pour raconter ses aventures. C'était bien parti, j'étais en verve ce soir-là et j'avais même réussi à la faire rire ! Et bien patatras ! Un type à côté a lancé une chanson, et tout le monde s'est mis à l'accompagner. Il suffit qu'il y en ait un qui commence pour que tous les autres suivent ! Et en polyphonie, s'il vous plaît… Ces Basques, ils ont des mélodies tellement simples que ce n'est pas difficile d'y accrocher une deuxième ou une troisième voix dessus. Et bien sûr, la fille s'est mise à chanter dans les hautes.

– Alors, j'ai essayé de m'accrocher, j'ai fredonné cette mélodie que je ne connaissais pas, pour montrer que je participais. J'espérais que ça allait rapidement se terminer et que j'allais pouvoir reprendre le fil de la conversation et conclure. Pensez-vous ! Comme leurs chansons ont en moyenne vingt-trois couplets, ça n'en finit jamais... Et si par hasard, celui qui a lancé le chant a une défaillance, un trou de mémoire dans les paroles, y'en a toujours un dans l'assemblée pour prendre le relais ! Et ça continue... Et à peine ils ont fini la chanson qu'il y en a encore un pour en entamer une nouvelle, histoire de se faire remarquer. Et c'est reparti... Alors, au bout de trois heures, j'ai jeté l'éponge. Ils étaient partis pour chanter toute la nuit ! Et la fille, elle riait en chantant. Elle n'avait plus besoin de moi, ni de personne d'autre d'ailleurs, pour finir la soirée. Le chant l'avait transportée dans un état de plaisir tel que ça me faisait du mal de la voir... On aurait même dit qu'elle était droguée. C'est vrai qu'avec ces rengaines qui tournent en boucle, au bout d'un certain temps, on doit facilement entrer en transe. Bref, j'ai fini mon verre, et je suis parti sans même tenter de lui faire une bise pour lui dire au revoir. Et je me suis retrouvé encore une fois tout seul dans mon lit.

Il prit un air dépité quand il avala sa bière. Adamsmendy se demandait comment il allait pouvoir prendre congé du capitaine sans trop le froisser. Le flot continu de ses paroles ainsi que les bières qui se succédaient commençaient à le saouler. Il chercha furtivement Etxe des yeux, en guise de recours pour se sortir de ce guêpier. Il l'aperçut en train de virevolter dans le groupe des danseurs, mains levées claquant des doigts sur le rythme de la musique. Lui aussi était en train de s'approcher de la transe, mais d'une autre manière. Une nouvelle bière claqua sur le rebord du comptoir.

– Dire qu'il me reste encore deux ans à tirer dans cette caserne ! poursuivit le capitaine. Après, je me casse à Angoulême. Il paraît que c'est sympa, Angoulême. Ça fleure bon la France profonde. Les filles doivent être faciles, elles doivent rire quand on leur raconte une blague, ou quand on leur caresse le menton. Et puis j'ai envie d'être loin de la frontière, loin de la mer, loin des montagnes ! Avec des vaches dans les prés, et pas des brebis. Et des gens qui parlent normalement, qui disent « merde » au lieu de dire « hostia ». Ça fera du bien de retrouver une vraie vie. J'en rêve, moi, commissaire, de retrouver une vraie vie.

Adamsmendy saisit l'opportunité d'un bref moment de silence pour prendre la parole.

– Et bien, c'est parfait, tout ça, dites donc ! Je suis bien d'accord avec vous ! Et d'ailleurs il faut que j'aille récupérer mon adjoint, qui danse là-bas. On a une enquête sur le feu tous les deux, on va devoir vous laisser pour la poursuivre.

Il y a des choses qui n'attendent pas. Je vous remercie beaucoup pour les bières, et je vous dis à bientôt.

Adamsmendy posa sa bière à moitié entamée et tourna les talons. Le capitaine l'attrapa par la manche.

– Vous partez déjà, commissaire ! Mais on a à peine commencé la soirée... Vous ne voulez pas rester un peu plus ? Ça me fait plaisir, moi, de vous parler. Ça fait longtemps que je n'avais pas parlé comme ça à quelqu'un...

Des embryons de larmes commençaient à se former au coin de ses yeux, laissant découvrir une sensibilité inattendue chez cet homme. Adamsmendy en ressentit un vague sentiment de mansuétude mais ne céda pas.

– Je suis désolé, capitaine. Mais il faut vraiment que j'y aille. On doit aller rencontrer un suspect pour l'interroger sur une affaire, car même si ça ne se voit pas, je suis en service ce soir.

Le capitaine baissa la tête et s'agrippa à sa canette.

– On se reverra, dites ? Ça vous dirait de faire une partie de poker ou un bowling un de ces soirs ?

– Je vous promets de vous rappeler, capitaine.

Ils se serrèrent la main et Adamsmendy fila récupérer son collègue sans se soucier de savoir s'il possédait le numéro de téléphone du capitaine.

Etxe virevoltait comme un diable et protesta d'être interrompu en plein milieu du carnaval de Lanz.

– Je vous en foutrais, moi, des carnavals de Lanz, grommela Adamsmendy. Je vous rappelle que vous êtes en convalescence. Et que nous avons une enquête à poursuivre !

– Mais j'y travaille, commissaire ! Tout en dansant, je rencontre des gens, et je leur demande, mine de rien, ce qu'ils ont fait le soir du meurtre... Et on en côtoie, du monde, quand on danse !

– Et vous croyez que c'est comme ça que vous allez trouver quelque chose ? Autant chercher une aiguille dans une botte de foin !

– Mais oui, commissaire ! Je crois toujours à ma bonne étoile.

Adamsmendy ne fit aucun commentaire et ils quittèrent tous les deux le Château-Vieux dans le brouhaha de la musique.

Ils longèrent le flanc escarpé de l'édifice pour retrouver la place Jacques-Portes, où la foule commençait à se masser devant les Nouvelles Galeries. Des poupées géantes avaient été installées sur la place à une dizaine de mètres d'intervalle. Ce n'étaient pas les mêmes que celles de la cour du Roi Léon. Elles étaient plus petites, et représentaient des Basques en habit de danse : le danseur souletin avec son uniforme bleu nuit et son petit chapeau, le Navarrais avec sa peau de mouton et chapeau conique et coloré... Adamsmendy se demandait pourquoi on les avait posées là.

Une scène avait également été dressée en face du grand magasin, au pied des pelouses qui descendaient des épaisses murailles du château. Les musiciens commençaient à s'y installer. Ils accordaient leurs instruments en tendant l'oreille pour essayer de distinguer le son qui en sortait dans le bruit ambiant. Adamsmendy les regarda un à un, pour repérer le fameux Etxeberry à partir d'une photo qu'il avait vue dans le dossier et qu'il tentait de se remémorer. De quel instrument jouait-il, déjà ? Ah oui, de la *gaita*... Il pensa le reconnaître parmi les trois gaiteros qui discutaient dans un coin de la scène. Il se tenait droit comme un I, et arborait une barbe sombre qui n'était pas encore présente au moment où la photo avait été prise. Il était coiffé d'un béret à larges bords, couvert de confettis, et vérifiait l'accord de son instrument avec les autres musiciens. Ils finirent par se répartir sur la scène et l'un d'eux s'approcha du micro.

– On arrive à la bonne heure, commissaire, lança Etxe, ravi. Le *Dantzazpi* va bientôt démarrer...

– Ne me dites pas que vous allez encore danser !

– Mais oui, commissaire. En plus, ici, ils font pas mal de *mutxikos*. En sautant d'un groupe à l'autre, ça brasse les participants et ça fait rencontrer du monde !

– Et votre jambe ? Vous vous souvenez que le chirurgien vous a recommandé du repos pour soigner votre blessure ?

– Pff, je la sens pratiquement pas, ma jambe. Ça va passer tout seul, va !

Le musicien sur scène souhaita alors la bienvenue (en basque et en français), annonça le nom de la première danse, et la musique démarra. La foule s'organisa alors en larges cercles pour danser les sauts basques autour des poupées. Etxe rejoignit immédiatement le premier cercle, et suivit les pas de danse qu'annonçait le musicien au micro : « *Erdiska ! Jautzi ! Dobla ! Ezker Eskuin…* »

Adamsmendy le regarda danser pendant un moment. Il ne se débrouillait pas mal, il suivait avec attention le rythme de la musique, en harmonie avec les autres danseurs (qui étaient majoritairement des danseuses, d'ailleurs). Chaque pas possédait son propre style, et leur enchaînement était plutôt agréable à regarder. Adamsmendy ressentit une légère pointe de jalousie. Il avait toujours été piètre danseur, et ne savait pas trop comment manipuler son long corps pour en extraire des mouvements gracieux. Et encore une fois ce ballot en savait plus que lui, malgré son jeune âge et son manque d'expérience.

Il se détacha du cercle et fendit la foule pour rejoindre la scène. Il se posta sur le côté droit, à côté de la buvette. De là, il avait une vue parfaite sur les musiciens. Manex Etxeberry se trouvait de son côté, et le commissaire pouvait admirer sa dextérité à promener des doigts sur l'instrument et en tirer une mélodie certes répétitive, mais juste. Le musicien ne prêtait pas attention à lui et semblait imperturbable, concentré sur sa musique. Encore un que la rengaine entraînait vers les béatitudes…

Adamsmendy se retourna vers la buvette. C'était un grand espace en forme de U qui venait buter contre l'enceinte du Château-Vieux. À l'intérieur, une vingtaine de personnes s'affairaient pour préparer boissons et nourriture et les amener à une foule nombreuse qui se pressait au comptoir. À l'approche du repas du soir, une population en majorité masculine se pressait contre la buvette pour passer commande en attendant que ces dames aient fini de danser. Les serveurs faisaient leur possible pour satisfaire les commandes, tandis que les cuisiniers s'activaient pour faire griller au barbecue les principaux ingrédients d'un menu pas franchement varié : *talo ta xingar, talo ta gasna, talo ta xokolate*. Autrement dit, on avait accommodé la petite galette de maïs traditionnelle, le *talo*(38), avec tous les accompagnements possibles pour en faire des entrées, des plats principaux ou des desserts. C'était simple mais largement plus savoureux que le hamburger du MacDo de la zone périphérique.

Adamsmendy fut toutefois incommodé par les odeurs de ventrèche fumée ou de saucisse. Ses vêtements allaient en être imprégnés, et il allait devoir la supporter une bonne partie de la soirée.

Il commanda néanmoins un verre de cidre. Cette boisson était revenue à la mode au Pays-Basque depuis quelques années. Il n'avait pas le souvenir que les gens du

---

38- Aliment de base commun dans les milieux modestes au XIXe siècle, il est redevenu à la mode lors des fêtes au Pays Basque. Peut-être consommé avec à peu près n'importe quel autre aliment.

pays en buvaient au moment où il était monté à Paris. Mais depuis, des pommiers avaient été replantés en Gipuzkoa, de l'autre côté de la frontière, et des cidreries avaient poussé un peu partout au Pays Basque, renouvelant une tradition qui avait été perdue pendant des années. Il s'en trouvait même quelques-unes en Iparralde, au nord, en France. Et le cidre avait reconquis les fêtes de village. Le commissaire en appréciait le goût brut, à la limite de l'aigre, qui n'avait rien à voir avec la saveur aseptisée et doucereuse du cidre normand.

Il dut attendre pas mal de temps avant de se faire servir. Alors qu'il observait les allées et venues des serveurs, il remarqua un petit garçon à la peau noire qui attendait égalcment à côté de lui. Il était là manifestement depuis longtemps, et tentait d'attirer l'attention de ces derniers en levant sa main chaque fois qu'ils passaient à proximité. Il avait un air triste, et Adamsmendy ressentit de la compassion. Personne ne semblait faire attention à lui, il se tortillait sur place en ronchonnant contre ces adultes qui l'ignoraient.

– Je vais t'aider à t'appeler quelqu'un, va., lui glissa Adamsmendy à l'oreille avec un sourire entendu pour tenter de le rassurer. Le garçon noir le regarda d'un air offusqué.

– Mais je n'ai pas besoin de vous ! Je sais très bien me débrouiller tout seul !

À ce moment-là, un serveur sembla le reconnaître, lui sourit et lui demanda en basque :

– *Kaixo ! Zer jan nahi duk ?* (Salut ? Que veux-tu manger ?)

Le petit lui répondit dans la même langue :

– *Gasnarekin talo bat nire arrebarentzat, eta txololetarekin bat neretzat. Eta bi sagarno, otoi !*! (Un talo au fromage pour ma sœur, et un au chocolat pour moi. Et deux cidres, s'il te plaît !)

Adamsmendy en resta bouche bée. Le garçon le toisa du haut de son mètre vingt, prit sa commande et s'enfuit retrouver sa famille. Le commissaire resta quelques instants médusé, puis il récupéra son verre de cidre sans dire un mot et dégagea le comptoir.

Sur scène, les musiciens enchaînaient les danses sans faire de pause. Les mutxikos succédaient aux fandangos et aux arin-arin, les polkas piquées aux kaskarots. Sur la place, les têtes des danseurs commençaient à devenir cramoisies sous l'effet combiné de la chaleur, de l'effort et de l'alcool. Adamsmendy repéra Etxe au loin, et vérifia qu'il tenait toujours le coup. Il lui sembla que, contrairement à ce qu'il avait affirmé pour justifier sa participation aux mutxikos, il ne changeait pas beaucoup de partenaire et semblait accroché aux basques d'une petite brune dont les cheveux en touffe dépassaient d'un bandana rouge. Il lui envoyait des sourires appuyés et convenus qui inspirèrent à Adamsmendy une légère irritation, découragé encore une fois par le manque de sérieux de son assistant.

L'heure du *dantzazpi* était longue pour ceux qui ne dansaient pas. Adamsmendy combla l'attente en sirotant des verres de cidre. La musique finirait bien par s'arrêter, et Etxeberry par descendre de la scène où le commissaire n'aurait qu'à le cueillir pour son interrogatoire. Mais il fallut en siroter, des verres, en attendant ce moment-là. Et l'alliance de la pomme et du houblon eut l'effet qu'il avait redouté en sortant du Château-Vieux : une envie irrésistible d'uriner.

Il quitta le bord de la scène, à la recherche d'un coin tranquille où il pourrait satisfaire son besoin naturel. Mais la foule avait envahi chaque recoin de la place et des rues environnantes, et le commissaire ressentait une vague honte à se servir d'un lieu public comme d'un caniveau, en enfreignant la loi qu'il était censé faire respecter. Il se rabattit donc sur les sanisettes, ces petites cabines vert pomme qu'on avait placé dans des lieux stratégiques le temps des fêtes. Il s'approcha de celles qui se trouvaient entre la place du Dantzazpi et la place des Basques. Malheureusement, chaque cabine était précédée d'une longue file d'attente et Adamsmendy dut faire la queue pour y accéder. Comme l'envie se faisait de plus en plus pressante, il commença bientôt à tressauter sur place pour se contenir. Cela fit sourire les demoiselles qui l'entouraient. La queue n'avançait pas vite, et il continua de râler en demandant à voix haute comment les gens pouvaient passer autant de temps pour faire un petit pipi de rien du tout. Puis petit à petit, il se pencha vers l'avant en se massant le bas du ventre pour détendre sa vessie sous pression. Au bout de dix minutes, il n'en pouvait plus, et hurlait pour que la porte s'ouvre et laisse échapper un génie qui exaucerait son vœu de soulagement. Ce qui finit par se passer, et le génie prit les traits d'une jeune femme apeurée par la brutalité avec laquelle le commissaire se précipita dans la cabine, doublant tout le monde et la bousculant au passage. Des cris de protestation fusaient dans la queue au moment où il ferma la porte à double tour.

Enfin seul dans l'obscurité de la sanisette, il fit glisser son pantalon sans ménagement et laissa échapper l'objet de son impatience par un long jet. Il ne put s'empêcher d'exhaler un soupir de contentement. Le flot dura une bonne minute sans faiblir, et le débit correspondait bien aux nombreux verres de bières et de cidre qu'il venait d'engloutir. Il prit son temps pour se rhabiller correctement, formula intérieurement quelques mots d'excuse qu'il allait dire à sa sortie et tourna le loquet de la serrure pour regagner l'air libre.

Le loquet ne bougea pas. Adamsmendy insista pour le manipuler avec force, il semblait bel et bien bloqué. À ce moment-là, le nettoyage automatique de la sanisette se mit en route : de puissants jets d'eau chlorée giclèrent par des sprinklers cachés dans les cloisons pour désinfecter la cabine, arrosant dans le même temps le commissaire coincé à l'intérieur. Il hurla quand il sentit l'humidité glacée transpercer sa chemise.

– Sortez-moi d'ici ! La porte est bloquée !

Mais il doutait que quelqu'un l'entende à l'extérieur. Il tambourina à la porte, puis tenta de donner de grands coups de pied dans les cloisons dans l'espoir de les faire vaciller. En vain. Il n'aurait jamais cru que ces petites constructions de plastique fussent aussi solides... Les jets finirent par s'arrêter, laissant la place à l'odeur alcaline et entêtante de l'urine fraîche. Adamsmendy se demanda s'il allait mourir asphyxié dans cette atmosphère viciée. C'était trop bête. Il fallait trouver une solution pour sortir.

Il se hissa sur le couvercle de la cuvette et tenta de soulever le toit de la cabine, dont la semi-transparence laissait passer un peu de lumière. Mais ce fut également peine perdue. Il était bel et bien coincé dans un tombeau de deux mètres cubes, et il commençait à sentir les mains griffues de la claustrophobie lui appuyer sur la poitrine.

Il tambourina à nouveau contre la porte et s'affaissa en l'absence de réponse. Il était paniqué. Il lui semblait que personne, au-dehors, n'avait remarqué sa disparition et n'allait lui porter secours. Peut-être qu'ils se disaient tout simplement que la cabine était hors service, et qu'ils allaient utiliser celle d'à côté. Sa respiration s'accéléra. L'odeur se faisait plus lourde, et ses poumons se noyaient peu à peu dans ces gaz irrespirables. Il lui semblait que la cabine se rétrécissait peu à peu. Les parois se rapprochaient lentement de son corps et l'obligeaient à se recroqueviller sur lui-même pour ne pas risquer de se faire compresser. Il se mit à hurler sans pouvoir se contrôler, à moins que ce ne fût qu'un mauvais cauchemar qui s'emparait de son cerveau surmené.

La porte s'ouvrit brusquement, laissant entrer un flot de lumière et d'air pur. Adamsmendy sentit immédiatement les larmes lui monter aux yeux, moins par l'éblouissement causé par l'irruption du soleil dans la cabine que par la sensation de liberté retrouvée. Il entendit la foule applaudir au-dehors, et distingua à contre-jour la silhouette casquée d'un pompier en uniforme.

– Tout va bien, Monsieur, rassura cette apparition. Nous avons réussi à débloquer la porte.

Le pompier l'aida à se relever, et il put sortir de sa prison, accroché à ses épaules. Il entendit à nouveau des gens applaudir, ainsi que des crépitements de flashs qui l'accueillaient à sa sortie.

– Qu'est-ce qui s'est passé? bredouilla-t-il à son sauveur.

– Rien de grave. La porte de la sanisette s'est apparemment bloquée. Vous avez de la chance, le poste de secours est situé à l'école là-bas, à côté de la place, des personnes sont venues nous prévenir.

– Combien de temps je suis resté bloqué là-dedans ?

– A priori une vingtaine de minutes. Tout va bien maintenant, vous allez pouvoir vous remettre de vos émotions et reprendre calmement vos esprits.

Le pompier lui tendit un morceau de sucre.

– Eau des Carmes. Cela va vous remettre d'aplomb.

Adamsmendy avala le sucre sans le croquer. Il avait eu le sentiment d'être resté bloqué plus de deux heures. Le pompier l'aida à s'asseoir sur le trottoir. La queue s'était reformée devant les sanisettes, mais à présent les festayres lui adressaient des sourires de sympathie. Il en reconnut un qui s'éloignait rapidement, un appareil photo à la main, en la personne de ce diable de Guillenteguy le journaliste. Il fut désolé à l'idée de savoir qu'il allait encore faire la une du journal du lendemain.

Le pompier lui posa une main bienveillante sur son épaule.

– Je vous ai reconnu, dit-il avec un sourire. Ça ira, Monsieur le commissaire ? Je peux vous laisser et regagner mon poste ?

Adamsmendy se renfrogna en répondant :

– Ça ira, merci. Et inutile de m'appeler commissaire. Je ne suis pas censé être en service ce soir.

Le pompier s'en alla et Adamsmendy resta un moment assis pour récupérer.

Il se demanda si cette nouvelle mésaventure était purement fortuite. Quelqu'un n'aurait-il pas bloqué la porte de l'extérieur, histoire de lui adresser un nouvel avertissement ? Il chassa cette idée de son esprit. Des personnes présentes dans la queue l'auraient certainement remarqué, et l'en auraient empêché. Il commençait à devenir paranoïaque avec cette histoire.

Il se leva lentement en se massant les reins et se tourna vers la place. Le Dantzazpi était terminé, et l'orchestre avait attaqué une suite de morceaux populaires basques que le public accompagnait en chantant. La plupart d'entre eux tenaient le petit livre de chants qui avait été distribué dans les cafés les jours précédents. C'était l'heure du *Euskal Kantuz*, une sorte de karaoké en plein air composé exclusivement de chansons basques. Adamsmendy essaya de repérer Etxe mais il n'arriva pas à le voir. Il ne perdait rien pour attendre. Le commissaire ne lui pardonnait pas de l'avoir laissé tomber dans un moment aussi critique.

Il se rapprocha de la scène et remarqua que l'ancien indépendantiste Etxeberry n'y jouait plus. Il n'aurait plus manqué qu'il soit parti, à cause de cette histoire de cabinet…

Et soudain il le repéra, assis sur les marches en bois de la scène, un verre à la main, regardant dans sa direction. L'indépendantiste lui fit un signe, comme pour l'encourager à venir. Adamsmendy se retourna pour voir si quelqu'un alentour allait répondre à son salut, mais apparemment c'était bien lui qu'il interpellait.

Etxeberry se leva et le rejoignit.

– Bonsoir, commissaire, dit-il en lui tendant la main. Je vous attendais.

Adamsmendy lui tendit une main incrédule.

– Mais comment me connaissez-vous ?

– Voyons, commissaire, tout le monde vous connaît à présent ! On voit votre photo tous les jours dans le journal…

– Vous êtes bien Manex Etxeberry, ancien compagnon d'armes de Koldo Zubiko, et présentement président de l'association Menditarrak ?

– C'est un curriculum vitae un peu succinct, mais oui, c'est bien moi.

Etxeberry se rendit soudain compte que le commissaire était trempé.

– Qu'est-ce qui vous est arrivé ? Vous vous êtes baigné dans la Nive, ou bien ?

– Ne vous préoccupez pas de ça, marmonna Adamsmendy. Ça va sécher au soleil. À ce sujet, vous n'avez pas eu envie d'aller aux toilettes dernièrement ?

Etxeberry le contempla de haut en bas, en se demandant s'il avait bien compris la question.

– Pas vraiment, mais je pense que ça ne va pas tarder. Venez, je vous propose de boire une bière…

Ils se rapprochèrent de la buvette et prirent place dans l'essaim de festayres assoiffés et affamés qui gravitaient autour. Sur la scène, l'orchestre avait démarré « Pottoka » et la foule reprenait en chœur le cliquètement des sabots du petit cheval :

Diguedigue dam dam Diguedigue dam dam La Lala La la la la…

– Vous ne jouez pas, pour cette deuxième partie ? questionna Adamsmendy en haussant la voix pour couvrir le chant.

– Non, puisque vous êtes là, commissaire. Se tenir à la disposition de la police est prioritaire, non ? Et puis ils sont assez nombreux, sur scène.

Etxeberry réussit à s'extraire de la queue en tenant deux bières à bout de bras. Ils allèrent s'asseoir à l'angle de la scène, à l'arrière.

– Voilà, on sera plus tranquille ici, reprit Etxeberry en donnant le verre à Adamsmendy. Trinquons, commissaire. À la rapide résolution de cette affaire.

– Merci. Je compte sur vous pour m'aider à progresser…

– J'aimerais bien, mais j'avoue que je n'ai pas grand-chose à vous raconter. On a dû vous dire qu'on a fait des conneries de jeunesse, Koldo et moi.

– Oui. Et il y avait aussi un troisième larron, Iban Etxezahar.

– Effectivement. On se voit de temps en temps, avec Iban, quand il m'arrive d'aller boire un coup aux Pyrénées. Ce café est à côté d'une librairie basque, *Elkar*, où je vais souvent traîner mes savates. Mais on ne parle jamais de ces années folles. Du moins, lui ne souhaite pas en parler. La prison a cassé tous les ressorts qui l'animaient dans sa jeunesse. Il mène une vie rangée… et certainement triste et monotone.

– C'est ce que j'avais cru comprendre. Et Koldo, vous avez continué à le fréquenter…

– Par la force des choses ! Les quatre frères Zubiko étaient inscrits à la Peña, et j'en suis le président depuis ma sortie de prison. Je pense que c'était pour eux une occasion de sortir de leur campagne et venir en ville pour rencontrer du monde. Et en plus, ils étaient doués pour une activité essentielle de l'association : la fabrication du char.

Il marqua une pause pour boire une gorgée de bière.

– Koldo, c'était le mécanicien de la famille. Le pauvre… Il sera parti sans avoir vu son œuvre arpenter les rues de Bayonne.

Il baissa la tête et soupira longuement. Adamsmendy eut le sentiment que sa tristesse n'était pas feinte. Ce moment solennel contrasta avec le chant souletin entraînant que l'orchestre entama, et que l'unanimité des festayres reprit en chantant.

Eperrak badititzü bere bi hegalak
Bai eta bürün gainian kokarda ejer bat
Zük ere balinbazünü gaztetarsün ejer bat
Neskatilen gogatzeko bilo holli polli bat.
(Voici la perdrix avec ses deux ailes, tout comme une belle crête sur la tête. Vous aussi, vous avez eu une belle jeunesse pour séduire les filles avec une jolie chevelure blonde)

Etxe fit soudain son apparition, sans préavis. Il chantait joyeusement, et n'avait apparemment pas besoin de livre pour connaître les paroles. Il tenait la petite brune au bandana rouge par la main.

– Ah, vous voilà, commissaire. Je vous cherchais partout!

– C'est plutôt moi qui devrais faire cette remarque! cria Adamsmendy, offusqué de le voir arriver si tard. J'aurais eu besoin de vous tout à l'heure, mais vous étiez certainement trop occupé à danser. Et qui est cette péronnelle?

La demoiselle en question fit une petite courbette avant qu'Etxe ne la présente.

– Une amie. Elle danse comme une fée. Elle s'appelle Naia...

– Et c'est tout ce que vous avez à faire, vous, séduire des filles! Parfois vous ne m'êtes d'aucune utilité, dit-il d'un air désespéré. Filez à la fête, puisque vous ne savez rien faire d'autre...

– Mais, commissaire… Je continue mon enquête ! Je questionne des gens, et…

– Filez ! ordonna Adamsemendy.

Etxe ouvrit des yeux ronds, puis tourna les talons sans demander son reste, et sans lâcher la main de la jeune fille. Le commissaire les observa se noyer dans la foule chantante. Il se retourna et vit Etxeberry qui le regardait avec un sourire.

– Je suppose que c'est votre assistant…

– Un bon à rien, oui ! soupira-t-il. Je me le traîne partout pour qu'il m'aide, et lui en profite pour faire la fête… Bon, ce n'est pas grave, revenons à nos affaires. Quand avez-vous vu Koldo Zubiko pour la dernière fois ?

– Le soir de l'ouverture. Je suis passé au hangar pour encourager l'équipe qui bossait sur le char. Koldo était en train de régler un problème avec le cardan du système d'animation.

– À quelle heure y êtes-vous allé ?

– Il devait être neuf heures du soir à peu près. Je le sais, parce que je voulais que les gars fassent une pause pour venir voir l'ouverture sur la place de la mairie.

– Tout le monde vous a accompagné ?

– Et bien non, et je le regretterai toute ma vie, car Koldo a tenu à rester au local. Il voulait finir ce réglage. Il disait qu'il s'en fichait, de ne pas voir l'ouverture.

– Vous n'avez pas insisté ?

– Commissaire, ne remuez pas le couteau dans la plaie. Je n'ai pas insisté parce qu'il venait de perdre son frère aîné, et je me disais qu'il n'avait pas forcément l'esprit à faire la fête. Je pense qu'il appréciait de travailler dans le calme du local… C'était quelqu'un de sérieux, dans le sens où il prenait ses responsabilités et tenait à mener au bout les tâches qu'on lui confiait. Mais cette fois-là, cela lui a été fatal.

– Il est resté seul ?

– Je pense que oui. Je ne suis pas sûr à cent pour cent, parce que certaines personnes sont sorties pour fumer une cigarette, et on s'est donc dispersés pour aller à la mairie.

– Qui vous a accompagné ?

– Il y avait Iker, son frère, il s'était accordé un moment de détente après le travail de la journée. Il y avait aussi Carlos, et les deux sœurs Lise et Camille. Et aussi Gérard et Aristide, je crois.

Adamsmendy nota les noms dans le carnet qu'il faisait toujours suivre dans sa poche.

– Et les autres ? Vous ne les avez pas revus ?

– J'en ai retrouvés à la peña, plus tard dans la nuit. Mais on n'a pas parlé de ce qu'ils avaient fait entre-temps.

– Je pourrai les rencontrer ?

– Mais avec plaisir, commissaire. Si vous le souhaitez, je vous invite à me suivre après cette entrevue jusqu'au local du char. Beaucoup de monde sera présent, on fait un repas avant que le corso ne démarre.

Adamsmendy accepta l'invitation avec intérêt.

– Et Iker Zubiko ? Quand l'avez-vous quitté ce soir-là ?

– Il est venu avec nous à la peña après l'ouverture. Il y avait beaucoup de monde, et je ne suis pas tout le temps resté avec lui. Être président d'une association, c'est aussi accueillir les gens de passage et tenter de les faire adhérer ! Nos portes étaient grandes ouvertes, et on a eu pas mal de succès. Je me souviens qu'on a chanté ensemble à moment donné. Il y avait Carlos avec nous. Après, je ne me suis plus occupé de lui, je suppose qu'il est rentré à Bidarray.

– Et le troisième frère, Gotzon ? Vous l'avez vu ?

– Oui. Mais c'était avant que j'aille au local du corso. Il est passé à la Peña, vers huit heures je dirais…

– Et êtes-vous reparti au local plus tard dans la nuit ?

– Non. Il y avait assez à faire à la peña, j'y suis resté jusqu'au petit matin.

Adamsmendy essaya de sonder le fond de ses yeux pour voir s'il ne mentait pas.

– Croyez-moi, commissaire, reprit Etxeberry comme s'il avait lu dans ses pensées. C'est la vérité. Il y avait suffisamment de monde ce soir-là pour témoigner que je n'ai pas quitté les lieux de la nuit. À part peut-être pour aller pisser. La bière, c'est éprouvant pour la vessie. Adamsmendy se remémora avec effroi l'odeur de la sanisette. Pour confirmer cette affirmation, Etxeberry alla chercher deux bières de plus. Le commissaire commençait à sentir les vapeurs lui monter à la tête. Il essaya toutefois de la garder froide.

– Comment avez-vous appris que Koldo avait été assassiné ?

– Par le journal, le vendredi matin. Ça m'a fait un choc. J'ai appelé à Bidarray, mais personne ne m'a répondu. Alors j'y suis allé. J'ai trouvé le père Zubiko, assis à côté de la cheminée, regardant sans dire un mot le cercueil qui avait été déposé dans la pièce. J'ai bredouillé des condoléances, je lui ai dit quelques mots de réconfort mais il n'a pas décroché les mâchoires. Il était comme tétanisé par ce décès. Il venait de perdre son deuxième fils en un mois.

– Vous avez vu les deux autres frères ?

– Non, et j'avoue que je n'ai pas cherché à les voir. J'ai salué le vieux, et j'ai filé sans demander mon reste. Cette visite m'avait glacé. Par contre, j'ai retrouvé Iker le soir au local du char. Il était comme drogué, il a tout juste dit bonjour et a continué à travailler sur le char sans dire un mot. Je me suis dit qu'il avait besoin d'occuper ses mains et son esprit pour oublier le malheur qui venait de tomber sur cette famille.

– Au local du char, avez-vous remarqué quelque chose de particulier le lendemain ? Des indices qui pourraient nous mettre sur la voie ?

– Non, commissaire. La boîte à outils de Koldo était rangée dans un coin de l'atelier, et tout était en ordre.

Adamsmendy n'avait décidément pas grand-chose à se mettre sous la dent. Apparemment, Koldo avait quitté le local de son plein gré. Mais pourquoi était-il parti, alors qu'il avait dit peu de temps auparavant qu'il restait pour continuer son travail sur le char ? Et pour aller où ?

Sur la place, la foule chantante se faisait de plus en plus nombreuse. Tous les chants traditionnels y passaient. Ils venaient d'attaquer « O Ama Euskal Herri » avec des trémolos dans les voix.

– Juste une dernière question, qui risque de vous surprendre, poursuivit Adamsmendy. Avez-vous entendu parler du Basa Jaun ?

Etxeberry hésita avant de répondre. Il regarda Adamsmendy fixement, puis finit par lâcher :

– Oui, bien sûr. Comme tout le monde qui fréquente de près la famille Zubiko. Gotzon m'avait parlé de ses doutes il y a un bon mois. Je l'avais écouté patiemment, mais je ne croyais pas un mot de ce qu'il racontait.

– Et maintenant ?

– Maintenant, c'est à moi d'avoir des doutes. Deux frères sont morts, et je ne sais pas quoi penser. Et comme je ne vois absolument pas qui pourrait en vouloir à cette famille...

– Parlez-moi de votre jeunesse. Et de votre engagement nationaliste avec Koldo.

– C'était une époque joyeuse ! On a partagé des bons moments ensemble. On lui en a fait voir, à la maréchaussée ! Des courses poursuite dans les rues de Bayonne, des caches de matériel illégal dans des planques improbables, des longues marches de nuit dans la montagne pour faire passer des collègues de l'autre côté de la frontière… Y'avait toujours quelque chose à faire ! Dommage que cela se soit mal terminé.

– La mort d'un policier… Ce n'est pas rien, quand même ?

– Je suis d'accord. Mais il s'agit d'une épouvantable bévue. Rien n'était prémédité dans ce coup-là. Ce pauvre homme s'est malheureusement trouvé au mauvais endroit au mauvais moment.

– Et Koldo Zubiko ?

– Koldo, c'était un poète ! Il avait toujours des idées farfelues pour se faire remarquer. L'invention de la bombe à étrons, c'était quelque chose ! Et gentil comme tout, avec ça. Il avait dans la tête l'idée de faire une révolution pacifique. Il avait un rôle d'apaisement dans notre petite communauté et il calmait souvent les ardeurs un peu radicales de certains de nos membres. J'ai été satisfait de voir qu'après cette affaire, il n'a pas été condamné et a pu continuer à mener une vie normale.

– Et ne pensez-vous pas que certains membres de votre communauté, comme vous dites, aient pu lui en vouloir de ne pas s'engager dans une voie plus dure ?

– Commissaire, comme je vous l'ai dit, Koldo n'avait pas d'ennemi. C'était quelqu'un de doux, qui ne cherchait absolument pas le clivage entre les gens.

– Mais il a fini par se retirer de l'engagement indépendantiste. Et cela n'a peut-être pas plu à tout le monde…

– Je ne pense pas, car ça s'est fait de manière naturelle. Koldo a été marqué par notre condamnation, à Iban et à moi. Il est venu nous rendre visite plusieurs fois en prison, même quand on a été transféré à Montpellier. Il était sincèrement désolé de ce qui nous arrivait, et il s'en voulait même de ne pas partager notre sort. Je me souviens qu'il nous apportait des piments d'Espelette, pour qu'on ne perde pas la saveur du Pays. Pendant tout ce temps, il a dû beaucoup réfléchir, comme nous d'ailleurs. Il a compris qu'il fallait explorer d'autres voies pour faire entendre nos revendications. Vraiment, commissaire, je ne vois pas qui aurait pu lui reprocher quoi que ce soit dans son attitude.

– Et comment s'est passé votre retour à la liberté ?

– Le contexte avait changé. Pendant mes années en prison, l'état français avait continué de mener une politique de répression impitoyable contre les nationalistes durs. Mais en parallèle, il avait ouvert une brèche dans la reconnaissance de la spécificité basque, notamment en tolérant la multiplication des *ikastolas*. Alors tout le monde s'est engouffré dans cette brèche, pour essayer de l'agrandir et pour qu'au final le barrage cède et libère toute cette énergie confinée. Koldo avait bien compris cette évolution, et c'est pour cela qu'il a très vite rejoint une peña. Pour nous, c'était un moyen pacifique de promouvoir la culture basque. Et c'est aussi ce que j'ai fait à ma sortie de prison.

– Vous vous êtes donc retrouvés à la peña Menditarrak…

– Oui. On ne s'était pas vraiment perdus de vue, comme je vous l'ai dit. Les fils Zubiko avaient intégré la peña cinq ans avant mon arrivée. Avec plus ou moins d'ardeur, d'ailleurs. Iker et Koldo étaient les plus actifs : outre leur participation essentielle dans la confection du char des fêtes, ils organisaient des campagnes d'information pour soutenir le retour des prisonniers politiques, ils préparaient bénévolement le passage de la *Korrika* au Pays-Basque nord pour le financement des *ikastolas*, et accessoirement accueillaient des voyages scolaires dans leur ferme à Bidarray. L'état d'esprit avait radicalement changé : l'objectif n'était plus de lutter contre l'état français, mais de développer la culture basque et garantir son accès au plus grand nombre. La scission finirait bien par se faire naturellement, tôt ou tard.

– Vous ne croyez pas qu'il est temps de vous assagir ?

– M'assagir, moi ? Jamais ! Il y a des causes qu'il faut défendre jusqu'au bout. Et la culture Basque est celle qui porte ma vie. Notre langue est millénaire, elle existait avant l'arrivée des Romains, et était certainement parlée par les premiers hommes préhistoriques qui se sont peu à peu installés dans le sud-ouest de l'Europe. Et il faudrait qu'elle disparaisse sous la pression d'un état jacobin et centralisateur ? Réfléchissez, commissaire. Cela mérite à mon avis qu'on se batte un peu pour qu'elle continue d'exister…

Sur la scène, les musiciens avaient attaqué les premiers accords d'une chanson d'Oskorri.

Euskal Herrian euskaraz,
Nahi dugu hitz eta jolaz
Lan eta bizi euskaraz eta hortara goaz
Bada garaia nozbait dezagun
Guda hori gal edo irabaz

(En Pays-Basque, c'est en Basque que nous voulons parler, jouer, travailler et vivre, et nous allons vers cela. Il est bien temps que cette bataille, nous la perdions ou nous la gagnions.)

– Belle chanson, n'est-ce pas, commissaire ? reprit Etxeberry à la fin de la musique.

– La mélodie est jolie. Mais je ne comprends pas les paroles.

– Qu'attendez-vous pour prendre des cours de basque ? Vous ne sentez pas que vos gènes sont contrariés par cette ignorance qui vous empêche de communiquer avec votre propre pays ?

– Je vous vois venir avec vos gros sabots. Vous êtes en train de détourner le sujet de conversation pour vous jeter dans le prosélytisme. Moi, je suis ouvert sur le monde, et je suis partisan d'un regroupement des pays de l'Europe plutôt qu'un émiettement.

– L'Europe ? Vous plaisantez, commissaire ! L'Europe prend une tournure totalement libérale, en contradiction totale avec la volonté des peuples qui la composent. L'Europe qu'on nous impose, c'est l'ouverture des marchés financiers et le libre-échange commercial, avec tout ce qui en découle : l'invasion des produits chinois ou américains, le chômage, l'acculturation et l'asservissement au consumérisme à outrance. Comment voulez-vous qu'on soutienne cette Europe-là ? Je pense justement que c'est une des raisons pour lesquelles les gens se tournent peu à peu vers nous. Dans ce monde ouvert à tous les mauvais vents, chacun a besoin de se raccrocher à ses origines pour ne pas être perdu. Et de fait, nous avons de plus en plus de sympathisants. D'ailleurs, rendez-vous en compte par vous-même, commissaire. Il suffit de regarder l'ardeur de la foule qui chante sur cette place ce soir. Croyez-moi, cette bataille-là, nous sommes en train de la gagner.

La foule en question avait attaqué le deuxième couplet de la chanson « Arrosako zolan » :

Koka ta hanburgesa, euskaldun baldresa,
Gustua galtzea ere zer dugun errexa !
Kendu nahi digute, bihotz ta bertute,
Izaki klonikloak agin nahi gaituzte.
Jo dezagun bada, goraki aldaba,
Multinazional hoien herria ez gara…
(Coca et hamburger, Basque négligent, comme il est facile de perdre le bon goût ! Ils veulent nous supprimer le cœur et la vertu, ils veulent nous transformer en clones humains. Alors sonnons fort l'alarme, nous ne sommes pas un pays de ces multinationales…)

Adamsmendy but sa bière sans dire un mot. Etxe devait se trouver là-dedans, en train de chanter à tue-tête, comme il avait l'habitude de le faire. Alors que lui devait continuer à faire le boulot, seul, et supporter les moqueries de son interlocuteur. Ce dernier avait fermé les yeux, et hochait la tête au rythme de la musique. Il arborait un léger sourire qui semblait montrer une totale confiance en soi. Cette assurance désarçonnait le commissaire, lui qui avait l'impression d'errer en permanence dans le doute, et de laisser balloter sa vie au gré des hasards. Il se sentit un peu déprimé, et il combla le vide en allant chercher deux bières supplémentaires. La chanson se termina, et Etxeberry rouvrit les yeux.

– Merci, commissaire, dit-il quand il attrapa la bière. C'est bien aimable à vous. Ce n'est pas souvent qu'on trouve des flics pour vous payer à boire !

– Je ne fais ça que pour passer le temps. Et parce que je crois que vous avez un rôle dans cette affaire de meurtre. Lequel, je ne sais pas encore. Mais je vais bien finir par comprendre…

– Tatata ! Comme vous y allez ! Accuser les gens sans preuve ! Je pourrais faire valoir mes droits auprès d'un avocat pour vous faire rabattre le caquet ! répondit Etxeberry sur un ton guoguenard.

– Je n'ai pas dit que vous étiez coupable. Mais vous avez trop de liens avec la famille Zubiko pour que ce soit un hasard.

– Oui, et alors ? Vous croyez que je n'ai pas souffert de cette disparition ? Avec en plus l'embarras qu'elle cause pour la confection du char ? Au final, le mécanisme du char n'est pas au point, Koldo n'avait pas eu le temps de régler le problème avant de mourir. Donc nous allons défiler ce soir avec un char bancal ! Vous ne croyez pas que j'aurais préféré que tout soit réglé pour que notre association gagne le prix des fêtes de Bayonne ?

– Certainement, et à ce sujet, je souhaiterais rencontrer les autres personnes qui travaillaient sur le char le soir où Koldo a été assassiné. Ils ont certainement des choses à raconter.

– J'avais prévu cette requête, commissaire. Je comptais vous accompagner au local du char. Tout le monde est déjà là-bas pour peaufiner les derniers préparatifs.

Etxeberry se leva et fit signe à Adamsmendy de l'accompagner.

– Je vous propose d'y aller. Nous n'avons pas énormément de temps…

Sur scène, le groupe avait démarré la chanson finale du *kantaldi*[39].

Guk, Euskaraz, zuk, zergatik ez ?
(Nous, nous parlons en basque, et vous, pourquoi pas ?)

Adamsmendy se leva et dut se tenir à la rambarde. La tête commençait à lui tourner. Il avait abusé de la bière et du cidre, il allait falloir qu'il se calme s'il voulait pouvoir interroger les autres membres de la peña en toute lucidité.

Ils traversèrent la foule pour regagner la rue Thiers. Adamsmendy renonça à chercher Etxe dans le public pour le prévenir qu'ils partaient. De toute façon, il devait être très occupé avec sa nouvelle conquête.

Ils regagnèrent le bord des quais, s'arrêtèrent boire un coup sur la place du Réduit, puis s'engagèrent sur le pont Saint-Esprit qui traversait l'Adour. En surplombant les eaux, la vue sur Bayonne était majestueuse. Le bâtiment massif de la mairie commençait à s'illuminer, et la foule

39- Concert de chants, englobant une large palette qui va du chant d'opéra au concert punk en passant par la chanson protestataire, du moment que les paroles sont en basque.

blanche se rassemblait à ses pieds. Vers l'embouchure, le nouveau Pont-Rouge – qui était peint dans la tradition des boiseries des maisons basques – reflétait sa masse sombre dans le flot de la marée. La petite échauguette, vestige restauré de l'ancien fort du Réduit, tenait le cap au confluent où la Nive rejoignait le grand fleuve, tandis que sur les hauteurs de la vieille ville, les flèches de la cathédrale resplendissaient à la lumière du soleil couchant.

Adamsmendy n'avait pas l'habitude de fréquenter le quartier Saint-Esprit, de l'autre côté de l'Adour. D'aucuns disaient que ce n'était plus le Pays-Basque là-bas, et que le fleuve marquait la frontière avec les Landes de Gascogne. Pourtant, le quartier était loin d'être calme : la gare y avait élu domicile, et avec elle son lot d'hôtels de passe et de cafés louches, tandis que plus à l'est, la barre d'immeubles de la ZUP apportait sa contribution aux statistiques des petits délits de la ville de Bayonne.

Ils longèrent à nouveau les quais de l'Adour vers l'est, de l'autre côté du fleuve, jusqu'à la zone de Saint-Frédéric. Comme dans toutes les zones industrielles, de vastes hangars de parpaings et de tôles ondulées abritaient les activités de PME ou d'artisans. Les locaux qui abritaient les chars qui concourraient au corso se trouvaient au beau milieu de ces bâtiments, dans d'anciens entrepôts désaffectés qui avaient été plus ou moins rénovés, et gracieusement prêtés par la Mairie aux associations concernées. Une intense activité régnait dans ces lieux. De nombreuses personnes allaient et venaient entre les différents locaux, emportant matériel de bricolage, pots de peintures ou packs de bière, comme des abeilles venant ravitailler les ruches au beau milieu du printemps. Le petit hangar vers lequel se dirigeaient les deux hommes avait été tagué du nom « Menditarrak » en lettres basques et rouges sur le portail métallique.

– C'est là, déclara Etxeberry en montrant fièrement la masure.

– Je m'en serais douté, répondit Adamsmendy.

Deux hommes tentaient de faire glisser le portail coulissant sur son rail dans le bruit strident de ferrailles grinçantes, afin de dégager l'entrée pour la sortie du char. Une jeune fille souriante, vêtue d'un long imperméable blanc, en sortit et fit un signe à Etxeberry quand elle l'aperçut. Elle s'approcha pour accueillir les deux hommes.

– Salut, Manex, dit-elle en lui faisant la bise. Puis elle serra la main du commissaire.

– Je suppose que vous êtes le célèbre commissaire Adamsmendy ? Manex nous avait prévenus de votre visite.

– On ne peut rien vous cacher, répondit celui-ci, vaguement flatté par sa notoriété inattendue.

– C'est vrai que vous lui ressemblez sacrément ! dit-elle en pouffant.

Et elle tourna les talons et s'enfuit dans le hangar.

Adamsmendy resta vaguement interloqué, et se tourna vers le président.

– Qu'a-t-elle voulu dire ?

Etxeberry prit un air gêné.

– Je pense que la réponse est à l'intérieur...

Ils entrèrent donc dans le hangar et Adamsmendy put découvrir en avant-première le char de l'association.

Il s'agissait du buste d'un immense personnage, d'une hauteur de trois ou quatre mètres fixé sur un chariot d'environ six mètres de long. Il était coiffé d'un chapeau gris et habillé d'un long pardessus blanc cassé. Il tenait dans sa main droite un revolver qu'il brandissait vers l'avant, et une pipe de bois dans sa main gauche. Il ne faisait aucun doute que ces bras étaient articulés, et devaient bouger quand le char avançait. Une paire de menottes géantes dépassait de la poche de son imperméable.

Derrière le bonhomme, la réplique d'un bâtiment austère, à une échelle réduite, occupait l'arrière du char. C'était un immeuble rectangulaire dont les étroites fenêtres comportaient des barreaux. Un panneau « PRISON » avait été apposé sur la façade. Sur un des côtés, on pouvait accéder par une échelle à un petit mirador, haut de trois mètres, qui surplombait la petite cour devant le bâtiment. L'ensemble était entouré de barbelés miniatures.

À l'avant du char, une mini-voiture de police, bleue et noire, semblait prendre un virage serré, car elle ne reposait que sur deux roues. Son gyrophare clignotait par intermittence.

Adamsmendy baissa la tête et parcourut le hangar des yeux. Il remarqua alors que tous les membres de l'association étaient présents à l'intérieur. Ils étaient tous immobiles, comme pétrifiés à différents endroits de la salle. Ils fixaient le commissaire dans le plus profond silence, et semblaient attendre son verdict.

Adamsmendy tourna alors à nouveau son regard vers le pantin du char, pour tenter de faire un commentaire qui puisse satisfaire ses concepteurs. Il se rendit alors compte que ce personnage lui semblait vaguement familier. C'était un policier, sans aucun doute, car ses vêtements, ses accessoires et le décor qui l'environnait révélaient sa profession. Mais quand même, ce visage arrondi, ce nez légèrement aplati et ces petits yeux bleus, ce début de calvitie…

Il eut tout à coup un éclair de lucidité.

– Mais… C'est moi, ça ! balbutia-t-il.

À ce moment-là, tout le monde se mit à applaudir et à lancer des cris de joie. Adamsmendy entendit même des « bravo » hurlés par l'assistance. Etxeberry s'approcha de lui et lui serra fermement la main.

– Merci, commissaire, vous êtes notre meilleur test ! Si vous vous êtes reconnu sur le char, alors le public ne s'y trompera pas : il verra dans ce char un hommage au plus célèbre policier de notre ville ! dit-il d'un ton faussement enjoué.

– Mais mais mais… bredouilla Adamsmendy. Je n'ai jamais donné mon accord pour servir de modèle à un char des fêtes de Bayonne, moi ! Et d'abord, quel est le thème du corso cette année ?

– Les personnages et les lieux emblématiques de l'histoire contemporaine de la ville de Bayonne, répondit Etxeberry. Ne me demandez pas qui a eu cette idée saugrenue, au conseil municipal, mais toujours est-il qu'on a dû se débrouiller avec ça pour trouver une idée pour notre char. Alors on a trouvé un héros bien vivant, figure de proue de la police de notre belle ville : vous ! N'était-ce pas une bonne idée ? N'êtes-vous pas ému de savoir que vous allez faire rêver des milliers de personnes ce soir, quand ce char défilera dans les rues de Bayonne ?

– Certes, certes… Mais j'aurais souhaité qu'on m'en parle avant. Je ne vais plus oser me montrer dans Bayonne jusqu'à la fin des fêtes !

– Voyons, commissaire, vous êtes déjà sous le feu des projecteurs ! Vous faites la une des journaux depuis jeudi. Ce char sera juste la consécration d'un plan médiatique chargé de faire respecter l'ordre et d'assurer la sécurité pendant les fêtes. Je pense que cette idée va être très bien vue par le jury qui va délibérer ce soir…

Une jeune fille blonde au tee-shirt moulant surgit alors du fond de la salle et se pendit au cou d'Adamsmendy.

– Allez, commissaire ! s'écria-t-elle. Vous n'allez pas faire capoter notre projet au dernier moment !

Adamsmendy eut un moment d'hésitation en sentant la pression de sa poitrine contre la sienne.

– Bon, ça ira pour cette fois, répondit-il. J'accepte que ce char concoure pour le corso. Mais je tiens à vous faire remarquer ma contrariété de ne pas avoir été prévenu plus tôt !

– Merci, commissaire ! Nous vous serons à jamais reconnaissants ! répondit-elle en lui faisant une bise sur les deux joues, qui s'empourprèrent aussitôt (à moins que ce ne fût la marque du rouge à lèvres de la fille). Etxeberry se rapprocha du commissaire.

– Nous avons prévu une petite chorégraphie sur le char, pendant le défilé du corso. Il y aura trois cambrioleuses, habillées en noir, qui seront pourchassées par trois policiers, vêtus de leur imperméable blanc, le tout sur la musique de « Starsky et Hutch ». Mais malheureusement, nous n'avons toujours pas de volontaire pour faire le gardien de la prison, là-haut, sur le mirador. Il serait chargé de lancer des confettis sur le public, et d'actionner la pompe à eau qui alimente le pistolet du policier… Il se tourna vers Adamsmendy.

– Ça vous dirait, de jouer ce rôle ?

Ce dernier ouvrit des yeux ronds et explosa.

– Ah, non alors ! Il ne manquerait plus que ça. Déjà que ce char va me couvrir de ridicule, je ne vais pas en plus en rajouter !

– Comme vous voulez, commissaire. Nous respecterons votre décision.

Etxeberry attrapa alors Adamsmendy par le bras et lui fit faire le tour des personnes présentes, tout en s'approchant du bar. Il y avait une quinzaine de membres de la peña ce soir-là, jour J du défilé après plus de six mois de travail de confection du char. Quelqu'un avait remis en route la sono qui déversait en boucle des musiques de bandas, histoire de se mettre dans l'ambiance. Cela irrita Adamsmendy qui était obligé de se coller à ses interlocuteurs pour entendre leurs réponses. Il retrouva les deux frères Zubiko, qui étaient venus en tracteur au cours de l'après-midi depuis la ferme de Bidarray jusqu'au local de Saint-Esprit.

– Ça n'a pas été sans mal, commissaire, avoua Gotzon. La route était encombrée par tous les Basques de l'arrière-pays qui regagnaient Bayonne pour la soirée. Il faut dire que le samedi, c'est le soir qui attire le plus de monde. Il y a des familles entières qui viennent voir le corso ! Alors bon, on a eu pas mal de coups de klaxons. On a été obligés de se garer à plusieurs reprises sur le bas-côté pour laisser passer la file de voitures. Et en arrivant à Bayonne, il a fallu faire un sacré détour à cause des déviations mises en place pour bloquer l'accès au centre-ville... Cela ne fait qu'une heure qu'on est arrivés, nos collègues commençaient à se demander si le char allait pouvoir être tracté ce soir !

– Qui va le conduire pendant le corso ?

– Iker et moi. On ne sera pas trop de deux pour se relayer pendant le défilé, car cela dure plus de deux heures. Et il faut être prudent pour ne pas risquer de heurter un étourdi ou un inconscient !

– Vous avez laissé votre père seul ?

– Il est habitué, vous savez, il a sa soupe pour la semaine, qu'il finit avec le fond de la bouteille de vin. Et il a la télé ou les cochons pour lui tenir compagnie.

Il tendit à Adamsmendy un verre de pastis.

– Tenez, commissaire. Aux fêtes de Bayonne ! Et à votre réussite dans cette enquête !

Ils avalèrent tous les deux le contenu de leur verre d'un coup sec.

– Et merci pour vos gardes du corps, poursuivit-il. Comme d'habitude, ils ne sont pas très discrets, mais ils permettent quand même de nous rassurer un peu...

Il fit un signe de la tête en direction du fond de la salle, où se trouvaient deux hommes habillés en festayres, en train de boire un verre tout en devisant avec deux demoiselles de la peña. Adamsendy fronça les sourcils et alla à leur rencontre. Il reconnut les deux policiers qui avaient fait les plantons dans la montagne le matin même.

– Dites donc, vous, les interpella-t-il discrètement. Vous êtes payés pour surveiller les deux frères, et pas pour faire les malins devant les filles !

Les susnommées réagirent avec indulgence.

– Ne soyez pas sévère, commissaire ! Ils font leur travail très sérieusement. Nous dressions justement la liste des membres de l'association, et nous allions faire la tournée de ceux qui sont présents ce soir…

– Ça tombe bien, je comptais interroger chacun d'entre vous. Alors, autant commencer tout de suite. Merci de m'indiquer vos noms, prénoms, date de naissance et rôle dans l'association…

– Voyons, commissaire ! Est-ce une manière d'aborder les dames ? Un peu de délicatesse, tout de même ! Et d'abord nous ne répondrons qu'en présence d'un verre de whisky, et uniquement après avoir trinqué ensemble…

L'une des deux filles lui tendit un verre qu'Adamsmendy dut avaler avant de commencer l'interrogatoire. Le trouble qu'il ressentait commençait à s'accentuer, il se dit encore une fois qu'il devait arrêter de boire immédiatement s'il voulait finir la soirée dans un état convenable. Il fallait qu'il retienne tout ce que les membres de l'association allaient lui raconter, afin de pouvoir confronter les différentes versions et trouver des incohérences qui pourraient le mettre sur une piste. Et ce n'était pas gagné s'il continuait à boire à ce rythme. Mais d'un autre côté, il ne pouvait pas refuser l'hospitalité de tous ces gens.

Trinquer avec chacun d'eux était une condition nécessaire pour les mettre en confiance.

Il but donc son verre en compagnie des deux filles, et les deux autres policiers en profitèrent pour faire de même. Elles s'avérèrent être les deux sœurs dont Iker avait parlé à Bidarray. Elles étaient bien présentes au local le soir où Koldo avait été assassiné, et elles fournirent à Adamsmendy leur version des faits qui n'apporta pas d'élément nouveau. Elles avaient fini la soirée avec Etxeberry à la peña, après avoir passé un peu de temps à danser au bal de la Place des Halles. Elles n'avaient bien entendu pas revu Koldo depuis qu'elles l'avaient quitté au local de Saint-Esprit.

Il quitta les deux sœurs pour interroger l'homme qui se chargeait du barbecue derrière le bar. Ils trinquèrent ensemble avant que celui-ci n'annonce d'une voix forte :

– À table ! Les saucisses sont à point !

Tout le monde installa alors des bancs autour d'une longue table improvisée, constituée de planches posées sur des tréteaux et recouvertes de chutes de papier crépon. Chacun s'organisa pour amener des assiettes en carton et des couverts en plastique, et les verres se remplirent à nouveau de rosé de Navarre frais, tout droit sorti des glacières. Adamsmendy suivit le mouvement, et il se retrouva bientôt assis entre Etxeberry et une femme qu'il ne connaissait pas. Il remarqua que les deux policiers s'étaient également attablés à côté des deux sœurs qu'ils ne lâchaient pas d'une semelle.

Etxeberry porta un toast avant le début du repas, comme d'autres auraient pu démarrer par une prière de bénédiction.

– Je dédie ce verre à notre futur prix pour le corso, et à tous les volontaires qui y ont contribué. Je vous remercie tous d'avoir travaillé sans relâche depuis plusieurs mois pour finir ce char dans les délais !

Il y eut des applaudissements et des cris de joie, et chacun avala le contenu de son verre d'un trait. Etxeberry attendit que les verres soient à nouveau remplis pour poursuivre.

– Je dédie le char à Koldo Zubiko, qui nous a malheureusement quittés dans des circonstances tragiques. Ce char n'aurait pas pu voir le jour sans son aide précieuse. Koldo, nous ne t'oublierons jamais. Où que tu sois, j'espère que tu peux maintenant être satisfait de voir ton œuvre terminée, et prête à remporter le prix des fêtes de Bayonne !

Les verres se levèrent en silence, et se vidèrent aussitôt en respect pour la mémoire du défunt.

– Et je trinque avec ce dernier verre au succès du commissaire Adamsmendy, ici présent, poursuivit Etxeberry en faisant se lever son voisin de table. Pour qu'il puisse retrouver les ignobles assassins qui ont commis ce crime, et pour son aide précieuse pour assurer notre sécurité. Et enfin pour sa contribution involontaire au thème de notre char ! Qu'il en soit remercié par tous !

Une explosion de hourras éclata autour de la table, et la sono reprit de plus belle sur l'air de Lapitxuri, « le rendez-vous de tous les Basques du Pays ». Tout le monde vint à la rencontre d'Adamsmendy pour trinquer à sa santé, et ce dernier se retrouva, bien malgré lui, obligé d'enchaîner les coups à boire et les embrassades plus ou moins appuyées.

Les saucisses et les merguez furent servies sur ces entrefaites, ainsi qu'une généreuse portion de chips et de rondelles de pain, le tout accompagné par des rasades incessantes de vin rosé. La musique battait son plein, et dans le brouhaha ambiant, Adamsmendy commençait à perdre pied. Il tenta d'engager la conversation avec sa voisine, sur le ton qu'il jugea le plus professionnel possible. Celle-ci répondait à ses questions avec de grands éclats de rire, alors qu'il ne lui semblait pas faire particulièrement preuve d'humour. Cela le mit à l'aise, et il se mit à rire également. Il se rendit compte qu'il ne retenait aucune des phrases qu'elle lui racontait. Il les entendait, en comprenait le sens, ce qui lui permettait de réagir et d'enchaîner des répliques, mais les oubliait aussitôt. C'était une sensation très étrange, et très embêtante pour son enquête. Il fallait qu'il arrête de boire.

Il allait se décider à poser définitivement son verre quand il fut entraîné par sa voisine dans la queue d'une chenille humaine qui venait de se former spontanément sur l'air bien connu des fêtes populaires :

Accroche tes mains à ma taille
Pour pas que la chenille déraille

Ce qu'il fit, et lui permit de remarquer qu'elle ne l'avait pas particulièrement fine. La chenille déambula autour de la table, se rallongeant au fur et à mesure de l'arrivée de nouveaux contributeurs. C'était un joyeux bazar, et pendant un instant, Adamsmendy se demanda ce qu'il faisait là. Puis il sentit sa tête s'alléger par l'afflux d'alcool qui circulait dans ses veines, activé par l'effort physique de la danse. Et il perdit pied définitivement, sans espoir de retour.

À partir de ce moment, le monde bascula dans un tourbillon coloré. Il voyait des figures et des cotillons passer au ralenti devant lui, mais il n'arrivait pas à les saisir. Les sons arrivaient par vagues jusqu'à ses oreilles, étrangement étouffés, comme si quelqu'un lui enfermait la tête dans un sac et le soulevait par intermittence. Et il riait. Il riait sans pouvoir s'arrêter. À la fin de la danse – à moins que ce ne fût au milieu ? – sa voisine leva le verre à sa santé. Cela le fit rire aux éclats. Il but également en lui rendant hommage, ce qui la plongea elle aussi dans un fou-rire qui lui fit venir des larmes. Il lui demanda son prénom, et le rire qu'il reçut en retour lui fit penser qu'il avait déjà posé cette question. Bien entendu, il ne retint pas la réponse.

Il se goinfra de chips pour se remplir le ventre. Les saucisses circulaient dans les plats mais il n'y avait plus personne à table. Il passa d'une personne à une autre, en les questionnant joyeusement sur la soirée du meurtre, à moins qu'il ne leur parlât du char ou de la fête ? Il reçut des rires et des coups à boire en guise de réponse. Et il en vit, du monde, d'autant plus que certaines personnes repassaient plusieurs fois devant lui, mais comme il ne se souvenait pas les avoir déjà interrogées…

Il se surprit à chanter en basque une chanson qu'il ne connaissait pas. Il dansa même le fandango avec sa voisine de table, qu'il retrouva par hasard. Il tomba dans les bras des deux policiers, en leur vantant leur mérite de faire ce boulot ingrat et inintéressant. Ils étaient tout à fait d'accord avec lui, et ils trinquèrent à une vie meilleure et un avenir radieux. Adamsmendy leur promit un avancement dès que cette histoire serait terminée.

Le dessert arriva à ce moment-là, et le champagne pour l'accompagner. Les bouchons fusèrent dans des pétarades sonores, et la mousse vint remplir les coupes en plastiques qui étaient tendues vers les bouteilles levées. Etxeberry bredouilla un nouveau discours qu'Adamsmendy ne réussit pas à comprendre, mais il applaudit avec enthousiasme à la fin, comme tout le monde. Il avala un bout de gâteau moelleux qu'il estima être du gâteau basque, car ses papilles s'éveillèrent en lui rappelant le souvenir d'Ama.

La fête repartit de plus belle, et tout le monde se mit à danser sur des airs de fête. Adamsmendy prit sa voisine par la taille pour la faire valser, et elle leva les bras en tortillant ses hanches dans un grand éclat de rire. Ils improvisèrent une danse qui mélangeait des pas de rock, de tango et de valse. Une ronde se forma autour d'eux avec des battements de mains au rythme de la musique. Adamsmendy eut beau fouiller sa mémoire, il ne se souvenait pas avoir fait l'objet d'admiration pour ses qualités de danseur. Cela le fit redoubler d'ardeur et d'enthousiasme. Il la fit virevolter dans ses bras puissants, faisant d'elle une poupée docile, totalement soumise au démon de la danse. Elle tourna sur elle-même comme une toupie, puis enchaîna des pas sautillants et bondit dans les bras d'Adamsmendy qui la souleva au-dessus de sa tête tandis qu'elle tentait de faire le grand écart. Il entrevit bien malgré lui le rouge de sa petite culotte. Il la reposa et l'entraîna dans quelques pas langoureux, corps à corps perdus et bras tendus. Il la souleva à nouveau et tenta de lui faire faire un double salto, mais il manqua la réception et elle alla s'écraser contre le public qui les acclamait sur le côté, ce qui permit bien heureusement d'amortir sa chute. Il y eut des cris de surprise, puis la musique fut recouverte par le ronronnement du tracteur qui démarra.

– Cher amis, hurla Etxeberry en essayant de surnager dans le bruit ambiant. Il va être vingt-deux heures ! Il est donc temps d'y aller ! Le corso va débuter !

L'assemblée hurla de joie, et tout le monde se précipita autour du char pour assurer les derniers préparatifs. Comme l'avait indiqué Etxeberry, quatre filles surgirent vivement du fond de la salle, habillées d'une combinaison noire moulante et affublées d'un loup, tandis que de l'autre côté quatre hommes habillés d'un long imperméable blanc et d'un borsalino s'approchaient nonchalamment du char. Le tracteur se mit à pétarader, et quelqu'un brancha le mécanisme du char sur la prise de force afin de l'actionner. On vit alors les bras articulés du pantin géant s'animer avec des soubresauts. Le bras droit se leva lentement en brandissant le revolver, puis un bruit sec retentit quand il fut à l'horizontale. Puis il se baissa à nouveau tandis que le bras gauche remontait la pipe vers la tête géante. Et c'est alors qu'apparut le défaut que n'avait pas réussi à régler Koldo Zubiko avant de mourir : au lieu de porter la pipe à sa bouche, l'avant-bras se déplia trop et l'embout de la pipe se dirigea dans l'œil gauche, menaçant de l'éborgner. Il y eut des cris de surprise dans l'assemblée, et quelques paroles de protestation. Mais par bonheur, la pipe s'arrêta à quelques centimètres de l'œil, parut hésiter, puis le bras gauche se détendit à nouveau et la pipe redescendit à sa position initiale pour laisser place au bras droit et à son tir du revolver, dans un mouvement de va-et-vient qui se répétait à l'infini.

Le public de la peña applaudit à tout rompre. Le mécanisme fonctionnait globalement, même si ce léger défaut de réglage faisait apparaître le personnage du commissaire maladroit. Mais après tout, cette maladresse le rendait sympathique, tout en lui conférant une dimension comique qui confirmait l'état d'esprit burlesque de la fête. De toute façon, Adamsmendy était à un stade d'alcoolémie trop avancé pour protester et réclamer plus de dignité à l'automate qui était censé le représenter. Il observait le char s'animer, bouche bée, un léger sourire aux lèvres, très impressionné par l'adresse technique des frères Zubiko qui avait permis de rendre cet androïde presque vivant.

Il sentit soudain quelqu'un l'attraper par les épaules et l'aider à monter sur le char. Il lui sembla reconnaître Etxeberry qui lui disait : « A vous de jouer, maintenant ! » mais il n'en était pas sûr. Il grimpa donc sur la plate-forme sans bien savoir de ce qu'il allait faire. Les six membres de la peña déguisés en policiers et en voleurs se hissèrent également sur le chariot, en chargeant avec eux les munitions pour le parcours : confettis, serpentins et autres boulettes de papier. La sono du char se mit en route, et le tracteur hoqueta en faisant un pas en avant, ce qui fit chanceler ses occupants.

Deux festayres poussèrent en ahanant les portes métalliques du local, qui s'ouvrirent dans un crissement de ferraille. Le tracteur passa avec précaution par l'ouverture qui ne laissait pas beaucoup de marge sur les côtés. Il entraîna avec lui le char qui commençait à s'animer, dans les applaudissements chaleureux de tous les membres de la peña. Quelqu'un lança une bouteille de champagne qui vint s'écraser contre les murs de la maquette de la prison. On fit ainsi le baptême de la fin de la construction, et le char se lança dans le corso comme un navire dans les flots au sortir d'un chantier naval.

Dehors, il faisait déjà nuit. Du haut de son perchoir, Adamsmendy assista, impuissant, à la manœuvre du tracteur pour se faufiler entre deux autres chars qui avaient déjà pris place dans la rue devant le local. Ils furent bientôt rejoints par d'autres constructions sur roulettes qui se placèrent en queue de cortège, tandis que des bandas se faufilaient entre chacun d'eux. Le corso prenait ainsi peu à peu sa forme finale, sous l'œil admiratif des badauds qui se hâtaient pour rejoindre les trottoirs en bord de parcours.

Un des policiers déguisés s'adressa à lui.

– Commissaire ! Vous devez rejoindre le mirador ! Je vais vous aider à monter…

Il se laissa amener au pied de l'échelle et se hissa sur la petite tour qui surplombait les murs de l'enceinte de la prison factice. Le "policier" déposa des poches de confettis et des canettes de bière à ses pieds, sur la plate-forme.

– Voilà des munitions... Et n'oubliez pas, vous devez appuyer sur ce bouton pour actionner la lance à eau ! lui dit-il avec un clin d'œil, tout en montrant un interrupteur posé sur la balustrade qui protégeait le sommet du mirador.

Adamsmendy acquiesça sans chercher à comprendre. Il était subjugué par l'avalanche de couleurs et de sons qui déferlait du cortège qui se formait peu à peu. Il reconnut plus ou moins la silhouette de la cathédrale de Bayonne, érigée en miniature sur le char situé derrière le sien. Un évêque muni de sa mitre faisait de grands signes de croix au pied de l'édifice, en bénissant à outrance la foule avec un goupillon chargé d'un liquide qui ne semblait pas être de l'eau bénite. Plus loin, c'était une maquette de la mairie qui était illuminée sous les éclairages éclatants d'un feu d'artifice factice. Un automate de taureau en faisait le tour en poursuivant de vrais jeunes festayres, reproduisant la scène de *l'encierro ttiki* (40) qui avait habituellement lieu lors de la journée des enfants le jeudi des fêtes. Plus loin encore, c'était une scène du marché des Halles qui avait été choisie : Adamsmendy y distinguait des poissonnières qui se

40- Copie en miniature de l'Encierro de Pampelune, course de taureaux lâchés dans les rues de la ville. Dans la version bayonnaise, les toréadors sont des enfants et les taureaux des brouettes cornues maniées par des parents compatissants. Nettement moins dangereux pour la santé.

crêpaient le chignon, avec une vivacité qui rappelait les disputes célèbres du village gaulois d'Astérix.

Adamsmendy, planté en haut de sa tour, observait ce spectacle les yeux grand ouverts, dans un état proche de l'hébétude, quand une nouvelle secousse l'informa que le char se mettait en route.

Le corso démarrait.

Les bandas se mirent en place et commencèrent à jouer. La musique de celle qui précédait le char du commissaire se mélangea à la musique de celle qui le suivait, ainsi qu'à la sono du char dont le volume avait été poussé à fond. Cela créa une cacophonie indescriptible. Les battements discordants des grosses caisses résonnaient dans la tête embrumée d'Adamsmendy, et il tenta tant bien que mal de se trémousser sur leur rythme haché.

Les six autres personnes présentes sur le char avec lui commencèrent alors leur chorégraphie : les trois filles, habillées en cambrioleuses, dansaient à l'unisson en simulant des esquives et des tours de cache-cache, sous les yeux méfiants des trois policiers qui les observaient les bras croisés, à l'avant du char. Puis une danse mixte s'enchaînait, pendant laquelle les filles passaient d'un policier à l'autre par de petits sauts tendus et des galipettes joyeuses. Quand les policiers firent mine de les retenir, elles s'enfuirent à grandes enjambées tout autour du char, poursuivies par les trois pandores dont les pistolets projetaient des confettis. Ils finissaient par les rattraper au bout de trois tours, les menotter et les jeter en prison dans un simulacre théâtral. La morale était donc sauve. Les policiers rejoignaient alors l'avant du char, et mimaient les mouvements de la poupée géante du commissaire, alternant coups de feu et bouffées de pipe... jusqu'à ce que les cambrioleuses échappent à la surveillance du maton – qui n'était autre qu'Adamsmendy lui-même – et s'enfuient de la prison. La danse pouvait ainsi recommencer.

Le corso avait pris son rythme de croisière, et la foule se faisait de plus en plus nombreuse au fur et à mesure qu'il s'approchait de la gare. Adamsmendy se laissait bercer par les cris de joie des enfants, qui l'interpellaient en lui lançant des confettis. Il leur répondait en faisant de même, et riant de toutes les dents de sa bouche grande ouverte. Il se sentait bien, du haut de sa tour, et pouvait contempler la joie et la bonne humeur que semait le char sur son passage. Il décapsula une canette de bière et but un coup à la santé du public, qui lui répondit par une ovation. La bière lui rafraîchit onctueusement le palais et il s'en sentit doucement revigoré. En contrebas, sur le char, les danseurs continuaient leur course-poursuite sans faire de pause.

Au moment où le corso s'élança sur le pont Saint-Esprit, il découvrit alors l'interrupteur rouge qui trônait sur la barrière de la tour. Il lui semblait que quelqu'un lui avait dit quelque chose à ce sujet, mais quoi? Pour le savoir, il suffisait de l'actionner, après tout. Il appuya donc sans hésiter.

Il vit alors la poupée géante baisser le bras armé du revolver, et un bref jet d'eau en sortit et arrosa le public posté sur le trottoir. Celui-ci poussa des cris de surprise, et tout le monde recula en se protégeant avec les bras.

Adamsmendy éclata de rire à ce spectacle. Oui, les frères Zubiko avaient fait du beau boulot. Et ils avaient un sacré humour pour avoir pensé à cette idée ingénieuse. Quelques festayres bravaches vinrent se poster à l'avant du char en enlevant leur tee-shirt, et hurlèrent des insanités provocantes pour défier celui qui osait jeter de l'eau dans leur verre de pastis. Adamsmendy les balaya d'un coup de jet. Il entrevit alors des enfants qui couraient à côté du char, jetant des confettis sur les danseurs. Il les arrosa également dans un fou-rire sonore. Cette machine était un défouloir, Adamsmendy sentait une douce jubilation remonter le long de sa colonne vertébrale en actionnant la manette. Il sentait, plus qu'il ne la voyait, la foule le haranguer pour être rafraîchie par le jet d'eau dans la moiteur de la soirée. Il exécutait leur souhait dans la bonne humeur. Il se sentait populaire pour la première fois de sa vie, lui qui avait passé le plus clair de son temps à mettre en prison des malfaiteurs. Il n'avait eu en retour que lettres de menaces, des désirs de vengeance et des insultes de gallinacés. Alors qu'à cet instant, la foule était à ses côtés, et aussi absurde que cela paraisse, il avait le sentiment de se rendre utile en la revivifiant. Il était fasciné par cet environnement bruyant et lumineux, qu'il dominait du haut de sa tour, et enthousiasmé par tous ces gens qui étaient venus l'acclamer.

Le corso traversa l'Adour au pas de sénateur, et s'approcha peu à peu de la place de la Liberté. Les lumières de la place avaient été éteintes pour amplifier le spectacle du corso lumineux, mais Adamsmendy devina qu'elle était noire de monde. La lente procession des chars animés attirait toujours autant de spectateurs. Les familles se pressaient sur les trottoirs, les enfants sur les épaules pour leur permettre d'avoir une chance d'admirer le spectacle et de recevoir une volée de confettis.

Quand le char s'engagea sur le quai de l'Amiral Lespes, à droite de la mairie, Adamsmendy distingua les bribes de voix d'un commentateur, dont le rôle était de présenter chaque char et chaque banda à la foule ébahie. Il peina à le voir, perché en haut du balcon de la mairie.

– Et maintenant voici le char de la Peña Menditarrak ! Comme chaque année, la peña s'est donné beaucoup de mal pour faire un personnage entièrement articulé. Et cette fois-ci, c'est la police qui est à l'honneur ! Admirez comment ce policier est réaliste, avec son pistolet et sa pipe... Il est certain que le jury ne va pas rester insensible à tant de travail et de génie...

Adamsmendy savait que la tribune du jury, qui devait voter pour élire le plus beau char des fêtes, se trouvait de l'autre côté de la mairie. Il lui sembla alors entendre son nom dans le micro de l'animateur.

– Mais, oui ! Si je ne me trompe pas, nous avons la chance d'avoir sur le char le célèbre commissaire du bureau de police, Monsieur Baptiste Adamsmendy ! Quelle surprise ! La peña Menditarrak a réussi un beau coup en recrutant le commissaire lui-même pour faire l'animation ! Il est encore plus vrai que la poupée géante qui le représente…

La foule applaudit à tout rompre sur la place. Adamsmendy leur répondit en levant sa bière et en laissant échapper un rôt tonitruant.

Le char contourna alors la mairie et passa devant la tribune du jury, perché sur une estrade à l'angle du bâtiment. Adamsmendy eut un sursaut de lucidité et distingua nettement ses membres observer le char sous toutes les coutures, tout en notant leurs impressions sur de petits carnets. Cette fâcheuse attitude lui rappela son chef. Lui aussi avait l'habitude de prendre des notes quand Adamsmendy lui faisait le point d'avancement sur les enquêtes en cours. Il se rappela alors l'entretien calamiteux qu'il avait eu deux jours auparavant. Il fulmina, prit une grande inspiration et ajusta la lance à eau.

Le jet les prit par surprise, faisant voltiger cahiers, crayons et lunettes. Des cris s'échappèrent de petit groupe, et ils dévalèrent les quelques marches de l'estrade pour se cacher dans la foule, dans laquelle ils se diluèrent en hurlant. Le commentateur bredouilla alors des mots aux accents de colère, qu'Adamsmendy ne comprit pas. Il commençait à être fatigué de tout ce cinéma. Il visa le balcon d'où l'exégète poursuivait un discours qui commençait à ressembler à une longue litanie. Le jet d'eau sortit du pistolet mais n'était pas assez puissant pour l'atteindre. Il retomba en pluie fine sur les spectateurs massés sur la place, qui se réfugièrent tant bien que mal sous les arceaux de la mairie, ajoutant du désordre à la confusion déjà présente. Les gens n'applaudissaient plus, et le commissaire en ressentit du dépit. Cela le fit redoubler d'efforts pour balayer toute cette populace. Il mania le pistolet à eau du pantin comme il l'aurait fait avec son revolver. Il voyait les gens courir pour se mettre à l'abri, ou protéger les enfants de la puissance du jet. Il se sentait une âme de justicier. Le commentateur continuait de hurler des choses dans son micro, mais il était incapable de comprendre. Le char continua sa course sans se préoccuper le moins du monde du désordre qu'il semait sur son passage. Il remonta la rue de Bernède en poursuivant son cataclysme.

Ce fut le moment où la pression du jet diminua brusquement. Adamsmendy essaya d'actionner l'interrupteur avec colère mais la source avait fini par se tarir. Le réservoir d'eau devait être vide, il avait épuisé toutes ses munitions dans ce dernier acte de rage. Il ressentit alors une grande lassitude. L'alcool avait eu raison de son exaltation. Des relents de saucisses et de chips remontaient le long de son œsophage. Il lui sembla que la tour se balançait dangereusement, et il se croyait être la vigie postée au sommet du mât d'un bateau de pirates balloté par les flots. Il sentit arriver le mal de mer, et avec lui les désagréments des turpitudes de l'estomac. Il tenta de le maîtriser en descendant de son perchoir. Il fut accueilli en contrebas par deux policiers déguisés qui avaient laissé tomber leur chorégraphie.

– Ça va, commissaire ? Vous vous sentez bien ?

Il leur répondit par un hoquet convulsif et bruyant. Il s'assit et s'affaissa sur les murs factices de la prison. Les sons de la fête arrivaient déformés à ces oreilles, et la voix des policiers était étrangement grave. Les lumières du balcon de la mairie tournaient dangereusement autour de lui.

Il eut alors un bref éclair de lucidité. Il se rappela que l'expertise médicale effectuée sur les deux frères Zubiko avait révélé qu'ils avaient absorbé beaucoup d'alcool avant de mourir. Ils devaient être dans un état proche du sien, dans une extase parfaite, avant de tirer la révérence à la vie. Et si cette histoire se répétait ce soir ? L'avait-on fait boire intentionnellement pour mieux se débarrasser de lui ? Et si la malédiction du Basa Jaun existait vraiment ?

Il eut un moment de panique avant de sombrer dans un état proche du coma éthylique. Il aurait voulu fuir à toutes jambes mais il en était bien incapable. En s'enfonçant lentement dans les limbes de son inconscient, il perçut le contact chaud de mains étrangères sur ses chevilles. Il se sentit alors glisser lentement, éprouvant le froid rugueux des planches le long de sa colonne vertébrale. Oui, c'était bien ça. Quelqu'un était en train de le tirer par les pieds pour l'extirper du char, comme un vulgaire sac de pommes de terre. Puis il perdit définitivement connaissance.

Igandea *(Dimanche)*

Le tourbillon qui envahissait le cerveau d'Adamsmendy s'interrompit peu à peu et fut remplacé par le brouillard cotonneux du silence. Enfin, presque le silence. Il lui semblait entendre la pluie tomber au loin. Il se laissa bercer par le son apaisant des gouttes d'eau frappant le sol.

Où était-il ? Il essaya d'ouvrir les yeux mais cette tentative lui demandait un effort infini. Ses paupières étaient devenues des enclumes pesantes. Il tenta de se remettre en mémoire ses derniers souvenirs sans y parvenir. La brume semblait avoir également envahi son cerveau. Il resta donc un moment immobile, à essayer de percevoir au travers de ses sens engourdis des indices qui pourraient le renseigner sur son état. Il était de toute façon incapable de bouger.

Quelques images émergèrent du tréfonds de son crâne. De vagues sensations de couleurs qui se mélangent, une valse de mouvements éparpillés tout autour de lui. Et le bruit incessant d'éclats de voix et de musiques discordantes. Il se laissa submerger un moment par ces émotions qui remontaient peu à peu des limbes de son inconscient, sans chercher à en accélérer le mouvement. Son cerveau semblait tanguer sur les flots qui envahissaient sa boîte crânienne. La soirée avait dû être liquide.

Une kyrielle de souvenirs émergea soudain du plus profond de son inconscient et lui glaça les sangs. Le char. La pompe à eau. Etxeberry. Et son évanouissement alors qu'on tentait de s'emparer de lui. Que s'était-il passé ensuite ? Il n'y avait qu'un trou noir. On avait dû le jeter dans l'Adour. Ou dans la Nive. Ou alors la foule l'avait lapidé pour se venger.

Il refit une tentative pour ouvrir les yeux sans succès. La douce sensation du réveil avait laissé la place à la brutalité d'un mal de crâne.

Il devait être mort. La pluie qu'il entendait devait provenir des nuages qu'il surplombait. Alors, c'était donc ça, le Paradis ? Un long supplice à se remémorer son passé et tous les actes qu'on aurait préféré oublier ?

Il entendit alors les anges. Ou plutôt la voix d'un seul ange, voix féminine aux accents enfantins, qui chantait une douce mélodie se mêlant au clapotis des gouttes d'eau.

Baratze bat nahi deizüt egin
Ametx segretüenekilan
Liliak egün jauntzi ederrenetan
Mila kolorez dantzan bihotzetan…
(Je voudrais t'offrir un jardin, le jardin de mes rêves les plus secrets, aux fleurs vêtues de leurs plus beaux effets, mille couleurs dansant dans les cœurs…)

Adamsmendy n'en croyait pas ses oreilles. L'ange chantait en basque. Il voulait bien croire que le Pays-Basque était le Paradis, mais il avait du mal à imaginer qu'il avait pu s'exporter dans les Cieux. Il fallait qu'il en ait le cœur net.

Il se concentra à nouveau pour ouvrir les yeux et y parvint au prix de grands efforts. Il ne vit d'abord que l'obscurité. Puis il distingua un lustre rond au-dessus de lui. Un globe suspendu au bout d'un câble électrique, comme c'était la mode il y a vingt ans, et un plafond lambrissé entre de larges poutres peintes en blanc. Ce n'était pas possible, ce n'était pas l'image qu'il se faisait de l'Éden. Où pouvait-il bien se trouver ?

Il entendit à nouveau la voix chanter, puis le bruit de la pluie qui tombe. Il tourna lentement la tête et vit qu'il se trouvait dans une pièce de taille moyenne, plongée dans la pénombre d'une fenêtre dont les volets avaient été fermés. Il distingua les raies de lumière du soleil extérieur qui filtraient par les interstices des joints. Quelques rares meubles peuplaient la pièce, et lui-même était couché sur le tissu grisâtre d'un canapé bon marché.

Alors il comprit. Le décor était bien trop banal pour être céleste. Adamsmendy était donc toujours vivant. Et ce qu'il entendait était sans aucun doute le bruit d'une femme qui chantait en prenant sa douche. Une femme ? Mais chez qui diable se trouvait-il ?

Il entendit une porte s'ouvrir et sentit la lumière lui effleurer les paupières. Il ferma immédiatement les yeux et attendit sans bouger. Il entendit des pas de pieds nus se déplacer sur le plancher, et la même voix mélodieuse chanter à voix basse un couplet de la chanson (qui lui était d'ailleurs familière, mais il n'arrivait pas à se souvenir d'où il la connaissait). Il se risqua à plisser doucement les yeux pour tenter d'apercevoir l'auteur de la mélopée. Il parvint à distinguer une jeune femme, vêtue d'un peignoir blanc, entrer dans une autre pièce tout en se frottant les cheveux avec une serviette. Mais qui était-elle ? Et que faisait-elle là ?

Elle disparut dans l'embrasure d'une porte, toujours en chantant. Adamsmendy se risqua à se redresser. Le décor chavira immédiatement tout autour de lui, et il dut se rallonger pour ne pas subir un dérèglement de l'estomac. Il ressentit des nausées comme il n'en avait jamais connu et il attendit qu'elles passent, en respirant à pleins poumons.

Il s'était pris une bonne cuite la veille, à n'en pas douter, et il allait avoir beaucoup de mal à s'en remettre. Mais il était toujours vivant. Et ça, c'était une bonne nouvelle. Même s'il ne savait pas encore à qui il devait cette chance.

La fille entra à nouveau dans la pièce alors qu'il était toujours plongé dans ces réflexions. Elle était habillée d'une courte robe blanche, ceinte d'une écharpe rouge qui lui serrait la taille. Elle semblait prête à partir pour les fêtes de Bayonne. Elle jeta un coup d'œil sur Adamsmendy et vit ses yeux grands ouverts. Elle marmonna : « Ah, vous êtes enfin réveillé, Monsieur le commissaire ». Elle se rapprocha de lui, et Adamsmendy finit par la reconnaître.

C'était la fille qui avait dansé avec Etxe la veille, lors du Dantzazpi. Adamsmendy se souvint alors qu'il les avait quittés au cours de la soirée pour suivre Etxeberry jusqu'au local du char, et qu'il ne les avait plus revus depuis. Comment s'appelait-elle, déjà ? Naia, s'il ne se trompait pas. Mais comment cette fille se trouvait-elle là ?

Il entrouvrit la bouche pour tenter d'articuler une phrase d'une voix caverneuse.

– Où suis-je ?

– Vous êtes chez Etxe, quelle question ! lui répondit-elle. Il ne vous a jamais invité chez lui ? Remarquez, moi, c'est aussi la première fois que j'y mets les pieds… Mais je m'en souviendrai longtemps ! Quelle nuit !

Elle se rapprocha du commissaire et lui chuchota à l'oreille :

– Un gars comme ça, il faut que vous le gardiez, commissaire. Il n'y en a pas deux comme lui !

Adamsmendy se demanda dans quel sens il devait le prendre. Il fit une autre tentative.

– Mais… où est-il ?

– Il est descendu chercher des chocolatines à la boulangerie du coin. Il ne devrait pas tarder. Moi, je vais préparer du café. Il faut bien qu'on se remette un peu de nos émotions…

Naia se leva et se dirigea vers le côté opposé de la pièce où se trouvait une petite cuisine américaine, séparée de la pièce principale par une petite cloison lambrissée. Elle fouilla dans les placards au-dessus du plan de travail et finit par extraire un paquet de café à moitié entamé. Elle vida la cafetière qui contenait le café froid de la veille.

« Ah, ces hommes, dit-elle à voix basse, en se parlant à elle-même. Aucun sens pratique… Le café se trouve d'un côté du placard, et les filtres à l'opposé ! Je vais y mettre de l'ordre, moi… »

Elle commença à sortir quelques affaires qu'elle déposa sur la petite table à proximité, pendant que le café coulait à grands jets de vapeur, répandant une agréable odeur dans la pièce. Adamsmendy se redressa avec lenteur, pour ne pas réveiller ses vertiges. Il avait l'impression d'avoir pris vingt ans en une nuit. Le goût horrible de la bile remontait de son estomac.

– Comment m'avez-vous ramené jusqu'ici ?

– On vous a porté, tiens ! Vous n'étiez vraiment pas en état de marcher tout seul. Quand on vous a vu, en train de faire le pitre sur le char, on s'est dit qu'on ne pouvait pas vous abandonner à votre sort. Alors on a suivi le corso, et avant qu'il ne retraverse le pont Saint-Esprit, on vous a récupéré discrètement.

Elle vint à sa hauteur en apportant deux tasses de café fumant.

– Vous étiez dans un sale état. Je ne sais pas ce qui vous a pris de boire comme ça, mais moi je vous aurais laissé sur place ! Etxe, il est bien brave. Il a absolument tenu à vous amener ici. Il disait que c'était une question de vie ou de mort. Je ne sais pas s'il avait raison, mais je l'ai cru.

– Vous avez bien fait, grommela Adamsmendy. Et je vous en remercie.

– Heureusement, on n'avait pas à aller loin. Son appartement est dans le Petit Bayonne. Juste quelques centaines de mètres à vous traîner par les épaules... Le plus dur, ça a été de vous faire monter les trois étages sans ascenseur. Mais bon, le voisin du dessous nous a aidés. Et le canapé a trouvé un locataire pour la nuit...

Adamsmendy trempa ses lèvres dans le café. C'était chaud et bon. Il lui semblait n'avoir pas ressenti d'aussi agréable sensation depuis longtemps. Ce breuvage magique allait l'aider à le remettre sur pieds.

Il regarda machinalement son poignet gauche mais ne trouva pas la montre qui aurait dû y être accrochée. Il l'avait certainement perdue au cours de cette folle nuit.

– Quelle heure est-il ?

– Trois heures moins vingt de l'après-midi... Vous avez fait plus du tour de la pendule !

Adamsmendy sursauta.

– Trois heures moins vingt ! Déjà ! Mais il ne me reste que quelques heures pour trouver l'assassin ! Comment je vais faire, moi ?

– Vous verrez ça avec Etxe quand il rentrera. En attendant, si je peux me permettre, commissaire... La salle de bain, c'est cette porte. Je vous invite à aller prendre une douche. Vous empestez !

Adamsmendy se leva immédiatement, blessé dans son amour-propre. Il regarda la fille avec un air de dédain et marcha, droit comme un I, vers la porte qu'elle lui avait indiquée. Son cerveau faisait du yo-yo dans sa boîte crânienne mais il mit un point d'honneur à n'en rien montrer.

– Vous trouverez des serviettes et des gants dans le placard de gauche ! lui lança-t-elle juste avant qu'il ne ferme la porte.

Adamsmendy prit donc une douche réparatrice. Il laissa son corps se détendre sous le jet d'eau tiède et resta un long moment immobile, les yeux fermés, pour ressentir les gouttelettes glisser sur sa peau et emmener avec elles les résidus malodorants de la veille. Il lui semblait peu à peu émerger à nouveau dans le monde des vivants. Et ce n'était pas qu'une sensation. Il était persuadé que sans l'intervention d'Etxe et de sa nouvelle compagne, quelqu'un aurait profité de son état d'ébriété pour se débarrasser de lui. Et comme le char allait traverser l'Adour…

Il chassa ses mauvaises pensées et s'ébroua derrière les panneaux de verre. La petite fenêtre de la salle de bain était ouverte et laissait entrer une douce brise qui le sécha. Il entendit également les échos étouffés de la fête, en sourdine à l'heure de la sieste. Les festayres allaient reprendre du service plus tard dans la soirée, et jeter la fougue qu'il leur restait dans cette dernière nuit.

Quand il sortit de la salle de bain, il vit qu'Etxe était rentré. Le jeune couple était attablé devant de grands bols de café et un tas de viennoiseries.

– Vous voilà, commissaire ! dit celui-ci. On peut dire que vous nous en avez faits de belles !

– C'est bon, inutile d'en rajouter, répondit Adamsmendy, peu fier de ses exploits.

– Ils parlent de vous là-dedans, insista Etxe en brandissant le journal. Vous commencez à y être habitué, non ?

Adamsmendy grommela quelques propos incompréhensibles en regardant la photo de la manchette. On le voyait, sur le char, manipuler les commandes du pistolet à eau du géant. C'était une belle photo, au demeurant.

– Apparemment le char de l'association Menditarrak a gagné le grand prix du corso, poursuivit Etxe. À mon avis, vous avez dû contribuer assez largement à cette victoire…

– J'en doute, mais bon… répondit le commissaire en attrapant une chocolatine.

– Vous avez pu apprendre des choses nouvelles sur l'affaire qui nous concerne ?

Adamsmendy eut un moment de flottement en se rendant compte qu'au final, il n'avait pas pu interroger chacun des membres de la peña. Ou alors, s'il l'avait fait, il n'en gardait aucun souvenir.

– Assez peu, répondit-il. J'ai passé du temps avec le président de l'association, Manex Etxeberry. Il m'a confirmé l'emploi du temps de Zubiko le soir du meurtre, mais sans apporter d'élément réellement nouveau. J'ai commencé également à recueillir les témoignages d'autres personnes présentes au local du char, mais je n'ai malheureusement pas eu le temps de finir. Nous allons y repartir aujourd'hui. Je reste persuadé que c'est là-bas que nous allons trouver la clé de l'énigme.

Etxe ne répondit rien. Adamsmendy profita de ce silence pour avaler sa chocolatine et la faire descendre en buvant un bol de café.

– Je n'ose pas vous demander si vous avez pu avancer de votre côté… continua-t-il. Il semble que vous ayez été plus occupé à d'autres activités qu'à travailler pour la police !…

– Vous vous trompez, commissaire, répondit Etxe, sur un ton de fierté. J'ai trouvé un nouveau témoin qui possède une information intéressante…

Adamsmendy s'étouffa en buvant son café. Comment ? Lui, Etxe, qui avait passé la soirée à danser et à draguer les filles, avait réussi à trouver un témoin ?

– Vous plaisantez, je suppose… répondit-il d'un air goguenard.

– Ben… non ! Je vous avais dit que je continuais à questionner les gens, tout en profitant de la fête… L'un n'empêche pas l'autre !

– Et ce témoin… Où est-il ?

Etxe se tourna vers Naia, qui baissa la tête.

– Eh bien, vas-y, toi ! Dis-lui ce que tu sais ! lui dit-il

– J'étais présente sur les lieux au moment du meurtre… dit-elle simplement.

Adamsmendy en resta bouche bée. Ce nigaud d'Etxe avait vraiment une chance phénoménale de tomber sur quelqu'un qui pouvait apporter un nouveau témoignage. On ne peut pas dire qu'il en avait été de même pour les autres personnes qu'ils avaient interrogées depuis ce soir-là.

– Commissaire, vous vous souvenez que les deux Tarbais nous avaient dit qu'une fille leur avait indiqué où se trouvait le poste de secours ? poursuivit Etxe. Eh bien, cette fille, c'était Naia.

– Et alors ? demanda Adamsmendy, en la regardant avec impatience. Qu'avez-vous à dire de plus ?

– Pas grand-chose d'autre que ce que m'a raconté Etxe, répondit-elle. Les deux Tarbais ont dit la vérité : il y avait beaucoup de monde sur la place des Cinq-Cantons ce soir-là. Il y avait aussi la banda qui jouait et un groupe, dont je faisais partie, a commencé spontanément à faire des pas de danse… Y'avait une ambiance ! Je vous dis pas… Et puis ça s'est arrêté quand la mascleta a démarré. Tout le monde s'est précipité dans les rues qui rejoignent le bord de l'Adour pour aller voir le feu d'artifice…

– Et ensuite ?

– Ce que les Tarbais ont oublié de signaler, c'est qu'il y avait également les grosses têtes sur la place. Et il me semble que l'une d'elle était particulièrement proche de Zubiko au moment où il s'est effondré…

– Les grosses têtes… Vous voulez dire les poupées géantes ?

– Oui, c'est bien ça. Je ne sais pas si cela peut avoir une importance particulière, mais j'ai ressenti une légère frayeur en les voyant… Elles ne me semblaient pas aussi amicales que d'habitude…

Adamsmendy se leva.

– Les grosses têtes, c'est peut-être sous l'une d'elles que se trouvait l'assassin ! Il faut aller les interroger.

Il se reprit.

– Enfin, plutôt, essayer de savoir qui était dessous ce soir-là…

Il se précipita vers le portemanteau de l'entrée et attrapa son pardessus.

– L'autre soir, si je me souviens bien, elles étaient stockées sous le porche de l'école de la place Jacques-Portes. Elles doivent encore s'y trouver aujourd'hui… Etxe, vous m'accompagnez. On va essayer d'en savoir plus.

Il se tourna vers Naia.

– Vous pouvez nous accompagner, si ça vous chante…

– J'y compte bien ! répondit-elle. C'est passionnant de pouvoir suivre de près une vraie enquête policière !

– Refrénez vos ardeurs, Mademoiselle, répondit sèchement Adamsmendy. Vous n'êtes pas dans un roman ! Là, c'est du concret. Et ce n'est peut-être pas sans danger…

– Arrêtez de me faire languir, commissaire. J'ai toujours rêvé de voir de près de vrais assassins… Et puis, avec mon Etxe, je n'ai peur de rien !

Elle entoura les épaules de son compagnon avec ses bras. Adamsmendy grommela un « on y va » à voix basse, et ils quittèrent l'appartement.

Ils n'eurent aucun mal à rejoindre la place Jacques-Portes, la ville était calme en ce milieu d'après-midi. Sur la place, un groupe de personnes s'affairait pour remettre en service la scène pour le *karrikaldi* de la fin d'après-midi. Adamsmendy, Etxe et Naia longèrent le mur de l'école du Grand-Bayonne en les observant. Ils s'arrêtèrent quelques instants devant le grand portail d'entrée. C'était là que tout avait commencé : c'était dans cette école que les secours s'installaient une fois la nuit tombée le temps des fêtes, et c'était là qu'ils avaient rapatrié le corps le soir de l'ouverture. Le ballon « poste de secours » était toujours accroché au-dessus de l'entrée. Rien n'avait changé depuis le début de cette histoire.

Adamsmendy actionna la poignée mais celle-ci tourna dans le vide. Elle était fermée à clé.

– Mince, mince, mince ! dit-il en s'y acharnant.

Un grand homme barbu, qui aidait à l'installation de la scène, observa le manège et s'approcha d'eux.

– Qu'est-ce que vous voulez ?

– Je suis le commissaire Adamsmendy, de la police nationale, dit-il en brandissant sa carte.

– Ça, je vous ai reconnu. On ne voit que vous dans le journal. Pourquoi voulez-vous entrer ?

– Nous voulons voir les géants. Ils sont entreposés dans la cour, à l'intérieur ?

L'homme les regarda avec un air suspicieux. Il devait se demander si le commissaire avait totalement retrouvé ses esprits.

– Oui, ils sont à l'intérieur. Mais je ne comprends pas trop ce que vous leur voulez, aux géants…

– Nous voulons les voir, c'est tout. Cela peut avoir un rapport avec l'affaire du meurtre des fêtes…

Le barbu repartit vers la scène, appelant un de ses collègues, puis revint avec les clés. Ils purent ainsi pénétrer dans la cour intérieure de l'école.

Les géants étaient bien là, posés dans la pénombre du préau, à droite en entrant. Adamsmendy s'approcha et les observa un à un. Chaque personnage reposait sur une armature métallique, qui était cachée sous les pans de leurs robes. Adamsmendy souleva la jupe de la favorite du Roi qui exhibait son petit chien en même temps que son opulente poitrine. Il était facile de se cacher là-dessous, se rapprocher de la victime et la piquer avec la seringue contenant le poison mortel au travers du tissu.

Il fit le tour des marionnettes, à la recherche d'un indice. Les plus grandes, celles qui accompagnaient le roi Léon à son réveil, avaient des allures sympathiques, avec leur grosse tête ronde et leurs couleurs vives. Puis il reconnut les poupées basques, habillées en costume traditionnel des sept provinces, et qui avaient servi de point de repère pour faire la ronde des *mutxikos** lors du *Dantzazpi** la veille. Et enfin il découvrit le dernier groupe de poupées, plus petites, mais d'allure bien moins débonnaire : il y avait des nains qui grimaçaient avec des airs féroces, un cyclope géant coiffé d'un béret et dont l'œil unique semblait menacer tous ceux qui l'observaient, une vielle dame vêtue d'une robe bleue qui semblait sortie d'un conte du Moyen Âge…

Soudain, il tomba nez-à-nez avec un personnage hirsute qui le fit sursauter. Il avait été fabriqué de manière extrêmement réaliste, et Adamsmendy avait eu un instant l'impression qu'il était vivant. Il toisait le commissaire du haut de ses deux mètres cinquante. C'était un personnage très velu, et sa longue chevelure et sa barbe ébouriffée semblaient fabriquées en vrais poils de chèvre. La surface du visage qui émergeait de cette toison laissait apparaître un regard querelleur et une bouche tordue qui exhibait des dents exagérément pointues. Il portait un long manteau sombre qui retombait sur le sol et tenait un bâton noueux de la main gauche.

Adamsmendy recula, puis se décontracta en soufflant.

– Wouaow, j'ai eu une frousse ! J'ai cru qu'il allait me tomber dessus, celui-là !

Il se tourna vers l'homme barbu qui leur avait ouvert la porte.

– Vous n'avez pas honte de faire des personnages aussi effrayants ?

– Lui ? répondit le barbu. C'est un personnage de la mythologie basque. C'est vrai qu'il fait peur, et c'est pour ça qu'on ne le sort que tard dans la soirée, quand les enfants sont couchés…

Il fit une pause pour sortir une cigarette, puis continua.

– C'est le Basa Jaun.

Adamsmendy sursauta en entendant ce nom.

– Qui ça ?

– Le Basa Jaun. Vous connaissez cette légende ?

Naia s'approcha du commissaire.

– C'est bien le géant que j'ai vu au moment de la mascleta. Il y en avait plusieurs sur la place, mais c'est celui-là qui était à côté de Koldo Zubiko au moment où il est tombé…

- Je comprends mieux son air terrorisé quand on l'a retrouvé ! dit Etxe. S'il a vu ce pantin avant de mourir, avec en plus un coup dans le nez, il a dû avoir la frayeur de sa vie…

– Et cela lui a été fatal, reprit le commissaire. On le tient, notre assassin !

Il s'adressa au barbu.

– Savez-vous qui a manipulé cette marionnette le soir de l'ouverture des fêtes ?

– Alors là, ça va être difficile à dire... En principe, ce sont des associations bayonnaises qui se relaient pour les porter. Je me demande s'il n'y a pas un planning qui a été établi... Venez avec moi.

Il se dirigea vers la sortie en faisant signe de le suivre. Adamsmendy jeta un dernier coup d'œil à la poupée géante. Le Basa Jaun, cette fois-ci, il le tenait. Et celui-là semblait plus vrai que nature. Sa silhouette ressemblait comme deux gouttes d'eau à la créature qu'il avait aperçue dans les montagnes de Bidarray, le jour où ils avaient été voir la grotte. L'artiste qui avait confectionné cette poupée devait avoir eu la même vision qu'Adamsmendy, et s'en était inspiré.

Ils sortirent dans la rue et rejoignirent la scène sur laquelle les collègues du barbu s'affairaient pour installer une sono.

– Jean-Louis ! appela ce dernier. Tu sais s'il existe une liste des associations qui s'occupent des grosses têtes ? Il me semble que j'avais vu un planning, dans une réunion préparatoire...

– Ouaip, y'a un planning, répondit le dénommé Jean-Louis, un type à la queue-de-cheval et en salopette. Je crois que c'est Antton qui s'en est occupé. C'est lui qui doit l'avoir. Il devrait passer par ici en fin d'après-midi...

– Peut-on l'appeler pour gagner du temps ? leur demanda Adamsmendy.

Les deux hommes le regardèrent d'un air désolé.

– C'est important, insista le commissaire.

Le barbu sortit son téléphone portable et fit défiler les numéros de son répertoire. Il s'arrêta sur l'un d'eux et colla son téléphone à l'oreille.

– Antton ? Salut, c'est Alain. Je t'appelle parce que je suis avec la police, ici à côté de moi... De quoi ? Non, non ne t'inquiète pas, ils ont juste une question à poser. Tu avais fait un planning de ceux qui s'occupaient des grosses têtes, non ? Oui ? Ah, très bien. Tu l'as par là, près de toi ? Oui ? Parfait ! Je te passe la police...

Il tendit son téléphone au commissaire. Adamsmendy demanda à son interlocuteur quelle association était responsable de l'animation des géants le soir de l'ouverture, fit un « oh » de surprise, raccrocha et rendit le téléphone au barbu en baissant la tête d'un air sombre.

Il resta quelques instants sans parler, jusqu'à ce qu'Etxe, n'en pouvant plus d'attendre, ose le questionner.

– Alors, commissaire ?

– Alors ? Je vous le donne en mille ! C'est bien sûr les membres de la peña Menditarrak qui étaient sous les géants ce soir-là.

– La peña Menditarrak ! Encore eux !

Le barbu intervint.

– Écoutez, je ne sais pas ce que vous soupçonnez, mais je peux vous garantir qu'à la peña Menditarrak, ce sont des gens bien. Je connais le président, et il se porte garant de tous ses membres. À mon avis, ils ne sont pas mêlés à vos histoires de meurtre...

Il tira une bouffée de sa cigarette.

– Vous savez, il se peut que ce soit quelqu'un d'autre qui ait demandé à remplacer le porteur officiel, et qui se soit glissé sous le géant le temps nécessaire pour accomplir son forfait... Ça arrive souvent qu'il y ait des porteurs occasionnels qui sont là pour essayer de voir ce que ça fait de soulever ces marionnettes.

– Vous avez peut-être raison, répondit le commissaire. Mais il y a beaucoup de faisceaux qui convergent vers cette association, et ça commence à faire trop.

Il fut interrompu par la sonnerie de son portable. Il le sortit de son imperméable. Des voix fatiguées résonnèrent à l'autre bout du fil.

– Commissaire ? C'est les Tarbais !

– Qui ? demanda Adamsmendy, interloqué par ce coup de fil impromptu.

– Les Tarbais ! Vous vous souvenez ? C'est nous qu'on a amené le mort aux secours...

– Ah, les Tarbais ! Oui, je me souviens. Qu'est-ce qui vous arrive ?

– On sait pas où vous en êtes dans votre enquête, mais on s'est rappelé de quelque chose qui pourrait vous intéresser. Ça nous est revenu quand on est allé voir le réveil du roi Léon, ce midi. Pour une fois qu'on s'était levé assez tôt pour y être !

– Ah oui ? Et qu'est-ce que c'est ?

– Eh ben, sur la place, le soir du meurtre, y'avait les géants ! Ça a peut-être pas de rapport avec le mort, mais on s'est dit que peut-être que si…

– Et c'est maintenant que vous me révélez cette information ? Vous n'auriez pas pu vous en souvenir le soir même ? râla-t-il. Ça nous aurait fait gagner du temps !

– On est désolés, commissaire, mais on n'était pas très clair ce soir-là… Bon, on s'excuse de vous avoir importuné… On vous laisse, les filles nous attendent.

– C'est ça, allez les retrouver, et bon vent !

Il raccrocha, furieux. Naia et Etxe le regardèrent sans oser le questionner sur l'identité des auteurs du coup de téléphone. Adamsmendy se rapprocha du barbu.

– Vous savez où elle se trouve, la peña Menditarrak ?

– Oui. C'est un petit local qui donne sur une rue piétonne du Grand-Bayonne, avec une grande cave dans laquelle ils font leurs assemblées générales. C'est aussi là-dessous qu'ils finissent les nuits de fête. Je m'y suis trouvé parfois, y'a une bonne ambiance et ils passent de la bonne musique.

Le barbu communiqua l'adresse au commissaire. Comme ce n'était pas loin de là, Adamsmendy décida d'y aller sans tarder. Il remercia les deux collègues et ouvrit la marche pour rejoindre la peña avec Etxe et sa copine.

– Il va bien falloir que ce diable d'Etcheberry nous communique la liste des membres de son association, dit-il à ses deux collègues. Et nous allons interroger tous ceux qui ont touché de près ou de loin aux grosses têtes le mercredi soir. Vous allez m'aider à les interroger, il faut que nous ayons des suspects avant ce soir minuit.

– Mais, commissaire, comment voulez-vous qu'on y arrive en si peu de temps ? demanda Etxe. Apparemment, ils sont plus d'une centaine, là-dedans…

– C'est l'objectif qu'on nous a fixé, et nous devons le tenir à tout prix. Quitte à mettre tout le monde en prison en attendant de discerner le vrai coupable…

Etxe hocha les épaules. Adamsmendy ne fit aucune remarque quand il lui sembla entendre Naia grommeler quelque chose comme « il est complètement cinglé, çui-là », et ils poursuivirent leur route.

Les rues recommençaient à s'animer peu à peu avec la fraîcheur de la fin de l'après-midi. Des familles de festayres reprenaient le contrôle des rues pour se lancer corps et âme dans la dernière soirée des fêtes. Les chemises blanches et les foulards rouges avaient été soigneusement lavés et repassés pour faire briller leurs propriétaires de leurs derniers feux, avant d'être rangés au fond des placards en attendant l'année suivante.

Les trois compagnons se retrouvèrent bientôt devant la porte voûtée d'un vieil immeuble bayonnais, coincé dans une enfilade de maisons aux colombages peints de différentes couleurs. L'entrée occupait toute la largeur de l'étroite construction qui s'étirait vers le ciel sur la hauteur de ses trois étages. Le pan de gauche était ouvert, et une musique de banda s'en échappait, mêlée aux rires et aux éclats de voix d'une joyeuse assemblée.

Adamsmendy vérifia l'exactitude de l'adresse en lisant la plaque disposée en dessous des sonnettes, puis entra sans annoncer son arrivée. Un long corridor sombre menait à une petite cour intérieure qui abritait la cause du tapage.

C'était un petit patio entouré par les murs et les fenêtres des maisons adjacentes, comme il en existait des dizaines dans les vieux quartiers de Bayonne. Un rayon de soleil arrivait à se frayer un passage par l'ouverture du toit et faisait luire l'arche métallique de la margelle d'un puits. Une dizaine de personnes se trouvaient là, un verre à la main, autour d'un bar bricolé d'un assemblage de planches et de plaques de contreplaqué. Adamsmendy en reconnut quelques-uns de la veille. Quelques membres d'une banda étaient aussi présents, et c'étaient d'eux que provenait la musique. Ils avaient entamé « La Paloma » et maniaient leurs instruments en exagérant volontairement les trémolos. L'inscription

« Lous sardinayres » barrait la fine toile qui recouvrait l'embouchure du tuba.

– Tiens, tiens, pensa le commissaire. C'est la fanfare qui était présente sur les lieux du crime. Décidément, on va tous se retrouver pour le dénouement…

Les personnes présentes, qui s'étaient retournées pour voir qui venait d'entrer dans la petite cour, levèrent aussitôt leur verre :

– C'est le commissaire Adamsmendy ! À votre santé, commissaire !

L'un d'eux s'approcha de lui pour le féliciter :

– Bravo ! Grâce à vous, on a eu le prix du corso ! Venez, on va vous payer un coup à boire !

Adamsmendy commença à sentir la moutarde lui monter au nez. Il n'avait vraiment pas envie de recommencer ses exploits de la veille…

– Ça suffit, maintenant ! explosa-t-il. Vous allez tous vous mettre en rang et me décliner vos identités ! Et je veux savoir ce que vous avez fait le soir du meurtre !

Manex Etxeberry surgit alors d'une porte entrouverte et tomba nez-à-nez avec le petit groupe.

– Commissaire ! Je suis content de vous retrouver ! On vous a perdu, hier soir ! Vous avez brusquement disparu, et j'avais peur qu'il vous soit arrivé quelque chose…

– Ça vous aurait bien arrangé, non ? persifla Adamsmendy. Je m'en vais vous coffrer, moi !

– Eh bien, commissaire ? Qu'est-ce qui nous vaut l'objet de tant de ressentiment ? Vous avez mal dormi, ou bien ? demanda-t-il avec un léger sourire en coin.

– Il y a que j'ai des éléments qui tendent à prouver que votre association de malfaiteurs est impliquée jusqu'au cou dans cette histoire de meurtre. Vous vous êtes bien fichus de moi jusqu'à présent, mais les choses vont changer. Vous allez tous répondre à mes questions !

– Voyons, commissaire. Ne soyez pas si aigri ! Si vous m'expliquiez la cause de ce changement de situation, nous serions plus à même de vous renseigner.

– Le changement, ce sont les géants. D'après mes informations, c'est la peña Menditarrak qui était chargée de les animer ce soir-là, et un témoin m'a dit qu'un des géants se trouvait à proximité de Zubiko quand il a été assassiné.

Etxeberry fronça les sourcils et se gratta le sommet du crâne.

– Oui, vous avez raison, c'est bien nous qui nous sommes occupé des géants ce soir-là. Mais j'ignorais que ces derniers étaient présents sur le lieu du crime…

– Eh bien maintenant que vous êtes au courant, vous allez devoir justifier toutes vos activités ce soir-là. Vous et chacun de vos collègues. Et que ça saute !

Il envoya Naia surveiller le corridor d'entrée pour éviter que quiconque ne sorte de la cour sans autorisation. Il lui demanda également d'accueillir et de leur envoyer tout nouvel arrivant.

Puis il ordonna à Etxeberry de regrouper tous les membres de son association à l'intérieur, afin qu'il puisse les interroger un à un. Il y eut quelques cris de protestation, mais Adamsmendy brandit sa carte de police et exigea le silence. Les gens obtempérèrent tant bien que mal. Etxeberry regroupa les personnes présentes et leur demanda de le suivre, la tête basse.

Ils passèrent tous sous la porte cintrée et descendirent un escalier de pierre qui les mena vers le sous-sol. Comme l'avait dit le barbu de la place Jacques-Portes, ils débouchèrent dans une grande cave voûtée, qu'ils surplombaient du haut d'une plate-forme qui descendait en pente douce vers la salle principale. De grandes colonnes de pierre blanche maintenaient les tympans d'arches effilées qui se rejoignaient sur plusieurs clés de voûtes gravées de tête de personnages. C'était un ensemble architectural remarquable, certainement contemporain des plus anciennes maisons de Bayonne, voire de la cathédrale. Il s'agissait vraisemblablement d'un ancien entrepôt de marchands, du temps où la ville était parsemée de canaux par lesquels transitaient les provisions.

Des lanternes étaient suspendues çà et là sur des colonnes, et leur lumière fournissait un éclairage diffus et fantomatique. Une boule à facette renvoyait des taches colorées et mouvantes sur les parois des arcades, ajoutant une touche baroque à cette ambiance d'un autre âge. Une trentaine de personnes se trouvaient en bas, disséminées aux quatre coins de la salle. Certains discutaient sur des fauteuils, autour d'une table basse recouverte d'assiettes d'apéritifs variés, d'autres étaient accoudées au bar qui côtoyait l'escalier de l'entrée, tandis que les dernières dansaient lentement sur le rythme d'une samba.

Il y eut à nouveau des applaudissements quand Adamsmendy fut reconnu. Il leva la main et fit cesser net cette manifestation de joie.

– Merci à tous pour vos marques de sympathie, déclara-t-il du haut de la terrasse. Mais l'heure est grave. Il y a eu un meurtre au début des fêtes, et je suis convaincu que le meurtrier se trouve dans cette salle. Je vous demande donc de rester ici, car je vais interroger chacun de vous pour recevoir votre témoignage et tenter d'y voir plus clair sur cette affaire. Mais d'abord, je voudrais que quelqu'un coupe cette musique, on ne s'entend pas, ici !

Il y eut encore quelques cris de dépit, puis la musique s'éteignit, en même temps que l'ambiance décontractée qui avait prévalu jusqu'à cet instant. La plupart des gens se vautrèrent sur les chaises et les fauteuils encore disponibles, attendant avec amertume leur tour pour être interrogé.

– Allez me chercher la liste des membres de la peña, demanda Adamsmendy à l'attention d'Etxeberry. J'ai besoin de savoir qui est qui dans cette boutique. Je n'ai malheureusement pas retenu tous les noms hier soir…

Ils descendirent dans la salle tandis qu'Etxeberry se dirigea vers un bureau qui se trouvait à l'autre bout de la salle pour trouver les papiers demandés. Le joueur de tuba de la banda s'approcha alors d'Adamsmendy d'un pas hésitant.

– Et nous, commissaire ? Notre banda ne fait pas partie de cette association, on n'est pas concernés par cette histoire. On peut vous laisser et repartir à la fête ?

– Que non ! répondit ce dernier. Vous aussi étiez présents sur les lieux le soir du meurtre, et j'ai besoin également de votre témoignage. Vous allez donc rester ici. Et même mieux : vous allez téléphoner aux musiciens qui manquent pour qu'ils nous rejoignent ici, je veux tous les interroger.

Etxeberry revint avec un listing de noms et d'adresses, dont l'encre encore fraîche témoignait d'une impression récente. Il y avait trois pages pleines, recto-verso.

– Ça fait beaucoup de monde sur le papier, dit-il au commissaire. Mais tous ne sont pas encore présents dans cette salle. Je pense qu'ils vont arriver petit à petit, tout au long de la soirée…

– Et bien c'est parfait. Nous serons là pour les accueillir…

Adamsendy se tourna vers Etxe.

– Vous vous installez sur le côté gauche, et vous vous occupez de cette moitié de salle. Moi, je prends le reste.

Et vous, Monsieur Etxeberry, vous restez à l'entrée et vous faites patienter les nouveaux venus pour qu'ils attendent leur tour. Exécution ! ordonna-t-il.

Les interrogatoires démarrèrent dans ces conditions. Les deux policiers rencontrèrent donc à tour de rôle chaque personne présente dans la salle, et les questionnèrent sur leur rôle dans l'association, leur lien avec la victime ou encore leur emploi du temps le soir du meurtre.

Les nouvelles personnes qui arrivaient étaient d'abord accueillies par Naia dans la cour à l'extérieur, puis par Etxeberry qui leur demandait de s'asseoir dans un coin de la grande salle et de patienter.

Les interrogatoires étaient laborieux. Peu de personnes avouaient avoir manipulé les géants le soir de l'ouverture. Les rares qui reconnaissaient l'avoir fait ne se souvenaient pas être passées sous le Basa Jaun, et ne savaient pas qui avait pu l'animer. Il fallait croire que cette marionnette géante avait agi de son propre chef, sans l'aide d'une intervention humaine. Adamsmendy essaya de croiser les réponses avec les témoignages recueillis par Etxe pour essayer d'en faire ressortir des contradictions qui auraient pu le mettre sur la voie d'un faux témoignage, mais sans succès.

Il retrouva des personnes avec qui il avait déjà discuté la veille au soir, et qui lui répétèrent leur version des faits, dont il n'avait aucun souvenir. L'alcool qu'il avait ingurgité avait eu raison de sa mémoire. Certaines d'entre elles rouspétèrent de devoir passer à nouveau sur le grill, mais Adamsmendy leur rabattit immédiatement le caquet en exhibant sa carte de police et en leur parlant de l'intérêt supérieur de la nation.

Il rencontra également sa voisine de table de la veille, avec qui il avait partagé des danses endiablées. Celle-ci s'approcha en claudiquant, mais en ayant conservé tout son sourire. Elle portait une attelle à sa cheville gauche, et un bandeau barrait la moitié de son visage affable. Elle lui expliqua que la chute qui avait suivi le double salto avait été fatale : le choc avait provoqué une entorse, et sa tête avait aussi heurté une chaise qui était la cause de son œil au beurre noir. Quelqu'un l'avait amenée aux urgences, où on lui avait fait ces bandages de fortune. Elle n'avait pas dormi de la nuit. Adamsmendy en fut désolé et s'excusa platement. Il lui expliqua qu'il n'avait plus toute sa tête ce soir-là, et qu'il avait été entraîné bien malgré lui sur le char sans pouvoir prendre des nouvelles de sa cavalière.

– Ce n'est pas grave, répondit-elle. Cette soirée fut merveilleuse. Jamais on ne m'avait fait danser avec autant de passion. Je vous remercie de m'avoir fait vivre de tels moments.

Adamsmendy rougit, se racla la gorge et embraya rapidement sur le sujet de l'enquête. Sans surprise, elle non plus n'avait rien vu ni entendu ce soir-là. Et, d'après elle, elle ne pouvait pas être suspectée de quoi que ce soit : comment aurait-elle pu supporter le poids du géant sur ses frêles épaules ? Le commissaire avait-il déjà essayé de porter ces marionnettes ? Adamsmendy fut bien obligé de répondre par la négative. C'était une omission qu'il regrettait. Poussé par l'excitation de la découverte, il n'avait pas pris le temps de passer sous le géant et d'essayer de le déplacer. Cela lui aurait permis d'éliminer d'office les personnes de constitution malingre ou rachitique comme possibles suspects. Ce qui ne lui semblait pas être vraiment le cas de la femme qu'il avait en face de lui, mais il s'abstint de faire cette remarque.

Les heures passèrent ainsi, dans l'ambiance tendue d'un interrogatoire de police auquel il ne manquait que le bottin pour que la tradition fût respectée. Une queue s'était formée dans la grande salle, car les témoins voulaient passer le plus rapidement possible afin de gagner du temps. Et cette queue s'allongeait, alimentée par l'arrivée de nouveaux membres de l'association ou de la banda, si bien que des disputes commencèrent à éclater pour des soupçons de triche et de mauvaise place. Les gens en avaient assez d'attendre leur tour pour répondre à des questions qui n'en finissaient pas, au détriment de la dernière soirée de fête. Un vent de révolte commença à gronder dans la salle, amplifié par la chaleur qui devenait suffocante à cause du monde et de l'absence de climatiseur.

Etxe finit par rejoindre Adamsmendy en s'épongeant le front avec un mouchoir.

– Commissaire, on n'y arrivera jamais. Ils sont trop nombreux, et nous ne sommes que deux. On devrait demander des renforts.

– Vous avez raison, répondit ce dernier. Je vais téléphoner au commissariat et demander du soutien.

Il fut obligé de monter dans la petite cour extérieure pour avoir du réseau et passer un coup de fil avec son téléphone portable, ce qui fit grogner l'assistance.

Il respira avec soulagement l'air frais et pur du dehors. Le soleil avait dû se coucher, l'obscurité commençait à envahir chaque recoin de la cour. La clameur de la fête était montée d'un cran, et Adamsmendy se laissa bercer quelques minutes par le mélange de chants et des orchestres. Naia se trouvait toujours à l'entrée du porche, et discutait avec un homme qui semblait rechigner à entrer dans l'arène. Adamsmendy téléphona à ses collègues et parlementa pour avoir à sa disposition une dizaine de gendarmes, qu'il eut du mal à obtenir à cause des faibles effectifs du dimanche soir. Puis il rejoignit la nouvelle compagne de son jeune collègue.

– Que se passe-t-il ? demanda-t-il en adoptant une attitude la plus imposante possible.

– Ce monsieur dit qu'il ne fait pas partie de la peña et qu'il ne souhaite pas être interrogé par la police. Il ne faisait que passer pour être payé.

– Pour être payé pour quoi ? demanda le commissaire à l'attention de l'homme.

Ce dernier le regardait de l'air méfiant qu'adopte tout humain normalement constitué au contact de la police. Un large béret lui recouvrait la moitié du front.

– J'ai rien fait de mal, moi, protesta-t-il. Je viens juste réclamer mon dû !

– On ne vous accuse de rien du tout, le rassura Adamsmendy. Je voulais juste savoir ce que vous voulez demander à Menditarrak.

– C'est pour les vaches !

– Les vaches ?

– Oui, je suis éleveur. C'est moi qui ai fourni les vaches pour la course, l'autre soir. Les pauvres bêtes, elles me reviennent traumatisées et ne fournissent plus de lait pendant quinze jours ! Ça mérite bien un salaire, non ?

Le sang d'Adamsmendy ne fit qu'un tour. Il se remémora le reflet qui luisait sur les cornes affûtées de la vache qui l'avait chargé au bar des Pyrénées, et il sentit ses jambes flageoler. Il attrapa l'homme par le col et lui brama :

– C'est vous le propriétaire des vaches de la course de vendredi ?

– Oh, doucement, là ! On les a pas gardées ensemble !

Il se dégagea de l'emprise du commissaire et rajusta sa chemise à rayures.

– Moi, j'ai loué mes vaches qu'hier soir. Vendredi, c'était pas moi.

– Qui était-ce, alors ?

– Comment voulez-vous que je le sache ? Adressez-vous au patron de la peña, c'est lui qui s'occupe de ça…

– C'est ce que je vais faire.

Adamsmendy laissa le paysan et s'engouffra dans les escaliers qu'il descendit quatre à quatre. Etxe avait repris les interrogatoires à l'autre bout de la salle. Il repéra Etxeberry à côté du bar, un verre à la main, discutant avec un de ses compagnons pour tuer le temps.

– Vous ! l'interpella-t-il en le rejoignant. Vous allez me dire qui est le propriétaire des vaches qui ont participé aux courses de la place Paul Bert, vendredi soir.

– Comme ça, de but en blanc, je ne sais pas, je ne suis pas forcément au courant de tous les détails. Notre association participe à tellement d'activités !

– Et bien vous allez prendre le temps de me trouver la réponse.

Etxeberry se leva et demanda au commissaire de le suivre jusqu'au bureau du fond de la pièce où se trouvait l'ordinateur.

– Pourquoi avez-vous besoin de cette information ?

– C'est pour l'enquête. J'ai juste un pressentiment…

Etxe les rejoignit tandis que l'indépendantiste pianotait sur le clavier de la machine.

– Que se passe-t-il, commissaire ? Il y a du nouveau ?

– Peut-être… Cette fichue peña est décidément bien impliquée dans cette affaire. Ça commence à bien faire.

– Mais c'est tout à fait normal, protesta Etxeberry tout en continuant sa recherche. Nous sommes un acteur incontournable des fêtes, il est donc logique que vous nous retrouviez dans plusieurs animations, comme le défilé des géants ou les courses de vaches…

– Je ne vous ai pas demandé votre avis, trancha Adamsmendy. Contentez-vous de trouver la réponse à ma question.

Etxeberry se concentra sur sa recherche, ouvrit plusieurs fichiers et son visage finit par s'éclairer.

– Ça, c'est amusant, dit-il sans quitter l'écran des yeux.

– Qu'est-ce qui est amusant ? le pressa le commissaire.

– Il se trouve que c'est la famille Zubiko qui a fourni les vaches vendredi. Après leur tracteur qui tire le char qu'Iker a conçu, ce sont leurs vaches qui embrochent les festayres ! Leur ferme est vraiment mise à contribution pour ces fêtes.

Adamsmendy sentit son cœur se contracter. Les Zubiko. C'étaient les Zubiko les propriétaires de l'animal qui avait failli le tuer ! Comment n'avait-il pas pensé à chercher cette information plus tôt ?

– Et où sont-ils ? Je ne les vois pas.

– Je n'en sais rien, répondit Etxeberry. Je ne connais pas l'emploi du temps de chacun de mes ouailles ! Je pense qu'ils devraient passer tôt ou tard à la peña, comme ils font chaque soir des fêtes, mais je n'ai aucune idée de l'heure…

– Et le char ? Il y a bien le corso, encore ce soir. Ce ne sont pas eux qui vont le tracter ?

– Je ne crois pas. C'est comme pour toutes les activités, on fait un roulement pour ne pas lasser les gens…

Il vérifia sur son ordinateur.

– C'est bien ça. C'est Carlos qui va conduire le tracteur, ce soir. Donc quartier libre pour les Zubiko. Rien ne les oblige à venir aux fêtes, d'ailleurs…

Le cerveau d'Adamsmendy était en ébullition. Quel était le lien entre la course de vaches, le char du corso et le meurtre d'un – voire de deux – des fils de la famille ? Se pouvait-il que l'un d'eux ait été le manipulateur de la poupée du Basa Jaun ? Il repensa à la course de vaches. Il revit l'animal face à lui, gratter le sol avant de charger. *Les boules de protection avaient été ôtées de ses cornes.* Se pouvait-il que ce ne soit pas par accident ? Un des Zubiko, que l'animal devait reconnaître, avait très bien pu s'en approcher sans risque d'être attaqué et subtiliser discrètement ces accessoires avant qu'il n'entre dans le café. Et ainsi mettre le commissaire en danger de mort.

Il sentit quelqu'un lui tapoter sur l'épaule, ce qui le tira de ses pensées. Il leva les yeux et vit Etxe qui se tortillait, l'air gêné.

– Qu'est-ce que vous avez ? lui demanda-t-il avec rudesse.

– Ça confirme une idée que j'avais en tête depuis un moment mais que je n'osais pas dire…

– Vous avez des idées, vous ! J'en suis fort aise. Et quelle est-elle ?

– C'est au sujet de la famille Zubiko. Vous vous souvenez qu'ils habitent la ferme Jaurreguy ?

– Oui, et alors ?

– Alors, en basque, comme d'ailleurs en béarnais, la ferme, c'est la *borde*. Borda, c'est le terme exact.

– Où voulez-vous en venir ?

– En basque, le nom de la ferme, c'est la Borde Jaurreguy.

– J'ai bien compris, pas besoin de le répéter ! Et alors ?

Borde Jaurreguy… Les initiales sont B. J… Comme Basa Jaun !

Adamsmendy eut de nouveau un coup au cœur. L'image du tatouage de l'épaule du défunt Koldo lui revint en mémoire. Se pouvait-il qu'il ait été fait par un fer à marquer le bétail de la ferme des Zubiko ? Il attrapa Etxe par le bras et se dirigea vers la sortie.

– On y va ! lança-t-il.

– Où ça ? demanda Etxe en trottinant à ses côtés.

– À Bidarray, tiens ! On va demander des explications aux Zubiko…

Ils remontèrent les marches quatre à quatre, laissant Etxeberry dans l'expectative, devant son ordinateur. À l'extérieur, ils tombèrent sur les renforts de police qui arrivaient du commissariat. L'un d'eux avait entamé une discussion animée avec Naia, et agitait ses mains tout en racontant des boniments. Quand le commissaire s'approcha, il se mit au garde-à-vous et le salua.

– Commissaire Adamsmendy ! À votre service pour vous aider !

– À la bonne heure, répondit ce dernier. Il y a ici en bas un troupeau de gens qui font partie d'une même association, la peña Menditarrak. Vous allez les interroger un par un pour connaître leur emploi du temps dans la nuit de mercredi à jeudi.

Il lui tendit le listing que lui avait fourni Etxeberry.

– Voici la liste des membres de la peña. J'ai coché ceux qui ont déjà été interrogés, au travail !

– À vos ordres, commissaire ! répondit le policier en regroupant ses troupes et en s'élançant dans l'escalier qui conduisait à la cave souterraine.

Naia intercepta le commissaire et Etxe avant qu'ils ne franchissent la porte de sortie.

– Mais, vous allez où, vous ?

– Chez les Zubiko, à Bidarray. Il va falloir qu'ils s'expliquent…

– Je vous accompagne ! déclara-t-elle aussitôt en raccrochant les wagons.

Adamsmendy hésita à lui faire entendre son désaccord, puis il laissa tomber, vaincu par l'enthousiasme de la jeune fille.

Ils traversèrent la ville au pas de course, bousculant au passage quelques festayres dont le trajet zigzagant interrompait la foulée déterminée du petit groupe. La nuit était tombée, Bayonne jetait ses dernières forces dans l'ultime soirée des fêtes.

Au commissariat, l'ambiance était plutôt calme. L'appel à l'aide du commissaire l'avait vidé de pratiquement tous ses effectifs, mais fort heureusement il n'y avait rien d'autre à signaler ce soir-là. Ils n'eurent aucune difficulté à récupérer une voiture de service. Adamsmendy posa le gyrophare sur le toit, en se disant que cet outil leur permettrait peut-être de gagner quelques précieuses minutes. Il prit le volant et fit crisser les pneus en sortant le véhicule du garage. Ils prirent encore une fois la départementale permettant d'accéder à l'arrière-pays.

Adamsmendy roulait à tombeau ouvert. Il prit les ronds-points de la sortie de Bayonne sur deux roues, et le compteur afficha allègrement les 120 sur les rares portions de route droite. Etxe, qui occupait le siège passager, s'accrochait à l'accoudoir de la portière. Naia, qui se tenait entre les deux sièges à l'arrière, jugea plus sage d'attacher sa ceinture de sécurité. Le gyrophare clignotant leur permit effectivement de faire le vide sur leur voie et de ne pas être embêtés par des gendarmes trop zélés. Ils dépassèrent Ustaritz sans avoir dit un mot depuis le départ. Ce fut finalement Naia qui coupa le silence.

– Pourquoi allons-nous chez les Zubiko, commissaire ? Vous croyez qu'ils sont coupables ? Ils ne vont quand même pas s'entre-tuer...

– Allez savoir ! répondit Adamsmendy. J'ai toujours eu l'impression qu'ils nous cachaient des choses. Il va bien falloir qu'ils nous crachent la vérité une fois pour toutes.

– Mais pour quel mobile ?

– C'est ce que nous allons tenter de comprendre ! Une histoire de jalousie avec cette Oihana Aritza ? Elle n'est peut-être pas une colombe aussi blanche qu'elle veut le montrer. (Tout en disant cela, Adamsmendy pensait exactement le contraire). Quant au père, je n'en parle même pas, avec son esprit retors et méfiant comme pas deux. À moins que ce ne soit une histoire d'héritage ?

Adamsmendy pensa à son frère, héritier de la ferme familiale sur les hauteurs de Behorléguy, qui coulait des jours heureux avec ses moutons. Il se remémora la rage et le sentiment d'injustice qu'il avait ressentis quand la famille avait fait valoir le droit séculaire d'aînesse.

– Vous croyez qu'une affaire d'héritage puisse pousser un des enfants à commettre des fratricides ? demanda Etxe. Ça me semble un peu exagéré... Vous avez vu comme moi qu'ils ne roulent pas sur l'or, chez les Zubiko. La ferme est à l'état de quasi-abandon, et je ne suis pas sûr que la propriété, qui court sur un terrain montagneux, ne vaille grand-chose.

– Vous avez certainement raison. Mais il faut qu'on en ait le cœur net.

Il pensa soudain à la surveillance qu'il avait mis en place. Il n'avait pas de nouvelles des deux policiers depuis qu'il les avait vus au local du char. Il avait oublié de passer à son bureau pour lire le rapport qui devait traîner sur son pupitre. Il s'adressa à Etxe.

– Appelez les deux collègues qui sont chargés de surveiller les Zubiko, je veux vérifier qu'ils sont bien à Bidarray.

Etxe s'exécuta. Après les politesses d'usage, il prit des nouvelles et fut surpris d'apprendre que les deux frères avaient quitté la ferme. Il leur fit répéter pour être sûr d'avoir bien entendu. Adamsmendy lui arracha le téléphone des mains.

– Bonsoir, ici c'est le commissaire Adamsmendy. Ils sont où, les frères Zubiko ?

– Ah, bonsoir commissaire, grésilla une voix penaude dans l'écouteur. Ils sont partis tous les deux à pied à la montagne. Certainement pour aller compter les brebis…

– Pourquoi vous ne les avez pas suivis ?

– Ben… À la montagne, il n'y a pas de risque qu'ils tombent sur l'assassin ! Et puis ça monte beaucoup, on s'est dit qu'on allait attendre tranquillement leur retour…

– Leur retour ! Il fait nuit, vous croyez qu'ils ne seraient pas déjà rentrés s'ils n'étaient partis que pour compter les brebis ! Et avec le Basa Jaun qui rôde dans les montagnes, vous y avez pensé ?

Il entendit le policier déglutir à l'autre bout du fil.

– Ça fait combien de temps qu'ils sont partis ? insista Adamsmendy.

– Euh... Il y a un peu plus d'une heure et demie. Il faisait encore jour quand ils ont pris le chemin. Comme ils font ça tous les soirs, on ne s'est pas inquiétés...

– Vous n'êtes pas là pour supposer mais pour exécuter ! Punaise de punaise ! Et le vieux, il est encore à la ferme, j'espère ?

– Ah lui, il n'y a pas de risque qu'il s'échappe. Il n'est pas sorti de la journée.

Adamsmendy eut un mauvais pressentiment. Son énervement faisait trembler ses mains sur le volant, et la voiture fit une embardée sur le bas-côté de la route. Il redressa immédiatement sa course et entendit le soupir de soulagement de son copilote.

– Vous allez immédiatement vérifier s'il est toujours à sa place. Et toujours en vie ! Il ne manquerait plus que ça qu'on ait un troisième mort sur les bras. Vous me rappelez juste après.

Il raccrocha en fulminant. Les frères Zubiko étaient partis, au nez et à la barbe des policiers ! Il pesta tout haut contre cette bande d'incompétents qu'on lui avait refourguée. Etxe tenta de calmer son énervement en émettant l'hypothèse que les deux frères étaient peut-être à la recherche d'une brebis manquante et qu'ils n'allaient pas tarder à redescendre... La sonnerie cassante du téléphone mobile coupa ces propos rassurants.

– C'est nous ! dirent les deux policiers en chœur. Bon, tout va bien, le vieux est toujours là, à côté de la cheminée. Il nous grommelle des mots en basque qui ne doivent pas être gentils, mais qu'on ne comprend pas. Il a l'air de très mauvaise humeur...

– Bon, très bien. Vous nous le gardez au chaud, on arrive.

Adamsmendy appuya un peu plus sur l'accélérateur et la voiture bondit en avant en abordant les derniers virages du bord de la Nive et en franchissant le pont qui la traverse. La petite route de montagne qui longeait le Bastan fut avalée à coups de crissements de pneus et de pétarades de reprise d'accélération. Ils ne devaient en être que les seuls usagers ce soir-là, aussi Adamsmendy prit-il ses aises pour couper les virages sans se soucier du risque d'accident avec un autre véhicule qui croiserait leur chemin. Avec la nuit, la route avait revêtu un aspect fantomatique et donnait plus que jamais l'impression qu'elle menait au bout du monde. De temps en temps, les phares de la voiture éclairaient l'ombre furtive d'un renard ou d'un vol de chauve-souris. Les arbres laissaient pendre leurs branches que le vent du sud agitait lentement au-dessus d'eux. On aurait dit que la forêt tout entière s'était animée pour avaler les intrus qui venaient l'importuner à une heure où la vie sauvage avait repris ses droits.

Après un cheminement qui leur sembla interminable et pendant lequel ils n'échangèrent aucune parole, ils finirent par arriver sur l'esplanade de la ferme. Adamsmendy fit un tête-à-queue pour se garer dans le bon sens avant de couper le contact.

Le silence envahit alors l'espace. C'était une nuit parfaitement calme, à peine troublée par le chant des grillons et le hululement intermittent d'une chouette. Ils restèrent un moment dans la voiture sans bouger, pétrifiés par cette tranquillité qui leur semblait menaçante. Ils finirent par ouvrir les portières et descendre de voiture et furent accueillis par le chien qui vint leur faire la fête en remuant la queue. Adamsmendy se dit qu'il avait une manière plutôt originale d'assurer sa fonction de gardien.

La masse sombre de la ferme Jaurreguy se dressait devant eux, se détachant sur le fond clair des montagnes. Aucune lumière ne filtrait par les volets. Ils contournèrent la bâtisse à pas de loup et gagnèrent la vaste porte d'entrée. Elle était fermée et aucun bruit ne s'échappait de l'intérieur. Adamsmendy frappa timidement sur le battant. Personne ne répondit. Il eut alors un mauvais pressentiment et refréna un haut-le-cœur. Il ordonna à

Etxe de prendre de l'élan pour tenter de la forcer d'un coup d'épaules. Ce dernier mit un doigt sur sa bouche, s'approcha lentement et souleva le loquet de la poignée. La porte s'ouvrit dans un grincement de gonds mal huilés. Elle n'était tout simplement pas fermée à clé.

Il faisait totalement noir dans la grande pièce. Adamsmendy n'arrivait pas à distinguer quoi que ce soit dans cette obscurité. Il tâtonna le mur à droite de la porte et finit par trouver un interrupteur qu'il actionna.

Une faible lumière émergea d'un vieux lustre couvert de toiles d'araignée. Elle était si ténue qu'Adamsmendy n'eut même pas besoin de plisser les paupières pour s'y habituer. La première chose qu'il vit fut le vieux Zubiko, assis comme d'habitude sur le banc, à côté de la cheminée. Il regardait le commissaire avec un air de défi, sans bouger. Puis il aperçut les deux policiers qui étaient censés monter la garde. Ils étaient allongés sur les bancs qui entouraient la table, les yeux fermés. Adamsmendy eut un instant de frayeur en s'approchant d'eux, craignant un instant qu'ils n'aient rendu l'âme. Puis il discerna les ronflements légers de respirations régulières et insouciantes. Il cria :

– Debout, là-dedans ! Qui m'a fichu des évaporés pareils !

Les policiers sursautèrent et se redressèrent aussitôt, l'air effaré. Ils bredouillèrent des paroles d'excuse en voyant le commissaire.

– On s'est endormis ! On est désolés, on ne se sait pas ce qui nous a pris…

– Je le vois bien que vous vous êtes endormis !

– C'est pas notre faute, c'est lui le coupable, répondit l'un des deux policiers pour se justifier, en désignant le père Zubiko. Il nous a jeté un sort qui nous a endormis !

– Vous vous fichez de moi ? Essayer de me faire avaler des excuses pareilles. Dehors, je ne veux plus vous voir !

Les deux policiers essayèrent de parlementer avant qu'Adamsmendy n'assène un nouveau « Dehors ! » ferme et définitif. Ils quittèrent donc la maison la tête basse.

L'agitation retomba avec leur départ, laissant place à un à silence tendu. Le vieux Zubiko n'avait pas bougé, et Adamsmendy se demanda un instant s'il était encore vivant. Puis il se rendit compte, comme lors de leur première rencontre, que ses pupilles réagissaient à chacun de ses déplacements, alors que le reste de son visage semblait figé dans une expression hostile. Ses yeux sombres ressortaient dans son long visage et dégageaient effectivement une aura hypnotique. Adamsmendy, qui n'entretenait que de rares affinités avec la paranormalité, ne se laissa pas impressionner. Il fit signe à Etxe de s'approcher, et lui demander d'assurer la traduction en direct, comme la dernière fois.

– Monsieur Zubiko, l'aborda-t-il. L'heure est grave. Nous avons toutes les raisons de penser que votre maison abrite le meurtrier. Aussi nous vous demandons de ne pas entraver le cours de la justice et de répondre avec sincérité aux questions que nous allons vous poser.

Le vieux ne répondit pas. Il ne détachait pas son regard d'Adamsmendy, et celui-ci commençait à le trouver agaçant. Il poursuivit :

– Pouvez-vous nous dire où sont partis vos deux fils ?

Toujours pas de réponse, bien qu'Etxe lui traduisit les paroles du commissaire en basque. Il ne réagissait à rien, et gardait son visage fermé. Adamsmendy attaqua alors un sujet sensible.

– Vous n'avez pas peur que le Basa Jaun les attrape dans la montagne ?

Il n'y eut pas plus de réaction. Le vieux Zubiko observait le commissaire sans ciller et surtout sans bouger. Adamsmendy commença à perdre son calme. Il fallait que cet homme parle, la clé du mystère reposait sur ses déclarations. Il attendit quelques instants, et, prenant acte de l'absence de coopération du témoin, il s'en approcha, l'attrapa par les épaules et le secoua, retrouvant ses vieux réflexes appris sur le tas au cours de sa carrière professionnelle.

– Nom de Zeus ! hurla-t-il. Vous ne comprenez donc pas ? Un de vos fils va peut-être mourir ce soir si vous ne nous aidez pas !

Alors il se passa quelque chose. Le vieil homme se mit à trembler et il laissa reposer sa tête sur le pommeau du makhila qui n'avait pas quitté ses mains. Adamsmendy avait apparemment fait mouche, et le vieux se recroquevilla sur lui-même, comme une fleur qui se flétrit à la fin de l'été. Etxe n'avait même pas eu besoin de traduire les propos du commissaire en basque.

Quelques minutes passèrent avant que le vieux s'exprime dans un français hésitant.

– Ils sont partis aux fêtes.

– Aux fêtes ? demanda le commissaire. Les policiers qui les surveillaient nous ont dit qu'ils ont pris le chemin de la montagne…

– À la montagne, oui, ils sont allés.

Il tarda à trouver les mots qui lui permettraient de poursuivre.

– Mais au bout du chemin, il y a une route. Au col des Veaux elle mène. Et à la venta, une voiture pour les conduire à Bayonne…

Il respira fortement pour reprendre son souffle. Aligner trois phrases d'affilée avait dû lui demander un effort inhabituel.

– Vous voulez dire que vos fils sont partis à Bayonne ? fit reformuler Adamsmendy.

– Oui, avec le voisin qui tient la venta. Souvent il les amène…

Adamsmendy se retourna vers son jeune collègue.

– Et dire qu'on pensait qu'ils étaient restés ici, en sécurité ! Ils sont à Bayonne, sans surveillance… Qu'est-ce qu'on peut faire ? Je ne vais pas déployer un régiment de policiers à chaque coin de rue pour les retrouver. Et avec la foule qu'il va y avoir ce soir ! C'est la panique assurée…

– Ils vont peut-être rejoindre la peña en sous-sol ? suggéra Etxe. Dans ce cas, il y aura le régiment de policiers pour les accueillir…

Il se tourna vers le vieux.

– Monsieur Zubiko, c'est très important. Vous ont-ils dit à quel endroit des fêtes ils comptaient aller ce soir ?

– Ils ont dit, on va conduire le char. Et que c'était le dernier soir, il fallait qu'ils y aillent.

– Alors ils ont menti. Etxeberry m'a dit qu'une autre personne était prévue dans le planning, et il a justement insisté pour me dire que les Zubiko pouvaient rester à la ferme…

Adamsmendy se leva et tourna en rond.

– Et puis ça ne me met pas sur la piste d'un quelconque mobile. Ni ce que vient faire le Basa Jaun dans cette histoire.

Il se rassit face au vieux Zubiko.

– Il faut que vous nous aidiez, vous comprenez ? Sans ça un de vos fils va mourir sans qu'on n'ait rien pu faire. Expliquez-nous pourquoi le Basa Jaun en voudrait à votre famille.

Le vieux hésita à répondre, puis il se raccrocha fermement à son bâton avant de soutenir d'une voix ferme :

– Je vous l'ai déjà dit. Dans la grotte du Basa Jaun, il ne faut pas entrer…

– Ce sont des sottises, ça ! répondit Adamsmendy. J'y suis entré, moi, dans la grotte. Et je suis toujours vivant ! Non, vous nous cachez quelque chose, Monsieur Zubiko, et il faut que vous nous disiez toute la vérité. Toute la vérité, vous comprenez ?

Il sentit le vieil homme vaciller. Adamsmendy avait encore touché un point sensible, il fallait qu'il continue à le travailler pour faire jaillir la lumière.

– Pourquoi le Basa Jaun en voudrait-il à vos fils ? Qu'est-ce qui l'a poussé à commettre ces meurtres atroces ?

Le vieux continuait à se réfugier dans son mutisme, la tête baissée. Alors Etxe intervint, à la grande surprise du commissaire, et posa la question fatidique en basque en prenant une voix grave.

– Zubiko Jauna, zer ote dago Basajaunaren harpean ?

– Monsieur Zubiko, qu'y a-t-il dans la grotte du Basa Jaun ?

Le vieil homme trembla de tous ses membres, et émit un gémissement de douleur. Cette dernière question l'avait définitivement terrassé, et il semblait avoir été atteint par une flèche en plein cœur. Encore une fois, les deux policiers attendirent avec patience que le vieil homme se remette de ses émotions, sans chercher à le brusquer, malgré le temps qui continuait à courir et raccourcissait l'échéance d'un nouveau meurtre.

– Manquerait plus que ça qu'il clamse, résonna la petite voix de Naia dans le fond de la pièce.

Le vieux se leva soudain, en s'appuyant sur sa canne, faisant grincer les articulations de ses membres usés par le temps. Il passa lentement devant la cheminée en boitillant. Les braises rougeoyantes faisaient ressortir sa silhouette en ombre chinoise décharnée. Il disparut par une porte située de l'autre côté, et les policiers entendirent le claquement du fer de son makhila sur les pavés du sol s'éteindre peu à peu.

– Qu'est-ce que vous lui avez dit ? demanda Adamsmendy à son jeune collègue, après un moment.

– Vous allez bien voir, le voici qui revient…

Effectivement le vieux Zubiko réapparut par l'embrasure de la porte, tenant dans sa main une boule de papier chiffonnée qu'il posa sur la table. Il recula lentement, fit signe aux deux hommes de s'en approcher, puis repartit s'asseoir sur son banc à côté de la cheminée.

Adamsmendy observa l'objet avec suspicion, hésitant à s'en emparer, comme s'il était la cause de tous les malheurs du monde. C'était quelque chose d'arrondi, d'une demi-douzaine de centimètres de diamètre, emballé à la hâte dans une feuille de papier journal. Le commissaire reconnut l'en-tête du *Sud-Ouest* sur un des côtés.

Etxe l'attrapa brusquement et défit le sommaire emballage. Il en ressortit une pierre étincelante qu'il tint dans la pomme de sa main, à bout de bras. Adamsmendy et Naia s'approchèrent en fixant l'objet de toutes les convoitises. La faible lumière de la pièce en faisait ressortir les reflets dorés qui jetaient des taches lumineuses sur les murs.

– Mais c'est… bredouilla Adamsmendy.

– Oui, c'est de l'or, confirma Etxe avant que le commissaire ne finisse sa phrase.

C'était effectivement une pépite de bonne taille, bien que de facture grossière, mais qui ne demandait qu'à être travaillée dans les mains expertes d'un joaillier.

– Vous vous souvenez ce que je vous ai raconté quand on est venu ici pour la première fois ? poursuivit Etxe. Que les villageois d'Arizakun avaient trouvé de l'or au siècle dernier dans cette vallée. Ils n'ont manifestement pas tout exploité. La montagne est si vaste…

Il reposa la pépite sur la table. Les quatre personnes présentes dans la pièce s'approchèrent de chaque côté du grand plateau de chêne brut. Ils se positionnèrent spontanément selon le plan d'une grande croix dont l'or occupait le centre. Leur regard n'arrivait pas à se détacher de ce petit caillou qui brillait avec un éclat inhabituel et dégageait une aura hypnotisante. Ils restèrent ainsi de longues minutes sans parler et sans bouger, laissant leurs pensées divaguer sur tout ce qu'ils pourraient faire s'ils possédaient cette petite chose dans leur poche.

Ce fut finalement Adamsmendy qui rompit ce silence de recueillement.

– Lequel de vos fils a trouvé cette pierre ? dit-il en s'adressant au vieux Zubiko.

– Gotzon. Il vous a dit qu'il était entré dans la grotte, ou bien ?

Adamsmendy s'en souvenait parfaitement. Mais le fils avait omis volontairement de mentionner le petit détail de sa découverte.

– Et c'est là que les malheurs ont commencé, poursuivit le vieux. Le Basa Jaun ne nous pardonne pas d'avoir volé cette pierre.

– Et cela ne vous a pas effleuré que ce pouvait être votre fils l'auteur de cette mise en scène ?

Adamsendy se mit à marcher autour de la table, tout en continuant à développer sa thèse à voix haute.

– Gotzon, le petit dernier de la famille, qui convoite depuis ce jour la propriété qui s'étend sur toute une zone aurifère. La ferme repose peut-être même sur un gisement d'or ! Il ne peut pas laisser passer cette occasion de devenir riche. Mais pour cela, il faut qu'il se débarrasse de tous ses frères aînés pour pouvoir hériter. Car la tradition basque du droit d'aînesse est implacable, et il le sait bien !

Il vit le vieux Zubiko s'affaisser sur le banc.

– Je suis sûr qu'il s'est bien gardé de révéler à ses frères sa découverte. Eux auraient eu la puce à l'oreille, et ne se seraient pas laissé faire. Mais à vous, il vous a fait avaler cette histoire de Basa Jaun pour avoir un moyen de pression crédible sur toute la famille. Et vous y avez cru… Est-ce que j'ai tort ?

Le vieux baissa la tête et la secoua lentement de droite à gauche. Il respirait avec force, cherchant désespérément de l'air frais pour rafraîchir ses pensées embrumées. Adamsmendy poursuivit son réquisitoire.

– Monsieur Zubiko, j'accuse votre fils Gotzon de fratricide sur ses deux frères aînés. Et maintenant, il faut que vous nous aidiez à le retrouver avant qu'il n'accomplisse le troisième meurtre qui lui ouvrira l'accès à la propriété.

Le vieil homme ne dit rien. Il avait fermé les yeux et ne bougeait plus. Naia s'approcha, l'observa longuement, et déclara :

– Ça y est, maintenant. Il est mort. Je vous l'avais dit qu'il n'allait pas supporter vos révélations.

– Mais non, il n'est pas mort. Il se repose, répondit Etxe.

– Chut, laissez-le réfléchir à la situation, poursuivit Adamsmendy. Il va retrouver ses esprits et nous aider.

– Moi je vous dis qu'il est mort, continua Naia.

– Mais non, il n'est pas mort, répéta Etxe. D'ailleurs, regarde.

Il sortit un petit miroir de sa poche et l'approcha des narines du vieil homme. Des traces de buée se formèrent immédiatement sur le verre.

– Vous voyez ! dit Etxe, fier d'avoir eu raison.

– Je ne savais pas que tu étais coquet, constata Naia avec une mine réjouie.

– Ah, oui. J'ai toujours un miroir dans la poche. C'est incroyable le nombre d'utilisations qu'on peut en faire. Comme par exemple regarder discrètement la personne qui te suit. Tu connais l'histoire d'Orphée et d'Eurydice ?

– Tiens, vous vous intéressez aux légendes grecques, vous ! constata Adamsmendy.

– Un souvenir de mes années de lycée. J'avais un prof de lettres classiques dont la passion pour la mythologie était communicative…

Ils furent interrompus par une voix caverneuse qui emplit la pièce.

– De mes fils quelqu'un va s'occuper, oui ?

Le vieux Zubiko venait d'émerger de son état comateux et les regardait avec un air affligé.

Adamsmendy s'approcha de lui.

– Monsieur Zubiko, nous vous avions un instant oublié ! Bien entendu, nous nous occupons de cette affaire.

– J'ai réfléchi, répondit le vieil homme. La vérité, vous avez dit, j'en ai peur. Gotzon a menti.

– C'est ce que je pense. Il s'est servi de cette vieille légende du Basa Jaun pour mettre en scène ses crimes, et masquer sa culpabilité. Mais comment a-t-il pu abuser ainsi toute la famille ?

Le père Zubiko attrapa son *makhila*, posa son menton sur les mains qui le maintenaient et fixa Adamsmendy avec un air sceptique.

– Le Basa Jaun, il existe. Ce que je crois, moi, c'est que c'est son esprit mauvais qui s'est emparé de mon fils. Depuis que Gotzon est entré dans cette grotte, ça n'est plus le même…

– Ah ça oui, j'imagine bien qu'il a dû changer ! Il a découvert qu'il pouvait devenir riche rien qu'en grattant un peu la terre ! Ça a dû lui tourner lui donner le vertige, de découvrir une pépite de cette taille. Mais, cette richesse, il n'a pas voulu la partager. Il a eu peur que la propriété lui échappe à votre mort, et revienne à votre fils aîné. Ce n'est pas l'esprit surnaturel du Basa Jaun qui s'est accaparé de votre fils, c'est une pathologie bien plus banale, et surtout bien plus humaine ! Maudits soient l'égoïsme et la cupidité qui s'emparent des hommes dès que l'occasion se présente !

Adamsmendy avait l'impression de s'enfoncer des aiguilles dans le cœur en débitant ce réquisitoire. Il n'arrêtait pas de penser à son frère.

– C'est pour cela que je crains pour la vie de votre fils Iker. C'est le dernier obstacle qui empêche Gotzon d'être l'héritier de la ferme. Bien sûr, Iker ne doit se douter de rien. Il ne lui viendrait pas à l'idée que son frère puisse lui jalouser une vieille ferme qui ne vaut pas un clou. Et vous les avez laissés quitter la ferme et partir aux fêtes de Bayonne sans surveillance ! Mais qu'est-ce qui vous a pris ?

– Ils m'ont dit qu'ils voulaient jouer un tour à vos deux imbéciles de policiers, là-haut.

– Et voilà où votre fierté nous mène ! Vous vous imaginez peut-être que vous êtes invincibles, et que vous n'avez pas besoin de l'aide de la police. Et voilà le résultat ! Le suspect et sa future victime se baladent aux fêtes de Bayonne, au nez et à la barbe de tout ce qui a été mis en place. Et allez donc les retrouver ! Autant chercher une aiguille dans une botte de foin…

Adamsmendy tournait en rond pour essayer de trouver une idée.

– On peut peut-être appeler Iker pour le prévenir du danger que représente son frère ?

– Iker, il en a pas, de portable, répondit le vieux. Et Gotzon, ça m'étonnerait qu'il réponde.

– Et le voisin qui les amène, il a un portable, peut-être ?

– Peut-être, mais j'ai pas son numéro. En plus, il est Espagnol.

– Aidez-nous ! Vous devez avoir une idée de l'endroit où ils ont pu aller à Bayonne !

Adamsmendy était désespéré. Il s'approchait enfin de la vérité, mais cela ne servait à rien puisqu'il était incapable d'empêcher le dernier meurtre. Mais le vieux Zubiko avait encore une carte en main.

– J'ai peut-être une idée, d'où ils se trouvent…

– Nous sommes tout ouïs.

– Quand la femme était malade, j'ai acheté un appartement dans Bayonne. Pour pouvoir être près d'elle, vous comprenez ?

– Nous comprenons, Zubiko Jauna.

– Je voulais éviter de faire la route tous les jours. Pouvoir être là quand elle avait besoin. Mais ça n'a servi à rien. Elle a fini par partir.

Il s'interrompit pour essuyer ses yeux larmoyants, ce qu'il fit lentement. Adamsmendy bouillonnait intérieurement et rêvait de connaître la suite, mais il respecta la douleur du vieil homme. Ce dernier poursuivit après s'être mouché dans la manche de sa vieille veste.

– Cet appartement, j'y suis jamais retourné. Il est fermé depuis longtemps.

Il montra un clou qui dépassait de la poutre de la cheminée.

– J'avais accroché toutes les clés là. Mais depuis le début de la semaine, elles ont disparu. Je me suis dit qu'ils ont dû les prendre pour aller s'y reposer, pendant les fêtes.

Il fit une pause, puis reprit d'une voix chevrotante.

– Ils sont peut-être là-bas. Si j'avais su…

– Monsieur Zubiko, vous avez certainement raison. Qui sait ce que Gotzon a pu raconter à son frère pour le convaincre d'aller dans cet appartement ? Vous allez nous dire où il se trouve…

Le vieux Zubiko lui communiqua l'adresse. C'était dans un vieil immeuble de la rue Argenterie, une petite rue du centre-ville qui montait de la place des Cinq-Cantons vers la cathédrale. Adamsmendy triompha :

– Ça colle ! C'était là que devait aller Koldo le soir du crime, après avoir quitté l'atelier du char. Il devait avoir peur, et il espérait être en sécurité là-bas. Et pour y aller, en venant de Saint-Esprit, il devait forcément passer par la place des Cinq-Cantons. Il ne restait plus à Gotzon qu'à l'attendre tranquillement, caché sous la marionnette géante du Basa Jaun…

Il se tourna vers le vieux.

– Nous vous remercions pour votre aide précieuse ! Nous partons de ce pas à Bayonne, en espérant qu'il soit encore temps d'intervenir avant l'issue fatale !

Il lui serra la main et rameuta sa maigre troupe.

– En avant ! *Goazen* !

Ce dernier mot lui était revenu spontanément. Il lui semblait retrouver l'ardeur de sa jeunesse. Ils quittèrent la maison en courant, Etxe chantant de sa voix puissante :

Jeiki, jeiki, etxekoak, argia da zabala, argia da zabala!
Itxasotik mintzatzen da, zilharezko trumpeta,
Bai eta ere, ikaratzen Olandresen ibarra!

(Debout, debout, gens de la maison! Il fait grand jour! Sur la mer résonne la trompette d'argent, et aussi tremble la rive hollandaise!)

Le vieux Zubiko entendit la voiture démarrer dans un crissement de pneus. Le bruit du moteur se perdit lentement dans la forêt, laissant place aux murmures sourds de la montagne. Le vieil homme se leva en s'arrimant à son bâton et marcha lentement vers la sortie. Le chien l'accueillit en remuant la queue. Il fit le tour de la maison et alla s'asseoir sur le banc de pierre, à l'abri du grand chêne. Il faisait encore une chaleur étouffante en ce début de nuit. Les grenouilles étaient de sortie, et l'air vibrait de leurs coassements sonores.

Il pensa à Gotzon, le petit dernier de la famille. C'était un enfant gâté. Le vieil homme se souvenait encore de ses caprices quand, petit, il voulait obtenir quelque chose. Et ça ne s'était pas arrangé à l'adolescence: au cours de sa scolarité, les professeurs les avaient alertés, son épouse et lui-même, sur les troubles de personnalité de leur fils. Le vieux Zubiko se souvenait encore des mots qu'ils avaient utilisés, mais dont il ne comprenait pas le sens mais qui restaient gravés dans sa mémoire: mégalomanie et symptômes schizophréniques. Ils leur avaient conseillé d'aller voir un psychologue. Allons bon ! Un psychologue ! On était à la campagne, ici, on n'avait pas besoin de s'inventer des maux de la ville. Ils avaient laissé courir… Mais c'est vrai qu'il l'avait entendu dire à plusieurs reprises vouloir devenir le maître du monde. Il avait pensé à ce moment-là que ce n'était qu'un jeu. Se pouvait-il que Gotzon se soit pris au sérieux ?

Le vieil homme leva la tête et parcourut des yeux les flancs de l'Artzamendi. Les éboulis qui couronnaient le sommet luisaient faiblement à la lumière du croissant de lune. Là-haut, il y avait la grotte du Basa Jaun. C'était à cause d'elle que toute cette histoire avait commencée. Et c'était peut-être elle qui avait fait basculer Gotzon dans cette folie meurtrière. Il cracha par terre, maudissant ce lieu qui avait été de tout temps craint par les hommes, et qui continuait à répandre sa noirceur maléfique sur la ferme.

À présent tous ses espoirs reposaient sur ce commissaire. Il ne lui faisait pas grande impression, mais il n'avait pas d'autre choix que celui de lui faire confiance. Pourvu qu'il arrive assez tôt. Pourvu.

À quelques kilomètres de là, la voiture d'Adamsmendy roulait à toute allure vers Bayonne. Etxe avait appelé le commissariat pour les alerter. Une équipe avait immédiatement été envoyée à l'appartement de la rue Argenterie, et à présent, ils attendaient des nouvelles en fonçant vers la même destination.

– Ils ne rappellent toujours pas, grogna Adamsmendy, le pied au plancher. Mais qu'est-ce qu'ils fichent ? Vous n'allez pas me dire qu'il faut tout ce temps pour aller au centre-ville !

– Ce sont les fêtes, rappela Etxe. Ils doivent être gênés par la foule.

– Et alors, la police est prioritaire, non ? Et les gens devraient s'écarter pour la laisser passer !

– Vous savez, au Pays-Basque, ça ne se passe pas comme ailleurs...

Adamsmendy ne répondit pas. Il avait brusquement changé de centre d'intérêt et réfléchissait au scénario de la mort de Koldo Zubiko.

– Ça a dû se passer comme je l'ai dit. Koldo était resté au local du char pour finir d'arranger le mécanisme. Et Gotzon, qui devait surveiller les parages, l'a rejoint. Ensemble, ils boivent un coup, et même plusieurs. Gotzon en profite pour verser une drogue dans son verre, et Koldo commence rapidement à délirer. Quand il est suffisamment cuit, Gotzon le marque au fer rouge. Puis il s'échappe, va rejoindre le groupe des porteurs des géants, et récupère celle du Basa Jaun. Il n'a plus qu'à se poster à la place des Cinq-Cantons, car il est sûr que son frère va rejoindre l'appartement familial pour aller s'y réfugier.

– Mais pourquoi n'a-t-il pas accompli son meurtre au local du char ? Ils étaient seuls, cela aurait été moins risqué, il n'y avait aucun témoin...

– Allez savoir ! Moi, je crois que Gotzon a un grain de folie. Cette histoire d'or lui a fait tourner la tête, et il doit se prendre réellement pour le Basa Jaun. Revêtir l'habit de ce personnage doit lui procurer un sentiment de puissance, et le motive pour accomplir de tels crimes, si horribles..

Adamsmendy se concentra sur son volant pour aborder un virage particulièrement serré. L'éclair du flash d'un radar le surprit sur la ligne droite qui s'en suivit.

– Au diable toutes ces machines automatiques. marmonna-t-il. Elles ne savent pas faire la différence entre l'effraction et la bonne cause. Sauver une vie humaine, ça justifie qu'on roule un peu plus vite sur la route, non ?

Ils passaient à proximité de la zone commerciale à l'entrée de Bayonne quand le téléphone d'Etxe sonna. Ce dernier enclencha le haut-parleur afin que tous les passagers de la voiture puissent entendre.

– Commissaire Adamsmendy ? On est enfin arrivés à l'appartement. Ça n'a pas été simple, les festayres se sont amusés à rendre notre progression difficile… Ils se postaient devant la voiture pour nous empêcher de passer, tambourinaient sur le capot en chantant, décrochaient notre gyrophare pour se le mettre sur la tête… Bref, on a mis beaucoup de temps pour y arriver !

– Vous ne pouviez pas laisser les voitures sur les Allées et y aller à pied, bande de fainéants que vous êtes ! invectiva Adamsmendy. Vous auriez fait beaucoup plus vite. Bon, peu importe, ce qui est fait est fait. Vous avez trouvé les deux frères ?

– Hélas, non, commissaire. L'appartement était vide. Mais votre idée était la bonne : on est certains qu'ils sont passés ici récemment. On a retrouvé des bouteilles vides et des cigarettes encore fumantes dans le cendrier. Ils ont dû partir peu de temps avant notre arrivée, on s'est loupé de peu…

– Bon sang, on n'a pas de chance !

Adamsmendy réfléchit quelques secondes à la marche à suivre.

– Bon, vous ne touchez à rien. On arrive. Et vous envoyez une équipe interroger les passants dans la rue en bas. Quelqu'un a bien dû voir quelle direction ils ont pris ?

– Commissaire, on n'est que deux, ici… Tous nos effectifs ont été mobilisés pour interroger les membres de la Peña…

– Eh bien vous leur dites de laisser tomber la Peña et de venir vous donner un coup de main. Vous bouclez le quartier et vous me trouvez des témoins ! Voire les deux frères Zubiko. Il y en a un qui doit être dans un sale état, ça doit se remarquer !

– À vos ordres, commissaire ! On fait comme vous dites.

Etxe raccrocha et Adamsmendy appuya un peu plus fort sur l'accélérateur, au risque de traverser le plancher de la voiture. Ils ne tardèrent pas à rejoindre l'entrée de Bayonne et dévalèrent la descente de l'hôpital pour atteindre le rond-point de Saint Léon. La foule présente aux abords du rond-point obligea Adamsmendy à ralentir. Il engagea la voiture sur l'avenue de Pampelune et la remonta au pas, en prenant soin d'éviter les festayres qui couraient sur la chaussée. Il s'arrêta à la porte d'Espagne, mit en route les feux de détresse et coupa définitivement le moteur.

– On descend ici ! On va remonter la rue d'Espagne à pied pour rejoindre l'appartement des Zubiko. Ouvrez l'œil, des fois qu'on les croiserait…

Ils s'élancèrent en courant dans la rue, sous l'œil intrigué des gens qui se demandaient quelle mouche avait piqué ces trois individus. Ils contournèrent une banda qui avait envahi la largeur de la rue et finirent par rejoindre le flanc est de la cathédrale. Là, Adamsmendy s'arrêta de courir, et se plia en deux, le souffle court.

– Je ne me souvenais pas que cette rue était aussi longue, ahana-t-il. J'ai un point de côté ! Continuez sans moi, je vous rejoins.

– Commissaire, nous sommes presque arrivés… Encore un petit effort ! lui répondit Etxe.

Adamsmendy prit son courage à deux mains et trottina pour regagner le parvis de la cathédrale. La rue Argenterie entamait sa descente vers la place des Cinq-Cantons droit devant lui. Il vit que des policiers commençaient à mettre en place des barrages filtrants à chaque bout de la rue, ce qui attira le mécontentement des festayres présents sur les lieux. Il se présenta à eux.

– On vous attendait, commissaire. C'est dans l'immeuble jaune, là-bas.

Au vu du nombre de policiers qui gardaient l'entrée en contrebas, il s'en serait douté. Il s'agissait effectivement d'un immeuble qu'on avait eu le mauvais goût de peindre d'un jaune qui détonnait face au blanc strié du rouge des boiseries des bâtisses voisines. Comme la plupart des édifices du centre-ville du Grand-Bayonne, un magasin occupait le rez-de-chaussée, qu'il fallait contourner par une porte cochère. Le policier de l'entrée lui dit que l'appartement se trouvait au quatrième et dernier étage. Sans ascenseur, bien entendu. Il souffla et grimpa péniblement les étroites marches qui montaient au sommet, suivi par ses deux jeunes collègues.

Sur le dernier palier, un autre policier les fit pénétrer dans les lieux. L'appartement en question était un quatre pièces, avec un petit balcon qui donnait sur la rue. En entrant, Adamsmendy sentit une odeur bizarre qui lui rappela les grillades de la buvette de la veille, quand il discutait avec Etxeverry au Dantzazpi. Il en eut un haut-le-cœur. La porte d'entrée donnait directement dans le salon dans lequel des policiers avaient entamé une fouille méthodique de tous les meubles. Deux verres et une quantité impressionnante de bouteilles avaient été abandonnés sur la table basse, devant le canapé. Un des deux verres était encore à moitié rempli d'un liquide doré, qu'Adamsmendy identifia comme étant du *Patxaran*(41). Un foulard rouge avait été abandonné au pied de la table.

Un policier sortit alors de la cuisine en exhibant un tube métallique noirâtre.

– Regardez ce qu'on a trouvé près de la gazinière dit-il..

Adamsmendy attrapa l'objet et constata qu'il était encore chaud. Il s'agissait d'une courte barre de fonte au bout de laquelle une petite plaque rectangulaire avait été soudée. Cette plaque possédait deux lettres, sculptées en bas-relief. Il fit passer l'objet à Etxe pour lui confirmer ses soupçons.

– B.J., lui dit-il simplement. Vous aviez raison.

L'odeur venait de là. Adamsmendy comprit alors que le malaise qu'il avait ressenti en entrant ne provenait pas d'une odeur du cochon grillé, mais de la chair humaine. Ce qui confirmait que le marquage au fer avait eu lieu peu de temps auparavant. Mais où se trouvaient à présent les deux frères Zubiko ?

– C'est trop bête. Il faut faire quelque chose! poursuivit-il.

Il sortit de la pièce et dévala les escaliers pour retrouver les policiers au dehors. Etxe le suivit. Il commençait à

41- Liqueur de prunelles sauvages, principalement produite en Navarre. Peut générer une monumentale gueule de bois si consommée avec excès.

y avoir une grande agitation dans la rue. Les policiers avaient arrêté plusieurs groupes de personnes pour les questionner, et certains d'entre eux manifestaient bruyamment leur opposition. Adamsmendy s'approcha de l'un de ses collaborateurs.

– Vous avez du nouveau ?

– Hélas non, commissaire, lui répondit ce dernier. Personne n'a rien vu ni entendu. À croire qu'ils se sont volatilisés.

– Où ont-ils bien pu aller ?

Il sentit à ce moment-là, la présence indiscrète de quelqu'un dans son dos. Il se retourna et découvrit Etxe, qui se tortillait sur place avec un air gêné.

– Ne me dites pas que vous avez encore une idée, vous ! lui dit Adamsmendy, incrédule.

– Et ben, peut-être que oui, commissaire, lui répondit son assistant. Mais elle est tellement saugrenue que j'hésite à vous la communiquer.

– Dites toujours…

– Vous avez émis l'hypothèse que Gotzon Zubiko était suffisamment fou pour se prendre pour le Basa Jaun. C'est tout à fait possible. Alors je me suis dit qu'il devait penser avoir acquis sa puissance, et sa capacité à maîtriser les quatre éléments. Vous vous souvenez de cette légende ? La Basa Jaun possédait le pouvoir de dominer le feu, l'eau…

– …l'air et la terre, poursuivit Adamsmendy. Oui, je me souviens. Et alors ?

– L'aîné des Zubiko, Jon, a été retrouvé noyé dans la Nive. C'est-à-dire dans l'*eau*. Le deuxième, Koldo, est mort pendant la mascleta, c'est-à-dire pendant le *feu* d'artifice…

– Poursuivez…

– Et bien je me dis que si Gotzon veut entrer en possession de la *terre*, il a tout intérêt à se débarrasser d'Iker par les *airs*…

– Par les airs !

Les yeux d'Adamsmendy s'illuminèrent.

– Oui, vous avez raison !

Puis il se gratta la tête, dubitatif.

– Mais qu'est-ce que cela veut dire : se débarrasser de quelqu'un par les airs ?

– Hélas, je ne sais pas, commissaire. Sûrement qu'il va tenter de le jeter du haut d'un immeuble, le plus haut possible ?

– Leur appartement est au quatrième étage… Il aurait peut-être pu l'expulser par la fenêtre et tenter de faire passer ce meurtre pour un suicide.

– Ce n'est pas assez haut, commissaire, poursuivit Etxe. Gotzon a la folie des grandeurs, ne l'oubliez pas. Il a dû imaginer une fin spectaculaire. Je pense qu'il va choisir un endroit emblématique pour ce dernier jour de fête. Un endroit qui domine toute la ville…

Ils réfléchirent pour trouver des idées de lieux potentiels, quand un court carillon de cloches sonna au-dessus d'eux, annonçant la demi-heure qui suivait onze heures. Les deux hommes se regardèrent en souriant.

– La cathédrale! cria Adamsmendy. Ils vont monter sur les flèches de la cathédrale!

– On y va! lança Etxe en démarrant une course au quart de tour.

Ils s'élancèrent pour remonter les quelques dizaines de mètres de rue qui les séparaient du monument, laissant les policiers médusés sur place. La masse sombre de l'édifice surgit au bout de leur course, dominant la petite place et ses deux chênes longeant son flanc nord.

C'était une cathédrale gothique imposante, et sa situation en haut de la ville, dominant la densité de l'habitat qui l'entourait, la faisait paraître encore plus impressionnante. Ils gagnèrent le porche du portail nord, au pied duquel un clochard avait élu domicile. Adamsmendy se précipita sur l'imposante porte de bois pour l'ouvrir, mais elle était fermée à clé. Il s'adressa à l'homme qui végétait sous une pile de couvertures, accompagné de deux chiens et d'un nombre impressionnant de bouteilles vides.

– Vous, s'il vous plaît! Avez-vous vu quelqu'un pénétrer dans cette église ce soir?

L'homme le regarda avec des yeux ronds, extirpa une bouteille de rouge du dessous de son amas de laine et but une gorgée au goulot. Adamsmendy jura et fila pour regagner l'entrée principale à l'est, mais elle était également fermée à clé. Il prit alors du recul et courut au bout du parvis pour tenter d'avoir une vue générale sur l'édifice.

La cathédrale Sainte-Marie de Bayonne trônait devant lui, immense. Adamsmendy se sentit ridiculement petit face à ce trésor d'architecture religieuse, conçu et réalisé par des hommes, quelque sept cents années auparavant. La lumière diffusée par la pleine lune et les quelques lampadaires de la place éclairaient faiblement ses pierres ocre et blanches et lui donnait un aspect fantomatique, hors du temps. Deux immenses tours surmontées de leurs flèches pointues encadraient la rosace au-dessus du portail d'entrée, donnant au monument sa silhouette caractéristique visible de tout Bayonne.

Adamsmendy scruta longuement les fenêtres de ces deux tours à la recherche de mouvement qui trahirait une présence. Etxe le rejoignit.

– Vous voyez quelque chose, là-haut ? demanda-t-il.

– Non. Et les deux portails d'entrée sont fermés. J'ai bien peur qu'on se soit trompé, répondit Adamsmendy, avec un soupçon de lassitude dans la voix.

– Ils sont peut-être entrés par le cloître. Si je me souviens bien, il y a une grille pour y accéder par ce côté…

Il désignait une petite ruelle sombre qui longeait l'enceinte du cloître sur la droite. Aucun bruit n'en provenait, ce lieu semblait désert et abandonné des fêtes. Adamsmendy suivit Etxe qui trouva rapidement le portail métallique de l'entrée. Il fit jouer la serrure et celui-ci s'entrouvrit en grinçant.

– Bingo ! dit-il au commissaire avec un sourire de victoire.

Ils pénétrèrent dans le cloître à pas de loup. Il faisait sombre dans le déambulatoire, mais le sol pavé était jalonné de taches lumineuses en forme de fleur qui semblaient leur montrer le chemin. Adamsmendy leva la tête et comprit l'origine de cette lumière irréelle, causée par la diffraction des rayons de lune à travers les délicates rosaces sculptées au-dessus de chaque groupe de trois colonnes du cloître. Ils suivirent cette voie, sans avoir besoin d'une lampe.

– C'est par ici chuchota Etxe devant lui.

Il montrait à gauche une porte qui se découpait dans le mur du flanc sud de la cathédrale, et qui était restée entrebâillée. Gotzon ne s'était même pas donné la peine de la refermer.

Ils entrèrent sans bruit dans le vaste vaisseau de pierre. Adamsmendy fut saisi par l'obscurité. Il s'arrêta sur le seuil, incapable de se repérer dans les ténèbres.

L'endroit était propice à une embuscade.

Il resta quelques instants immobile, et sentit l'angoisse l'envahir quand il se rendit compte qu'il se trouvait au milieu du silence. Même les échos de la fête à l'extérieur n'arrivaient pas à passer au travers des murs épais de la cathédrale.

– Etxe ! chuchota-t-il avec une voix paniquée. Vous êtes là ?

Une faible lumière le fit sursauter. Un masque blafard surgit dans la pénombre.

Il se mit soudain à sourire et Adamsmendy se décontracta en reconnaissant son collègue, qui s'amusait à faire courir des ombres fantomatiques sur son visage en déplaçant une petite lampe stylo.

– Vous m'avez fait peur, imbécile ! murmura le commissaire en essayant de masquer le tremblotement de sa voix. Où avez-vous trouvé cette lampe ?

– Dans la poche de mon pantalon, cette question ! répondit Etxe. Vous n'imaginez pas les ressources insoupçonnées que j'ai toujours dans mes poches…

La faible lumière ne projetait qu'un halo chétif dans l'immense nef. Les voûtes et les croisées d'ogives demeuraient désespérément sombres. Seuls les vitraux filtraient une douce lumière tamisée tout au fond de l'immense salle.

– Où ont-ils bien pu passer ? poursuivit Adamsmendy dans un souffle.

– Il faut trouver le moyen d'accéder aux tours…, répondit Etxe.

Ils se dirigèrent vers la gauche, où devaient se trouver les deux flèches de la cathédrale. Le bruit de leurs pas résonnait contre les murs, trahissant leur présence. Adamsmendy ne quittait pas des yeux la lueur de la lampe qui se baladait sur les dalles du sol.

Il eut soudain un nouveau choc. Sa tête avait heurté quelque chose, qui semblait se contorsionner sous la collision. Il jura, et appela Etxe pour apporter la lumière salvatrice.

Elle éclaira une grosse corde, qui se balançait lentement. Elle tombait du plafond de la cathédrale. Il leur sembla apercevoir une ouverture circulaire dans les arches du contrefort de la tour sud d'où s'échappait le large fil.

– Punaise, je me suis fait mal contre ce machin, chuchota Adamsmendy en se massant le front. Ce doit être la corde pour actionner les cloches… Ils n'auraient pas pu la mettre ailleurs, et pas en plein milieu du passage !

Etxe contempla le plafond.

– Commissaire, il y a quelque chose qui cloche, et c'est le cas de le dire… Les cloches ne se trouvent pas dans cette tour, mais dans l'autre, côté nord. Je me souviens quand ils y ont installé le bourdon, il y a quelques années. Ils l'avaient fait venir de Villedieu-les-Poêles par transport spécial car elle devait peser plusieurs tonnes, et…

– Vous croyez que c'est le moment de me raconter l'historique campanaire de la cathédrale ! Si ce n'est pas pour les cloches, pourquoi elle est là, cette corde ?

– Ben justement, ça fait bien longtemps qu'on n'en utilise plus pour ça. Il y a un système automatique qui remplace l'ancien sonneur de cloches, c'est plus fiable et surtout moins fatigant ! À mon avis, elle doit avoir un rapport avec notre affaire…

– Vous devez avoir raison encore une fois… Peut-être que Gotzon s'est servi de la corde pour monter Iker au sommet de la tour ! Regardez !

Une succession de trois boucles terminait le bout de la corde. Leur diamètre avait approximativement la taille d'un corps humain.

– C'est ça ! Iker était trop lourd pour être monté par les escaliers. Gotzon a dû se servir des poulies des anciennes cloches pour le hisser au sommet de la tour. Dépêchons-nous, cela veut dire qu'ils sont déjà en haut !

Ils longèrent les parois, à la recherche d'une porte qui permettrait d'accéder aux fameux escaliers. Ils finirent par la trouver, petite ouverture insignifiante à gauche du confessionnal de bois. Une volée de marches étroites en colimaçon s'élançait à l'assaut de la tour dans une pente raide.

– Pas le choix, chuchota Etxe. On est obligés de faire l'ascension à pied !

Ils gravirent donc quatre à quatre les marches qui montaient rudement en spirale autour d'une colonne centrale. Ils étaient obligés de se guider en se tenant sur la rampe métallique externe, bien que de temps en temps une ouverture dans le mur amenait un peu de la lumière des lampadaires du dehors.

La raideur de la pente étouffa rapidement Adamsmendy, qui finit par appeler Etxe en haletant.

– Avancez sans m'attendre ! J'ai du mal à monter, ce doit être le manque d'oxygène dû à l'altitude… Je vous retrouve en haut !

– À vos ordres, commissaire !

Etxe poursuivit l'ascension sans se retourner. Adamsmendy essaya de suivre son rythme mais n'y parvint pas. Il payait encore une fois son absence d'activité physique depuis son retour de Paris. Il continua lentement à gravir les marches, une par une, en se tenant à la rampe. Il finit par ne plus entendre le bruit des pas d'Etxe. Combien y avait-il de marches jusqu'au sommet ? Deux cents ? Cinq cents ? Dix mille ? Il se concentra sur sa respiration et tenta de maintenir ses efforts de la manière la plus régulière possible. L'escalier en colimaçon commençait à lui donner le tournis, il lui tardait que ce supplice s'arrête. Il se demanda si Etxe était arrivé en haut et posa machinalement la main sur sa ceinture de pantalon pour vérifier que son arme de poing s'y trouvait toujours. Cette fois-ci, il ne l'avait pas oubliée, et sa présence le rassura. Il allait pouvoir affronter Gotzon Zubiko avec un avantage certain. Mais, au fait, Etxe était-il armé lui aussi ? Adamsmendy n'en était plus très sûr. Il ne faudrait pas qu'il se jette dans la gueule du loup sans assurance.

Cette pensée le rendit inquiet, et il redoubla d'effort pour atteindre la sortie.

Un faible halo finit par apparaître en haut des escaliers. Il était arrivé.

Adamsmendy s'arrêta pour écouter. Il n'entendit que l'écho étouffé des fêtes de Bayonne, ainsi que le bruit d'une légère brise qui s'engouffrait par l'ouverture. Il sortit l'arme de sa ceinture et gravit précautionneusement les dernières marches.

La première chose qu'il vit par l'ouverture des escaliers fut Etxe étendu, inanimé sur le sol de la petite plate-forme de la tour. Son sang ne fit qu'un tour.

Etxe ! Il a tué mon Etxe !

Il cria et bondit par la porte, le pistolet à la main. Il hurla alors sous la douleur. Quelque chose s'était écrasé sur son bras. Son pistolet alla valdinguer contre la balustrade de pierre. Il agrippa son poignet de sa main valide, et s'agenouilla en gémissant.

Le Basa Jaun était là, debout devant lui, tenant dans ses larges mains un gourdin de bois. Adamsmendy hurla à nouveau et se précipita vers lui. Il fut accueilli par un nouveau coup qui lui démonta l'épaule et le fit tomber contre le parapet. Sa tête heurta une colonne de pierre.

Il sentit tout tourner autour de lui. Il ne fallait pas qu'il perde connaissance ! Il agita sa tête de toutes ses forces et réussit à tenir bon.

Mais à quel prix... Il était allongé par terre, incapable de bouger, la tête contre la colonne et les bras en croix. Sa vision était brouillée et lui donnait l'impression de se trouver dans un mauvais rêve. Sa respiration n'était qu'un râle. L'air frais lui brûlait les poumons. Et surtout une douleur lancinante avait envahi tout son côté droit, tétanisant son bras et son épaule.

Il resta là, immobile, durant quelques instants qui lui semblèrent aussi longs que des heures. Il entendait au loin les échos de la fête, mais il s'en trouvait étrangement détaché, comme tout ce qu'il venait d'y vivre n'était qu'un souvenir lointain. Il voyait l'immensité du ciel au-dessus de lui, et quelques étoiles scintiller faiblement.

Une ombre effrayante les remplaça brusquement.

La silhouette du Basa Jaun envahit son espace de vision. Il se tenait devant lui, immobile, la massue dans ses bras croisés. Adamsmendy sentit les battements de son cœur s'accélérer.

Non, ce n'était pas possible. Ce n'était pas le Basa Jaun. Il ne fallait pas croire cette histoire grotesque. Ce n'était qu'un déguisement, quelqu'un qui avait revêtu un masque grossier, avec des cheveux hirsutes, et s'était enveloppé dans un long manteau qui ressemblait à une peau de bête. Adamsmendy essaya de l'apostropher mais il ne réussit qu'à produire un vague gargouillement. C'est alors qu'il vit un autre corps étendu à sa droite. Il était tourné de dos, mais sa forte corpulence ne laissait aucun doute sur son identité : il s'agissait d'Iker Zubiko. Il était ceinturé par de larges lanières de cuir qui lui rappelaient les colliers des cloches qu'on attachait au cou des brebis. Elles avaient dû servir à l'accrocher à la corde et le maintenir lors de son ascension dans la tour. Adamsmendy sentit un nouveau frisson lui parcourir l'échine. Iker était-il déjà mort ?

Adamsmendy tourna la tête de l'autre côté et vit le Basa Jaun se baisser et ramasser précautionneusement le pistolet. Il le braqua dans sa direction et lui fit un signe.

– Eh bien, commissaire, on dirait que vous faites moins le malin maintenant…

Il avait une voix bizarre. Elle avait l'air d'être déformée par le masque qu'il portait sur la tête. Mais Adamsmendy la reconnut malgré tout, sans hésiter. C'était la voix de Gotzon. Il tenta de se lever mais la douleur l'obligea à s'adosser à la balustrade. Gotzon fit osciller le pistolet dans sa direction.

– Tut tut tut, marmonna-t-il. On reste assis. Pas bouger. Vous allez écouter attentivement ce que le Basa Jaun va vous dire, et obéir à ses ordres.

– Vous n'êtes pas le Basa Jaun, éructa Adamsmendy, qui réussit à retrouver sa voix. Vous êtes Gotzon Zubiko. Et vous êtes un assassin.

– Un assassin ! Voilà un bien grand mot. Non, je cherche simplement à récupérer mes terres. Des terres qui m'appartiennent depuis toujours, et que je n'aurais jamais dû laisser filer...

– Vous êtes fou. Ces terres appartiennent à votre père et à vos frères autant qu'à vous.

Gotzon prit une voix rageuse, et donna un coup de pied au ventre d'Adamsmendy, qui le fit tordre de douleur.

– Fou, moi ? Mesurez vos paroles, commissaire ! Vous ne savez pas à qui vous avez affaire. Je suis le Basa Jaun ! Son esprit a pris possession de mon corps et de mon âme depuis que je suis entré dans sa grotte. Je suis invincible !

Il braqua le pistolet en direction du commissaire.

– Maintenant, levez-vous !

Il lui asséna un nouveau coup de pied pour se faire obéir.

– Vous êtes venus contrarier mes plans, mais ça ne fait rien. Je vais m'occuper de vous avant de finaliser mon œuvre.

– Votre œuvre ! répondit Adamsmendy en se levant péniblement. L'assassinat de votre frère, Gotzon ? Qu'avez-vous fait à Iker ?

– À lui ? Rien. Juste un coup de formol en entrant dans le cloître, pour l'endormir. Le pauvre, il était dans un état désespéré, cette histoire de Basa Jaun a dû lui faire perdre la tête… J'avais prévu qu'il se suicide en se jetant du haut des flèches de la cathédrale. On n'aurait pas tardé à le retrouver en bas, revêtu des habits du Basa Jaun. Dans cet accoutrement, on aurait vite conclu à un acte de folie et un suicide…

Gotzon fit glisser son masque et révéla son vrai visage. Il le jeta aux pieds d'Adamsmendy :

– Mais comme vous êtes là, commissaire, c'est vous qui allez vous en occuper, maintenant. C'est vous qui allez le balancer par-dessus la balustrade.

Adamsmendy s'accrocha à la rambarde de pierre. Il vit le carré formé par le cloître, trente mètres plus bas, et l'enchevêtrement dense des toits de Bayonne, qui se répétait à l'infini. Cette vision lui donna le vertige, et il s'agrippa à la pierre pour ne pas tomber.

– Vous êtes ridicule. Jamais je ne ferai une chose pareille, Gotzon. Autant me tuer tout de suite. Mais vous n'allez pas vous en sortir comme ça ! Avec le monde qu'il y a dans les rues et la police en bas, on va vous repérer tout de suite…

– Oh non, on ne va pas me retrouver facilement. Avec la corde, cela me prend exactement six secondes pour descendre, et je pourrai me fondre dans la foule avant que quelqu'un ne réagisse.

Et ce sera simple d'accuser le commissaire Adamsmendy d'un coup de folie… Le commissaire qui aura tué son adjoint, et jeté le corps d'Iker Zubiko du haut de la tour de la cathédrale, avant de se donner la mort en s'y jetant lui-même. D'autant plus qu'on le retrouvera affublé du masque du Basa Jaun. On dira qu'il a fini par perdre la raison avec cette histoire. On l'avait déjà vu plusieurs fois dans le journal, dans des situations plus insolites les unes que les autres… Son dernier coup d'éclat confirmera la fragilité de son esprit.

Gotzon s'approcha de lui avec un air de triomphe. Il se baissa pour ramasser le masque et le tendit à Adamsmendy.

– Mettez ceci sur votre visage, commissaire. Je suis sûr que cela vous va à merveille.

Adamsmendy frémit. Il fallait qu'il trouve immédiatement un stratagème pour gagner du temps. Le temps que les policiers, en bas, finissent par élargir leur recherche dans le quartier et investissent la cathédrale.

– Vous ne pouvez pas faire ça. On vous retrouvera, Gotzon. Avant de venir ici, j'ai discuté avec votre père, il a ouvert les yeux. Il a compris que vous étiez un assassin. Il témoignera contre vous, et vous irez en prison. Ce sera fini pour vous, vous ne pourrez jamais jouir des terres de vos ancêtres…

– Mon père ?

Gotzon éclata de rire.

– Mon père, il se taira ! Comme tous les vrais Basques. Comme il l'a fait quand je lui ai ramené la pépite d'or que j'avais trouvée dans la grotte. Il se taira car il sera trop content que son fils reprenne la propriété, et la fasse fructifier. Il se taira car il fait confiance à sa famille et se méfie des étrangers, policiers de surcroît !

– Raté ! pensa Adamsmendy. Il fallait qu'il trouve autre chose. Trouver vite un autre témoin potentiel. Naia ! Elle aussi, elle avait participé aux derniers moments de l'enquête… Mais au fait, où était-elle passée, celle-là ?

– Peut-être que vous avez raison, poursuivit Adamsmendy. Mais quelqu'un d'autre est au courant de cette histoire. Et lui ne se taira pas !

– Quelqu'un d'autre ?

Gotzon fronça les sourcils et trembla en braquant le pistolet sur la poitrine d'Adamsmendy.

– Vous bluffez, commissaire ! Jusqu'à présent, vous n'avez travaillé qu'avec ce misérable policier, dit-il en désignant Etxe du doigt. Et il est hors d'état de nuire !

Il fit face au commissaire, et se fit encore plus menaçant.

C'est alors qu'Adamsmendy aperçut une petite silhouette se glisser par la porte des escaliers. Elle s'avança lentement derrière Gotzon qui ne l'avait pas vue. Elle portait une énorme croix qu'elle souleva précautionneusement au-dessus de sa tête. Et l'abattit d'un seul coup.

Gotzon s'écroula sous le choc et la croix se cassa en morceaux.

– Naia ! cria le commissaire.

Il tenta de se lever pour aller embrasser sa salvatrice. Elle brandit le reste de croix qui restait dans ses mains et déclama d'une voix martiale :

– La rédemption viendra de la femme, sauveuse de l'humanité ! À genoux, commissaire, et priez pour son avènement dans notre monde misogyne ! dit-elle d'une voix malicieuse.

Puis elle éclata de rire, avant de se retourner et prendre un air dramatique en voyant le corps de son ami à terre.

– Mon Etxe ! hurla-t-elle. Qu'est-ce qu'il lui a fait ?

Elle se précipita vers lui et s'agenouilla pour prendre sa tête dans ses bras. Elle sentit l'énorme bosse sous ses doigts et la massa avec douceur. Cela permit à Etxe de reprendre peu à peu ses esprits. Il bredouilla :

– Qu'est-ce qui est arrivé ? Je suis sorti de l'escalier et après c'est le néant…

– Tout va bien, mon Etxe, répondit Naia d'une voix caressante. Tu es entre de bonnes mains…

Et elle lui fit un langoureux baiser. Adamsmendy sentit un sourire lui venir aux lèvres, le premier depuis bien longtemps, devant le spectacle émouvant de ces deux tourtereaux amoureux.

Le carillon s'enclencha à ce moment-là. L'air s'emplit du timbre tonitruant des cloches de la cathédrale, qui tintèrent à tour de rôle pour former la mélodie qui annonçait la fin du jour. Le bruit assourdissant enveloppait la tour nord qui leur faisait face. Ils se bouchèrent les oreilles dans un réflexe pour ne pas devenir sourds. Puis la petite ritournelle céda la place au choc puissant du bourdon qui sonna les douze coups de minuit. Chaque coup passa solennellement en faisant vibrer les murs du clocher. L'écho les multipliait à l'infini contre les toits de la vieille ville.

Un jet étincelant jaillit alors dans le ciel du côté de l'Adour. Il fut bientôt suivi par d'autres feux colorés qui éclatèrent au-dessus du grand fleuve. Le feu d'artifice qui clôturait les fêtes avait démarré.

Naia aida les deux hommes à se relever et tous les trois se postèrent au bord de la balustrade pour profiter du spectacle.

– Minuit, lança Adamsmendy. Il était temps ! Un peu plus et je dépassais le délai ultime qui m'avait été fixé pour résoudre cette affaire !

– Commissaire, n'oubliez pas que c'est un peu grâce à moi que vous en êtes arrivé là ! fit remarquer Naia.

– Oui, et je vous remercie. À ce sujet, où avez-vous trouvé cette croix ?

– Dans la cathédrale, cette question ! Je vous ai perdus à l'appartement des Zubiko. Vous vous êtes enfuis sans me prévenir ! Mais je vous avais entendu parler de la cathédrale... Je n'ai pas cherché longtemps avant de trouver la porte du cloître. Et comme je me doutais que vous alliez faire des conneries, j'ai préféré m'armer de cette croix que j'ai chipée à une statue en bois, en bas.

– Une statue de bois ? À quel endroit ?

– À gauche en entrant, du côté de la sacristie...

– Quoi ! Vous avez détaché la croix de la statue polychrome de Saint-Léon, qui date du seizième siècle ! Vous vous rendez compte de ce que vous avez fait !

– Saint-Léon, Saint-Léon... Il a dû faire des miracles dans le passé. Alors il doit être content d'avoir sauvé à nouveau trois vies. Ça mérite qu'il paye un peu de sa personne, non ?

– Quand même, une statue du seizième...

– Remarquez, ce que j'aurais pu faire aussi, c'est grimper dans l'autre tour et chiper une cloche. Cela aurait été plus solide, et ça aurait fait un joli bruit quand je l'aurais écrasée sur la tête de cet assassin...

Sur le parvis de la cathédrale, en contrebas, une chorale venait d'arriver. Adamsmendy les observa s'installer et entamer les premières paroles d'une chanson entraînante.

Ituringo arotza, Erramun Joakin
Hasarre omen zaude zeren degun jakin.
Santurik ez laiteke fidatu zurekin
San Kristobal urtuta joariak egin.
(Forgeron d'Ituren, Erramun Joakin, nous avons appris que vous êtes en colère. Un saint ne peut pas se fier à vous, vous avez fondu Saint Christobal pour en faire des sonnailles.)

– Vous entendez ? poursuivit Naia. Il n'y a pas que moi qui fais des bêtises. Le forgeron d'Ituren a fondu le bourdon de son église pour en faire des cloches pour les brebis ! Même en Espagne, ils ne sont pas toujours respectueux des églises. Imaginez le nombre de cloches qu'on pourrait faire avec celles de la cathédrale de Bayonne !

– Vous m'embêtez avec vos commentaires. Il va bien falloir essayer de réparer cette croix, et la repositionner sur la statue.

– C'est-à-dire que… j'ai pas mal forcé pour la sortir, et je crois que j'ai cassé aussi un bout de bras. Mais bon, avec un peu de colle, on devrait pouvoir la rattacher… pouffa-t-elle.

Etxe, qui n'avait rien dit jusqu'à présent, extirpa un tube de sa poche.

– En voilà, de la super-glu !

Naia et Adamsmendy en restèrent bouche bée.

– Et maintenant, arrêtez de vous chamailler tous les deux, continua Etxe. J'aimerais un peu de silence pour profiter du spectacle !

Ils s'accoudèrent à la balustrade pour admirer le feu d'artifice qui était en pleine expansion. Des fleurs multicolores explosaient dans le ciel étoilé de Bayonne, et se reflétaient dans les eaux de l'Adour. Le pont Saint-Esprit était couvert d'une foule rouge et blanche compacte, aux premières loges pour profiter du panorama. Au loin, les murs blancs des bâtiments de la ZUP scintillaient des mille feux de leurs occupants, et la lune éclairait tranquillement de sa lumière douce les toits de tuiles de la vieille cité.

Adamsmendy ressentit une émotion particulière. Il avait l'impression de redécouvrir sa ville, qu'il avait abandonnée depuis sa jeunesse et dont il n'avait pas vraiment profité depuis son retour. C'était sa ville, à n'en pas douter, et le pays qui l'entourait était bien le sien. Il était de retour chez lui.

À ses côtés, il vit Etxe passer un bras autour des épaules de sa compagne.

– C'est beau dit-il, tout simplement.

Azkena *(Épilogue)*

Adamsmendy fut obligé de rétrograder dans la côte. La pente était trop raide, et sa voiture commençait à hoqueter de manière inquiétante. Il se dit que les habitants de ce pays auraient pu faire quelques lacets de plus pour rendre la montée plus douce. Mais non, la montagne restait la montagne, et la vie y était définitivement plus rude que sur la côte.

Une semaine s'était écoulée depuis la fin des fêtes de Bayonne. Une nouvelle semaine trépidante, riche en évènements heureux et en émotions. Adamsmendy se délecta de se les remémorer, tout en conduisant sur la petite route.

Gotzon avait été jeté en prison. C'était à la justice de faire maintenant son travail et de définir la peine qu'il encourait. Une expertise psychologique avait démarré pour déterminer s'il était nécessaire de la compléter par un traitement adapté. Mais pour le commissaire, cela ne faisait aucun doute.

Adamsmendy était devenu un héros. Cette fois-ci, tous les journaux parlaient de lui en bien, il avait fait la une du *Sud-Ouest* toute la semaine. Il avait même répondu à des interviews sur plusieurs chaînes de la télévision nationale. Il avait serré des mains à n'en plus finir : celles de son chef pour commencer, qui lui avait laissé entrevoir la possibilité d'une promotion, et n'avait pas manqué de le noter sur ses fiches. Puis celles du maire, de tout le conseil municipal, des invités officiels des fêtes de Bayonne, du président de l'Aviron Bayonnais, du président du Conseil Général, du Préfet, du Président de l'association des commerçants et de tous les passants qu'il croisait dans la rue. Il avait même reçu les félicitations du ministre de l'Intérieur.

Le Maire l'avait décoré de l'Ordre des Chevaliers des Fêtes de Bayonne. La cérémonie avait eu lieu dans la salle d'apparat du premier étage, là même où se trouvait le balcon qui avait abrité la marionnette géante du Roi Léon une semaine auparavant. Tout le gratin municipal était présent, ainsi que le préfet et des représentants des différentes associations de la ville. Adamsmendy s'était ainsi retrouvé nez à nez avec Manex Etxeberry, à qui il avait dû bredouiller des excuses pour l'avoir un instant soupçonné du meurtre, ainsi que pour tout le désagrément causé par l'interrogatoire de la peña. Etxeberry avait éclaté de rire, et lui avait répondu qu'en aucun cas il ne lui en tiendrait rigueur étant donné qu'il avait permis à l'association de remporter le prix du corso.

La réception avait été conduite avec tout le faste nécessaire à ce type d'événement : les discours emphatiques s'étaient succédés et le champagne avait coulé à flot. Le préfet avait prononcé une petite allocution dans laquelle il comparait Adamsmendy à un autre commissaire, homonyme du Béarn et devenu célèbre dans toute la France pour la résolution d'enquêtes difficiles. Adamsmendy n'avait jamais entendu parler de cet homme, mais il se dit qu'il devait être un lointain cousin, du fait de la ressemblance patronymique.

Il avait finalement été déçu par la décoration qu'il avait reçue des mains du maire : il s'agissait d'un hochet, décoré d'une croix basque et des armoiries de Bayonne. Le maire n'avait pas manqué de lui fredonner discrètement la chanson du roi Léon à l'oreille, tout en lui remettant la prestigieuse rosette.

Adamsmendy arrêta la voiture sur le bas-côté pour laisser refroidir le moteur quelques instants et se soulager. Il descendit du véhicule et s'appuya sur la portière. Il avait un bandage qui lui enveloppait l'épaule et lui maintenait l'avant-bras, mais cela ne le gênait pas pour conduire. Le médecin avait fini par donner son accord. Le coup de massue du Basa Jaun lui avait fissuré la clavicule, mais la blessure était somme toute bénigne. Il fallait attendre gentiment que l'os se ressoude.

Il trouva un vieux paquet de cigarettes dans le vide-poches de la portière. Il le contempla longuement, hésitant à s'en emparer. Il lui arrivait de fumer de temps à autre, dans des circonstances particulières, comme par exemple à la fin d'un repas festif. Mais cette fois-ci, c'était pour une autre raison qu'il en ressentait le besoin. La visite qui l'attendait n'allait peut-être pas être une partie de plaisir, il le savait, et cela le rendait nerveux. Il attrapa le paquet et en alluma une. Il regarda un rond de fumée s'envoler dans le ciel au-dessus de lui.

Dehors, le panorama était immense, depuis les hauteurs d'Iraty jusqu'au massif des Arbailles. Dans la vallée, les vertes prairies étaient parsemées des points blancs des brebis, qui ondulaient à la queue-leu-leu sur les mamelons herbeux, fidèles à leur habitude. Etxe ne l'accompagnait pas ce jour-là, mais il imaginait l'entendre entonner une chanson basque d'une voix puissante devant ce paysage.

Etxe… Il faudrait qu'il songe un de ces jours à le remercier d'une manière ou d'une autre. Les évènements s'étaient déroulés si rapidement qu'Adamsmendy n'avait pas pris le temps de prendre un peu de recul. Mais en y repensant, il se rendait compte que sans lui, l'enquête n'aurait pas été menée aussi promptement. Et il l'avait protégé d'une mort certaine.

Enfin, le commissaire verrait ça à son retour. Il ne fallait pas trop précipiter les choses, et ne pas exposer trop ouvertement ses états d'âme. Et puis, Etxe semblait être au-dessus de tout ça. Depuis qu'il avait rencontré Naia, il planait au-dessus les nuages, et il était très loin des tracasseries de la vie professionnelle. Adamsmendy l'avait vaguement entendu parler d'un futur déménagement chez sa dulcinée, mais il n'avait pas osé le questionner sur ce sujet.

Il inspira à pleins poumons l'air embaumé de la montagne, puis remonta dans la voiture. S'il se souvenait bien, il fallait prendre la prochaine petite route à droite pour arriver à la ferme. Il remit le contact et poursuivit son chemin.

Il songea à Iker Zubiko... Il s'était bien remis des misères que lui avait fait subir son frère, et après une journée à l'hôpital, il avait pu regagner la ferme familiale. Et à présent, il s'y sentait lié pour l'éternité. La marque tatouée sur son épaule gauche était là pour lui rappeler qu'il devait faire fructifier le domaine, comme ses ancêtres avaient fait avant lui.

Son père l'avait accueilli avec des larmes dans les yeux.

Les deux hommes n'avaient parlé à personne de la pépite d'or. Ils avaient demandé à Adamsmendy et Etxe de garder le silence à ce sujet. Un soir, Iker était remonté à la grotte du Basa Jaun et avait remis la pépite à sa place, en la recouvrant de terre. Ils n'avaient pas besoin de ce caillou, qui avait semé tant de malheurs dans la famille, pour vivre en paix. Et puis ils devaient se dire qu'il était plus sage de ne pas continuer à attiser la colère de l'homme sauvage. Si tant est qu'il existe, bien entendu. Mais on ne sait jamais.

Quant à Oihana Aritza, elle avait demandé au père Zubiko la main de son fils dès le lendemain des fêtes.

Oihana... Adamsmendy sentit son cœur se contracter à l'évocation de cette belle femme. La vie était parfois cruelle pour les uns et heureuse pour les autres, et il ne pouvait pas forcer le destin. Il se consola en se souvenant du baiser qu'elle lui avait fait sur la joue, quand il l'avait rencontrée quelques jours après, et du « merci » qu'elle lui avait glissé à l'oreille avec toute la sincérité de sa voix envoûtante. Elle allait enfin connaître le bonheur de vivre avec Iker et rattraper le temps perdu. Ils avaient parlé d'avoir des enfants, et le vieux Zubiko s'était réjoui à l'idée d'être enfin grand-père et de s'occuper d'une ribambelle de gamins qui allaient amener un peu de vie dans la ferme. L'exode rural n'était pas encore pour demain.

Adamsmendy prit le chemin à droite. Sa mémoire ne lui avait pas fait défaut, il était sur la bonne route. Il se dit qu'il allait avoir un choc en arrivant, cela faisait tellement d'années… Cette histoire lui avait ouvert les yeux. La jalousie de l'héritage, est-ce que cela pouvait justifier des crimes ? Et même le moindre ressentiment contre l'héritier ? Adamsmendy ressentit un peu de honte pour son comportement pendant toutes ces années.

Il arriva en vue de la ferme et entra dans la cour. Il se gara contre le vieux chêne qui avait énormément grandi pendant tout ce temps. À présent, il protégeait tout l'arrière de l'esplanade de l'ombre protectrice de ses larges branches. Un chien qu'Adamsmendy ne reconnut pas accourut en aboyant. Il n'était finalement pas aussi méchant qu'il en avait l'air. Il vint se frotter à lui en gémissant et se laissa facilement caresser.

La ferme n'avait pas trop changé. Même forme massive, même blancheur des murs, mêmes pierres qui entouraient la porte cintrée. Un hangar recouvert de panneaux solaires avait été construit à droite du bâtiment principal, abritant deux tracteurs flambants. L'élevage devait continuer à être rentable, malgré tout.

Un homme sortit par la porte d'entrée. Il porta la main à son front en guise de pare-soleil pour distinguer qui venait d'arriver dans la clarté de ce début d'après-midi.

Adamsmendy le reconnut immédiatement, bien qu'il ait indéniablement vieilli depuis leur dernière rencontre.

– Adio, Arnaud ! dit-il à son attention.

– Tiens ! Battitte ! répondit son frère.

Liste des chants par ordre d'apparition dans le texte

Lili bat ikusi dut	*Traditionnel*
Debout Leon	*Lorente/Gachis*
Oi gu hemen	*Traditionnel*
La peña Baiona	*D. Herlax/J. Velez*
Lagun etor gurekin	*B. Sarasola/P.P. Berzaitz*
C'est à Ba-ba	*Traditionnel*
Ikusten duzu goizean	*JB Elizanburu/traditionnel*
Ardiak lerro lerro	*M. Pagola*
Zato gurekin	*E. Etxamendi*
Les vieilles chouettes	*Traditionnel*
Hazia hiltzen ez bada	*J. Lamarque*
Gure aita	*Traditionnel*
Hegoak	*JA Artze/M. Laboa*
Herri behera	*B. Lertxundi*
Pottoka	*B. Irazabal/B. Eyherabide*
Eperra	*Traditionnel*
Euskal Herrian euskaraz	*X. Amuriza/N. de Felipe*
Arrosako zolan	*Txato/P. Agorrody*
Guk euskaraz	*G. Aresti/Urko*
La chenille	*R. Jeannot/F. Harvel/G. Layani*
Baratze bat	*PP Berzaitz*
Jeiki jeiki	*Traditionnel*
Iturringo arotza	*Traditionnel*

Mise en page et suivi de fabrication
Atelier Graphique Cairn
Achevé d'imprimer en mai 2018
par GN Impressions (147566)
pour le compte des Éditions Cairn
29, rue Carrérot - 64000 Pau
Tél. : 05 59 27 45 61 - Fax : 05 59 98 84 89
editions-cairn@wanadoo.fr - www.editions-cairn.fr
Dépôt légal : avril 2015